U0498953

如何谈论新诗

本体认知与批评方法

荣光启——著

创于1897

商务印书馆
The Commercial Press

涵芬楼文化　出品

目　录

附　篇

导　言
"诗的本质"之魅惑

一、诗之本体

诗歌是一种特殊的言说方式（说话方式），在一切文类中，它的形式感是最突出的，它对语言、意象的要求是最严格的。诗歌言说"现实"经验、思想、意义，但它并不直接满足人的意义诉求，更不直接等同于"现实"，而是在具体的"语言"形态和特定的"形式"机制中间接呈现"经验"的现实。这样的话，当我们谈论诗歌的发生的时候，有三个因素是不可避免的，即现实经验、语言符号和艺术形式。从新诗所在的历史时间看，与此相关的分别是：个体的现代性的现实境遇，汉语所必须面临的现代转换和诗歌传统形式与现代经验的冲突，由此我们将涉略新诗的现代语境、汉语方式及诗的本体特征。

事实上，这是一种以诗之本体为核心的谈论方式，强调的是诗之为诗的东西、探寻使语言活动富有'诗意'的机制。从这个角度，本书虽然也认同新诗与古典诗歌的差别，但还是认为以这一概念并不能较好地谈论晚清以来中国诗歌问题的复杂性。新诗是与旧诗相对的，这一命名无法指涉诗歌的本质和价值；在诗歌的写作实践中，"新"和"旧"的因素、现代和传统的东西，并不是意识形态中的对立关系，而是转化、交换关系；新

1

的诗不见得是好的诗，旧诗的方法未见得就不能在新诗里使用。从语言角度，新诗的语言——白话也在传统和西方文法的多方对话中发展成为较为成熟的现代汉语。从形式角度而言，新诗的体式自由诗也不能被绝对化，不加分辨地崇尚"新诗应该是自由诗"[1]，无视诗歌所必需的情感的内在节奏、声音美学，而是应该在经验和语言、诗行之间寻找节奏的美妙平衡，建设真正"现代"的"诗形"。若是从经验、语言和形式三方互动的角度来看待现代诗歌，我们应该能触及晚清以来中国诗歌的许多重要问题，就不至于偏执于其中一方，把诗歌的问题简单化。故此，本书愿以"现代汉语诗歌"（简称"现代汉诗"）的眼光[2]来看待新诗、来面对20世纪中国诗歌的问题，力求关于诗歌"发生"的辨析紧紧抓住"现代"（现代经验）、"汉语"（现代语言）、"诗歌"（现代人的情感与形式）三个要素，强调对诗歌本体特征的自觉的意识。

以"现代汉诗"的概念来与20世纪中国诗歌本体特征做全面对话的文本资料，据笔者有限的了解，目前学界已有民间诗刊《现代汉诗》[3]，学术著作有美国加州大学戴维斯分校教授奚密的《从边缘出发——现代汉诗的另类传统》[4]和国内诗歌研究专家王光明先生的《现代汉诗的百年演变》[5]以及王光明主编的一部论文集[6]。而从"新诗的发生"角度来考察现代诗歌作为一种文类到底是如何确定的，目前尚只有一部优秀的博士论文——当代优

1　冯文炳：《新诗应该是自由诗》，收入冯文炳（废名）：《谈新诗》，北京：人民文学出版社，1984。

2　这一概念的提出与具体论证详见王光明：《中国新诗的本体反思》（《中国社会科学》，1998年第4期）及王光明专著《现代汉诗的百年演变》（河北人民出版社，2003）的"导言"部分。

3　大型诗刊《现代汉诗》是20世纪90年代中国诗坛一份颇有影响的民刊，1991年1月创刊，创刊号在北京印行，至1995年底，共出9册。由芒克、唐晓渡等人发起，各地诗人参与。在此发表过作品的诗人有欧阳江河、于坚、西川、王家新、翟永明、张曙光、朱朱、小海、肖开愚等一批中国当代最优秀的诗人。

4　［美］奚密（Michelle Yeh）：《从边缘出发——现代汉诗的另类传统》，广州：广东人民出版社，2000。

5　王光明：《现代汉诗的百年演变》，石家庄：河北人民出版社，2003。

6　《现代汉诗：反思与求索》（现代汉诗百年演变课题组 编），北京：作家出版社，1998。

秀的诗人和批评家姜涛所著的《"新诗集"与新诗的发生研究》。[1]

　　不过，民间诗刊《现代汉诗》主要是诗歌创作文本，是诗歌写作的具体探索，至于对"现代汉诗"这一概念的完整认识和自觉意识似乎还有欠缺。而奚密教授在著述中虽有"现代汉诗"的提法，但从她的行文可以看出，其"现代汉诗"一词也可以用"20世纪中国诗歌""中国现当代诗歌"等概念来代替，没有体现使用这一概念时所必需的对"诗歌和现代性话语及情境、现代语言相互缠杂状态"的自觉意识。并且，此书的价值不在于其谈论了"现代汉诗"，而在于谈论了现代中国诗歌的一个重要特征——"边缘"性。[2]北京大学中国现当代文学专业博士、诗人姜涛的论文，从社会学、接受美学的角度，来谈论社会阅读空间和读者的某种诗歌"阅读程式"的形成与"新诗"作为一种新的诗歌文类确立之关系，挖掘了大量民初至"五四"时期的诗歌文本、论争方面的资料，也吸纳了较新的西方文艺理论（如［美］乔纳森·卡勒的《结构主义诗学》等），确实深入地探讨了20世纪中国诗歌的早期形态——新诗的发生，给当前学界的现当代文学研究，也给本书带来许多宝贵的启示。姜涛先生的工作，偏重挖掘历史资料、细致描述"新诗"发生的过程中读者与作者之间的互动关系、公共传播空间与新诗发生之关系，回到新诗发生的原初现场、尽可能呈现历史的复杂性，视野独特，在论述中呈现出许多有价值的话题。而我的论述，主要是关注诗歌本体内部的语言、形式与现代性语境中的个体经验的纠结、互动对新诗[3]产生的影响；在论述方式上，注重的是对诗歌文本和语言

1　北京大学2002届博士学位论文，现代文学研究专家、北京大学中文系教授温儒敏先生指导。2005年4月收入洪子诚主编的《新诗研究丛书》，由北京大学出版社出版。

2　这部著作"采用'边缘'作为一诠释批判性观念来探讨现代汉诗发展的脉络，触及诗史上几个重要的运动和争议同时提供一理论架构来分析现代汉诗的现代本质，包括美学和哲学特征。'边缘'的意义指向是双重的：它既意味着诗歌传统中心地位的丧失，暗示潜在的认同危机，同时也象征新的空间的获得，使诗得以与主话语展开批判性的对话。"奚密（Michelle Yeh）：《从边缘出发——现代汉诗的另类传统》，第1页。

3　本文的谈论只到新诗的初期形态——白话诗为止，时间下限约为1919、1920年。

形态、艺术形式的理论分析。在晚清至"五四"这一中国现代知识分子追求现代性的语境下，我尝试通过对语言目标的追求和具体诗歌创作情况来考察"现代汉诗"的内在脉络和学理依据。

二、现代汉诗

真正将"现代汉诗"视为一种特定的诗歌形态、作为一种对诗歌"本体"的自觉意识来谈论20世纪中国诗歌，且论及其"发生"的，是国内的诗歌研究专家王光明先生。在其代表性的著作《现代汉诗的百年演变》中，王光明以"现代汉诗"诗学理念为出发点，谈论了大致从1898—1998年这一百年的诗歌演变历程。他将从晚清的"诗界革命"（1898年前后）到五四时期（1923年左右）这一时期称为新诗的"破坏时期"；从20年代开始，延续到40年代的诗歌在"诗形"和"诗质"方面双向寻求的时期，被称为"建设时期"；而从50年代到80年代，现代汉诗在大陆、台湾、香港得到了不同程度的发展，这一时期可以称之为"分化期或多元探索的时期"。尤其是他对"晚清"的论述对笔者深有启发，使笔者对现代汉诗"发生"的思虑延伸到晚清即1898年以前。

在人们的印象中，晚清诗歌似乎缺乏诗歌的审美性，只是一种过渡时期的产物而已。但王光明在此追究：为什么"必须过渡"？具体怎样"过渡"？留意晚清诗歌的人都会注意到，"诗界革命"的同仁们从一开始就没有人提出要反对那与"新语句"和"新意境"极不相称的"旧风格"（或"古人之风格"）。"以旧风格含新意境"。唯"新"的"诗界革命"话语似乎在此显出极大的矛盾：为什么其他都可以"新"，唯有"风格"不可以？为什么诗人们从不怀疑：诗歌的"新"，难道与作为诗歌整体特征的"风格"无关？为什么就没有人想触动这一最明显的矛盾物或撼动不了？这个症结主要在于王光明所说的中国诗歌"古典形式符号的物化"。"晚清诗歌最大的特点是以内容和语言的物质性打破了古典诗歌内容与形式的封闭性，是一种物质性的反叛。"[1] "它醒目地彰显了古典诗歌体制与现代语言经验的矛盾与紧张。"[2]晚清诗歌与现代性经验的表达、与现代语言的紧张关系表明了中国古典诗歌里的"权势的结构"及其束缚力量。虽然晚清诗人没有真正在诗歌内部找到解决的方案，但接下来胡适一代人正是从他们那里受到启发，胡适、陈独秀们就是以突破这"权势的结构"为起点，从语言、形式入手，以那不符合"结构"的、根本不能入诗的白话文（白话文事实上是一种说话方式，不求炼字、用典、韵律等）入诗，以自由诗的形式，在几经尝试与批评责难之后终于获得初步成功。在对晚清诗歌的述说中，我们看到了王光明对待诗歌历史的开放性（不"锁定"历史，轻易忽略它、评判它）和对诗歌"本体"的关注（着力于谈论诗歌文类的自身特征）。

王光明紧紧抓住现代经验（现代性语境、个体体验），诗歌文类特征（诗歌的情感、想象方式、形式问题），现代汉语、现代语言三个方面的问题，考察这些问题与具体的诗歌写作的碰撞，揭示现代性、诗歌、语言三者历时和共时的"权力"交叉与"利益"交换。他极力避免将开放的问题历史化、将亟待阐释的文本经典化、将"流动"的主体予以定性，而是力求开放探求的过程。在重新述说中国现代诗歌的百年历程，在辨析"现代经验""现代汉语""诗歌本体要求"三者互动关系的诗性言说之中，王光明尝试一种可以称之为"现代汉诗"的诗歌本体话语的建构。

这种在"三方互动"中谈论诗歌的话语建构方式虽不能给予诗歌本质的确立，但确实给我们显示出如何切近诗歌本体的一条有效路径。这一话语在诗歌研究和诗歌创作中的实践，对于培养辨识现代诗歌的纯正艺术直觉，培养现代诗歌写作在语言、形式、经验转换的自觉意识，具有非常实际的指导作用。毫不讳言，本书的写作与前二部（《"现代汉诗"的发生：

1　王光明：《现代汉诗的百年演变》，第24页。
2　同上书，第33页。

晚清至五四》《"现代汉诗"的眼光——谈论新诗的一种方法》[1]）一样，都深受这一诗学理念影响。本书仍然是"现代汉诗"诗学理念在我的新诗研究和当代诗歌批评中的实践。

三、诗的本质

无论是新诗旧诗，都涉及何为"诗的本质"、语言如何才有"诗性"诸问题。诗歌是一种特殊的言说，其特定的言说方式使语言活动产生丰富的意蕴，使那不可言说之物有得到言说之可能。在人的言语活动中，怎样的言说方式、有哪些机制会产生诗性？诗是语言的艺术，作为一种表意功能的"诗性"，首先必得在语言活动和文本构成的内在层面来谈。在汉语范畴内，新诗与旧诗，从表面上看，差别很明显。但看二者之间的"断裂"容易，而寻求其共通处不易。中国古典诗歌和现代新诗，表面上看是不同的"诗性"言说，其实有着产生诗意的共同的语言活动方式：许多优秀的诗篇，在独立性句法、意象并列、变换语法等说话方式上，是共通的；旧诗、新诗其外在形态的差异，只是汉语语言系统内的现代汉语与古代汉语表意方式的不同而带来的，但其实质仍然是汉语诗歌。着力于二者的共通处，而不是将二者分裂，这一眼光将使我们更深地理解汉语的语言特性和诗歌的文类要求。认识到二者皆是"汉语诗"，新诗的写作将会获得历史中的汉语文学在词汇、语法、句法和声律等方面更多的资源；认识到二者皆是诗，旧诗写作也会获得更多的经验表达、想象方式和形式等方面的革新与活力。

今天在汉语里，"诗性"是个意义广泛的概念，本书努力在特定语言活动之功能和诗意生成机制的意义上来理解诗性。人如何说话会发生"诗

---

1 《"现代汉诗"的发生：晚清至五四》是笔者的博士论文，完成于2005年5月；《"现代汉诗"的眼光——谈论新诗的一种方法》是之后的以"现代汉诗"理念看待新诗的批评实践。两本书2015年先后在中国社会科学出版社出版。

意"？在这一点上，汉语诗歌范畴内的文言诗歌与白话诗、近体诗与新诗，有共通之处吗？诚如俄国的语言学家雅各布森（Roman Jakobson，1896—1982）所说的："很大程度上，诗性仅仅是复杂结构的一部分，但它是一个必要的改变其他元素并且和它们一起决定整体之部分……只有当言语活动获得诗性（poeticity）——一个非常重要的诗之功能（poetic function）——之时，我们才可以谈论诗（poetry）。当一个词被视为一个词，而非仅仅是物体命名的表示或者是情绪的爆发之时；当词语和词语的组合、意义及内在与外在的形式，获得自身的重量与价值而非平淡无奇地指向现实之时，诗性（poeticity）出现了。"[1]作为一种语言活动之功能的诗性，使诗成为诗。谈论诗歌，首先应当回到文本内在的语言活动这部分。

谈论"诗意""诗性"，必得从语言活动的诗之功能开始，这个启示来自德国哲学家海德格尔（Martin Heidegger，1889—1976），来自那篇影响甚广的《荷尔德林与诗的本质》（1936）一文。在当代中国，人们常常忽视此文中海德格尔强调的"诗的本质"与语言活动之关系，直接奔向"充满才德的人类/诗意地栖居于这片大地"[2]这一存在状态。没有对语言层面上的理解，我们就很难明白"诗的本质"，那个"诗意地栖居"恐怕更加难以企及。"诗"与"诗意"，前者是一种文本，后者是文本产生的阅读效果或者从事诗歌写作这一活动带来的可能生活。我们可以不关心诗的语法规则、文本构成而真正明白诗要传达的真正的意蕴吗？不辨别这个问题，我们可能会在诗的不同形态和美学效果之间，只会看到差异（比如新诗与旧诗），看不到共通处。

海德格尔对"诗的本质"，首先的说明是："诗是用词语并且是在词语中神思的活动。以这种方式去神思什么呢？恒然长存者。……诗人给神祇

1　Roman Jakobson, "What Is Poetry?", *Language in Literature*, Ed. Krystyna Pomorska and Stephen Rudy, Cambridge, MA: Belknap Press, 1987. p.378.

2　[德]海德格尔：《荷尔德林与诗的本质》，刘小枫译，伍蠡甫、胡经之主编：《西方文艺理论名著选编》下卷，北京：北京大学出版社，1987，第582页。

命名，也给他们存在于其中的一切存在物命名。此一命名不是给已知的某物加上一个名称；毋宁说，当诗人说出了本质性的词语时，存在者就被这一命名为存在者了，于是就作为存在者逐渐知晓。诗就是词语的含义去神思存在。"[1]这个定义是激动人心的，它让我们感到作为一个诗人的荣光。的确，写诗，是一件纯真（超功利）而神圣（给存在者命名，像上帝授权亚当为动物命名一样[2]）的事。但是，关于这纯真和神圣，海德格尔在此文中做了逐一说明。

首先，"把写诗视为'人的一切活动中最为纯真的'，我们还没有把握到诗的本质。不管怎么说，这只是提示我们必须在何处去寻诗的本质。诗在语言的国度以语言的'材料'创造了自己的产品。[3]"这"人的一切活动中最纯真的活动"的领域却是"所有拥有物中最危险的东西"。"说语言是'所有拥有物中最危险的'又是什么意思呢？它之为所有危险物中的危险物乃是因为它最早造成了危险的可能性。危险就是存在者对存在的威胁。人被开启而明晓自己作为存在者得为自己的此在而苦恼、焦虑，作为一个非存在者又使自己失望和不满，这正是语言的功劳。正是语言最先造成了威胁、扰乱存在的明显条件，从而造成了丧失存在的可能性，因此说语言是危险物。……在语言中，最纯粹的东西和最晦暗的东西亦即最复杂的东西和最简单的东西都可以用言辞表达出来。即使是带来本质性的词语，只要它必得为大家所领会并成为共同的拥有物，就必得使自己普通化。……词语作为词语从来没有直接保证它是一个本质性的词语还是模仿性的词语。相反，本质性的词语由于其简朴看起来就像是非本质性的词语。另一方面，那被装扮得像是本质性的词语，只不过是为心灵背诵或重复的某些

1　［德］海德格尔：《荷尔德林与诗的本质》，刘小枫译，伍蠡甫、胡经之主编：《西方文艺理论名著选编》下卷，第581页。

2　中文和合本《圣经·创世记》第2章第19—20节说："耶和华　上帝用土所造成的野地各样走兽和空中各样飞鸟都带到那人面前，看他叫甚么。那人怎样叫各样的活物，那就是他的名字。那人便给一切牲畜和空中飞鸟、野地走兽都起了名。""那人"即亚当。

3　［德］海德格尔：《荷尔德林与诗的本质》，第576页。

东西。所以，语言必须总是在其自身确证的显现中展示自身。这样就危及了语言的最重要的特征——纯真的述说。"[1]

其次，虽说"我们把靠词语的意义去神思存在视为诗的本质"[2]，但我们通常忘记这个神圣活动的前提——"靠词语的意义"，因为"诗的活动领域是语言。因此，诗的本质就必得通过语言的本质去理解。尔后，下述这一点也就昭然若揭了：诗是给存在的第一次命名，是给一切存在物的第一次命名。诗并不是随便任何一种讲述，而是特别的讲述，它首先引出了对我们所讨论以及日常语言中关涉到的一切的敞开。因此，诗绝非是把语言当作在手边的原始材料来运用，毋宁说正是诗首先使语言成为可能。诗是历史的人的源初语言，所以应该这样颠倒一下：语言的本质必得通过诗的本质来理解"。[3]

"诗并不是随便任何一种讲述，而是特别的讲述。"对于当代汉语诗坛而言，我们与其常常谈论诗意、诗性、神性、神圣、精神……这些词，还不如回到最根本的地方——语言。"诗的活动领域是语言。因此，诗的本质就必得通过语言的本质去理解"，没有语言（"词语的语系和句法规则"[4]）的活动，就没有诗的产生，就没有我们盼望的诗意。当代许多诗人，在写诗的事情上，企慕的是那个神圣命名的职责，但却忘记了另一个必要的素质：诗的本质是一种语言活动，我们对这一活动的内在规则了解吗？那种"特别的讲述"的特殊性在何处？太多大而化之的谈论，却不去凝视"诗"这一文体的内在构成，这是当代汉语诗歌常常在文本上质量不高的一个原因。

海德格尔的诗和语言活动，肩负着拢集存在者的存在之使命，诗歌的命名不是给事物加上符号、属性之类，而是使存在者的存在显现出来，使

1　［德］海德格尔：《荷尔德林与诗的本质》，第577—578页。

2　同上书，第582页。

3　同上书，第583页。

4　同上书，第579页。

事物因命名成其所是。诗是一种召唤，"在召唤中，在适当的联系中，物召唤天地人神，物联系世界，呈现出意义来"。[1]曾经想成为一名牧师的海德格尔，其"诗"与"诗意地栖居"，某种意义上是对上帝在场的生活状况的一种呼唤，一种哲学化的表达，内里是有与基督教相关的神圣性的。但对本书来说，海德格尔关于"诗的本质"的谈论，值得我们注意的是：诗之神圣性、诗意是一回事，而诗之本质构成又是一回事，前者因后者而实现，前者使后者有了超越性、形而上品质。在谈论诗之神圣性、诗意之前，我们是否也应该如此：先关注诗的语言活动、诗之文本构成？

出于对海德格尔这一概念的魅惑，也出于对何为汉语的"诗性"这一问题的痴迷，我大多数诗歌批评的中心是借着新诗批评的展开，探寻汉语诗歌之"诗的本质"。所谓"诗的本质"，指的是不断变化的诗意生成机制，那些使语言活动成为"诗"的东西。

1　转引自徐友渔、周国平、陈嘉映、尚杰：《语言与哲学——当代英美与德法传统比较研究》，北京：三联书店，1996，第153页。

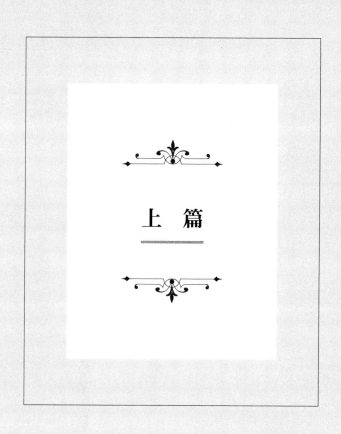

上　篇

一

如何认识新诗

对新诗的理解

新文学的发生、新诗的诞生大约也已百年。若从时间上抠，一般认为新文学是以1917年1月《新青年》第2卷第5号胡适（1891—1962）《文学改良刍议》的发表为开端，而第一首新诗，一般认为是1917年1月出版的《新青年》第2卷第5号上胡适的白话诗《蝴蝶》，但严格说来，新诗更早意义上的"第一首"可能是胡适1916年7月22日写的《答梅瑾庄——白话诗》。不过，在胡适的《谈新诗》（《星期评论》双十节纪念号，1919年10月）一文发表之前，新诗一般被称之为"白话诗"，"白话诗"是新诗的初期形态。说如今是"新诗百年"也没有多大错。

新诗是相对于中国古典文学中的主要文学形态——古体诗、近体诗（律诗）而言的，其最明显的特征是：在语言上它是白话文，在形式上它是自由诗。谈论诗歌我们抓住语言和形式这两个特征是非常必要的，不过也要看到诗歌发生的根本——特殊的个体经验，因为诗是一种经验、语言和形式相互寻求、三方互动的艺术。从"新诗"所在的历史境遇看，与此相关的分别是：个体的现代的现实境遇，汉语所必须面临的现代转换和诗歌传统形式与现代经验的冲突。新诗即诞生于这三者的纠缠与互动中。

"新诗"这一概念标明了其与古典诗歌的差别，但我们也应看到，这一概念有时并不能很好地谈论晚清以来中国诗歌问题的复杂性。"新诗"是与"旧诗"相对的，这一命名无法指涉诗歌的本质和价值；在诗歌的写作实践中，"新"和"旧"的因素、现代和传统的东西，并不是意识形态中的对立关系，而是转化、交换关系；"新"的诗不见得是"好"的诗，"旧"诗的方法未见得就不能在"新"诗里使用。严格地说，新诗是一种现代汉语诗歌，它至少涉及三个方面的特征或问题：它是"现代"的，是用不成熟的"现代汉语"写的，但无论怎么写，它的目标都是"诗"。所以现在，我们谈论新诗时常以"现代汉诗"概念思想之，其原因在于"现代汉诗"概念强调了论诗不可或缺的三要素：现代（经验）、汉语、诗歌。[1]

新诗的来源

我们考察新诗的产生，首先要追溯到个体经验面临剧烈变化的那个晚清以来的"现代"语境，以及现代中国知识分子在其中所感到的既有语言和文学形式言说经验的困难。晚清诗歌也有革命与求新，但其义不在于"诗界革命"同仁在文化层面上多大程度地为中国输入了"欧洲之真精神真思想"，也不在于《清议报》《新民丛报》等报刊上的诗作是否成功地"以旧风格含新意境"，更不在于南社的干将们将古典诗艺发挥至多么娴熟的境界，而在于类似黄遵宪那种在"旧风格"和"新意境"之间彰显各种

---

1 所以，"现代汉诗"概念的提出绝不是时髦，毋宁说此概念对新诗研究有"范式"转型之意义——它是一种机制：这种机制唤醒你对新诗更合理的认识。对那些很少意识到新诗是一种现代汉语诗歌（谈论新诗最好要有对"现代""汉语""诗歌"等基本范畴的多重认识）的人，此概念是必要的启蒙。

内在矛盾的诗歌写作。晚清诗歌面对的是诗人之于新现实的言说诉求，但是在旧有语言符号系统和形式秩序的规约下，这种言说诉求的实现显得极为困难。这是晚清诗歌最大的矛盾，它表现在具体的写作中是"新意境"（现代经验、意识）与"旧风格"（传统诗歌体式）的冲突，是"有新事物"与"无新理致"的不协调，是以流俗语、口语为诗和"以文为诗"与古典诗的阅读"程式"、句法、章法之间的矛盾。这些矛盾使晚清诗歌怎么看起来都是"旧瓶装新酒"，不能给人真正的"新"的感觉，与真实的现代经验还是很隔膜。

　　一个常见的例子是，诗歌写到晚清，常常给人有相似之感，作者和读者很容易就会陷入审美程式化的"陈言套语"当中，这种陈言套语往往与个体生存的真实情状相差甚远，难以传达真正的现实经验，使诗歌停留在"文胜质"的层面。个体经验被文学的程式化所放逐，这已是旧体诗写作的一个普遍问题，所以在《文学改良刍议》中胡适说："今之学者，胸中记得几个文学的套语，便称诗人。其所为诗处处是陈言滥调，'蹉跎''身世''飘零''虫沙''寒窗''斜阳''芳草''春闺''愁魂''归梦''鹃啼''孤影''雁字''玉楼''锦字''残更'……之类，累累不绝，最可憎厌。其流弊所至，遂令国中生出许多似是而非，貌似而实非之诗文。"[1]

　　另一个有趣的例子来自胡适在美国留学时的朋友胡先骕（1894—1968），他也是白话文、白话诗最主要的敌人。他曾作词一首，表达留学生涯中的思乡之情，全词如下：

　　　　玉楼飞渡天风远。悠扬乍低还住。风拨频挥，鸾丝碎响。无限幽情低诉。愁魂黯停。听急管哀筝。和成凄楚。一曲梁州。天下游子泪如雨。

　　　　荧荧夜灯如豆。映幢幢孤影。凌乱无据。翡翠衾寒。鸳鸯瓦冷。

1　胡适：《文学改良刍议》，原载1917年1月《新青年》第2卷第5号。后收入1935年10月15日良友图书印刷公司出版的《中国新文学大系·建设理论集》，第37页。

禁得秋霄几度。么弦漫语。早丁字帘前。繁霜飞舞。袅袅余音。片时犹绕柱。[1]

胡适注曰："此词骤观之，觉字字句句皆词也，其实仅一大堆陈套语耳。'翡翠衾''鸳鸯瓦'，用之白香山长恨歌则可，以其所言乃帝王之衾之瓦也。'丁字帘''么弦'，皆套语也。此词在美国所作，其夜灯绝不'荧荧如豆'，其居室尤无'柱'可绕也。至于'繁霜飞舞'，则更不成话矣。谁曾见繁霜之'飞舞'耶？"此词写的是胡先骕夜晚听到邻室弹"曼它林（mandoline，今译"曼陀铃"）"时的感受。一个人留学海外，夜闻曼陀铃的天籁之音，当思绪万千，人的情感经验最为丰富复杂。词中作者的孤独、感伤之情是可以理解的，胡适嘲笑的也不是词的"内容（精神）"，而是词的写法。整首词写作时间大约是1915、1916年。在20世纪初，欧美的工业化就已达到一定程度，巴黎万国博览会的辉煌灯火和纽约的摩天大楼都是"现代"历史的标志性硬件，钢筋水泥的美国楼房绝不是中国古典式的"玉（宇琼）楼"，电气化的夜晚也不会"荧荧夜灯如豆"，留学生宿舍恐怕也不会如中国古代建筑可以"映幢幢孤影。凌乱无据。……袅袅余音。片时犹绕柱"。在这里，胡先骕的写作就呈现出这样的问题：从他的诗词的语言、意象来看，诗中的情感经验没有任何的当下性，他个人化的言说和一千多年前的唐宋诗人所表达的哀怨、孤独没什么区别；但事实上以他当下的经验来说，他的诗歌言说则完全是失败的，这里面没有他的情感经验的个体性。

"五四"前后的胡适新一代知识分子，正是站在晚清诗歌的矛盾性的起点上，认定了"用白话替代古文"[2]的语言革命目标，认定必须真正地更

1　胡先骕：《齐天乐·听邻室弹曼它林》，载《南社丛刻》第15集，1916年1月。

2　胡适：《逼上梁山》，原载1934年1月1日《东方杂志》第31卷第1期。后收入1935年10月15日良友图书印刷公司出版《中国新文学大系·建设理论集》，第10页。

换诗歌的语言符号系统，由此甚至不惜偏激地将文言定为"死文字"（以胡适等人对于文言文的认识，这当然只是策略性的革命主张）。但是，更新诗歌的语言符号系统，这在晚清时期诗人们也曾努力过，用流俗语、口语、"白话"不一定就能写出"新"的诗，因为制约晚清诗歌写作的还有一个内在的古典诗歌艺术成规。这个成规既使梅光迪、任叔永等人坚守什么是诗、什么不是诗的古典诗歌审美程式，也使胡适看到了更新汉语诗歌言说方式的突破口：那就是胡适从白话诗词中确立了新的诗歌阅读程式，并立志以"作文"的方式"作诗"[1]，以讲求"文法"[2]等手段从诗歌内部真正更新汉语诗歌的传统规则。由此我们可以说，晚清诗歌由于受到自身审美程式和形式成规的制约，虽在局部上接纳了许多新事物、新名词，但只是部分地更新了诗的语言符号系统，没有触及诗歌整体的言说方式；而胡适的以白话为诗、以"作文"的方式为诗，却是触动了汉语诗传统的语法结构，带来一种新的诗歌体式。

新诗的目标

胡适力求以"说话"的方式作诗，虽使汉语诗歌的传统韵味大大丧失，负面意义不可避免，但却建构了一种新的诗歌语言体系和言说方式。由于诗是传统文学中最坚固的壁垒，中国古典文学的经典作品基本上是诗歌体式，革新了诗，几乎革新了全部。诗的言说方式的更新，对更新汉语言说方式这一现代性的宏伟目标，自有事半功倍之效。

1　"诗国革命何自始，要须作诗如作文"，胡适：《依韵和叔永戏赠诗》，《胡适留学日记》，第790页，上海：商务印书馆，1947。

2　1915年6月6日，胡适在日记里首次以"文法"来谈论中国诗歌（胡适：《词乃诗之进化》，《胡适留学日记》，第660页）。至此，从胡适的文章里可以看出，有无"文法"一直是他对待语言和文学的一种重要尺度。

胡适说："白话作诗"，"不过是我所主张'新文学'的一部分"。他的目标是解决中国传统的语言形式与现代经验相脱节的问题，寻找适应"现代"的汉语言说方式，文学不过是他的"实地试验"的最佳场域，"白话诗"则是检验"试验"到底能取得多大成功的重要尺度。事实上，"白话"只是胡适的文学革命的工具，是他个人"从中国文学演变的历史上"寻得的"中国文学问题的解决方案"，是文学形式的革新基点，唯有通过文学形式的革新才能使中国语言文学能够接通现代性的思想、经验，"白话"不是胡适倡导文学革命的最终目标，其最终目标乃是通过白话文运动来实现一种合理的民族共同语——国语的发生。"我们所提倡的文学革命，只是要替中国创造一种国语的文学。有了国语的文学，方才可有文学的国语。有了文学的国语，我们的国语才可算得真正国语。国语没有文学，便没有生命，便没有价值，便不能成立，便不能发达。"

通过建设"国语的文学"来实现"文学的国语"，这是胡适一代人的梦想，我深以此梦想为是。语言必得在文学中锤炼、锻打，而诗歌就是最好的熔炉，这是诗歌对一个民族的语言的意义。

其实诗歌有什么用？其能做的事或首先要做的事，就是隐约地或直接地改变一个民族的语言，然后是在这种语言中改变一个民族的"感受性"，最终使那个民族的人有点诗意，像个"人"。胡适的目标与方式与现代大诗人T.S.艾略特的想法是大体符合的："诗的最广义的社会功能就是，诗确实能影响整个民族的语言和感受性……在某种程度上，诗能够维护甚至恢复语言的美，它能够并且也应该协助语言的发展，使语言在现代生活更为复杂的条件下或者为了现代生活不断变化的目的保持精细和准确……"[1]因着这些原因，诗人该做什么或能做什么？艾略特说："诗人作为诗人对本民族只负有间接义务，而对语言则负有直接义务，首先是维护，其次是扩展

---

[1] T.S.艾略特：《诗的社会功能》，收入《艾略特诗学文集》，王恩衷编译，北京：国际文化出版公司，1989，第245页。

和改进。"[1]

"五四"时期，胡适的文学革命策略、郭沫若在诗集《女神》中确立的现代"自我"（旧诗中不明显）的形象和"自由诗"的形式，基本上奠定了新诗的言说方式和独特体式。他们的勇气、智慧、激情、意志力和对文学的态度是令人敬佩的。我曾经看到一种论调，说"从《尝试集》来看，中国当时的诗歌就像一个傻瓜一样"[2]，这只能是一种"傻瓜"论调。

新诗的问题

诗歌通过改变语言来改变一个民族的感受力，一切的"革命"都当在这其中发生。话虽这样说，但由于"五四"以来中国特殊的历史境况，以及在这种境况中知识分子对民族危亡的深重忧患意识、对于诗歌功能的急切诉求，新诗总是偏离诗的轨道。新诗的"新"，在历史中演进为一种价值尺度，人们渐渐把经验、意识、感觉、思想等层面的东西的新异作为诗歌好坏的标准（现在多少人仍然如此），而忽略了诗是这些层面与语言、形式的纠缠、互动的结果。

有学者认为，对新诗的认识与期待自"五四"以来，"逐渐演变为唯'新'是举的历史情结。它最大的特点是对'时代精神'的膜拜，在现代

1　T.S.艾略特：《诗的社会功能》，收入《艾略特诗学文集》，王恩衷编译，第243页。

2　广州、海南的诗人评论家开会，认为新诗九十年至少这后三十年已经非常伟大："现代人已经把诗意挖到一个很深很深的地方，每个人都有一类诗意，一种诗意，这怎么是平平仄仄能够装得下的呢？怎么会是前六十年诗歌那个小容器装得下呢？现在这些人没有看到中国新诗对中国这个民族内意识的挖掘。""我们民族每一个灵魂的角落，不同的层面，都被现代人表现出来了。反对他的人，正是没有这种灵魂的分层，灵魂还是铁板一块，是毛泽东的灵魂，是阎锡山的灵魂，当然不会认识到诗歌的这种广阔性。"见平行网的帖子《于坚、多多、王小妮、李亚伟、雷平阳、徐敬亚、谢有顺谈"中国新诗90周年"》，网址：http://my.ziqu.com/bbs/665701/messages/69913.html。

性的寻求中衍生出两种表面相克、实质相通的现象。一是对新现实的迷思，诗歌不仅反映而且作为促使'行动'的力量，直接参与了20世纪中国革命的历史进程，在革命中完成了自身的换位：这就是批判与抒情的分离和诗歌革命到革命诗歌的转移。二是'现代化'的迷思，对西方意识形态、语言形式和表现策略缺乏从自身经验和语言根性出发的深刻反思，在西方现代主义思潮的影响下，片面追求意思的复杂性和表达的复杂性。"[1]

所以"九叶"诗人陈敬容在40年代曾说："中国新诗虽还只有短短一二十年的历史，无形中却已经有了两个传统，也就是说，两个极端，一个尽唱的是'梦呀、玫瑰呀、眼泪呀'，一个尽吼的是'愤怒呀、热血呀、光明呀'，结果呢，前者走出了人生，后者走出了艺术，把它应有的将人生和艺术综合交错起来的神圣任务，反倒搁置一旁。"[2]这是新诗长期存在的弊病，但在新诗百余年的历史中，尤其是三四十年代，也浮现出废名、卞之琳、穆旦、冯至等杰出的诗人。（基于此，今天一些当代诗人认为"当代中国诗歌"的成绩上远远超越了现代时期[3]。这种看法似乎不能成立。）

从现代到当代，新诗的最大问题是什么？对当代诗歌问题极有洞见的诗人、学者臧棣说："自现代以来，诗歌文化的自主性一直受制于历史势力的裹胁。诗歌的工具化日益严重。昔日，人们要求诗服从政治，充当历史的工具；而今，又要求诗歌参与对神话的清除。现代人为诗歌设定了一个文化政治任务，就是诗歌应该积极地卷入到现代的祛魅运动之中。不仅参与其中，还要充当祛魅运动的先锋。而诗歌的祛魅又被简约地归结成反乌

1　王光明：《中国新诗的本体反思》，载《中国社会科学》，1998年第4期。

2　默弓（陈敬容）：《真诚的声音》，载《诗创造》第12期，1948年6月。

3　比如诗人清平说："1980年底后期至今三十年的当代中国诗歌，其所取得的成就，其在诗歌多个方面拓展、发现的意义，在未来诗歌史的评述中的地位将远超此前七十年的中国诗歌。……他们面对一个前所未有的复杂的当下，和一个更加复杂但也更加开阔的未来，背靠一个分类精细、随取随用的传统资源库——他们几乎不可能写出逊色于前辈的诗歌。"清平：《创作谈》，载《草堂》2016年第7期。

托邦、反神话、反浪漫主义。祛魅就是回到日常经验，回归到常识，回归到普通人的身份。也许，从诗歌与题材的关系上，从诗歌与修辞习性的关系上看，这些主张都有自己合理的出发点。但我觉得，当它们成为一种文学时尚后，却也造成了对诗歌的基本使命的遮蔽。日常经验只是诗歌写作的起点之一，它不应该是排他的。我们书写诗歌，阅读诗歌，体验诗歌，最根本的目的不是想通过诗歌获得一种生活的常识，而是渴望通过诗歌获得一种生命的自我超越。诗歌文化真正萦怀的是生命的境界。诗歌是一次关于人生境界的书写行动。"[1]

当代诗歌摆脱了政治、历史、文化的重负，又回到了一个自愿的幼稚园时代，把常识当超越，以简单为满足，反复剔除诗歌写作与生命关联中的神圣性、神秘性和复杂性，忽视诗歌写作的难度，也嘲笑这种难度意识。此类情形，透过"梨花体"事件、网络上铺天盖地的论坛、社会上层出不穷的民刊等方面均会让你印象深刻。

新诗的未来

在当代中国，诗写得晦涩一点、技艺复杂一点就会遭到诟病[2]，曰：看不懂；诗写得知识分子习气一点更会遭到嘲笑："仿佛外国诗、翻译诗。"

---

[1]　臧棣：《执着于诗是我们的一次传奇》（获奖演说），《南方都市报》"华语文学传媒大奖特刊"，2009年4月12日，B22版。

[2]　"中国当代诗歌的最大的政治正确是'民间'……在当代诗歌的政治正确中，如果一个诗人推崇技艺，那么仅仅是从诗人写作涉及最古老的词语手艺这方面去发言，也会被乌合之众唾弃为形式主义者，或是舍本逐末地将技艺置于生命之上的匠人。当代诗歌文化在某些方面秉承了新诗历史上对技艺的反智主义立场。这同样同一种浅薄的诗歌政治有关：因为在任何场合下，诗人谈生命的本真都不会错，而且还会显得很放达豪迈。而谈诗歌技艺，则马上会陷入到对具体问题的关注，而且很容易流入趣味之争。"臧棣：《如果诗歌赢得了大众，它就失去了自我》（访谈），《南方都市报》"华语文学传媒大奖特刊"，2009年4月12日，B23版。

诗歌不培养它的读者，难道是按照读者需要生产什么样的诗歌？臧棣是"华语文学传媒大奖·2008年度诗人"的获得者，但他亦是这个时代最遭非议的诗人：喜欢者非常喜欢（他的诗里有卓越的想象和技艺，以及随之而来的独特的生命感觉），讨厌者提起他常极为愤激（正是他这种"饶舌"的写作推动了"晦涩""知识分子写作"的不正之风）。他在获奖后的访谈中说到他对诗歌的认识和新诗的未来："没有对生命的超越性的关注，就不会有真正的诗歌。诗歌不会在任何意义上赢得大众。因为没有一种所谓的大众需要诗歌去赢得他们。如果诗歌赢得了大众，那么诗歌就失去了它的自我。诗歌是为个体生命的尊严和秘密而准备的。……学会尊重诗歌，对每个人都有好处，也对整个文化自身的品性和活力有好处。新诗的未来在于我们有没有能力创造出一种强健的诗歌文化。因为优秀的诗歌，我们早就写出了。卞之琳早在30年代就已经写诗写得如此出色了。但为什么在我们的文化语境里，他的身影一直是作为一个半大不小的诗人而出现的呢？这不是他的问题，这是我们文化结构本身的问题。"[1]我想这里臧棣批评的可能是我们这个时代的诗歌太迁就所谓的"大众"。我们的文化结构及此结构中的人，对诗歌而言，可能智商偏低。比迁就大众更重要的是，我们要培养有一定诗歌素质的读者。

写作上的缺乏难度意识，这可能是当代新诗一个非常醒目的问题。太多人在写，谁都觉得自己可以写诗，谁都可以成为诗人。另外可能还有：在阅读上太追求"一针见血"的效果，追求诗歌中有一种快速击打我们、让我们感动的东西。前者带来写作上的速成、高产，满足的是一个人的文学欲望（谁都有幻想自我和现实的权利），文学当然谁都可以玩，对于那些并不追求玩得如何专业的人来说，这种状况无可厚非；后者则让我不满，因为这里边有对诗歌写作的错误认识，因为诗歌写作的机制是复杂

1 臧棣：《如果诗歌赢得了大众，它就失去了自我》（访谈），载《南方都市报》"华语文学传媒大奖特刊"，2009年4月12日，B23版。

的，其意蕴亦是复杂的，我相信好诗是需要耐下性子、带着对人性、语言和诗歌形式的极大敬畏去读的。哪有那么多的好诗，一拿到我们面前，我们就会如看戏一般，听几嗓子就高叫一声好？这种认识只会使一些诗人写诗越来越追求天启、灵感与激动，将写诗弄得很神秘、很被动，而忘了写诗是一件复杂的事：他需要的不仅是个人独特的意识、感觉、经验、思想，还需要技艺的研习、修辞的操练。甚至，经验上的深刻与广阔，不需要广博的阅读和一定的文化吸收能力？

在当代中国很多诗人看来，英国诗人、批评家艾略特（T.S. Eliot, 1888—1965）的话简直是疯话，他竟然说什么"对于任何一个超过二十五岁仍想继续写诗的人来说"，"历史意识几乎是绝不可少的"，这种意识"迫使一个人写作时不仅对他自己一代了若指掌，而且感觉到从荷马开始的全部欧洲文学，以及在这个大范围中他自己国家的全部文学，构成一个同时存在的整体，组成一个同时存在的体系"。"这种历史意识同时也使一个作家最强烈地意识到他自己的历史地位和他自己的当代价值。""从来没有任何诗人，或从事任何一门艺术的艺术家，他本人就已具备完整的意义。"[1]当代诗人中，像西川那样有意博览群书、广泛涉及各种文化经典、试图通晓欧洲和自己国家的"全部文学"的[2]，大约很少。当代诗人中，像臧棣这样有意以自己的诗歌写作改变人们对诗和写作的观念，同时在每一个历史时期都能准确地把握诗歌的转向，"强烈地意识到他自己的历史地位和他自己的当代价值"的[3]，大

---

1 ［英］T.S.艾略特：《传统与个人才能》，见《艾略特文学论文集》，李赋宁译，南昌：百花洲文艺出版社，1994，第2—3页。

2 我说的是"试图"，人虽不可能做到，但这是一种必要的意识。西川诗文录《深浅》（中国和平出版社，2006）中《鸟瞰世界诗歌一千年》等文章再次给我这种印象。

3 我个人认为，臧棣在不同历史时期都有相应的诗歌写作变化和出众的诗歌评论，给人们对当代诗歌以启示性的认识。评论方面，像被广泛引用的论文《王家新：承担中的汉语》（《诗探索》，1994年第4期）、《后朦胧诗：作为一种写作的诗歌》（《中国诗选》，成都：成都科技大学出版社，1994）、《诗歌：作为一种特殊的知识》（《文论报》1999年7月1日）就分别谈到了朦胧诗写作中的个人转型、后朦胧诗写作的根本特征、20世纪90年代历史语境中我们对诗歌的认识等重要问题。

约很少。而当代诗人中，认为自己的诗歌最厉害、"本人就已具备完整的意义"的，已经不少（关于这一点，似乎不用举例）。

"从人的成长来说，我们一生都在学习关于生命的技艺。在非洲草原上，小猎豹的成长也离不开对捕杀技艺的学习。技艺本身其实是生命力的一种体现。同样的道理，在诗歌领域，作为诗人，我们也必须终身磨炼我们的技艺。这是最起码的责任。在这个问题上，我曾多次引用庞德的话：技艺（技巧）是考验诗人是否诚实的唯一的手段。在诗歌这一实践类型中，技艺是诗歌是否诚实的唯一的保障。在我看来，诗歌文化维护的是一种人类的感受力。而要有效地传达这种感受力，展示这种感受力，都离不开对技艺的锤炼。"[1] 如前所言，诗歌要做的事是在语言的创造中改变、看顾一个民族的感受力，在这里，臧棣说到这种感受力是离不开技艺的锤炼的，因为技艺本身其实是生命力的一种体现。对于新诗的未来而言，我们没有理由不希望诗人认真对待诗歌写作，改变对诗歌的观念。"现代汉诗"理念、诗歌与现实之关系[2]、在写作中有难度意识和操练技艺的意识等问题，都是应当重视的。

1　臧棣：《如果诗歌赢得了大众，它就失去了自我》（访谈），载《南方都市报》华语文学传媒大奖特刊，2009年4月12日，B23版。

2　当代诗人许多人太依赖对"现实"作题材或主题性的分享或消费，或专注于将诗歌作为现实/生命/生活……的一种投射，而忽视了诗歌的功能可以在感觉和想象中创造一种新的"现实"，或者说诗歌本身就是一种"现实"。

二

新诗的发生：晚清诗歌变革中的语言问题

从"新学"到"新学之诗"

甲午战争以来，中国知识分子普遍存在民族危亡的意识，古典性的个体体验在此历史时刻面临着危机，人们不得不进入一个现代性体验不断发生的新的历史时间。为"唤起吾国四千年大梦"（梁启超：《戊戌政变记》），知识分子们以办学、办报、著述、翻译等多种方式开始大量介绍西学，以西方新知来"开启民智"、救治国魂是他们回应现代性的民族危机的一个重要策略。"新学"是他们经常谈论的话题，由于"新学"，也诞生了"新学之诗"。晚清诗歌一个显著的现代性特征就是大量的"新名词"在诗行中出现，诗人们热衷于实践这种新的写作。

光绪二十一年乙未（1895），二月梁启超入京会试，三月康梁等人"公车上书"，六七月间梁启超协助南海先生（康有为）在北京创办《万国公报》（即《中外纪闻》）和强学会，竭力倡导西学。梁启超（1873—1929）在北京先认识夏曾佑（1863—1924），然后是谭嗣同（1865—1898）。夏、谭二人对梁启超学术生涯极有影响。据梁启超自述："启超屡游京师，游交当世士大夫，而其讲学最契之友，曰夏曾佑、谭嗣同。曾佑方治龚、刘今

15

文学,每发一义,辄相视莫逆。……嗣同方治王夫之之学,喜谈名理,谈经济,及交梁启超,亦盛言大同,运动尤烈。而启超之学,受夏、谭影响亦至巨。"[1]他们三人的相聚,可算是年少轻狂,妙趣横生,梁启超回忆道:"几乎没有一天不见面,见面就谈学问,常常对吵,每天总对吵一两场……穗卿和我都是从小治乾嘉派考证学有相当素养的人,到我们在一块的时候,我们对于从前所学生极大的反动。不惟厌他,而且恨他。穗卿诗里头'冥冥兰陵门,万鬼头如蚁。质多举只手,阳乌为之死'。……我们要把当时垄断学界的汉学打倒,……我们主观上认为已经打倒了,'祖褐往暴之,一击类执豕。酒酣掷杯起,跌宕笑相视。颇谓宙合间,只此足欢喜'。这是我们合奏的革命成功凯歌,读起来可以想起我们狂到怎么样,也可以想见我们精神解放后所得的愉快怎么样。穗卿自己的宇宙观人生观,常喜欢用诗写出来,他前后作有十几首绝句,说的都是怪话,……当时除了我和谭复生外没有人能解他。谭复生和他的是:'……金裘喷血和天斗,黄竹闻歌匝地哀。徐甲倘容心忏悔,愿身成骨骨成灰。''死生流转不相值,天地翻时忽一逢。且喜无情成解脱,欲追前事已冥蒙……。'这些话,都是表现他们的理想,用的字句都是象征,当时我也有和作,但太坏,记不得了。"[2]厌旧学,喜新学,在他们谈学论道的同时,也诗情洋溢,实践所谓的"新诗"。这里的"新诗",即当时那些在古典诗歌体式中实践了"新名词"的诗作。

"复生自喜其新学之诗……盖当时所谓新诗者,颇喜枰扯新名词以自表异。丙申、丁酉间,吾党数子皆好作此体。提倡之者谓夏穗卿,而复生亦綦嗜之。此八篇中尚少见,然'寰海惟顿毕士马',已其类矣,其《金陵听说法》云:'纲伦惨以喀似德,法会盛于巴力门。'喀似德即Caste之

---

1 梁启超:《清代学术概论》,收入《饮冰室合集》专集之三十四,北京:中华书局,1989,第61页。

2 梁启超:《亡友夏穗卿先生》,载《晨报副刊》1924年4月29日。收入《饮冰室合集》文集之四十四。

译音，盖指印度分人为等级之制也。巴力门即 Parliament 之译音，英国议院之名也。……穗卿有绝句十余章，专以隐语颂教主者。……其余似此类之诗尚多，今不复能记忆矣。当时在祖国无一哲理、政法之书可读，吾党二三子号称得风气之先，而其思想之程度若此。今过而存之，岂惟吾党之影事，亦可见数年前学界之情状也。"[1]从这段记述来看，诗歌中"新名词"的盛行，当是在甲午战争稍后的"丙申、丁酉间"，如果还要追溯"新诗"的起源，当是夏、谭、梁三人"乙未（1895）秋冬"[2]在北京的聚集时期。

夏、谭、梁三人由谈论"新学"到实践"新学之诗"这一时间，与后来梁启超在《夏威夷游记》中所明确提出的"诗界革命"联系起来，我们可以视之为"诗界革命"的准备阶段。梁启超在"戊戌政变"（1898年9月）失败后，逃亡日本，在日本受到西方文化思想的强烈冲击，开始脱离其师康有为的思想藩篱，直接用西方的"独立""自由"等思想开启"民智"。戊戌十一年，《清议报》在日本横滨创刊，梁任主笔，从第一册起即专辟《政治小说》及《诗文辞随录》，分别刊登小说与诗文（主要是诗）。随着新思潮的影响，以新思想和新名词为特征的诗歌创作开始活跃在《清议报》上，丘逢甲、郑西乡等诗人的作品均出现在此时间。己亥（1899）十一月梁启超应美洲华侨之邀出游美洲，在海上风浪晕船的间隙，诗兴大发，也对几年来的诗歌实践做出回顾与反思，提出晚清诗歌变革正式"宣言"："支那非有诗界革命，则诗运殆将绝！"[3]至此，晚清诗歌变革总算有了一个正式的名目，"诗界革命"也开始处于一个上升的时期。

壬寅（1902）正月，《清议报》停刊，《新民丛报》创刊，"诗界革命"在《新民丛报》上继续进行。该报从第一号起，原先的"诗栏"改为"诗

1　载《新民丛报》第29号，1903年4月11日。收入梁启超：《饮冰室合集》文集之四十五《诗话》，第40—41页。

2　梁启超：《亡友夏穗卿先生》。

3　该文原载《清议报》，收入林志钧编《饮冰室合集》中题为《夏威夷游记》（旧题《汗漫录》，又名《半十九录》），为《新大陆游记》节录。引自《饮冰室合集》专集之二十二，第191页。

界潮音集"，显得比以前更加醒目。《清议报》和《新民丛报》先后成为"诗界革命"的主要阵地。梁启超1902年起开始在报上连续发表《饮冰室诗话》，对这一诗歌运动做理论上的指导。这一时期，晚清的革命思潮也在愈演愈烈，"诗界革命"有配合政治革命之意。

1902年秋冬季节至1903年，随着梁启超在对"革命"问题上看法的改变，梁启超在对"诗界革命"的理论引导上有重大改变。许多论者认为这是梁启超"政治上的退步""理论上倒退"。[1]（1904年之后《饮冰室诗话》中"诗界革命"的字眼不再出现。《诗界潮音集》至甲辰（1904）十月停刊，《饮冰室诗话》于1907年停刊。至此，晚清这一场诗歌界的"革命"如果从1896、1897年算起，从酝酿、兴盛到衰落大约持续了十年。[2] 诗歌为何在此十年间有新兴的气象，为何没有在此气象中实现古典诗歌体式向现代汉语诗歌的真正的转变？从1907年到胡适真正从语言形式入手实现诗歌"诗体的大解放"和"形式的自由"的1917年，中国诗歌的衰退与演变的缘由和奥妙是什么？历史为我们留下了巨大的悬念。

---

1 陈建华：《"革命"的现代性——中国革命话语考论》，第211页，上海：上海古籍出版社，2000。

2 参阅陈建华《晚清"诗界革命"发生时间及其提倡者考辨》和《晚清"诗界革命"盛衰史实考》，二文均收在陈建华：《"革命"的现代性——中国革命话语考论》，上海：上海古籍出版社，2000。陈建华考证的结论："'诗界革命'乃梁启超于1899年冬所提出，并证明旧说——这口号是夏曾佑、谭嗣同或黄遵宪在戊戌（1898年）前提出——之误……'诗界革命'的进行过程可分成两个阶段：从己亥（1899年）十一月至壬寅（1902年）冬季，是它被提出并向上发展的阶段；自此后至乙巳（1905年）是它由盛而衰，逐渐销声匿迹的阶段。"（第202页）陈建华特别谈到，"黄遵宪不仅没有创造'诗界革命'一词，而且他从未使用这一词。尽管他后来加入这一运动，并起了很大作用，但他对'诗界革命'口号本身仍持保守态度。因此，黄遵宪也不是'诗界革命'的提倡者。"笔者基本赞同陈建华先生的观点，不同的是，本文也将戊戌变法之前梁启超、夏曾佑、谭嗣同等人的"新学之诗"作为与"诗界革命"相联系的诗歌现象，来考察两者在晚清诗歌变革过程中诗人对诗歌本体的认识的具体情况。

但笔者与陈建华先生根本的区别在于：本文不能同意陈建华认为梁启超在"诗界革命"前后对诗歌的理论要求的改变，完全是因为梁启超本人在政治上由"革命"向"改良"的转变，似乎这里边没有梁启超对诗歌本体要求的认识变化；也反对将梁启超的诗歌理论的变化认为是"政治上的退步""理论上倒退"，政治上的倒退不一定意味着诗歌认识上的倒退。本文后面要谈到这一点。

诗意的匮乏

毋庸讳言，"新学之诗"乃是现代性启蒙策略的产物，其目的最初在于传播"新学"，而不在于"诗"。也正是在这个意义上，最初实践这种写作的诗人并没有从本体的角度来建设一种在现代性语境下新的诗歌的自觉意识。目标本就不在"诗"，而是通过"诗"来"革命"，所以康有为、夏曾佑、谭嗣同等人当他们启蒙和革命的热血遭到现实的冷凝后，诗歌实践的热情也渐渐消失，就不奇怪了。也正是这个原因，后人在回顾他们的生平时说到他们的政治业绩往往十分激动，而在说到他们的诗歌实践时总是评价不高，含含糊糊。兹有一例："夏穗卿和谭嗣同的提倡多用新典也并非全无是处，总是让人摆脱了传统的束缚，以为作诗非得用古典不可。从此，诗歌里便出现了外国地名、人名，以及外国的教义和典故，至少扩大了眼界，为人们接受西方思想开了风气。"[1]

这是典型地不从诗歌本身来评价诗歌的说话方式。如果用一些"新典"诗歌就"摆脱了传统的束缚"，那古典诗歌的现代变革未免也太简单了；如果诗歌中出现了大量的外来词、"新名词"就是诗歌的贡献，那诗歌与同时期的小说、报刊文章有什么区别呢？

如何来评价晚清这种诗歌实践是一个问题。我们也不能像钱锺书那样，批评黄遵宪一辈人的"新学之诗"是"有新事物，而无新理致"；[2]表扬王国维的诗作之于西学能"本义理，发为声"，诗歌成为"西学义谛"的"流露"。[3]从文化和语言本身的角度，我们知道，这种批判和要求也是不成立的。一种文化中的语言，到达另一种文化语境当中，它会经历一个"旅行"，在一种"跨语际实践"中，其意义也许会改变。正如刘禾所言："当

1　姜德明：《鲁迅与夏穗卿》，收入《书叶集》，广州：花城出版社，1981，第100页。

2　钱锺书：《谈艺录》，北京：中华书局，1984，第23—24页。

3　同上书，第24—25页。

概念从客方语言走向主方语言时，意义与其说是发生了'改变'，不如是说在主方语言的本土环境中发明创造出来的……这种斗争的场所，在那里客方语言被迫遭遇主方语言，而且二者之间无法化约的差异将一决雌雄，权威被吁求或是遭到挑战，歧义得以解决或是被创造出来，直到新的词语和意义在主方语言内部浮出地表。"[1]尤其是晚清诗人，处在一个新旧交替的时代，处在东西方文化的冲撞当中，主体精神状态一方面是被西方"他者"凝视的焦虑，一方面是想象现代性"中国"的焦虑，前者使他们"怨羡"西方，[2]不得不在复杂的心态中效法西方，后者要求他们必须改造西方，建设自身与西方的差异性。在双重的文化焦虑中，以文学的方式"想象"西方和中国是一种能动的选择。在这样的文化语境中，"想象"是"新学之诗"具有激活传统诗歌的重要机制。"新名词"在诗人们的"想象"中，不再是西方义理的原样，而携带了东方文化的意趣。"新学之诗"为传统诗歌带来了新的精神风貌和新的风格（形式、格调）。从物质性的意义来说，"新学之诗"的诗歌中写了许多新的事物和思想，为晚清诗歌的"内容"带来了许多新鲜的异质，为晚清诗歌带来了新的现代性的经验；从诗歌本体的角度，"新学之诗"的诗歌中突兀的"新名词"和新思想，一方面有可能引起古典诗歌的语言特征和以自然、山水、典故为基本意象的意象体系的改变，另一方面，新的语言必然会冲击旧有的诗歌形式。总之，"新名词"的意义，恐怕不在于传播了西方的"人名""地名""教义"和"典故"之类的新思想的材料，恐怕更多在于其促使人们对既有的诗歌状况的本体反思。

人们首先便不得不思考："新学"并不就是"诗"，"新名词"同样不就

---

1 ［美］刘禾（Lydia H.Liu）:《跨语际实践——文学，民族文化与被译介的现代性（中国，1900—1937）》，北京：三联书店，2002，第36—37页。

2 学者王一川认为：中国人的"现代性体验内部存在着两种相互扭结和共生的心态：怨恨和羡慕"即"怨羡情结"。见王一川:《中国现代性体验的发生》，北京：北京师范大学出版社，2001，第74—75页。

是"诗"。如何处理"新名词"与"诗"之间的矛盾，这是一个根本的问题。我们看前面所引的两行诗：

纲伦惨以喀似德，法会盛于巴力门。

　　通过注释，我们终于明白两个来自西方语句中的名词和理念。在语言学上，我们能明白两个"新名词"。但是作为对诗歌的欣赏和要求，我们不能仅仅停留在这一步，我们必须还要求这语言的诗歌功能。按照结构主义理论家雅各布森（Roman Jakobson）的"语言学和诗学"，语言的诗歌功能就是："它既吸取选择的方式也吸取组合的方式，以此来发展等值原则：'诗歌功能把等值原则从选择轴弹向组合轴。'"[1] "附着于邻近性的相似性把自己彻底象征的、多重的、多语义的本质输入诗歌……更精确地说，任何相继的东西都是明喻。在相似性取邻近性而代之的诗歌中，任何转喻都略具隐喻的特征，任何隐喻又都带有转喻的色彩。"[2] 雅各布森认为，隐喻是诗歌基本的特征："相似性原则是诗歌的基础；诗行的格律平行，或押韵词语音上的相等把语义的相似和差别的问题提了出来……相反，散文基本上是由邻近性促成的。因此，对诗歌来说，隐喻是最容易接收的东西，而对散文来说，转喻是最容易接收的东西……"[3] 在谭嗣同这两行诗中，我们发现在中国语言的词库中，没有哪个词能够与"喀似德""巴力门"对等，没有哪个词的意思与它们的意思相近或相反，在诗歌语言隐在的两条"轴"上，也就是说，这样的诗其意义只在横轴（组合的、历时性的轴）运行，而在纵轴（选择的、共时性的轴）上它是一片空白，因为没有语词或意义

1　Terence Hawkes, *Structuralism and Semiotics*, Berkeley and Los Angeles, California: University of California Press, 1977, p.79.

2　*Ibid.*, p.79.

3　*Ibid.*, pp.80-81.

与之"等值"或"对等"。所以,这诗在隐喻的意义上是零度的,没有诗的意味。尽管这诗也有一定的对仗等形式上的特征,但在实质上它是转喻的,确切地说,它是散文。

语言确实能携带思想,但进入中国诗歌语境的新的语词携带了思想,是否就一定有"诗意"?我们看当时颇受欢迎的一首诗:

> 世人皆欲杀,法国一卢骚。《民约》倡新义,君威扫旧骄。力填平等路,血灌自由苗。文字收功日,全球革命潮!

这是蒋智由(观云,1865—1929)的《卢骚》,末二句曾被年轻的革命家邹容收入其《革命军·自序》,因此在近代流传甚广,影响颇大。这首诗已经能够做到理解西学义谛,明白、通俗,几乎每一句都有"新名词","新"的文化理念,但我们能说这是一首"好"诗吗?

"新"的语言不等于"诗"。语言作为一种表意的符号,它必须转化为诗的符号。诗是靠意象和意境来抒情达意的。诗的符号系统乃是意象。在韦勒克、沃伦的《文学理论》中,描述和分析诗歌至少要有四个层面:"(1)声音层面,谐音、节奏和格律;(2)意义单元,它决定文学作品形式上的语言结构、风格和文体的规则,并对此做系统的研讨;(3)意象和隐喻,即所有文体风格中可表现诗的最核心的部分,需要特别探讨,因为它几乎难以觉察地转换成(4)存在于象征和象征系统中的诗的特殊'世界'(world),我们称这些象征和象征体系为诗的'神话'(myth)。"[1]我们可以发现,"新学之诗"在(1)和(2)层面的问题我们先不说,到了最关键的(3)层面,问题出现了,由于其语言符号不能转换成合宜的意象系统,诗歌就停留在(2)层面,就是一个个"意义单元"的排列,由于不能转换

---

1 Rene Wellek and Austin Warren, *Theory of Literature*, Third Edition published in Peregrine Books 1963, p.157.

到（3）的层面，诗歌无法建立自己的象征和象征体系，从而也就无所谓的"特殊'世界'"、"神话"的韵味。

诗歌中的语词不仅仅具有表意功能，"对于诗人来说，文字（the word）不主要是'符号'（sign）或一望而知的筹码，而是一种'象征'（symbol）；它本身和它的表现力都具有价值；文字甚至可以是一'物'一'事'，贵在有它的声音和神情（sound or look）。"[1]在这首诗里，我们很难说这些"新名词"有什么表现力，更谈不上自己的"sound or look"，没有诗歌所必需的隐喻意味和意境。相比较而言，梁启超为什么盛赞郑西乡的《奉题星洲寓公风月琴尊图》？郑诗云："太息神州不陆浮，浪从星海狎盟鸥。共和风月推君主，代表琴尊唱自由。物我平权皆偶国，天人团体一孤舟。此身归纳知何处，出世无机与化物。"我们可以看到郑诗之所以被梁看好，其原因正在于诗中的"新名词"部分地转化为意象，像"天人团体一孤舟"一句，梁赞曰："如天衣无缝"，无非是"团体"本来是一种"知识"，在这里因着中国文化中的"天人合一"思想而成为意象，具有了新的意味："地球和人其实一体，在茫茫的宇宙当中仿若一叶小舟"，郑诗有"茫茫宇宙，人归何处，世事不过风月一场而已"这样的意趣，由趣生境，于是诗歌有了自己的"特殊'世界'"。

诗意的拯救

然而，能让梁启超"读之不觉拍案叫绝"的这样的诗毕竟不多。在戊戌变法失败前几年，梁启超忙于政治运动，无暇对诗歌做出认真而具体的回顾与思虑。但后来的文字表明，他其实对"新学之诗"诗意的匮乏一直

1　Rene Wellek and Austin Warren, *Theory of Literature*, Third Edition published in Peregrine Books 1963, p.88.

有不满。1899年12月，流亡至日本的梁启超应美洲华侨之邀出游美洲，途经檀香山，在海上作《汗漫录》，即《夏威夷游记》。从戊戌变法失败逃至日本以来，梁启超在日本饱受西学的冲击，思想革命的热情不减，在日本创办了《清议报》，继续从事维新大业。出发前，梁启超将《清议报》等各项事宜交托麦孺博（孟华）主持；出发时为安全计，用的是日本朋友的护照。[1] 梁启超一生，风云激荡，难得有余暇、有心境写诗作诗论。就在这次海上旅行的间隙，他回顾几年来的诗歌状况，在日记中写了如下这些广为人引证的论诗文字。梁启超流亡途中在太平洋大风大浪稍歇的时间夹缝中作此对晚清诗歌有重要意义的诗论，简直是近代诗歌史的一个象征：那些有用的文字、有意思的写作往往是在政治的风云平静下来或主体远离政治中心之属于个人内心的宁静时光中创作的（引文中用字及字形从引书）——

　　二十五日风稍定，如初开船之日，数日来偃卧无一事，乃作诗以自遣。予虽不能诗，然尝好论诗。以为诗之境界，被千余年来鹦鹉名士（余尝戏名词章家为鹦鹉名士，自觉过于尖刻）占尽矣。虽有佳章佳句，一读之似在某集中曾相见者，是最可恨也。故今日不作诗则已，若作诗，必为诗界之哥仑布、玛赛郎然后可。犹欧洲之地力已尽，生产过度，不能不求新于阿美利加及太平洋沿岸也。

　　欲为诗界之哥仑布、玛赛郎，不可不备三长。第一要新意境，第二要新语句，而又须以古人之风格入之，然后成其为诗。不然，如移木星、金星之动物以实美洲，瑰伟则瑰伟矣，其如不类何！若三者具备，则可以为二十世纪支那之诗王矣！宋明人善以印度之意境语句入诗，有三长俱备者，如东坡之"溪声便是广长舌，山色岂非清静身。

1　梁启超的"檀香山之游"见丁文江、赵丰田：《梁启超年谱长编》，上海：上海人民出版社，1983，第187—191页。

夜来八万四千偈，他日如何举似人”之类，真觉可爱。然此境至今日，又成已旧世界。今欲易之，不可不求之于欧洲。欧洲之意境语句，甚繁富而玮异，得之可以陵车乐千古，涵盖一切。

时彦中能为诗人之诗，而锐意欲造新国者，莫如黄公度。其集中有《今别离》四首，及《吴太夫人寿诗》等，皆纯以欧洲意境行之，然新语句尚少，盖由新语句与古风格，常相背驰。公度重风格者，故勉避之。夏穗卿、谭复生，皆善选新语句。其语句则经子生涩语、佛典语、欧洲语杂用，颇错落可喜，然已不备诗家之资格。试举其一二，穗卿诗有“帝杀黑龙才士隐，书飞赤鸟太平迟。民皇备矣三重信，人鬼同谋百姓知”等句，每句皆含一经义，可谓新绝。又有“有人雄起琉璃海，兽魄蛙魂龙所徙”等句，若不知其出典，虽十日思不能索解。复生赠余诗云：“大成大辟大雄氏，据乱升平及太平。五始当王讫麟获，三言不识乃鸡鸣。人天帝网光中见，来去云孙脚下行。莫共龙蛙争寸土，从知教主亚洲生。”又有“眼帘绘影影非实，耳鼓有声声已过”等句，又“虚空以太显诸仁”等句，其意语皆非寻常诗家所有。复生本甚能诗，然三十以后，鄙其前所作旧学。晚年屡有所为，皆用此新体，甚自喜之，然已渐成七字句之语录，不甚肖诗矣。吾既不能为诗，前年见穗卿复生之作，辄欲效之，更不成字句，记有一首云：“尘尘万法吾谁适？生也无涯知有涯。大地混元兆螺蛤，千年道战起龙蛇。秦新杀翳应阳厄，彼保兴亡识轨差。我梦天门受天语，玄黄血海见三蛙。”尝有乞为写之且注之，注至二百余字乃能解，今日观之，可笑实甚也，真有以金星动物入地球之观也。其不以此体为主，而偶一点缀者，常见佳胜。文芸阁有句云：“遥夜苦难明，它洲日方午。”余甚赏之。丘仓海《题无惧居士独立图》云：“黄人尚昧合群理，诗界差争自主权。”对句可谓三长兼备。邱星洲有“以太同胞关痛痒，自由万物竞生存”之

25

句，其境界大略与夏、谭相等，而遥优于余。郑西乡自言生平未尝作一诗，今见其近作一首云："太息神州不陆浮，浪从星海狎盟鸥。共和风月推君主，代表琴尊唱自由。物我平权皆偶国，天人团体一孤舟。此身归纳知何处？出世无机与化游。"读之不觉拍案叫绝，全首皆用日本译西书之语句，如共和、自由、平权、团体、归纳、无机诸语，皆是也。吾近好以日本语句入文，见者已诧赞其新异；而西乡更以入诗，如天衣无缝。"天人团体一孤舟"，亦几于诗人之诗矣！吾于是乃知西乡之有诗才。

吾论诗宗旨大略如此。然以上所举诸家，皆片鳞只甲，未能确然成一家言，且其所谓欧洲意境语句，多物质上琐碎粗疏者，于思想精神上未有之也。虽然，即以学界论之，欧洲之真精神真思想尚且未输入中国，况于诗界乎？此固不足怪也。吾虽不能诗，惟将竭力输入欧洲之精神思想，以供来者之诗料，可乎？要之，支那非有诗界革命，则诗运殆将绝。虽然，诗运无绝之时也。今日者革命之机成熟，而哥仑布、玛赛郎之出世不远矣。上所举者，皆其革命军月晕础润之征也，夫诗又其小焉者也。

二十七日三日来风虽稍息，然舟尚甚簸，日往船楼望海，吸新空气，神气殊旺，诗兴既发，每日辄思为之，至此日共成三十余首。……"[1]

这些文字有许多重要的信息，首先是梁启超在这里发出"诗界革命"的呼声："支那非有诗界革命，则诗运殆将绝！"其次是"怎样革命"呢？这就是"竭力输入欧洲之精神思想"（从这个意义上讲，"诗界革命"还是隶属于他们的政治革命，为他们的启蒙民众的现代性目标服务的，但这是特

1　梁启超：《夏威夷游记》。

定历史时代的知识分子的使命与命运，我们不能强求人们在此时代都"纯粹"地建设诗之本体）。从前的"新名词"难道不是这样做了吗？梁启超的回答是：那样作诗不行。为什么不行呢？他举例说明，夏曾佑、谭嗣同等人的诗虽然在实践"新名词"，"然已不备诗家之资格"，"不甚肖诗"，"今日观之，可笑实甚也，真有以金星动物入地球之观也"。那么，该如何改革这一不能令人满意的状况、使"诗"像"诗"呢？即我们要从诗歌的哪些方面入手进行"革命"呢？梁启超对此的回答就是著名的"三长"理论，即诗歌"第一要新意境，第二要新语句，而又须以古人之风格入之，然后成其为诗"。

从梁启超"三长"理论的整体来看，他首先强调的是"新语句"一条。可以看出梁启超一直在思索如何解决"新学之诗"的诗意匮乏问题。如前所述，他对西乡文字的评价，就是因为郑西乡能将"新语句"很好地融入诗歌，既表现了与革命思潮相关的欧洲思想学说，又有中国诗的意境。他肯定夏曾佑、谭嗣同的诗，也是因为他们实践"新名词"的创作，"皆善选新语句。其语句则经子生涩语、佛典语、欧洲语杂用，颇错落可喜"，惜"其所谓欧洲意境语句，多物质上琐碎粗疏者，于思想精神上未有之也"，遗憾他们的诗，只有琐碎粗疏的"新名词"，但没有真正的思想意境。这个时代谁的诗像诗呢？那就是黄遵宪，"时彦中能为诗人之诗，而锐意欲造新国者，莫如黄公度。其集中有《今别离》四首，及《吴太夫人寿诗》等，皆纯以欧洲意境行之"，但是黄遵宪的诗在梁启超看来也有一点遗憾的地方，那就是"新语句尚少"，他解释道："盖由新语句与古风格，常相背驰。公度重风格者，故勉避之。"在这里，梁启超发现了黄遵宪诗的一个特点——"重风格"，为了不破坏风格，只好尽量避免"新语句"。梁启超在这里对晚清诗歌发展的语言向度非常重视，诗歌的革新必须要有语言系统的革新。

"三长"中，"新意境"的意思比较含糊，它肯定不是传统诗歌的"有我之境、无我之境"之"境"，[1]它必须是"新"的。"新"在什么地方呢？从来源上讲，它是来自"欧洲之真精神真思想"，应当是现代西方的思想精神。其次，它又必须是变化的，宋明人善以印度之意境语句入诗，有"三长"俱备者，也很可爱，但那种追求"虚静"、佛家"性理"的境界至今日，又已成旧世界。在这里梁启超强调诗歌境界的更新，有强调现代性体验在时间中不断更新的意思。诗歌的意境应该具备这个特征。

最受争议的无疑是"古人之风格"，为什么梁启超强调了"意境"之"新"、"词语"之"新"，却一定要强调"风格"之"旧"？很多人从今天的诗歌特征来看梁启超的理论，大惑不解。其实我们从这里可以知晓，在梁启超看来，"新意境"和"古风格"并不冲突。你看在黄遵宪的诗歌中，在个体的情感体验上，"皆纯以欧洲意境行之"，但是在诗歌形式上，"古风格"却很好地保留了下来。与"古风格"相冲突的是什么呢？是"新名词""新语句"。

梁启超其实在这里是矛盾的，他一方面认为，诗歌要"革命"，就不能不有语言的更新；一方面又认为不一定只有语言的更新才能带来诗歌境界的更新，单是新的现代性的体验和既有的诗歌体式很好地结合，也能带来诗歌的真正"革命"！就是在这里，我们发现梁启超和十多年后的胡适有多大的区别，胡适恰恰就认定了一定是语言的更新才能带来诗歌境界的更新！单是新的现代性的体验和既有的诗歌体式很好地结合，根本就不能带来诗歌的真正"革命"！

梁启超的矛盾的核心在于，他有这样的潜意识："欧洲之真精神真思想"若没有这些"新名词""新语句"或许也能表达。正是在这里，他有一种把现代的思想体验与表达它的语言工具分割的意识，认为思想是思想，语言是语言，而忽略了思想和语言互为一体的事实。十多年后，胡适

1　王国维:《人间词话》,《王国维论学集》,北京: 中国社会科学出版社, 1997, 第319—320页。

的文学革命就是从梁启超的这个思想矛盾处入手的。和梁启超对"新意境"和"新语句"的关系的说法相比，胡适的说法很相似，但解决的方式截然不同、坚决无比："我们认定文字是文学的基础，故文学革命的第一步就是文字问题的解决。我们认定'死文字定不能产生活文学'，故我们主张若要造一种活的文学，必须用白话来做文学的工具，我们也知道单有白话未必能造出新文学；我们也知道新文学必须要有新思想做里子。但是我们认定文学革命须有先后的程序：先要做到文字体裁的大解放，方才可以用来做新思想新精神的运输品。"[1]胡适同样知道文学革命是冲着新思想新精神去的，但他认定必须先是语言文字的"新"，然后才是思想精神的"新"。胡适的革命策略简直是针对梁启超的诗学矛盾之处而发。我们也可以由此看出梁启超"三长"理论的价值。作为一种矛盾的诗学观，其价值正在于它的矛盾性上。在对待语言与其所要表达的思想精神的矛盾关系上，梁启超绕道走了过去，去在"新意境"和"古风格"之间寻求出路，而胡适则认为无路可走，必须有一种"唯一利器"来决断或自决。

"诗人之诗"到"非诗人之诗"

从以上的分析来看，以梁启超为代表的晚清诗人在诗学理论上基本已接触到有可能实现诗歌真正的变革的三个本体维度：（1）"新意境"——现代经验；（2）"新语句"——现代汉语；（3）"古人之风格"——诗歌文类自身特征。

对于（1），晚清诗人已经开始在诗中表达其自身在现代性语境下复杂而丰富的个体经验。我们不能把梁启超号召诗人写"欧洲意境"看作是革

---

[1]　胡适:《尝试集》自序，收入《胡适文存》卷一，本处引自姜义华主编《胡适学术文集·新文学运动》，北京：中华书局，1993，第182页。着重号为笔者所加。

命派为了传输有利于反清革命的西方社会思想学说，或是改良派的一种把文学作为政治运动附庸的文艺观。（2）晚清诗歌的语言面临着革新。革新也带来了巨大的问题，那些由从西方而来的、从古汉语演变而来的"新名词"和民间口语、俗语、俚语构成的现代汉语，在诗歌中极力地破坏着传统诗歌的意韵和格律，同时也在建设着一种新的诗歌境界。（3）尤为重要的是，我们不能简单地认为梁启超强调"古人之风格"就是一种理论上的倒退。梁启超虽提倡"诗界革命"，但从他的诗学中，我们可以发现他并不一味地追求诗歌在物质性的"内容"上的"新"，他非常注重诗歌自身作为一种文类的特征的建设。他对黄遵宪诗歌的评价反映出他的诗歌"文类特征"的意识：无论如何，诗歌是有自身的文类特征的，怎样承载新的思想精神？怎样接纳那些新的语词？梁启超在思索这些问题，虽然他没有给我们很好地解决，但我们发现他思考问题的道路对我们极有启发性。

其实诗歌的"三长"还不是梁启超的诗歌理想的具体特征而已，在此诗学背后是梁启超经常说到的"诗人之诗"与"非诗人之诗"。梁启超对于诗歌有一个评价尺度，作为一个更倾向于政治的、诗歌只是副业的文学家，梁启超从不以谁的诗新名词多、谁"新"就是"好"的。他在《汗漫录》中评价黄遵宪、郑西乡的诗都用了一个词，那就是"诗人之诗"，而对于好友夏穗卿、谭嗣同诗，其评价竟是，虽"善选新语句……经子生涩语、佛典语、欧洲语杂用，颇错落可喜，然已不备诗家之资格"！谭嗣同三十岁以后的诗作，根本"不甚肖诗"！至于梁启超自己，大概是自谦，说自己"不能为诗"。在《饮冰室诗话》中，梁启超也常以"诗人之诗"来褒扬一个诗人。[1]梁启超作为一个政治上的启蒙主义者的可贵之处在于：他区别出"诗人之诗"和"非诗人之诗"，即有些诗是为时事而作，为传

---

[1] 比如《饮冰室合集》的文集部中的《诗话》三十九则评价丘逢甲："若以诗人之诗论，则丘仓海（逢甲）其亦天下健者矣。"之所以曰"亦"，乃前有"公度、穗卿、观云"，此"近世诗家三杰"。见梁启超：《饮冰室合集》文集之四十五《诗话》，第24页。

输新思想新精神而作；有些则是为把诗写得像诗而作。有些人作的"诗"不一定是"诗人之诗"。我们可以看出梁启超有一个"诗是什么"或"诗是如何存在"的先在的诗歌本体意识。

"诗人之诗"的概念其内涵一定大于"三长"，梁启超在"三长"理论中大致表达了其内涵。到底哪些人的诗作得像诗，为"诗人之诗"呢？其实，我们从他对郑西乡和黄遵宪诗歌的评价来看，"诗人之诗"必须是有诗的境界、气韵，而不仅仅是"新名词"之"新"。郑西乡我们就不说了，我们来看梁启超这里最推崇的黄遵宪。在梁启超看来，只有他的诗在今时代最算"诗人之诗"。

黄遵宪《今别离》四首作于光绪十六至十七年（1890—1891），由此我们可知黄遵宪在晚清的诗歌写作乃是真正的先锋。无论是在实践"新名词"还是追求"新意境"方面均比梁、夏、谭等人要早很多。黄遵宪的《今别离》到底怎样，我们来看其中第一首：

> 别肠转如轮，一刻即万周。眼见双轮驰，益增心中忧。古亦有山川，古亦有车舟，（1）车舟载别离，行止犹自由。今日舟与车，（2）并力生离愁。明知须臾景，不许稍绸缪，钟声一及时，顷刻不少留。虽有万钧柁，动如绕指柔；岂无打头风，亦不畏石尤。（3）送者未及返，君在天尽头，（4）望影倏不见，烟波杳悠悠。去矣一何速，归定留滞不？（5）所愿君归时，快乘轻气球。[1]

这首诗妙在何处？据钱仲联先生考证，其用韵与句意俱自唐代诗人孟郊的《车遥遥》而来，其实在笔者看来，也就是黄遵宪的句意在这里与孟郊诗有"对等"（雅各布森语）之实。黄遵宪在这里写的现代性的交通工

1　黄遵宪：《人境庐诗草笺注》（钱仲联笺注），上海：上海古籍出版社，1981，第516页。

具，他也运用了一些"新名词"，但不同的是：他突出的是现代性器物给人带来的现代性体验，在这里，突出的表现为人在"现代"的时间体验。黄诗的绝妙在于他很准确地传达了现代人在离别时的新的时间体验。更为绝妙的是，他是在"作诗"，竟将现代的时间体验与古代的时间体验在——"对等"，在古今的对照中凸现今人现代性体验的逼真。诗中笔者所标出的五个意义单元，分别如是对应（应是"暗合"）孟郊诗：（1）"舟车两无阻，何处不得游"，（2）"无令生远愁"，（3）"此夕梦君梦，君在百城楼"，（4）"寄泪无因波，寄恨无因辀"，（5）"愿为驭者手，与郎回马头"。[1]

此诗首句就非同一般：将古代的意象"别肠"与车轮的旋转联系，形象具有极大的现实感，将愁绪写得非常真切。在古代，送别还可以"对长亭晚"、"长亭更短亭"，凄凄婉婉，依依惜别；可是在今天，车轮"一刻即万周"，根本没有机会体味离情，时间和离别的体验与古代全然不同。古代也有车舟，但今天的车舟则很残酷，一起生出离愁，钟声一响船就出发，容不得我们缠绵悱恻。在古代，送别之后你将出现在我的梦里；而今天，我们知道：须臾之间，你就在天之尽头。不一样的是，虽都是茫茫无期的盼望，但今天你归来，却可以乘飞速行驶的轻气球。

时人陈三立曰："以至思而抒通情，以新事而合旧格，质古渊茂，隐恻缠绵，盖辟古人未曾有之境，为今人不可少之诗，作者通神至此，殆是天授。"范当世曰："意境古人所未有，而韵味乃醇古独绝，此其所以难也。"其实看起来是"以新事合旧格"，实乃诗歌在语言学的诗歌功能上最大限度地实现"隐喻"意味的具体实践，诗人是以看起来旧的"格"更加精妙地传达人对"新事"的体验。这样，此时不仅在局部上有生动的隐喻意味，而且在整体上也有一个古人与今人、古诗与现代诗相"对等"的

1　黄遵宪：《人境庐诗草笺注》（钱仲联笺注），第517页。

隐喻意味：隐喻古典体验及其书写方式与现代性个体体验及其书写方式的差异。古人送别还可以与舟车、山川、长亭短亭共行，古典性的人的离别体验有一个特征，就是人与器物、天地的合一状态。而一旦送者远离，由于对时间、空间概念的模糊，思念者只能在梦中想念他，只能一边盼望一边怨恨。不一样的是，黄遵宪感受到的是人在飞速发展的现代性器物面前的无奈，因为现代性器物使人与人的分离如此迅速，有一种时间上的断裂感。而由于现代交通工具的发达，空间的遥远可以改变，人与空间的关系又显得清晰。

从"三长"到"二长"

这是一种新的现代性的体验，黄遵宪竟在古人之风格中很好地表达出来，难怪梁启超不得不折服。在1899年底（《汗漫录》）的时候，梁启超当时还觉得"三长兼备"的诗人唯有丘逢甲，他对黄遵宪评价虽高，但还略微遗憾他"新语句尚少"。如果说此时梁启超还认为"新语句"乃是诗歌革新所必需的话，那么随着梁启超对诗歌本体的认识的变化，他对诗歌"新名词""新语句"的重要性的看法开始剧变。当然，这其中一个最大的原因乃是黄遵宪的创作暗合了他对诗歌形式和风格的思考。面对《今别离》这样的诗作，既有新思想（形象生动的现代性体验），又有诗的样式（古典音韵、体式），梁启超不得不思索一味地追求"新"的诗歌语言的必要性。毕竟，黄遵宪写的是"新"的事物和人的"新"的思想精神，而语言之新似乎在诗歌中并未显出其必要性。

在《汗漫录》中，梁启超尽管盛赞黄遵宪的诗，但"二十世纪支那之诗王"的桂冠并没有赠予他。而随着梁启超对黄遵宪诗的风格的越来越认同，在《饮冰室诗话》中，随着梁启超一则则连续发表的《诗话》，梁对他的评价越来越高，节节上升：

《诗话》第四则[1]："近世诗人能熔铸新理想以入旧风格者，当推黄公度。丙申、丁酉间，其《人境庐诗》稿本，留余家者两月余，余读之数过；然当时不解诗，故缘法浅薄，至今无一首能举其全文者，殊可惜也。近见其七律一首，亦不记全文，惟能诵两句云：'文章巨蟹横行日，世变群龙见首时。'余甚爱之。"梁启超提到的黄遵宪这首诗是《酬曾重伯编修》（此诗作于1897年）："诗笔韩黄万丈光，湘乡相国故堂堂。谁知东鲁传家学，竟异南丰一瓣香。上接孟荀骀论纵，旁通《骚》赋楚歌狂。澧兰沅芷无究竟，况复哀时重自伤。废君一月官书力，读我连篇新派诗。《风》《雅》不忘由善作，光丰之后益矜奇。文章巨蟹横行日，世变群龙见首时。手撷芙蓉策虬驷，出门惘惘更寻谁？"此诗表达的乃是诗歌当随着时代而变化，以书写时事、抒发个人性情之意，目的与梁启超差不多，但方式不一样，黄遵宪的方式还是强调要接通传统。1897年的时候，梁、夏、谭正在实践"新学之诗""新诗"或"新名词"，而黄遵宪将自己的写作称为"新派诗"，将自己与梁启超他们区别开来，并且，这里似乎还有一个意思：诗歌的变革还是要看我的写法。后来梁启超也真的"看"了黄遵宪的诗作，并且心悦诚服，实感自己的诗歌理想正在黄遵宪的诗歌当中。[2]在此，梁启超没有提及黄遵宪诗中"新语句尚少"的问题。"新名词""新语句"等语言的革新问题淡出梁启超的诗学视野。

《诗话》第八则[3]："生平论诗，最倾倒黄公度。"此则盛赞黄遵宪两千余言的长诗《锡兰岛卧佛》。之前提及古代长诗《孔雀东南飞》，赞曰："诗虽奇绝，亦只儿女子语……"表明梁启超对诗歌语言的"奇绝""新"已

1　梁启超：《饮冰室合集》文集之四十五《诗话》，第2页。

2　黄遵宪的诗歌创作、梁启超对黄遵宪诗歌的理解是梁启超诗学主张的改变的一个重要原因，这是本文的另一条线索，后面将专文阐述。

3　梁启超：《饮冰室合集》文集之四十五《诗话》，第3页。

经取轻视态度。

《诗话》第九则[1]："吾重公度诗，谓其意境无一袭昔贤，其风格又无一让贤也。"再度阐明黄遵宪诗在"意境"上"新"，但是以其传统体式，却并不比古人差，言下之意其"风格"也是"新"的。

《诗话》第三十二则[2]："公度之诗，独辟境界，卓然自立于二十世纪诗界中，群推为大家，公论不容诬也。"至此，在梁启超看来，"二十世纪支那之诗王"的桂冠当属于黄遵宪。

《诗话》第四十五则[3]："《人境庐集》，性情之作，纪事之作，说理之作，沈博绝丽，体殆备矣；惟绮语绝少见焉……"。在此，我们可以看到，梁启超反复思索"新名词"的问题。诗歌要不要以"新名词"取胜呢？但在黄遵宪的诗中，不论什么风格，似乎新鲜而别扭的语言词汇倒是很少。

《诗话》第六十二则[4]："……此类之诗，当时沾沾自喜，然必非诗之佳音，无俟言也。吾彼时不能为诗，时从诸君子后学步一二，然今既久厌之。穗卿近作殊罕见，所见一二，亦无复此等窠臼矣。浏阳如在，亮亦同情。"此则前两则乃梁启超以较长的篇幅反思当时的"新学之诗""新名词"作风，在这一则，梁启超无疑是提出了批评。

《诗话》第六十三则[5]："过渡时代，必有革命。然革命者，当革其精神，非革其形式。吾党近好言诗界革命，虽然，若以堆积满纸新名词为革命，是又满清政府变法维新之类也。能以旧风格含新意境，斯可以举革命之实矣。苟能尔尔，则虽间杂一二新名词，亦不为病。不尔，则徒示人以俭而已。齐辈中利用新名词者，麦孺博为最巧，其近作有句云：'圣军未决蔷薇战，党祸惊闻瓜蔓抄。'又云：'微闻黄祸锄非种，欲为苍生赋《大招》。'

1　梁启超：《饮冰室合集》文集之四十五《诗话》，第40—41页。

2　同上书，第20页。

3　同上书，第27页。

4　同上书，第41页。

5　同上书，第41—42页。

皆工绝语也。吾自题所著《新中国未来记》二诗,有云:'青年心死秋梧悴,老国魂归蜀道难。'亦颇为平生得意之句。"至此则《诗话》,梁启超的诗学理论由"三长"变成"二长","新语句"不见了。

为什么是这样?梁启超解释道:我们这些人这几年喜欢说诗界革命,其实,若是以堆积满纸新名词为"革命",那就和满清政府的维新运动一样,"形式"而已。诗歌的"革命",只有以一定的"风格"来容纳新的思想精神,这才是诗歌变革的"实质"。梁启超显然不是否定"新名词",他的意思是,在诗歌有诗的"实质"下,有"新名词",并不为病。我们可以看出梁启超的意思并不在不要"新语句"或"新名词",而最重要的是先要有"诗人之诗",语言问题在他看来不是根本问题,根本的问题是"诗"如何是"诗"。

梁启超的理论价值在于,他始终关心的是他心目中的诗歌本体状态,他并不是在追究诗歌怎样才能"新"的问题,而是在探究"诗人之诗"即一首诗怎样才能算"好"的实质性问题。一位学者在论到20世纪现代汉语诗歌的百年演变时说到,新诗一直有一个不良的趋向——"唯新情结",我们总是"渴望'新诗'战胜'旧诗',写出新的情感、主题、内容、趣味,运用新的语言、技巧和形式……我们是要写一首'新的诗',还是要在现代经验与现代汉语的应答和鸣上写好一首诗?如果我们只是要一首与'旧诗'区别的'新诗',事情当然好办得多,因为这样既可以向'自我'寻求,向时代生活寻求,或者向西方的新思潮寻求。但倘若我们要求的是一首好的诗,就得放弃任何单向度的追求,就得包容和超越上述的一切,并最终将其交给诗的本体要求去评判。然而就20世纪诗歌写作的基本情形看,诗的追求主要是前者而不是后者"。[1]

正是在诗的本体追求的意义上,本文认为梁启超放弃诗歌的"新名

---

1 王光明:《中国新诗的本体反思》(原载《中国社会科学》,1998年第4期),《面向新诗的问题》,北京:学苑出版社,2002,第15页。

词""新语句"的语言策略是有积极意义的。这一语言策略并不意味着诗歌放弃了接纳时代精神，即过去梁启超一再提及的新思想、新精神。但是，许多论者通常因为梁启超放弃了"新语句""新名词"而认为梁启超的理论就是"后退""倒退"，甚至使"诗界革命"开始"与时代要求不相适应，失去了进步意义"等，遗憾、轻视、贬低的论调，不一而足。

"退"向诗歌的本体

有论者将原因归结为梁启超在传统文化上的"重负"与"惰性"："……'旧瓶装新酒'，是作者文化传统重负在艺术形式问题上的反映。……梁启超的'旧风格'也限制了'新诗'的发展和进一步的革新……也是梁启超文学思想中传统积淀的惰性反映。"[1]纵观梁启超的一生，他是一个恪守传统的人吗？事实上，在晚清思想界，他是一个非常推崇自由的先锋。他论及自己在晚清文坛的价值时说："启超务广而荒，每一学稍涉其樊，便加论列，故其所述著，多模糊影响笼统之谈，甚者纯然错误，及其自发现而自谋矫正，则已前后矛盾矣。平心论之，以二十年前思想界之闭塞萎靡，非用此种鲁莽疏阔手段，不能烈山泽以辟新局。就此点论，梁启超可谓新思想之陈涉。虽然，国人所责望于启超不止此。以其人本身之魄力，及其三十年历史上所积之资格，实应为我新思想界力图缔造一开国规模。若此人长此以自终，则在中国文化史上，不能不谓一大损失也。"[2]他还说过这样的话："我们当时认为中国自汉以后的学问全要不得的，外来的学问都是好的。既然汉以后要不得，所以专读各经的正文和周秦诸子……外国学问都

1　郭延礼：《中国近代文学发展史》，第二卷，北京：高等教育出版社，2001，第178—179页。

2　梁启超：《清代学术概论》，见《清代学术概论：儒家哲学》，天津：天津古籍出版社，2003，第80页。

好……"[1]在传统文化上的"重负"与"惰性"之说，明显不能解释梁启超的诗歌理论的变化。换一个角度，对于诗歌，传统的是否就是不好的？难道梁启超追求写新的思想精神的诗应该有"诗"的风格，这种追求本身不对吗？"旧风格"对于"新诗"的发展从今天的眼光看，是否毫无价值？无论是正面的还是反面的？

也有论者认为梁启超"抛开新思想，梁启超标榜的'新意境'也很难与古代诗人的求新意识明确区分开来，'诗界革命'的革新意义便大为减弱。实际上，理论的后退已潜伏下创作的蜕变"。正如前所言，梁启超不谈"新语句""新名词"并不等于他不要新思想，而是他的目光去注意诗歌要如何接纳新思想的问题去了。他的诗歌理论之于20世纪诗歌的发展是不是后退呢？如果从"写好一首诗"和"写出一首新的诗"的角度来看问题，梁启超此时不谈思想精神，而谈诗歌本身，未免就是"理论的后退"。他放下对"时代精神"的追逐，却去思考诗歌风格与境界的冲突问题，对于诗歌本体而言，恰恰是以退为进。[2]

最值得注意的是陈建华先生的解释。梁启超作《汗漫录》的时间为1899年冬，而作《诗话》六十三则等的时间在1903年4月。其间，梁启超在1902年12月14日《新民丛报》第22号上发表《释革》一文。"过渡时代，必有革命。然革命者，当革其精神，非革其形式。吾党近好言诗界革命，虽然，若以堆积满纸新名词为革命，是又满清政府变法维新之类也。能以旧风格含新意境，斯可以举革命之实矣。"这段诗话正是《释革》发表后四个月。《释革》一文乃梁启超革命思想转变的标志。在《释革》[3]中，梁启超解释道："革命"（revolution）的真正意思是"以仁易暴"的"国民变革"，

1　转引自陈子展：《中国近代文学之变迁：最近三十年中国文学史》，上海：上海古籍出版社，2000，第153页。

2　夏晓虹：《觉世与传世——梁启超的文学道路》，上海：上海人民出版社，1991，第95页。

3　梁启超：《释革》，1902年12月14日《新民丛报》第22号。《饮冰室合集·文集》第四册，第九卷。

而不是中国封建历史上一贯的"王朝易姓"。梁启超此时的"革命"思想已是反对孙中山等"革命派"要推翻清政府的王朝更迭的"形式"变革，深深认同黄遵宪等人的"立宪政体"的改良主义思想，即所谓"精神"实质性的革命。陈建华据此认为，梁启超是在此背景下谈论诗歌的，他要求诗歌也当如此（即"精神"实质性的革命），不要"堆积满纸新名词为革命"，那样的话和"满清政府变法维新之类"有什么区别呢？——梁启超在这里的意思是暗指："旧风格"就是"满清政府"，"新意境"就是"国民变革"。[1]"梁氏所说的风格和意境应当名之为'形式'，而'新名词'则与'精神'有关，但这里'精神'与'形式'也被用作'革命'的借喻：精神既指风格和意境，也指真正的政治革命；形式既指新名词，也指'满清政府变法维新之类'。"[2]在这里，我们发现，陈建华将政治话语与诗歌话语一一对应。不可否认，政治话语对文学写作确能造成一定影响，但梁启超的诗学如此成为其政治主张的隐喻，仍难免叫人怀疑。政治话语与诗歌话语如此一致，那我们如何看待梁启超一再区别的"诗人之诗"与"非诗人之诗"？事实上，梁启超的意思就是在启蒙、"革命"与作诗之间有一警醒："革命"的诗人所写的诗歌不一定就是"诗"，更不一定就能对诗歌产生"革命"之效。

梁启超"之所以要保持'古风格'，多半出于这样的考虑：'诗界革命'的目标是传播革命思潮，不宜将注意力转移到诗体形式的改革方面；另外，诗体改革比文体改革更为复杂，客观上似还未具备成熟的条件。"[3]这里至少有三个问题：1. "诗界革命"是否只是为了"革命"，与诗歌无关？ 2. 诗歌作为语言的一种使用形式，其"诗体形式"是否让人觉得"不

---

1 "'旧风格'与'满清政府'，'新意境'与'国民变革'——相对，若合符契。"见陈建华：《"革命"的现代性——中国革命话语考论》，上海：上海古籍出版社，2000，第244页。

2 陈建华：《"革命"的现代性——中国革命话语考论》，第245页。

3 同上书，第206页。

宜将注意力转移到"它的改革上面，就真的能够做到？是语言大于它的使用者，还是语言就是我们的工具，我们可以随心所欲？ 3.诗体改革确实比文体改革更为复杂，什么样的"客观"似还未具备成熟的条件？[1]是不是因为我们看到了"五四"文学革命的成功我们才这样说？难道胡适那样的诗歌革命的成功就不能发生在晚清？这是不是历史决定论？

"三长"只剩下"二长"，陈建华认为"意味着方向性的转变。实际上说明了梁启超由于政治上的退步，已不再要求'诗界革命'表现新思想、新精神了"。[2]"'诗界革命'由于其领导者的立场转向，也丧失了其革命的神魂而成为改良政治的躯壳。"[3]"1902年冬季之后，它（指'诗界革命'）的性质转变为改良主义诗歌运动，与时代要求不相适应，失去了进步意义。"[4]姑且不论梁启超他们向往的资产阶级革命（区别于王朝更迭的暴力革命）是否就是政治上的倒退，就是一个人政治上倒退了，是否就意味其文学观念也跟着倒退？诗歌的"进步意义"是否以适应时代的"革命"要求来衡量？

如果不将诗歌话语的变革视为政治话语变革的附属品，"新名词"在晚清诗歌中的命运、诗人对待它及"新语句"的态度意味着什么？如前所述，本文认为梁启超前后对待"新名词"和"新语句"的态度反映了他对诗歌本体认识的变化。在甲午战争之后，为启蒙民众，诗歌作为启蒙的工

---

1 试看梁启超对当时诗坛的批判与期待："前清一代……其文学，以夫言诗，真可谓衰落已极。吴伟业之靡曼，王士祯之脆薄，号为开国宗匠。乾隆全盛时，所谓袁（枚）、蒋（士铨）、赵（翼）三大家者，臭腐殆不可向迩。诸经师及诸古文家，集中多亦有诗，则极拙劣之砌韵文耳。嘉道间，龚自珍、王昙、舒位，号称新体，则粗犷浅薄。咸同后，竞宗宋诗，只益生硬，更无余味。其稍可观者，反在生长僻壤之黎简、郑珍辈，而中原更无闻焉。直至末叶，始有金和、黄遵宪、康有为，元气淋漓，号称大家。"梁启超：《清代学术概论》，《清代学术概论 儒家哲学》，天津：天津古籍出版社，2003，第89—90页。

2 陈建华：《"革命"的现代性——中国革命话语考论》，第211页。

3 同上书，第210页。

4 同上书，第212页。

具之一，传输"新"的"时代精神"，诗歌追逐的是"新名词"、新思想、新精神。随着诗在具体写作中的新语词与新意境的不断展开，语词与意境、语词与古典诗歌体式的冲突不断展开，晚清诗人开始思考如何建设诗歌本体的问题。梁启超的诗学从重"三长"到"二长"正是反映了这一事实。由"三长"到"二长"，在今天我们看来其中充满矛盾：又要"新意境"，没有新语言怎么行？梁启超的问题与矛盾正纠结于他对语言的态度。由于在语言学上认识的局限，梁启超没有走到认识"语言即存在"[1]这一步。

---

[1] 正是在对这一点的认识上，后来的胡适比梁启超要开放得多，大胆得多。"无论胡适当时对语言本质的认识是深刻还是肤浅，他从语言、文体下手的革命方案的确触及问题的本质。语言及存在这一事实，在乔姆斯基（Noam Chomsky）看来就是某种'心智状态'（mental state）。实际上，胡适提倡白话诗，与他把教育与文化看得比海军还重要的'由底层做起'的思想是相互联系的，因为语言是智力活动的基础。"——王光明：《中国新诗的本体反思》（原载《中国社会科学》，1998年第4期），《面向新诗的问题》，北京：学苑出版社，2002，第4页。

20世纪的哲学对于这一命题尤为关注。德国的哲学家海德格尔（Martin Heidegger, 1889—1976）在《诗人何为》（1946）中第一次提出这一思想："……存在作为存在本身穿越它自己的区域，此区域被标划（tempus），乃由于存在是在词语中成其本质的。语言是存在之区域——存在之圣殿（templum）；也即说，语言是存在之家（Haus des Seins）。语言的本质既非意味所能穷尽，语言也绝不是某种符号和密码。因为语言是存在之家，所以我们是通过不断地穿行于这个家中而通达存在者的。"（海德格尔：《海德格尔选集》，上册，孙周兴选编，第451页，上海：上海三联书店，1996。）海德格尔不久就通过《关于人道主义的信》使这一命题广为人知，在这本书中有："……存在在思中形成语言。语言是存在的家。人栖居在语言所筑之家中。思者与诗人是这一家宅的看家人。他们通过自己的言说使存在的开敞形诸语言并保持在语言中；就此而论，他们的看守就是存在的开敞的完成。……当思思着，思也就行动着。"转引自陈嘉映：《海德格尔哲学概论》，北京：三联书店，1995，第301页。

在海德格尔那里，语言与存在的关系似乎还是语言大于存在，语言说话，不是人说话。而到了另一位德国哲学家伽达默尔（Hans-Georg Gadamer, 1900— ）那里，语言与存在的关系的阐释就更进了一步，他强调人类世界经验的语言性。"世界本身体现在语言之中。语言性世界经验是'绝对'的。它超越存在设定的一切相对性，因为他包容一切自在之物，始终显示于某种关系之中……所以，语言与世界的基本关系并不意味着世界成为语言对象。作为认识和陈述对象的东西，毋宁说总是已经被语言的世界视域所包容了。""在语言性世界经验之外并不存在一个立足点，它由之出发可以把自身变成对象。""语言不是供我们使用的一种工具，一种作为手段的装置，而是我们赖以生存的要素，而且我们永远也不可能把它客观化到使之不再围绕我们的程度。"（转引自徐友渔等：《语言与哲学——当代英美与德法传统比较研究》，北京：三联书店，1996，第179页。）在伽达默尔看来，语言就是经验中的理性，是使经验成为可能的根本条件。从上述引文来看，伽达默尔的思想更容易使我们理解"语言即存在"之意。

梁启超的诗歌理论，作为一种矛盾的诗学观，其价值也许正在于它的矛盾性上。在对待语言与其所要表达的思想精神的矛盾关系上，梁启超绕道走了过去，在"新意境"和"古风格"之间寻求出路，而胡适则认为无路可走，必须有一种"唯一利器"[1]来决断或自决。晚清诗歌中"新名词"的命运其意义也许就在这里：

梁启超为革新诗歌，使诗成为"诗"，迫使语言让位，首先牺牲新的语言，来成就古典诗意的完整。

胡适之为革新诗歌，使诗成为"诗"，先从语言入手，首先牺牲古典诗意，来成就语言的现代解放。

---

1 "……我们认定白话实在有文学的可能，实在是新文学的唯一利器。但是国内大多数人都不肯承认这话，——他们最不肯承认的，就是白话可作韵文的唯一利器。"——胡适：《尝试集》自序，据《胡适文存》卷1，见《胡适学术文集·新文学运动》，北京：中华书局，1993，第382页。

三

新诗的发生：晚清诗歌中的文化想象

没有晚清，何来"五四"？新诗百年之际，我们回望新诗的发生，至少要溯源至晚清诗歌。晚清诗歌一个显著的现代性特征就是许多外来的"新"语词被诗人广泛引入写作实践。以"诗界革命"前后大量的晚清诗歌为例，诗人们热衷于实践"新名词""以自表异"；尽管看起来诗歌的体式依旧，但在诗行当中，随处可见的"新名词"则是醒目的风景。汉语诗歌也正是从此新的语言系统在诗歌中的发生而引起问题、促生变革。来自欧洲、日本的"新名词"进入汉语诗歌，这一语言间的"跨语际实践"，在诗歌中是如何发生的？那些"旅行"而来的新思想、新词语，以什么样的机制进入了汉语诗歌？汉语诗歌由此所发生的新面貌与困难如何？这些对接下来新诗的发生有何意义？

许多外来的"新"语词被广泛引入写作实践，但晚清诗歌的现代性并不在于其新的语言系统所带来的新思想是否与西方义理一致。我们必须正视文化碰撞中语言的"旅行"特征和诗歌自身的想象性特征。晚清诗歌的现代性，在于在新的语词与西方义理的冲突当中、在由新的语言构成的意象系统和诗歌境界的冲突当中、在承载现代性的个体经验需求和古典诗歌美学之间，为我们所呈现的丰富性及其矛盾性。汉语诗歌也正是从新的语言系统的进入而引发问题，促生了历史性的变革。新诗的发生，应溯源于此。

"新名词"的写作实践

晚清诗歌何时开始大量地接纳来自西方（主要指欧洲、日本）的"新名词"？从晚清时期的历史状况来看，当是在甲午战争之后。因为尽管从1840年以来西方文化就随着殖民主义者开始大举进入中国，但中国人的古典性的体验要面临真正的危机，新的现代性的体验的发生，还是要到甲午战争失败之后几近亡国的历史境况当中。[1] 从"诗界革命"前后的几位核心人物梁启超（1873—1929）、夏曾佑（穗卿）、谭嗣同（复生）、蒋智由（观云）等的诗歌创作来看，在诗歌中热衷实践新名词是在梁启超后来所追述的"丙申、丁酉间"（1896—1897）。"新学之诗""新诗""新名词"等说法，均来自这段追述：

> ……复生自喜其新学之诗，然吾谓复生三十以后之学，固远胜于三十以前之学；其三十以后之诗，未必能胜三十以前之诗也。盖当时所谓新学者，颇喜挦扯新名词以自表异。丙申、丁酉间，吾党数子皆好作此体。提倡之者谓夏穗卿，而复生亦慕嗜之。此八篇中尚少见，然"寰海惟顿毕士马"，已其类矣，其《金陵听说法》云："纲伦惨以喀似德，法会盛于巴力门。"喀似德即caste之译音，盖指印度分人为等级之制也。巴力门即parliament之译音，英国议院之名也。又赠余四章中，有"三言不识乃鸡鸣，莫共龙蛙争寸土"等语，苟非当时同学者，断无从索解，盖所用者乃《新约全书》中故实也。其时夏穗卿尤好为此。穗卿赠余诗云："滔滔孟夏逝如斯，叠叠文王鉴在兹。帝杀黑龙才士隐，书飞赤鸟太平迟。"又云："有人雄起琉璃海，兽魄蛙魂龙所徙。"此皆无从臆解之语。当时吾辈方沉醉于宗教，视数教主非与我辈同类者，

1　参阅王一川：《中国现代性体验的发生》，第二章，北京：北京师范大学出版社，2001。

崇拜迷信之极，乃至相约以作诗非经典语不用。所谓经典者，普指佛、孔、耶三教之经。故《新约》字面，络绎笔端焉。夏、谭皆用"龙蛙"语，盖时共读约翰《默示录》，录中语荒诞蔓衍，吾辈附会之，谓其言龙者指孔子，言蛙者指孔子教徒云，故以此徽号相互期许。至今思之，诚可发笑，然亦彼时一段因缘也。

　　穗卿有绝句十余章，专以隐语颂教主者。……其余似此类之诗尚多，今不复能记忆矣。当时在祖国无一哲理、政法之书可读，吾党二三子号称得风气之先，而其思想之程度若此。今过而存之，岂惟吾党之影事，亦可见数年前学界之情状也。[1]

谭嗣同《金陵听说法》四首之三全诗为："而为上首普观察，承佛威神说偈言。一任法田卖人子，独从性海救灵魂。纲伦惨以喀似德，法会盛于巴力门。大地山河今领取，菴摩罗果掌中论。"[2]《赠梁卓如诗四首》之一全诗为："大成大辟大雄氏，据乱升平及太平。五始当王讫麟获，三言不识乃鸡鸣。人天帝网光中见，来去云孙脚下行。莫共龙蛙争寸土，从知教主亚洲生。"[3]夏曾佑《赠梁任公》全诗为："滔滔孟夏逝如斯，亹亹文王鉴在兹。帝杀黑龙才士隐，书飞赤鸟太平迟。民皇备矣三重信，人鬼同谋百姓知。天且不违何况物，望先万物出于机。"[4]《沪上赠梁启超》全诗为："有人雄起琉璃海，兽魄蛙魂龙所徙。天发杀机蛇起陆，羔方婚礼鬼盈车。南朝文酒韬载战，西婉山川失宝书。君自为繫我为简，白云归去帝之居。"[5]

　　这些简直如同"笨谜"一样的诗句，确凿"苟非当时同学者，断无从

1　梁启超：《饮冰室合集》文集之四十五《诗话》，第40—41页。

2　郭延礼：《中国近代文学发展史》，第二卷，第114页。

3　同上。

4　夏曾佑诗见《夏曾佑诗集校》（赵慎修校），收入中国社会科学院文学研究所《近代文学史料》编辑组编：《近代文学史料》，北京：中国社会科学出版社，1985，第32页。

5　夏曾佑诗见《近代文学史料》，第33页。

索解"，但只要我们熟悉诗中所涉及的西学典故，我们就大略可以看出早期实践"新语词"的诗人其思维特征：他们企慕西学经典，然不可理解透彻或并不求透彻理解，概以自己的东方文化想象"转译"之，置于诗歌当中，实现自己的现代性的"新知"目标，以期引起时人对他们以诗歌创作传播新思想、新精神的诗歌作风的注意。

借着梁启超的提示，我们大略可以看出这些诗的意思。这些诗要表达的意思基本来自《圣经》。然而梁启超辈在对此西学经典的阅读，完全是由着自己的想象的，其所领悟到的思想与西方宗教文化中的思想精神大部分是不相符合的。四首诗除谭嗣同《金陵听说法》之外，用典基本来自《圣经》之《启示录》末日审判时上帝与魔鬼争战的情景。"一任法田卖人子，独从性海救灵魂……"句，这本是对上帝之子道成肉身拯救世人的赞美（前一句关乎犹大出卖耶稣），但瞬间转为"大地山河今领取，蘑摩罗果掌中论"，世界的拯救又完全被交托在佛教始祖的手中。"三言不识乃鸡鸣。人天帝网光中见，来去云孙脚下行。莫共龙蛙争寸土，从知教主亚洲生"句，涉及门徒彼得在耶稣被犹太人抓捕时曾经三次不认耶稣之事。《启示录》（即梁所言《默示录》，乃《圣经》六十六卷之最后一卷）中末日时上帝与魔鬼的争战，《启示录》中"龙"始终指的是魔鬼撒旦。[1] "有人雄起琉璃海，兽魄蛙魂龙所徙。天发杀机蛇起陆，羔方婚礼鬼盈车"句所用之典也在《启示录》中，"琉璃海"指天国实现之后的"新天新地新耶路撒冷"[2]，"兽魄蛙魂龙所徙"句之"徙"据下文应该为"徒"，此时诗人的理解似乎对了，那些兽魄蛙魂确系魔鬼（"龙"）所掌管。"蛇"也是指魔鬼。《启示录》所描述的末日时代中，魔鬼为与上帝争战，也是以"三位一体"来迷惑人，即"兽—龙—羔羊"。此"龙"非中国之"龙"，为什么"夏、谭……谓其言龙者指孔子，言蛙者指孔子教徒云"，"共龙蛙争寸土"

---

1 《圣经·启示录》第12章第9节："大龙就是那古蛇，名叫魔鬼，又叫撒旦，是迷惑天下的……"
2 《圣经·启示录》第21章。

呢？大意在于当时他们就是愿做与上帝争战的恶"龙"，要在亚洲生出真正的教主，即恢复孔教。

在诗歌中诗人们看似理解了西方经典，但实际上并不是这样。在基督教文化中，上帝是世界、时间、历史、人的唯一的起源与终极。人必须借着耶稣基督敬拜这独一的真神——上帝才能够得"永生"。上帝是慈爱的，同时又是圣洁、公义的，非常忌讳其他的假神，所以上帝对人最大的诫命乃是——"除了我以外，你不可有别的神。"（《出埃及记》二十章二节），但梁辈显然没有这种只认上帝为独一真神的意识，"沉醉于宗教"，"视数教主非与我辈同类者，崇拜迷信之极"，他们既崇拜上帝，也崇拜佛陀、孔子；既崇拜上帝，又要做上帝所斥责的恶龙。他们只是从文化上来接受上帝，他们笔下的上帝与魔鬼不过是一种象征，为了适应自己表意的需要而已。

文化想象中的词语"旅行"

在东西方文化、语言的交汇中，晚清的诗歌实践中有一个类似"理论旅行"的情况，西方的新名词在这里并不就是西方的意思，经过在东方文化思维中的知识分子的理解与想象，新名词在这里生出更新鲜的意思，为传统的中国诗歌增添了许多丰富的异质。后殖民主义文艺理论家赛义德（Edward W. Said，1935—2003）在20世纪80年代有一个流传甚广的"理论旅行"（Traveling Theory）的思想，其目的正在于揭示某些外来文化观念如何受到本土文化观念的抵抗、交融以及改造的复杂形态。[1]我们在这里

1　Edward W. Said, *The World the Text and the Critic*, Cambridge：Harvard University Press, 1983, pp.226-227，转引自［美］刘禾（Lydia H. Liu）：《跨语际实践——文学，民族文化与被译介的现代性（中国，1900—1937）》，第28页。

可以看到，梁启超他们在诗歌里所应用的西方语词，已经在"旅行"之后进入了东方知识分子的想象和他们的阐释之中，已非其本来的"义理"。传统的看法认为，在东西方语词相互碰撞的过程中，语词之间的权力关系：1.无一例外地化为统治与抵抗的模式；2.中国语言无一例外地甘拜下风、处在被统治的影响状况当中。但在这里，早期的"新学之诗"似乎告诉我们，情况也许并不都是这样。在这里东方的语词和西方的语词之间的关系并不是所谓"抵抗的政治学"，它们中间很难说有胜者，只是在词语的"旅行"当中，西方的语词在中国已经获得了新的意义，进入了中国独特的现代性的文化进程和话语谱系。

我们不能排除梁辈对于西学经典在诗歌中的实践心态、游戏心态，梁启超也说自己不大会作诗。我们不妨看一首梁启超本人非常激赏的诗，这是郑藻常（西乡）的《奉题星洲寓公风月琴尊图》：

> 太息神州不陆浮，浪从星海狎盟鸥。共和风月推君主，代表琴尊唱自由。物我平权皆偶国，天人团体一孤舟。此身归纳知何处？出世无机与化游。[1]

梁启超对这首诗曾特别称道，"读之不觉拍案叫绝"，"全首皆用日本译西书之语句，如共和、自由、平权、团体、归纳、无机诸语，皆是也。吾近好以日本语句入文，见者已诧赞其新异；而西乡更以入诗，如天衣无缝。'天人团体一孤舟'，亦几于诗人之诗矣！"[2]这些新词语可谓经历了一个漫长的"旅行"，从中国出发，经历日语，在日语中混合了西方思想，重新回到汉语。此时这个"汉语"，在"能指"上未变化，但"所指"已变。然郑西乡能用这些似旧却新的"名词"写诗，且能"天衣无缝"。与什么

1　原载《清议报》，1899年12月。见《饮冰室合集》第33册。
2　梁启超：《夏威夷游记》，见《饮冰室合集》专集之二十二，北京：中华书局，1989，第191页。

"天衣无缝"？按照梁启超的审美标准，当是与古典诗歌的意境与风格。

这首诗首先除了反映近代国人在地理知识上的进步，有了地球、宇宙的意识之外，还有一种人的起源和归宿到底是哪里的终极之思，并整体上有一种幻灭感：宇宙的起初"神州"并不是浮在海洋上的大陆。一下子确定了诗的"世界、人生从何而来又往何处去"的悬想和追问的基调。在这样的宏大想象之后，诗人的思绪又转到海鸥飞舞的当下场景。繁华喧嚣之后，人世间这些什么共和、君主、自由、民权、人与物，不过是风月一场。"天"和人一样，如果视为一体的话，也只是茫茫宇宙之中的一叶小舟，终要被吞没。人生最终要去向哪里？既然没有机缘逃离这尘世，只好在这个世界上企羡"神与物游"的化境。诗歌在意境、思想、整体风格上都颇有意味，难怪流亡途中的梁启超拍案叫绝。当然，这其中，诸如"归纳""无机"等词已经经过诗人文化想象的重新书写。

前文第二章第四小节提到的黄遵宪《今别离》所表达的轮船、火车等现代性器物，同样具有文化想象，有对古典时光的怀念，又有对现代时光中一些新事物的欢欣，但却不等于西方人眼中的现代性器物的意味。在这里，东西方文化的接触和碰撞中，词语或思想不是作为一个"客体"原样地来到东方，而是在诗人的文化想象中"生成"出更精妙、细微的新的意思。这就是晚清诗歌丰富而有趣的想象性。

"新名词"与"西学义谛"之间

但人们对待晚清诗歌，往往并不是从文学的虚构性和诗歌的想象性上来把握的，而是在一个有无正确传输西方义理的启蒙主义的立场来评价它，往往要求晚清诗歌应该成为时代精神的"一面镜子"。在对西方"义理"把握准确与否的问题上，晚清诗人实践"新名词"的诗歌写作，确实给了人们反对它的理由。

在《谈艺录》中，钱锺书曾以黄遵宪的诗为样板，对这类的"新学"之诗、这种大量用新名词作诗的风气批评甚激："近人诗界维新，必推黄公度。《人境庐诗》奇才大句，自为作手。……取径实不甚高，语工而格卑；伧气尚存，每成俗艳。……差能说西洋制度名物，掎摭声光电化诸学，以为点缀，而于西人风雅之妙、性理之微，实少解会。故其诗有新事物，而无新理致。"[1]

钱锺书对同时期严复的诗歌的批评也是"无微情深理"；而对于严复的翻译，一语概之："理不胜词"。[2]钱锺书对这些"老辈"诗人唯推崇王国维。"……老辈惟王静安，少作时时流露西学义谛，庶几水中之盐味，而非眼里之金屑。……如《杂感》……其确本义理，发为声诗，非余臆说也。"[3]

"本义理，发为声"，这是钱锺书对汲取西方思想作诗的一个标准。西方的思想精神为"本"，理解透彻了，"发"为声音，就是新的诗歌。王国维是近代颇熟悉西方哲学又能将西方哲学与中国文学批评结合起来的大家，在钱锺书看来，唯有他的诗作能将西方思想、语言像盐溶于水一样处理得和谐、有味，而黄遵宪、严复之流写诗，都是不通"西学义谛"，"有新事物，而无新理致"。王国维的诗是否确如钱锺书之评价我们姑且不论，就钱锺书对晚清诗歌评价的标准而言，我们以为这里有一个重要的诗学问题——在这个新旧交替、东西方文化激烈碰撞、语言之间的"跨语际实践"频繁而丰盛的时代，我们将如何看待这一时代的语言活动和诗歌写作？是否一定要追求准确地理解"西学义谛"，本其"义理"，发为诗歌的声音？

1　钱锺书：《谈艺录》，第23—24页。

2　同上书，第24页。

3　同上书，第24—25页。

晚清文学实践的想象性特征

其实这一问题也许在梁启超看来，并不成为问题，他在评价严复的翻译时，并没有像钱锺书那么苛刻：

哲学始祖天演严，远贩欧铅挽亚椠。合与沙米为鲽鹣，夺我曹席太不廉。[1]

梁启超看严复的翻译大约就是欧洲的"铅"加上亚洲的"椠"、莎士比亚加上弥尔顿，他没有批评，倒十分羡慕严复的自由。严复（1854—1921）翻译西学著作之认真，在当时的知识分子当中是出了名的。然而就是这样一位极为认真的翻译家，对《进化与伦理》绪论（PROLEGOMENA）部分第一段的翻译，我们可以看到其中许多"想象"的成分。英文原文[2]、本文的直译和严复的译文如下：

IT MAY be safely assumed that, two thousand years ago, before Casar set foot in southern Britain, the whole country-side visible from the windows of the room in which I write, was in what is called 'the state of nature'. Except, it may be, by raising a few sepulchral mounds, such as those which still, here and there, break the flowing contours of the downs, man's hands had made no mark upon it; and the thin veil of vegetation which overspread the broad-backed heights and the shelving sides of the combs was unaffected by his industry. The native grasses and weeds, the scattered patches of gorse, contended with one

---

1　梁启超：《广诗中八贤歌·侯官严复》，见《饮冰室合集》文集之四十五《诗话》，第13—14页。

2　T.H.Huxley and Julian Huxley, *Evolution and Ethics*, p.33, London：the Pilot Press Ltd.1947.赫胥黎此绪论作于1894年。严复翻译该书时，译名为《天演论》。

another for the possession of the scanty surface soil; they fought against the droughts of summer, the frosts of winter, and the furious gales which swept, with unbroken force, now from the Atlantic, and now from the North Sea, at all times of the year; they filled up, as they best might, the gaps made in their ranks by all sorts of underground and overground animal ravagers. One year with another, an average population, the floating balance of the unceasing struggle for existence among the indigenous plants, maintained itself. It is as little to be doubted, that an essentially similar state of nature prevailed, in this region, for many thousand years before the coming of Caesar, and there is no assignable reason for denying that it might continue to exist through an equally prolonged futurity, except for the intervention of man.

【直译】可以肯定地推测：两千年以前，在恺撒大帝踏上南英格兰之前，从我写作的房间的窗户可看见的整个乡村，应该是所谓"自然状态"，除了几个荒坟把连绵起伏的山脉间断以外（像那样的小山现在仍然到处都是），其上还未留下人类改造的痕迹。薄薄的植被铺盖在高原上，保护着峡谷不被人类工业破坏。各种草，零零星星的金雀花互相争夺着稀少的表层土壤；一年到头，它们抵御着夏日的干旱，冬天的严霜，还有时而来自大西洋，时而来自北冰洋的无法战胜的猛烈的大风。它们尽可能把地上地下的食草动物啃下的空隙一层层填满。年复一年，这些本土植物为生存进行不停的斗争，保持着生态平衡。毋庸置疑的是，在恺撒到来的几千年之前，那就是这个地区的自然状况的基本模式。如果没有人类的干预，我们没有理由否认它将以同样的方式向未来延伸。

【严复译文】赫胥黎独处一室之中，在英伦之南，背山而面野。槛

52

外诸境，历历如在几下。乃悬想二千年前，当罗马大将恺彻未到之时，此间有何景物。计惟有天造草昧，人功未施，其借征人境者，不过几处荒坟，散见坡陀起伏间，而灌木丛林，蒙茸山麓，未经删治如今日者，则无疑也。怒生之草，交加之藤，势如争长相雄。各据一抔壤土，夏与畏日争，冬与严霜争，四时之内，飘风怒吹，或西发西洋，或东起北海，旁午交扇，无时而息。上有鸟兽之践啄，下有蚁蝝之啮伤，憔悴孤虚，旋生旋灭，菀枯顷刻，莫可究详。是离离者亦各尽天能，以自存种族而已。数亩之内，战事炽然，强者后亡，弱者先绝，年年岁岁，偏有留遗，未知始自何年，更不知止于何代。苟人事不施于其间，则莽莽榛榛，长此互相吞并，混逐蔓延而已，而诘之者谁耶？

——《天演论·察变第一》

一本颇有影响的近代西方生物学著作，其开头满有东方诗赋的"意境"。"悬想"是严复在这里的书写方式，在赫胥黎那里是主体的"推测"，在严复这里他将赫胥黎由第一人称转译为第三人称，而想象"他"怎么样。严复译文中的许多衬托情境的言辞原文中是没有的。他"悬想"赫胥黎这样一个生物学家如英雄般遗世独立，独处一室，在英伦之南背山而面野，大千世界尽在眼底，渺渺时空，均在脑际，这完全是一个中国书生对于世界和人生的英雄想象。严复的译文无疑是对《进化与伦理》的重新书写，虽然"进化"之大意没有走样，但在东西方语言的转译过程当中，却生成一种既有西方新思想又有东方神韵的新境界。

严复如此的"悬想"，难怪钱锺书要批评他"理不胜词"了。就从"天演"与"进化"一词之区别来看，我们也大略可以看出严复的东方式的想象。"进化论"（Evolutionism）作为西方的一种生命起源的假说，是与西方传统的"创造论"（Creationism）相对的。在达尔文提出进化论假说之前，人的起源在西方传统的看法中是上帝所造。生物在自然当中受某种规律支配而"进化"的"科学规律",作为一种近代西方人文主义的理性话语,是与西方人的"天"——上帝的话语相对的。而汉语"天"的意思,恰恰还保留着西方那个作为时间、历史的起源与终极的"神(上帝)"的意思。至少从先秦时代,孔子、老子的"天""道"等概念当中,我们均可以看出这"天""道"有一定的与西方的"上帝"相似的位格性(有性情)。子曰:"天何言哉?四时行焉,百物生焉,天何焉哉?"(《论语·阳货》)老子:"道生一,一生二,二生三,三生万物。"(《老子·四十二章》)冯友兰先生就认为:"孔子之思维天,乃一有意志之上帝,乃一'主宰之天'也。"他认为孔子的"天命""亦即上帝之意志也"。[1]生物在一定规律支配下的"进化"成为"天演论"之"天"所决定的"演",我们可以看出中国文化在其中的书写踪迹。

更为严重的是:"进步"并不等于"天演"。严复没有译出赫胥黎的"进化不是对宇宙过程的解释,而仅仅是对该过程的方法和结果的论述"的意思,也略去了进化中的退化、周期性循环现象,而将自然中生物的一种可能的现象——"进化"演绎为直线时间链条上的不断前进、日新月异的"进步",一个似乎是"天"所注定的真理,从而导引出强者生存的与当时民族危机相关的"社会进化论"的铁律,导出"天演=进化=进步"的人类社会图式。所以,严复翻译出的根本不是达尔文、赫胥黎的生物进化论,而是在现代性焦虑中所接受的斯宾塞的社会进化论。[2]从这个意义上说,王国维和钱锺书对晚清文人不解"西学义谛"的批评是有理由的。

但我们必须看到:

首先,从文化比较的角度,是否西方"义理""西学义谛"就是"真理",东方的言语如没有"本原"地将其真义反映出来,就是失败?关于这一点,叶维廉先生曾强调,某一种文化之所以与其他文化不同,一定有

1 冯友兰:《中国哲学史》上册,香港:香港三联书店,1992,第64—65页。
2 参阅林基成:《天演=进化? =进步? ——重读〈天演论〉》,载《读书》,1992年第12期。

不同的根源（哲学观、观物立场等），所以形成了自身的规则（语言策略等）[1]，自成体系，形成不同的"模子"（Model）。如果我们总是以一种自认为合理的"模子"来解释，批判另一种"模子"中的文化现象、文学文本，一定会破绽百出。叶维廉批评了在东西方文化比较中的一种倾向：仿佛西方以知觉、理性、逻辑为特征的语言和文化是基本的真理，其他的语言和文化均要以符合它们为依归。[2]在这里，我们可以看到学贯中西的钱锺书先生和通晓西方哲学的王静安先生，就是以西方文化之"模子"来框定受东方文化浸润至深的晚清文人输入"新学"的写作行为。

其次，我们着实可以理解晚清知识分子以文学为文化传播的工具，以西方"新知"启蒙民众的心理。梁启超的文学行为基本上就以此为旨归，这是特定历史时代的必然。但是我们必须意识到，文学有其自身的特性。尤其是诗歌，更不可能是直接传输西学、输送西方义理的工具。结构主义理论家雅各布森（Roman Jakobson）的"语言学和诗学"告诉我们，"信息"从"说话者"到"受话者"，中间有三个决定性的因素："代码""接触"和"语境"。其中，"语境使信息'具有意义'"。在雅各布森看来，"意义不是一个自由自在地从发送者传递到接收者的稳定不变的实体。正是语言的本质不允许这样做……"在新的语词从西方来到东方，不可能是"稳定不变的意义实体"。[3]以其有没有准确反映西学义谛来对诗歌做要求，这是语言的本质所不允许的。诗歌的语言学的本质正在于特定的语境促使诗歌中存在丰富的"想象"，在"想象"中生成新的现代性。

相比之下，梁启超对严复等人的理解就宽容得多。他评论严复的这首小诗，其实是一首关于晚清诗歌的诗歌：就像他理解严复的翻译一样，晚

---

1 参阅叶维廉：《中国诗学》，北京：三联书店，1992。

2 参阅叶维廉：《东西比较文学中模子的应用》，《叶维廉文集》第一卷，合肥：安徽教育出版社，2002。

3 Terence Hawkes, *Structuralism and Semiotics*, Berkeley and Los Angeles, California: University of California Press, 1977, p.83.

清很多诗人的写作，在实践新名词、新文化、新思想入诗方面，就是"远贩欧铅挽亚椠"，将欧美的思想精神和东方的文化传统掺杂在一起；"合与沙米为鲽鹣"，莎士比亚、弥尔顿，耶稣上帝、佛陀……在关于自我与世界的想象中，都可以混合生成。从这个意义上讲，晚清诗人的思想是较为开放的，他们以自由的诗歌想象力接纳着这个变革中的世界，从而导致千年的中国诗歌传统也处在变革当中。

晚清诗歌与新诗的发生

由此，我们重视晚清诗歌丰富的想象性，而不是挑剔其书写的新思想、"新名词"是否真的与西方义理一致。晚清诗歌的现代性在于其以新的语词和变化中的意象系统来"想象"出新的"世界"与"自我"。在晚清诗歌中，作为"他者"的"西方"，还有古典体验与现代性体验交替当中的"当下现实"，都被当作了一个不断"想象"的生成的世界，得到了不同程度的丰富呈现。在复杂的、具体的个体经验中，晚清诗人用自己的写作某种程度上以想象的方式抵达了真实，呈现了历史。他们的写作未能逼真地"反映"历史，但却想象出历史的过去与未来之间的交汇状态；他们没有真实地传达西方义理，却在文化想象当中重新建构了一个新的"中国"。晚清诗人在与西方"他者"，在与古典诗歌美学的"父法"双重对话中，建立起自己的"想象"世界的方式、符号序列和诗歌美学。晚清诗歌正是以这样的想象性、矛盾性和丰富性回应了这个历史时代所必需的文学现代性的吁求。

在新的语词与西方义理、西学义谛的冲突当中，在由新的语言构成的意象系统和诗歌境界的冲突当中，在承载现代性的个体经验和追求神韵的古典诗歌美学之间，晚清诗歌为我们呈现了其极大的矛盾性和丰富性。晚清诗歌的意义不在于"诗界革命"同仁在文化层面上多大程度地为中国输入了"欧洲之真精神真思想"，也不在于《清议报》《新民丛报》等报刊上的诗作是否成功地"以旧风格含新意境"，更不在于南社的干将们将古典诗艺发挥至多么娴熟的境界，而在于类似梁启超、黄遵宪那种在"旧风格"和"新意境"之间彰显各种内在矛盾的诗歌写作。晚清诗歌面对的是诗人之于新现实的言说诉求，但是在旧有语言符号系统和形式秩序的规约下，这种言说诉求的实现显得极为困难。这是晚清诗歌最大的矛盾，它表现在具体的写作中是"新意境"（现代经验、意识）与"旧风格"（传统诗歌体式）的冲突，是"有新事物"与"无新理致"的不协调，是以流俗语、口语为诗跟"以文为诗"与古典诗的阅读"程式"、句法、章法之间的矛盾。这些矛盾使晚清诗歌怎么看起来都是"旧瓶装新酒"，不能给人真正的"新"的感觉，与真实的现代经验，还是很隔膜。

　　"五四"前后的胡适等新一代知识分子，正是站在晚清诗歌的矛盾性的起点上，认定了"用白话替代古文"[1]的语言革命目标，认定必须真正地更换诗歌的语言符号系统，由此甚至不惜偏激地将文言定为"死文字"（以胡适等人对于文言文的认识，这当然只是策略性的革命主张）。但是，更新诗歌的语言符号系统，这在晚清时期诗人们也曾努力过，用流俗语、口语、白话不一定就能写出"新"的诗，因为制约晚清诗歌写作的还有一个内在的古典诗歌艺术成规。这个成规既使梅光迪、任叔永等人坚守什么是诗、什么不是诗的古典诗歌审美"程式"，也使胡适看到了更新汉语诗歌言说方式的突破口：那就是胡适从白话诗词中确立了新的诗歌阅读"程式"，并立志以"作文"的方式"作诗"[2]，以讲求"文法"等手段从诗歌内

---

[1]　胡适：《逼上梁山》，原载1934年1月1日《东方杂志》，第31卷第1期。后收入1935年10月15日良友图书印刷公司出版《中国新文学大系·建设理论集》，第10页。

[2]　"诗国革命何自始，要须作诗如作文"，胡适：《依韵和叔永戏赠诗》，《胡适留学日记》，上海：商务印书馆，1947，第790页。

部真正更新汉语诗歌的传统规则。由此我们可以说，晚清诗歌由于受到自身审美"程式"和形式成规的制约，虽在局部上接纳了许多新事物、新名词，但只是部分地更新了诗的语言符号系统，没有触及诗歌整体的言说方式；而胡适的以白话为诗、以"作文"的方式为诗，却是触动了汉语诗传统的语法结构。胡适力求以"说话"的方式作诗，虽使汉语诗歌的传统韵味大大丧失，负面意义不可避免，但却建构了一种新的诗歌语言体系和言说方式。由于诗是传统文学中最坚固的"壁垒"，诗的言说方式的更新，对更新汉语的言说方式这一现代性的宏伟目标自然意义重大。"新诗"的发生应该在此溯源。

四

新诗的发生：初期白话诗的句法转换

白话与诗的两难

白话诗从古典诗脱胎，最直观的表现：首先是句式的变化（它内在上是诗歌句法的转换），由过去严整的格律体变成了现在长短不一的自由体；二是打破了旧诗词的节奏和音律，形成了所谓"自然的音节"。这也是胡适在《〈尝试集〉再版自序》里颇为自豪的，他"也正因为这两个理由，所以敢把《尝试集》再版"。不过，无论是句法的转换——古典诗词由过去严整的格律体变成了现在的"自由成章"[1]的句式，还是音节上的变化——追求"近于自然的趋势"的"自然的音节"，白话诗都不能算是成功，许多诗作都"还脱不了词曲的气味和声调"。"新诗"的白话诗阶段，只能说是一种汉语诗歌从古典诗词的形式规范中挣脱的"过渡时期"[2]，无论在情感还是形式上都还是一种"过渡"形态。

白话诗是汉语诗歌进入"现代"时期的初步形态，相对于古典诗的句

1　康白情:《新诗底我见》，载《少年中国》1920年第1卷第9期。

2　胡适:《再版自序》，收入《尝试集》(再版)，上海: 亚东图书馆，1920。

法变化自然是极不成熟的。胡适一方面说这种"新体诗是中国诗自然趋势所必至的"，另一方面也承认它与新思潮狂飙突进的"五四"新文化运动有关。"五四"给这种"新体诗"的实现"加上了一种有意的鼓吹，使它于短时期内猝然实现"。由于是短时期内诗体的猝然由旧至新，"新诗人"的作品，"大都是从旧式诗、词、曲里脱胎而来"。在《谈新诗》里，胡适就曾具体指出沈尹默、傅斯年、俞平伯、康白情等人（也包括胡适自己）的诗作"都是从词曲变化出来的"。

叶维廉先生曾举一例来说明胡适的白话诗实验在白话与诗之间的两难，此例已为大家所熟知。[1] 其实这样的情况在白话诗初期还有很多。沈尹默的《人力车夫》也有类似的情形：

日光淡淡，白云悠悠，风吹薄冰，河水不流。

出门去，雇人力车。街上行人，往来很多；

车马纷纷，不知干些什么？

人力车上人，个个穿棉衣，个个袖手坐，

还觉风吹来，身上冷不过。

车夫单衣已破，他却汗珠儿颗颗往下堕。[2]

---

1 胡适的这首诗题目是《寄给北平的一个朋友》，叶维廉先生觉得这是"一首文言诗（也不是最好的文言诗）的略加白话化"。原诗为："藏晖先生（昨夜）作一梦，（梦见）苦雨庵中吃茶（的老）僧，（忽然）放下茶盅出门去，飘萧一杖天南行，天南万里岂不（大辛）苦？（只为）智者识得重与轻。醒来（我自）披衣开窗坐，谁人知我（此时一点）相思情！"若将诗中加括号的字去掉，我们便发现这原来是一首并不工整的七言诗。"昨夜""忽然""此时"等修饰性词语明显是要将古典诗的绝对时间状态更换为"我"的当下时间状态。最后两句相当于近体诗的尾联，但加上去的主词"我"在末行的参照下显得多余。同样多余的还有动词短语"梦见"。诗歌似乎是要用白话来填充格律诗，其中隐含叙述者的声音在旧诗词律和白话的文法之间犹疑不定，叶先生认为此诗"声音一点都不统一，仿佛一个新时代的人同时说着两个不同时代的话"。参见叶维廉：《中国诗学》，第227—228页。
2 《新青年》第4卷第1号，1918年1月15日。

　　胡适说"稍读古诗的人都能看出这首诗是得力于《孤儿行》一类的古乐府"，[1] 不过古乐府多为形式整齐、文采较盛的五言诗，而这首《人力车夫》则显得在形式和语言上前后不一。在形式上，前三行是节奏为"二——二"的四言诗，后三行则是勉强节奏为"二——三"的五言诗（最后一句若精简，就是"车夫单衣破，汗珠颗颗堕"）。在语言的修饰上，前三行（尤其是开头的四个四言短语）明显文采胜于后面三行。"日光""白云"等词汇的类型性大于后面三行所选择的词汇。可见作者在白话文和文言文之间的字词选择、句法特征上犹豫不决，一首诗中明显见出两种诗体的影响和两种说话方式。

　　还有，若是我们将此诗前三行的语句选择、合并，去掉无助于诗境、明显是累赘的"不知干些什么？"，去掉接下来"人力车上人"这一主词（古体诗经常省略主词），合并两个"个个"，最后两句其实还是延续了古典诗歌其"律诗美学"的一种模式：前三联是对现实的想象或描写，尾联回到现实，抒发个体的感喟，在律诗"这种新形式中，印象与表现或前三联与后一联之间的区分演化为'呈现'和'反思'这两个诗歌行为阶段之间的区分"。[2] 只是这里作者省略了"可怜"二字（近体诗许多尾联都流露出世事苍凉的"可怜"的态度）。这样看来，这首最早发表于《新青年》的新诗，[3] 还是一首不严格的七言古诗：

1　胡适：《谈新诗》，原载1919年10月10日《星期评论》纪念专号，后收入1935年10月15日良友图书印刷公司出版的《中国新文学大系·建设理论集》，第300页。

2　参见［美］高友工：《律诗美学》，文载乐黛云、陈珏编选：《北美中国古典文学研究名家十年文选》，第89—94页。

3　1918年1月15日《新青年》第4卷第1号刊出白话诗9首，依次为：胡适的《鸽子》、沈尹默的《鸽子》和《人力车夫》、胡适的《人力车夫》、刘半农的《相隔一层纸》、沈尹默的《月夜》、刘半农的《题女儿小蕙周岁日造象》、胡适的《一念》和《景不徙》。有论者认为，这些诗是"最早发表的新诗"，"不仅使用了白话，更重要的是注意到了诗体的解放"。（刘福春：《新诗纪事·说明》，北京：学苑出版社，2004。）

> 日光淡淡白云悠，风吹薄冰水不流。
>
> 出门去雇人力车，行人往来车马纷。
>
> 个个穿棉袖手坐，还觉身上冷不过。
>
> （可怜）车夫单衣破，汗珠颗颗往下堕。

　　白话诗要从古典诗的句法和形式秩序中脱离出来，绝非一日之功。白话诗要成为真正"新"的"诗"，必须有一个缓慢的渐变的过程。胡适说："我做白话诗，比较的可算最早，但是我的诗变化最迟缓。从第一编的《尝试篇》《赠朱经农》《中秋》等诗到第二编的《威权》《应该》《关不住了》《乐观》《上山》等诗；从那些很接近旧诗的诗变到很自由的新诗，——这一个过渡时期在我的诗里最容易看得出。第一编的诗，除了《蝴蝶》和《他》两首之外，实在不过是一些刷洗过的旧诗。做到后来的《朋友篇》《文学篇》，简直又可以进《去国集》了！"《蝴蝶》和《他》两首其实都是五言诗的体式，胡适之所以觉得它们有价值，大概它们确实与旧诗有区别，这种区别不在于形式上，而在于语言的更换。胡适以接近口语的白话来写古体诗，从外观上看不出诗的变化，但在具体诗句的内部，旧诗的节律已经被打破了，诗从表面上看起来是诗，实际上接近说话。

> 两个/黄蝴蝶，双双/飞上天。
>
> 不知/为什么，一个/忽飞还。
>
> 剩下/那一个，孤单/怪可怜；
>
> 也/无心上天，天上/太孤单。[1]

　　《蝴蝶》的最后一句，我们不能根据五言诗常见的"二——二——一"

1　胡适：《尝试集》（再版），上海：亚东图书馆，1920，第1页。

节奏来读，也不能根据前面的"二——三"节奏来读，只能读作"也/无心上天"（或"也/无心/上天"）的"一——四"（"一——二——二"）节奏，诗的节奏、声调就由单音尾（三字节）的吟咏调变成双音尾（二字节）的诵读调，其实是接近了胡适"作诗如说话"的主张。旧体诗五七言一般都是两字一节，五言诗为两节半，七言诗为三节半。像绕口令一样的《他》，体式虽是五言，实际上是一段整齐的"说话"调子："你/心里/爱他，莫说/不爱/他。要/看你/爱他，且/等人/害他。倘/有人/害他，你/如何/对他？倘/有人/爱他，更/如何/待他？"我们从这些不像新诗也不是旧诗的诗可以看出，胡适的白话诗的试验其实更大的价值在试验语言，《尝试集》中的诗，更多都处在旧体诗的形式、句法与白话的语言形态相龃龉的状态。

寻求诗体的"解放"

"我初回国时，我的朋友钱玄同说我的诗词'未能脱尽文言窠臼'，又说'嫌太文了！'美洲的朋友嫌'太俗'的诗，北京的朋友嫌'太文'了！这话我初听了很觉得奇怪。后来平心一想，这话真是不错。我在美洲做的《尝试集》，实在不过是能勉强实行了《文学改良刍议》里面的八个条件，实在不过是洗刷过的旧诗！这些诗的大缺点就是仍旧用五言七言的句法。句法太整齐了，就不合语言的自然，不能不有截长补短的成分，不能不时时牺牲白话的字和白话的文法，来迁就五七言的句法。"[1]在古典诗的句法与白话的文法之间，胡适的诗作显出一种矛盾性：对于支持白话诗的钱玄同等人来说，由于句法仍有旧诗词的影子，所以显得"太文"；而对于梅瑾庄、任叔永等反对白话诗的人，在旧诗词的格律里装了"俗语白话"，则

1　胡适：《自序》，收入《尝试集》（再版）。

显得不伦不类，"太俗"。这也使胡适回国之后不得不下更大力气来试验白话诗，这时他认定了"一个主义：若要做真正的白话诗，若要充分采用白话的字，白话的文法，和白话的自然音节，非做长短不一的白话诗不可。这种主张，可叫作'诗体的大解放'"。[1]

汉语诗歌在现代的"诗体大解放"是从句法的变化开始的。不过，当胡适认定"非做长短不一的白话诗不可"的主义之后，白话诗并没有一下子变得很"现代"。以1918年《新青年》所刊白话诗为例，虽然句式确实长短不一了，但大部分诗作还是古典诗的意趣，句法并未真正地"转换"。据本文统计，此年《新青年》共刊白话诗约65首，[2] 其中以第一人称"我"为叙述者的共18首，不足总数的三分之一；而基本上属旧体五言诗、七言诗的共12首，约占总数的五分之一。

1918年《新青年》第4卷第1号，白话诗正式集体登场亮相。所刊9首白话诗中，胡适的《鸽子》明显看出是词曲的演变，全诗无主词，无系动词，完全是一种主体在诗外的叙述视角，诗作的风格也是古诗常见的外在景物的描写，主体心志难以寻求，无论从形式还是情感思想，都难说"新"。第二首沈尹默的《鸽子》整体上也是叙述者消隐的客观描写，从第二句开始出现了系动词"是"，全诗共出现四次以系动词"是"来表明作者对叙述对象的态度或情感，使诗歌整体上的描写句式倾向于判断句式。第三首就是前面说过的沈尹默的《人力车夫》。第四首是胡适的对话体诗《人力车夫》，第五首是刘半农的《相隔一层纸》，这两首在《分类白

1　胡适：《自序》，收入《尝试集》（再版）。

2　包括胡适译诗《老洛伯》、四卷二号刘半农的《游香山纪事诗》实际上是八首四到十句不等的五言古体的组诗，这里只算一首。为统一起见，组诗凡诗题未注明"……首"便只以一首计。另，本年除了《新青年》看出新诗之外，12月22日的《每周评论》第一号也刊出了"适"（胡适）的诗《奔丧到家》。

话诗》[1]里被分在"写实类"，因为它们确实就是"客观写实"，描写一次对话、一个场景。第六首是沈尹默的《月夜》。第七首是刘半农的《题女儿小蕙周岁生日造象》，在《分类白话诗》里被分在"写意类"。第八首是胡适的《一念》。第九首是胡适的《景不徙》，这是一首旧体五言诗，不论。

这些诗作，大部分在感觉和想象方式、境界和意象的营造和艺术结构上，都未能脱离旧诗词的趣味和写法；并且，九首诗无一例外，末句都尽量追求押韵。不过，值得注意的要数第六首沈尹默的《月夜》和第八首胡适的《一念》，先看《月夜》：

> 霜风呼呼的吹着，
> 月光明明的照着。
> 我和一株顶高的树并排立着，
> 却没有靠着。

冯文炳先生曾称这首诗"很难得""不愧为新诗的第一首诗"，将这首和《新青年》第4卷第1号其他几首一比，"便可以比得出来写新诗是怎样的与写旧诗不同，新诗实在是有新诗的本质了。那几首诗……都只能算是白话韵文……大约可以比较得出来，只有《月夜》算得一首新诗"。[2]愚庵（康白情）把《月夜》算为"中国新诗史上""第一首散文诗"，"具备新诗的美德"，觉得"其妙处可以意会而不可言传"。[3]不过，无论是废名还是康白情，他们都没有说明这首诗到底"妙"在哪里。霜风月夜，旷野高树，伊人独立，这样的意象和境界在古诗里颇为常见。作者还是用传统的

1　许德邻编：《分类白话诗选（一名新诗五百首）》，上海：崇文书局，1920。据笔者统计，实际上该诗选所选白话诗为266首。

2　冯文炳：《沈尹默的新诗》，冯文炳：《谈新诗》，北京：人民文学出版社，1984。

3　北社编：《新年诗选》一书后附《一九一九诗坛略纪》，上海：亚东书局，1922。

咏怀诗的方式来借物兴情。最值得注意的应该是诗中的"我"，它是第一次以叙述者和被叙述的对象的双重身份出现在白话诗里，既是说话者又是意象。在前面的诗作中，"我"曾出现在第三人称的说话里（胡适的《人力车夫》），在后面的胡适的《一念》里，"我"是叙述者，但"我"并不是被描述的对象。《月夜》的独特性在于：一方面它延续了古典诗的常见意象、意境，但是另一方面它没有延续古典诗常见的非个人的视角，它是以个人化的"我"的眼光来打量世界的，诗歌的说话方式由过去的"无人称"变成现在第一人称的独白。并且，颇有意味的是这个"我"与"树"的关系："和一株顶高的树并排立着，却没有靠着"，作为两个名词意象，在古典诗中它们理当就是"并排立着"，而不是逻辑、情态关系上的相互联结、依靠。我们是否可以理解为诗人是将古典诗中两个本当并置的意象用罗列和联结的句法将它陈述出来，使它们处在独立与联结之间，既是相互独立，又相互凝望，形成意象之间的距离与对比，使诗歌产生出一种简略而含混的美学效果？这是否才是它"可以意会而不可言传"的原因？

《月夜》反映的其实是古典诗的句法与意象生成方式在"白话"句法中一次转换。由于这首诗的短小，所以它在从旧诗词曲的句法向白话诗的句法的转换中没有暴露出太多问题，显得精致、独到，在"白话"和"诗"之间找到了关键的契合点：如何处理意象之间的关系。在近体诗中，由于意象之间的独立性使意象相互之间的关系产生丰富的歧义，而这里，诗人说"我"和"树""并排立着"，却不是通常意义上的"靠着"，"我"与"树"作为意象也是独立的，意象的独立性使诗歌的语义变得复杂。有人就此认为这首诗所要表达的意思在诗中展现得不够充分；[1] 也有人对它的短、

---

[1] 譬如朱自清就以为《月夜》要表现的意趣不够充分："'愚庵'评'其妙处可以意会不可言传'，但是我吟味不出来。第三行也许说自己的渺小，第四行就不明白。若是说遗世独立之概，未免不充分——况且只有四行诗，要表现两个主要意思也难。"朱自清：《中国新文学大系·诗集·编选杂记》，上海良友图书公司，1935年初版，第15—16页。他在编选《中国新文学大系·诗集》时也就没有选这首诗。

它的凝练大加赞赏；[1] 当然，也有人因为它是"白话诗"而看不到它与古典诗共有的品质，简单地把它说得一文不值。[2]

《月夜》的美学效果毕竟有一定的偶然性，[3] 毕竟它只有四行，诗不可能都这么短小。《月夜》值得注意的是它以"我"为叙述者的说话方式和连续性的句法结构。白话诗此时还处于在语言当中试验、累积"自我"显现方式的阶段。现代诗的"自我"的性质和内涵，还在具体的诗歌写作当中慢慢凝聚。白话诗怎样从古典诗的抒情模式中脱胎出来仍是个问题，所以一些诗作在句法上的试验还是应该关注的。胡适的《一念》虽从思想、情感、美学效果等角度来评价大概不算很高妙，但从它的抒情方式来看，却有它特别的地方：

> 我笑你绕太阳的地球，一日夜只打得一个回旋；
>
> 我笑你绕地球的月亮儿，总不会永远团圆；
>
> 我笑你千千万万大大小小的星球，总跳不出自己的轨道线；
>
> 我笑你一秒钟走五十万里的无线电，
>
> 　　总比不上我区区的心头一念。
>
> 我这心头一念：
>
> 才从竹竿巷，忽到竹竿尖；

1　"我"与"树"（可以看成"世界"）是有距离的，甚至是分裂的，这个"我"还可能有现代诗的"自我"的雏形：他既是叙述者，又是被叙述者，他不是一个同一的存在。诗歌的功能实际上是从外向里地对"自我"做了一次短暂的关注。可以说，这首诗虽在意境上有古典诗的影响，但却有了古典诗所缺乏的自我经验的深度，它在"内容"上较古典诗有一点新质。"在内容上是诗的"，这可能就是冯文炳所说的这首诗所具有的"新诗的本质"。

2　胡先骕认为沈尹默之《月夜》《鸽子》《宰羊》等诗，"直毫无诗意存于其间，真可覆瓿矣。"胡先骕：《中国文学改良论（上）》，《中国新文学大系·文学论争集》，第105页。

3　沈尹默（1883—1971）有着深厚的古典文学修养，他的诗歌创作似乎是在参与完成新诗革命的草创任务后又早早转向旧体诗的写作。沈尹默也是现代旧体诗创作方面的高手，有《秋明集》问世。

忽在赫贞江上，忽到凯约湖边；

我若真个害刻骨的相思，

便一分钟绕遍地球三千万转！[1]

在1917年"十月廿七日"胡适给刘半农的手稿中，此诗有两份，一份为草稿，一份就是后来发表在《新青年》上的样式，不过标题是《唯心论》。在草稿上，原诗题目为《"唯心论"》，最后一句为"便一夜里绕遍地球三千万转！"[2]从胡适的修改可以看出，本来他借用哲学上的名词"唯心论"，后来他觉得他写的就是一种唯"心"论，不用加上引号，他所要表现的是"心"的自由、思想的不拘时空，万物都不能比。而将"一夜里"改为"一分钟"，既是突出心头之"念"的快（"我"要嘲笑的对象是"地球""月亮""星球""无线电"四种事物，它们都不及"我的一念"快，没有时空限制，潜在意思应该是对现代人的心灵幻想的乐观），也是为了和前面风格统一，尽量使用现代专有名词，使诗歌的名词更倾心于具体。"夜"与"分钟"都是时间，但前者实质上是时间的一种性质，在意趣上很容易滑入古典诗里对"夜"的想象，而"分钟"则明显是现代社会才有的名词，它具有一种事物性，比"夜"要"具体"。胡适在这里使用了许多现代科学上的新名词，并且新名词之前加上许多修饰成分，使诗句变得很长（古典诗歌中只有晚清黄遵宪的诗里出现过比这还长的诗句）。在句法上，胡适实际上沿袭了英语的句法结构：

I laugh at you, the earth, which is revolving around the sun, because you

have only a rotation in a day and night（我笑你绕太阳的地球，一日夜只打

得一个回旋）；

---

1 《新青年》第4卷第1号。

2 参阅刘半农编：《初期白话诗稿》，北京：星云堂书店，1932，第36—38页。

I laugh at you, the moon, which is always revolving around the earth, because your can't be remained forever（我笑你绕地球的月亮儿，总不会永远团圆）；

I laugh at you, thousands upon thousands celestial bodies, because you never depart from your track（我笑你千千万万大大小小的星球，总跳不出自己的轨道线）；

I laugh at you, radio, which can run at a speed of fifty miles a second, because you are slower than a little idea in my mind（我笑你一秒钟走五十万里的无线电，总比不上我区区的心头一念）.

……

此诗前四个完整句都是英语里的一种主从复合句，其中包含了一个非限制性定语从句和原因状语从句（四句除第三句只有非限制性定语没有非限制性从句有点不同外，结构相似）。以第一句为例：按照汉语，它的意思可以用一个简单句（"我笑一日夜绕太阳只一个回旋的地球"）来表达，但这样在宾语前无限制的加上修饰语容易使主语和宾语之间相隔太远，句意不连贯。胡适这里顺着英文文法的表达式，将名词的修饰语部分置于名词之后（汉语中"缺乏英语中大多数罗列细节的手法，后置的修饰成分极为少见"[1]），这样句子就显得比较平衡。可以说，这里胡适的意思从英文文法到汉语表达，还算成功。"我"是诗歌的叙述者，"我"这个主词，受英语文法［"I"＋（系）动词……或"I"＋动词词组……］影响而来，把守着每一句的开头，在每一个诗句前重复，决定着诗歌情思的定向发展，突出了主体的自我属性，也制约着读者的阅读和想象。不过，这首诗也不尽是西洋诗的味道，"才从竹竿巷，忽到竹竿尖；忽在赫贞江（上），忽到凯

1　［美］高友工、梅祖麟：《唐诗的魅力》，李世耀译，武菲校，上海：上海古籍出版社，1989，第72页。

约湖（边）……"就露出了唐诗"忽过新丰市，还归细柳营"的尾巴；"我若真个害刻骨的相思，便一分钟绕遍地球三千万转"句还是忍不住省略了主词（"我这心头一念"）。

《尝试集》第二编、第三编的诗，大部分都有主词，以"我"为叙述者，一些诗作可谓摆脱了旧诗的无人称的客观描述的抒写方式。20世纪30年代朱自清先生曾谈到汉语里"主词"的增多，他说这种情况是对"旧白话的结构"（旧白话也习惯于省略主词）的超越，也"相信多用主词是现代化的语言的一个主要的倾向"。[1]朱自清先生以西方语言为参照，将"多用主词"作为汉语"现代化"的主要标准，这未免对西语和汉语的复杂情况有所忽视。不过，白话诗一改旧诗的无主词、无人称，句句有主词，有"我""你"或"他"，虽比凝练的五言、七言诗啰唆，但却是一种新的说话方式。胡适以"须讲求文法"的语法要求和作诗如"说话"的诗学主张，使主词的增多在诗歌写作中合法化。这不仅使白话诗的句法有别于旧诗的句法，也有别于旧白话的句法。在古典诗歌中受到特定美学形式"压制"的"我"逐渐显现出来。虽然这个主词"我"，其身份和内涵还经常淹没在旧式文人感时忧怀的趣味中，还不容易见出新的时代的经验特质，还只是诗歌抒情言志的一个角度，在具体的事与物面前，这个"我"的个体经验属性还很不清晰，"我"的情感和态度还不能统摄诗中的事与物，但他毕竟在旧语言和旧形式中慢慢挣脱出来。

值得一提的是，这首诗在韵律上也基本摆脱了旧诗词曲的影响，它可能也在效法西方自由诗的用韵方式。王力在《汉语诗律学》里提到，"初期的白话诗人并没有承认他们是受了西洋诗的影响，然而分行和分段显然是模仿西洋诗……"。其实岂止"分行""分段"，白话诗在初期阶段的音节建设上，也借鉴了西方自由诗的一些特征。譬如"自由诗不用韵，就往

---

1 朱自清：《论句子的主词及表句》，《朱自清全集》第八卷，南京：江苏教育出版社，1993，第313—315页。

往在句首用相同的字，以为抵偿"，而"在初期白话诗里，这种情形不胜枚举"。王力所举泰戈尔的英文诗《为印度祈祷》，其句首词语基本相同，大部分句式开头相似，与《一念》的句法结构颇为类似。[1]

写作《一念》等诗的这种旧诗词曲影响和诗歌新质建构的新旧交替阶段，胡适将之称为"自由变化的词调时期"。在"新诗"的诞生过程中，胡适认为这一时期无疑是非常重要的。胡适说："自此以后，我的诗方才渐渐做到'新诗'的地位。《关不住了》一首是我的'新诗'成立的纪元。《应该》一首，用一个人的'独语'（Monologue）写三个人的境地，是一种创体；古诗中只有《上山采蘼芜》略像这个体裁。以前的《你莫忘记》也是一个人的'独语'，但没有《应该》那样曲折的心理情境。自此以后，《威权》《乐观》《上山》《周岁》《一颗遭劫的星》，都极自由、极自然，可算是我自己的'新诗'进化的最高一步。"[2] "极自由"大概指的是作诗不再受旧诗词格调的束缚，"极自然"应是指运用"白话"的方面。胡适说的这些诗作，也许自我期许过高，但这些诗的句法变化是非常明显的，在表面上看它们确实努力"采用白话的字、白话的文法和白话的自然音节"，"做长短不一的白话诗"。正是这种句法上的变化，使汉语诗歌"诗体的大解放"有了可能，才可以真正释放"白话的文学可能性"。[3]

律诗美学及其局限

胡适在《尝试集》初版自序里所提到的几首诗，《关不住了》和《应该》最为他看重，那说明这两首诗的写作当中蕴含着他尝试建构诗歌新质

1　王力：《汉语诗律学》，上海：上海世纪出版集团，2002，第855页。

2　胡适：《再版自序》，收入《尝试集》（再版）。

3　胡适：《自序》，收入《尝试集》（再版）。

的理想。《关不住了》虽是译诗，竟能作为"'新诗'成立的纪元"，其重要性和可阐释性非同一般，本文最后一章还有较详细的阐述。这里我们可以先看看《应该》一诗：

> 他也许爱我，——也许还爱我——
>
> 但他总劝我莫再爱他。
>
> 他常常怪我；
>
> 这一天，他眼泪汪汪的望着我，
>
> 说道："你如何还想着我？
>
> 想着我，你又如何能对他？
>
> 你要是当真爱我，
>
> 你应该把爱我的心爱他，
>
> 你应该把待我的情待他。"
>
>
> 他的话句句不错——
>
> 上帝帮我！
>
> 我"应该"这样做！[1]

　　"用一个人的'独语'写三个人的境地"，胡适的意思是此诗以"我"的内心独白反映出了一段复杂的爱情纠结：[2]"我"爱着"他"（女性），但又

1　胡适：《尝试集》（再版），第56—57页。

2　此诗作于1919年3月20日，原有一个"前记"："我的朋友倪曼陀死后，于今五六年了。今年他的姊妹把他的诗文钞了一份寄来，要我替他编订。曼陀的诗本来是我喜欢读的。内中有奈何歌二十首，都是哀情诗。情节很凄惨，我从前竟不曾见过。昨夜细读几遍，觉得曼陀的真情被词藻遮住，不能明白流露。因此我把这里面第十五、十六两首的意思合起来，做成一首白话诗。曼陀少年早死，他的朋友都疼惜他。我当时听说他是吐血而死的，现在读他的未刻诗词，才知道他是为了一种很为难的爱情境地而死的。我这首诗也可以算是表彰哀情的微意了。"见胡适：《尝试集》（再版），第56页。

有一个"他"（女性）爱着"我"，"我"所爱的那位女子不忍伤害爱"我"的那一位，奉劝"我""应该"以爱她的心来爱那另一位，这可怕的"应该"！——"我"知道她说得对，可是"我"陷入了痛苦与绝望，以至于呼告上帝，最终我不得不臣服于这"应该"二字！在坚硬的伦理道德面前，情爱的心陷入失败的呢喃。胡适在《谈新诗》里曾援引自己的这首诗，以此来说明"诗体的解放"的必要和旧体诗对现代经验的传达的束缚："因为有了这一层诗体的解放，所以丰富的材料、精密的观察、高深的理想、复杂的情感，方才能跑到诗里去。五七言八句的律诗绝不能容丰富的材料，二十八字的绝句绝不能写精密的观察，长短一定的七言五言绝不能委婉表达出高深的理想与复杂的感情。"

很明显，胡适的自诩是在针对古典诗。近体诗严格的形式规范和"独立"的词语、意象给人以一种凝练、精致、和谐的视觉之美和音乐之美，在阅读感受上给人以自由的想象空间，有一种独特的魅力。但是同时，近体诗由于所选择的词语往往具有性质、类型的非事物倾向，这种美学机制所产生的美感很特别——"在传达生动性质的意义上""是具体的"，但在指向"事物本身"（"这些事物的各个部分及其与其他事物的关系是较为确定的"），又是非常"抽象""朦胧"的。古典诗并非没有"高深的理想，复杂的情感"，而是由于古典诗人的人与世界的想象性关系、作者与读者之间（对对仗、隐喻、用典等方式）的默契，这些复杂的情思借着并置的意象和韵律化的声音在想象中是可以"体会"的，而不是靠细致的话语来"言传"。古典诗的美感根源至少在于：首先，人与世界之间的关系（"神与物游""天人合一"的想象）；其次，它的言说角度（主体消隐、"以物观物"）；再次，语义的生成上，古典诗主观上依靠独立性的意象给人的想象力，客观上很大程度依靠语词、意象在历史传统中的"互文"关系，隐喻、典故的作用很重要。还有一个重要的语义生成方式就是雅克布森所说的"对等原则"在语音和词语选择、组合上的普遍运用。

古典诗的美学合法性在这些意义上都是极为重要的，也是不容置疑的。但是在"现代"阶段，随着人与世界的关系的急遽变化和作者、读者群体的分裂，传统的诗歌美学机制也面临着问题。一个最起码的事实是：许多新的经验、意识，在诗歌中的表达不是既有的语词、典故可以与之"对等"的，诗歌的隐喻轴上没有过多词语可以与新的经验、意识相"对等"，诗人被迫要在转喻轴上寻找可以替代的语词（以避免"失语症"）。在诗歌史上，每一次言说方式的更新，往往是从诗的隐喻轴着手，语词拒绝已经陈腐的隐喻集合，在转喻的语义链条上寻求出路。诗歌的风格和美学效果也由此产生变化。罗兰·巴尔特说："现代诗摧毁了语言的关系"，"意味着我们对自然的认识发生了逆转"。在这种新的人与世界的关系中，言说方式也在发生变化，"在古典语言中，正是关系引领着字词前进"，而"在现代诗中，关系仅仅是字词的一种延伸，字词变成了'家宅'，它像一粒种子被植入功能的诗律学中，这些功能可被理解但不实际存在了"。现代诗中，"字词以无限的自由闪烁其光辉，并准备去照亮那些不确定而可能存在的无数关系。一旦消除了固定关系，字词就仅仅是一种垂直的投射，它像是一个整块、一根柱石，整个地没入一种意义、反射、意义剩余的整体之中：存在的是一个记号。在这里，诗的字词是一种没有直接过去的行为、一种没有四周环境的行为，它只提供了从一切与其有联系的根源处产生的浓密的反射阴影。"[1]

胡适当然没有这种之于"现代诗"的语言自觉，但他对于古典诗的言说方式的拒绝却是有意的，甚至有意地将之偏执化。《应该》也不是一首感受和想象很丰富的诗作，为了追求对一种矛盾冲突的情感的曲折述说，诗歌连最起码的比喻、意象营造都没有，情感的呈现流于表面化。但值得注意的是它试图"具体"呈现"曲折的心理情境"的抒情方式，正是

---

[1] ［法］罗兰·巴尔特：《符号学原理——结构主义文学理论文选》（李幼蒸译），北京：三联书店，1988，第88页。

在这里，胡适常常判定旧体诗"言之无物"。"这首诗的意思神情都是旧体诗所表达不出的。别的不消说，单说'他也许爱我，——也许还爱我'这十个字的几层意思，可是旧诗能表得出的吗？""他也许爱我，——也许还爱我——"虽仅十个字，但结合全诗，它陈述的是一种对恋人的怀疑、绝望与确信："他"这样劝"我"，以至于使"我"怀疑"他"是否真的爱过"我"；"他"这样劝"我"，也许正表明"他"真的爱"我"，现在还在爱"我"。这里尽管缺乏诗歌陈述事物的形象性，但是诗歌所要呈现"我"的"曲折的心理情境"的意图还是达到了，"我"作为一种处在极度矛盾的爱情苦痛中的形象，读者还是能强烈感受到的，可以说，已有一点现代诗"抒情自我"的雏形。

有论者对此提出质疑："固然这十个字有些心理内涵，如何和'此情可待成追忆，只是当时已惘然''妻孥怪我在，惊定还拭泪''苔深不能扫，落叶秋风早'等信手可以拈来的古典诗句相并列，就觉得古典诗在凝练、强度和层次复杂方面不下于最好的白话诗。而在胡适时代还没有能和《锦瑟》《羌村》《长干行》相比的白话诗，主要是白话诗人在完全抛弃了古典诗词的精湛艺术后，一时又还没有发展出自己的独特诗艺。胡适对'白话'的表达能力盲目的夸张令人难以信服。"[1]确实，单从诗句看，胡适的这十个字哪有李商隐的"此情可待成追忆，只是当时已惘然"精彩。不过，人们往往容易记住《锦瑟》的这个尾联，前面三联均印象不深。这也反映出近体诗的美学效果在单句或某一联上的独立性。但对于现代诗，却不是这种读法，我们必须注意到它的整体。作为现代诗的初期形态，白话诗也不纯粹在局部字词上追求隐喻链条上的语义相似或相反的"对等"，它不是靠单个字词、意象取胜，而是追求一种整体的说话方式、整体的语言组织之于现实的表现力和意义深度。更值得注意的是，如果仍以古典诗

---

1 郑敏：《结构—解构视角：语言·文化·评论》，北京：清华大学出版社，1998，第114页。

的说话方式来要求现代诗，势必会消灭现代诗之于现代时间、空间的真切体味，使主体的经验又回复到古典诗由于时空的绝对性导致主体心志普遍化、难以凝聚成现代新质的状态。即使是《锦瑟》——

> 锦瑟无端五十弦，一弦一柱思华年。
>
> 庄生晓梦迷蝴蝶，望帝春心托杜鹃。
>
> 沧海月明珠有泪，蓝田日暖玉生烟。
>
> 此情可待成追忆，只是当时已惘然。[1]

由于前面六句没有任何真实时空的指称，诗歌中的情感经验具有一种不确定性、普遍化的特征，到了尾联，诗人也不得不以一个"此"，将当下现实与"当时"分裂出来，从而"把诗从幻觉的朦胧自由带到对不可回避的确定现实的自觉"。[2]近体诗中追求情感经验的当下性的这个"此"的用法其实非常普遍。这个"此"实际上相当于英语里的"the"和"that"，就是为了使古典诗的绝对时空（也是缺乏当下性）的境界过渡到主体所深切体味的当下时空中来。这既是句法上由"非连续性"到"统一性"的变化，也是诗歌在客观现实图景与主体情思之间所寻求的美学效果的"统一"。同时也是诗歌写作中具体经验与形式规范的具有互动效应的常见范例。

这样看来，以意象和语言的"凝练、强度和层次复杂"来比较古典诗和白话诗的美学效果显然不是对待诗歌问题的有效方式。汉语诗歌自晚清以来，随着现实世界的巨大变化，诗人一直试图使诗歌成为真正的呈现"今日"经验的"为我之诗"。白话诗的尝试也是在这一背景上产生的，是试图以改变语言符号和说话方式来陈述出一个新的经验"自我"。虽然都

---

1 《全唐诗·李商隐一》卷五三九，增订本，第八册，北京，中华书局，1999，第6194—6195页。

2 ［美］高友工、梅祖麟：《唐诗的魅力》，第73页。

是"自我"的"独白"，但《应该》的"独白"方式和效果与近体诗是有差别的。

近体诗由于严格的形式规范，在"自我"情感经验的呈现上，也有一定的局限。古体诗作为一种抒情诗，在律诗规范形成之前面临的问题往往是："当一种形式扩展至无限的长度时，抒情主体会逐渐失去对内容的整体控制；抒情的瞬间被无限拓展，无法使人继续保持那种摄人心魄的幻觉。抒情诗这种拓展，像谢灵运的山水诗一样，助长了为描写而描写的倾向。"[1] 律诗的规则成为抒情的一种需要，当律诗规则形成之后，"在一个只有四联的紧凑的诗歌形式中……描写与表现之间的二元区分更经常地暗示着一种二元结构：前者用于前三联，后者用于最后一联。简明的形式和精密的结构使客观外物的内在化和内在情感的形式化二者在新的美学之中得以和谐相处"。[2] "当形式压缩至四联，只有三联描写诗人的感觉印象时，'抒情的声音'重新取得对全诗的控制力，诗歌行为因而被赋予了其特有的功能；在这种情况下，诗人的职责就是观察外部世界，通过将外部情景内在化以表达他的内心状态，包括内在化了的外部印象。与'抒情自我'（the lyrical self）的复活一起，'抒情瞬间'（the lyrical moment）同样有力地得以重新回归。"[3] 律诗规则确实对抒情诗的"抒情自我"和"抒情瞬间"的凝聚与凸现起到了重要的作用，使中国诗歌达到了情感与形式的一次完美统一。但是，它的局限也是明显的：

　　这种短形式适于对诗人内心做短暂的一瞥；在"抒情自我"内在世界这个新的语境中，物理时间和空间，无论是诗中的还是它所指涉

1　［美］高友工：《律诗美学》，收入乐黛云、陈珏编选：《北美中国古典文学研究名家十年文选》，南京：江苏人民出版社，1996，第87页。

2　同上。

3　同上。

的外部世界的，都完全无关紧要。前三联中作为心灵状态之内容的每一要素，都没有时空的维度，它属于传统的"抒情瞬间"。任何更复杂的东西可能都无法为此形式所接纳。漫长的细致描述，情节的复杂展开，或痛苦的内心自省——所有这些都需要比律诗更长、更充分、结构更松散的形式才能实现。只有在突发的思绪或意象一下子抓住了一个人的注意力而产生的突发的感应或敏锐的洞见中，这种形式才显得自然。[1]

律诗的言说方式采用的是一种"非个人的视角"，"在这种视角中，诗歌行为变得更加内向。其结果是——最亲密的朋友之间情感交流的送别诗除外——一种'独白'的视角取得主导地位；结尾更多地成为诗人与现实而不是与朋友之间的相互交流。……这种表白基本上面对的是整个听众，而不是某个个人"。[2] 律诗里并不是这种"独白"，并不是诗人要面向"整个听众"，而是诗歌的艺术形式使个人化的声音失去了个体经验的细致与深刻性，而显得似乎是面对整个听众的普遍言说，这里可以看出经验的真实呈现在特定艺术形式面前的一种困难。

经验对形式的冲决

白话诗的尝试正是要改变律诗的美学原则，"诗体的大解放"正是从句法着手。无论《应该》多么没有诗味，但它"说"个人的"话"的意图应该说还是达到了。《应该》中的"独白"还是有一定的个人性的，与近体诗的尾联里的"独白"还是很有区别。尽管若我们拿它们与古典诗的形式

1　［美］高友工：《律诗美学》，《北美中国古典文学研究名家十年文选》，第87—88页。

2　同上书，第86—87页。

与意蕴比较，《应该》《关不住了》这些诗确实缺少"余香与回味"，但胡适之所以对这些诗的写成按捺不住兴奋之情，恐怕还是因为在这些诗的写作中蕴含了他的文学理想，他是在尝试他要看到的"白话的文学可能性"。

特别是《关不住了》一诗，胡适之所以把一首译诗当作"'新诗'成立的纪元"，硬把人家一种平静、悠远的、很有形象感的题目——《屋顶之上》(Over the Roofs)，译出了现在这种主体情思激烈涌动、心脏似乎立刻要爆发出来的感觉，这里的原因恐怕不是胡适多么成功地翻译了原诗，而是胡适在译诗中尝试了以"白话"来传达一种现代情感经验。并且，这一次"白话"的语言、自由诗的形式与现代情感经验的合作，还相当成功。译诗似乎是将一个长期在汉语诗歌传统形式规范中被囚禁的"抒情自我"释放出来，用胡适自己的话，这个现代"自我"在现代性的境遇下，已经是旧体诗的形式牢笼所"关不住"的了。这首诗不是翻译的成功，而是"白话"转译现代思想情感的成功，更是通过翻译以新的语言、诗体"解放"一直在初期白话诗的旧诗词曲调中不能呈现的新的"自我"的成功。"美国新诗人"（意象派女诗人Sara Teasdale）梯斯黛尔的原诗和胡适译诗[1]如下：

Over the Roofs

I said, "I have shut my heart,

As one shuts an open door,

That Love may starve therein,

And trouble me no more."

But over the roofs there came

---

[1] 梯斯黛尔的诗原发表于美国意象派的《诗刊》(Poetry) 1916年第3卷第4期，胡适于1919年（民国八年二月二十六日）将其翻译后发表在《新潮》杂志1919年4月1日出版的第1卷第4号上。

The wet new wind of may,

And a tune blew up from the curb

Where the street-pianos play.

My room was white with the sun

And Love cried out in me,

"I am strong , I will break your heart

Unless you set me free ."

关不住了！

我说："我把心收起，

像人家把门关了，

叫'爱情'生生的饿死，

也许不再和我为难了。"

但是五月的湿风，

时时从屋顶上吹来；

还有那街心的琴调

一阵阵的飞来。

一屋里都是太阳光，

这时候"爱情"有点醉了，

他说："我是关不住的，

我要把你的心打碎了！"

细细推敲，胡适的翻译不仅是改了人家的题目（还特地以"！"加重语气），许多词汇的翻译都失去了原诗的原义。胡适译诗采取的是意译而不是直译的方式，部分传"达"了人家的意思，既不"信"，更谈不上"雅"。[1]胡适的翻译不算好，但总算传达了原诗感情的那种热烈，而在同一首诗同时代的另一种翻译里，这种自我情感的激烈冲突却明显被传统诗歌形式所捆绑：

爱　情[2]

摄心如闭门，防我情奔逸。

春风不解事，又送琴声入。

春晖淡荡中，爱情为我说：

不让我自由，便使你心裂。

〔美〕莎拉·梯斯黛尔原著

由于对古典诗歌形式风格的确认，很多中国诗人对外国诗歌的认识往往非常片面，在他们看来，"中国诗和外国诗，在形式上，当然不同……就是在实质上，也是有些不同"。这"不同"便是"中国诗里的感情是温柔敦厚的，是含而不露的"，而"外国的言情诗，便不是这样了。他既有

1　胡适的翻译真的"不避俗字俗语"，"把""了"字随处可见。"了"字的目的在于押韵，但不够准确、生动。"叫'爱情'生生的饿死"。这样的翻译将一些优美的想象，委婉、含混的情感等很好的语句和诗歌的复杂意味丧失了。似乎在他看来，这样做是在实践其《文学改良刍议》中的《文学八事》之四——"不作无病之呻吟"。最明显的是"My room was white with the sun"这句，本来是"我"因渴望爱情而痛苦的心，在这里有一个转折："我的房屋充满阳光的洁白"，这"房屋"隐喻的是我的"心房"，"阳光"似乎像油漆一样染白了所有（将所有全照亮），我的心由于被这样的"阳光"点燃，所以才有要强烈寻求释放的冲动。在胡适的翻译中，这个很有意思的词"white"被忽略了。将"cried"不是译成"哭喊"之类的意思，而是"醉了"，其意思差别也很大，为一种情感而"醉"也比为之"哭喊"更加符合中国诗"温柔敦厚"的诗教传统。这也反映出胡适在以口语传达现代情感经验时的古典趣味的余留。

2　胡怀琛：《小诗研究》，上海：商务印书馆，1924年初版，第12页。

了热烈的感情，而又一直说出来，说得毫无余蕴"。[1]将中国诗含蓄的抒情传统认为是中国诗的"实质"，并以之来评判外国诗，这确实是中国诗人的偏见。引用这首以五言形式翻译 Over the Roofs 的研究者，就是认为"这首诗里的实质"和当时其他新诗一样："比较好的新诗，都是渊源于旧诗，其由西洋诗变化而来的，实在不当"。[2]虽然《爱情》一诗形式整齐，韵律还算优美，但原诗中浪漫主义式的激烈的情爱冲突却在古体诗的形式中变得不温不火；另外，"春晖"之类的陈言套语和"摄心""防我"等生硬的自造词组也使那个为爱情挣扎的"我"的个性化特征消失殆尽。

在胡适缺乏古典诗歌语言、形式、境界之美的尝试之作中，感觉和想象方式的蹩脚是明显的，但其接近口语的语言、形式以及情感经验的当下性却是值得我们关注的。正是这种情感经验言说的"曲折"和当下性，在诗歌中显露出一个艰难挣扎、试图凝聚新质、显现出来新的"自我"形象，一种新的情感形式也在慢慢凝聚、积淀成形。"白话的文学可能性"、白话的诗歌问题也都是从此开始的。不过白话诗作为新诗的初期，整体上这个"自我"的品性还是没有脱离中国诗歌"温柔敦厚"的传统，无论是多么炽烈的情感，诗人们的表现大多还是很节制，往往是对情感的反思大于情感的充分、直接的表现，见不出多少区别于传统诗歌的那个"抒情自我"的新质。

"诗体的大解放"虽然变革了诗歌的句法，但诗歌的句法绝不是五言七言变成了自由诗、由整齐的句式变成"长短不一"的句式那么简单，它牵涉的是主体经验与艺术形式相互牵制的复杂问题。初期白话诗面临的问题是，由于诗体的"解放"，但旧的抒情方式没有脱离，新的抒情方式尚未建立，实际上诗歌中的"自我"还是在旧形式的束缚之中。初期白话诗其实处在除操练口语之外诗意难以为继的状态。很多诗作实际上是散文的分

---

1 胡怀琛：《小诗研究》，第12页。

2 同上书，第29页。

行，一些颇有韵味的诗作也往往篇幅短小。虽然诗歌的好坏不是以长短来区分，但诗歌太短小，流于瞬间印象的记录、缺乏复杂经验的形式转化毕竟不是好事。

"五四"前后，中国诗坛就流行一种"小诗"的诗歌形式，这是一种讲究即兴抒发瞬间感觉、印象、领悟的短小诗体，实际上也是自由诗的一种。胡怀琛的《小诗研究》讲了"小诗"在中国诞生的原因，除了"日本短歌"和"泰戈尔的诗"的外在影响之外，第三个原因似乎更值得我们重视（尽管在他本人看来这只是并列的原因）："因为从诗体解放以来，一切的束缚都没有了，自由自在做诗，而一刹那间所得的零碎的感触，三五句便说完了，而在新诗里，又不容多说许多无谓的话；所以这三五句写了出来，自然而然成了一首小诗。"[1]既然是新诗，没有格律束缚，就不应当作一些类似格律诗里为了格式完整而硬凑诗句的事，但是其抒情方式还是属于那种"突发的思绪或意象一下子抓住了一个人的注意力而产生的突发的感应或敏锐的洞见"，这种抒情方式与篇幅、形式限定的律诗形式相结合便显得自然，而在接近口语、以说话的方式作诗的现代诗的写作中，则显得不适应。现代诗里自由的语言、松散的形式可能更适宜于个人化的感觉、想象的抒写，凸现个人对"现实"更细致、更复杂、更敏锐的洞见。它将古体诗对意象、意境的要求转移到诗歌整体境界的营造，并非强调突发、顿悟一两个精妙的意象或诗句的写作方式，形式上要求的也不是对仗、押韵方面的语音之美，而是自由诗的无韵，但又注重情感"节奏"的内在"形式"（情感思想的"节奏"是现代诗的灵魂）。在不能脱离旧诗词做法的影响，又尚未学会适应口语、自由诗的新的写作方式之时，许多诗人自然又退缩到旧的写作方式当中。旧体诗有"寻章摘句"的传统，一首诗常常以一二句为人称道，"到了律诗和绝句的格式规定以后，一首诗中，

1　胡怀琛：《小诗研究》，第46页。

硬装上去的句子越多。在作者往往只得了绝句的三四句，然不得不凑两句，以便成一首全诗；或只得了律诗的一联，不得不凑六句，以便成一首全诗"。[1]可以说，"小诗"在新诗初期的盛行，反映的是新诗写作的内在困窘。难怪梁实秋在批评冰心的"小诗"集《繁星》和《春水》时说："……一首长点的诗总是多数单纯诗意连贯而成的。诗的艺术也就时常在这连贯的工作里寻到发展之所。我说像《繁星》《春水》那样的诗最容易作，就是因为那些'零碎的篇儿'只是些'零碎的思想'经过长时间的收集而已。……'零碎的篇儿'，也不是绝对不可作的，但是我们应该知道，这是一种最易偷懒的诗体，一种最不该流为风尚的诗体。"[2]

初期白话诗中的叙述者还游离在旧体诗的非个人化视角和现代经验言说诉求之间、旧诗词曲的格调影响和自由诗的形式解放之间，诗歌言说的话语据点和形式特征还不明确。初期白话诗主要的成就大概是操练了"白话"，以作诗的方式促进了"白话"的普及。但作为"诗"，它迫切需要的是突破在取材和趣味、抒情方式上的旧诗词曲调。胡适的译诗《关不住了》，不仅以"白话"译出了原诗中的激越的浪漫主义情感，诗中"自我"的形象与声音也比旧诗中趋于消隐、对所有人说话的那个"我"要鲜明、要暴烈。"白话"的语言，针对的是"中国文字的特长"——"意丰词约"；情感激越、内心快要被爱情爆破的"自我"形象也破坏了"中国诗的本色"——"温柔敦厚"。[3]胡适所言的"诗体的大解放"，其实只是诗歌句法的不整、形式的解放，新诗在感觉、想象方式上并未显得多"新"，到了《关不住了》时期，胡适以白话写出了一种"新"的时代精神（尽管是借着英文诗的翻译），这时候新诗才有真正"新"的迹象。或许正是这个原因，胡适才把这首诗称作他的"'新诗'成立的纪元"，并认为新诗也

1　胡怀琛：《小诗研究》，第58页。

2　梁实秋：《〈繁星〉与〈春水〉》，《创造》周报第12号，1923年。

3　胡怀琛：《小诗研究》，第77页。

从此逐渐迈向进化的高处。[1]而真正促使白话诗的意趣实现由旧诗词的曲调向着"时代的精神"真正更新的还是以郭沫若的《女神》为代表的诗作。

闻一多极为赞赏《女神》之"时代精神"，认为"若讲新诗，郭沫若君底诗才配称新诗呢，不独艺术上他的作品与旧诗词相去最远，最要紧的是他的精神完全是时代的精神——二十世纪底时代的精神"。闻一多认为二十世纪的精神特征便是：这是一个"动的世纪""反抗的世纪""科学底发达"、在"物质文明"所带来的"绝望与消极"中的"挣扎""悲哀与奋兴"，[2]而这些复杂的精神状态在诗集《女神》中最为明显。《笔立山头展望》便是一个很好的例证：

> 大都会底脉搏呀！
>
> 生底鼓动呀！
>
> 打着在，吹着在，叫着在，……
>
> 喷着在，飞着在，跳着在，……
>
> 我的心脏呀，快要跳出口来了！
>
> 哦哦，山岳底波涛，瓦屋底波涛，
>
> 涌着在，涌着在，涌着在，涌着在呀！
>
> 万籁共鸣的symphony，
>
> 自然与人生底婚礼呀！
>
> 弯弯的海岸好像Cupid的弓弩呀！
>
> 人生便是箭，正在海上放射呀！
>
> 黑沉沉的海湾，停泊着的轮船，进行着的轮船，
>
> 　数不尽的轮船，
>
> 一枝枝的烟筒都开着了朵黑色的牡丹呀！

1　胡适：《再版自序》，收入《尝试集》（再版）。

2　闻一多：《〈女神〉之时代精神》，1923年6月3日《创造》周报第4号。

哦，哦，二十世纪的名花！

近代文明的严母呀！

　　火车、轮船这些新名词、新意象，在晚清诗中早已出现，但诗人们从未像郭沫若这样亢奋、欢喜跳跃，全诗涌现出一种难以遏制的"动"的精神。与古典诗的"静态"的美学效果（一些动词都是"静态动词"）相比，这首诗的时代精神构成了一种新的"动态"美学效果：连平静的海湾都被想象成一支正在紧张蓄势的弓弩，而人生正是那要放射的箭！在诗人对西方基督教文化背景中所产生的泛神论的接受和对近代工业文明的理想化想象中（工业化的烟囱盛开"黑色的牡丹"……），人与世界万物、人与自然达到了一种奇妙的合一境界。诗人的抒情自我与世界真的是达到所谓"一"与"一切"相融的境地。正是在这种对西方近代文化、文明的浪漫化理解当中，中国诗歌凸现了一种新鲜的"时代底精神"和《凤凰涅槃》中那种在毁灭中重生的激情与想象，在中国诗歌中一直处在形式规范下难以尽情言说自身的"自我"开始凸现出来——"飞！飞！飞！我的'自我'融化在这个磅礴雄浑的Rhythm中去了！"[1] 这个"自我"像那只在火中自焚而后再生的凤凰一样，在"融化"、毁灭中获得了新生。

　　这种以"自我"为抒情原点的抒情方式也成了现代汉语诗歌的一种模式。这个"自我"从古典诗的形式规范中脱离出来，也改变了古典诗的观物方式和表意策略。诗中的"我"或其他主词往往是抒情的出发点，"自我"对世界说话（抒情、宣泄）成为诗歌言说的唯一方式。在古典诗中由独立性句法形成的意象与意象之间的自由的想象空间和无人称的叙述视角所形成的人与世界想象性的和谐关系也被打破。这个"自我"挣脱形式束缚的能量也冲击着汉语诗歌的传统句法。"打着在，吹着在，叫着

1　闻一多：《〈女神〉之时代精神》，1923年6月3日《创造》周报第4号。

在……""涌着在，涌着在……"这种宾语被省略的语句在汉语正式书面语里很少见。缺少宾语本不能成为完整的汉语语句，诗人运用的其实是英语的（现在）分词结构：Pulse of the great city, surge of life, beating, panting, roaring, the whole sky covered with a pall of smoke...。诗人在汉语里也直接将谓语动词并列出来，使独立的意义陈述变成了一种修饰性的表状态的短语。这种宾语被省略的一连串急促语音段落，造成了一种新的美学效果：它生动地展现了诗人面向"大同"世界以至没有具体目标或者说目标无处不在的情感宣泄。若是诗中的"……"是代表宾语的话，"两个或两个以上的动词共用一个宾语的结构"也是在"五四"以后才"普遍应用"的句式，[1]将西方浪漫主义自由诗里大量的"O""Ah"以"啊""哦""呀"的方式频频搬用在汉语诗里，也是一种一改古典诗"含蓄"之美的新的抒情方式。《立在地球边放号》("……/啊啊！不断的毁坏，不断的创造，不断的努力哟！啊啊！力哟！力哟！力的绘画，力的舞蹈，力的音乐，力的诗歌，力的Rhythm哟！"）《晨安》《我是个偶像崇拜者》等诗，完全是一种发高烧式的喊叫或梦呓，已经顾不上诗歌意象、境界的营造，完全是一种"魔颂式的顿呼，完全是情绪的倾出，是属于沉入自然神圣的和谐以后的一种祷告颂赞的语调，假定参与者（读者）已完全信赖这个世界的完全以后所发出的一些充满狂喜的声音"。"完全是诗人的自我陶醉，因为这个世界并未来临。"[2]

这种"自我"对世界的想象和宣告，改变着传统诗歌的说话方式。如果说古体诗的说话方式往往是"以物观物"、自我消隐、不涉理路、不落言筌，那么这种以"自我"为抒情原点的说话方式则是"我有话对你说""我如何如何"，主体意志强行投射外物，不再是物我合一、神与物游，而是主体占据着世界的中心，企图以"自我"的意志力来改变世界。

---

1 王力：《汉语史稿》，北京：中华书局，2004，第545页。
2 叶维廉：《中国诗学》，第213页。

尽管郭沫若认为他的诗是感情的"直写",他"最厌恶形式","我所著的一些东西,只不过尽我一时的冲动,随便它乱跳乱舞罢了"。似乎这样的诗歌只是有了激越的情感就自然而然地"流"了出来。不过,任何现实经验都是借着特定的语言和形式来表达的,事实上若不是借着句法结构在"现代"的"转换"和借鉴西方浪漫主义诗歌的自由体式,这种"自我"在传统的汉语诗歌里也难以凸现出来。

五

诗意的生成：白话诗语言的符号学原理

务去滥调套语

文学革命"八事"的最初形式——"三事"中，除了在"形式方面""须讲文法"和"精神（内容）方面""须言之有物"之外，就是"当用'文之文字'"。可见，胡适对于诗歌语言的革新是非常重视的。"文之文字"和"诗之文字"之争，一直是胡适和梅瑾庄、任叔永等人的矛盾焦点，胡适还专门作诗反映论争的情况：

……

老梅牢骚发了，老胡呵呵大笑。
"且请平心静气，这是什么论调！
文字没有古今，却有死活可道。
古人叫做'欲'，今人叫做'要'。
古人叫做'至'（古音如'垤'），今人叫做'到'。
古人叫做'溺'，今人叫做'尿'。
本来同是一字，声音少许变了。

并无雅俗可言，何必纷纷胡闹？

至于古人叫'字'，今人叫'号'；

古人悬梁，今人上吊；

古名虽未必不佳，今名又何尝不妙？

至于古人乘舆，今人坐轿；

古人加冠束帻，今人但知戴帽；

这都是古所没有，而后人所创造。

若必叫帽作巾，叫轿作舆，

何异张冠李戴，认虎作豹？

总之，

'约定俗成谓之宜'，

荀卿的话很可靠。

若事事必须从古人，

那么，古人'茹毛饮血'，

岂不更古于'杂碎'？岂不更古于'番菜'？

请问老梅，为何不好？"

……[1]

这是胡适的第一首白话诗《答梅瑾庄——白话诗》（1916年7月22日），它的起因乃是7月17日梅瑾庄致胡适的一封书信。此信的中心议题就是"'文之文字'与'诗之文字'截然为两途"。梅瑾庄曰："……文学革命，须谨慎出之。尤须先精究吾国文字，始敢言改革。欲加以新字，须先用美术以锻炼之，非仅以俗语白话代之即可了事也。俗语白话亦可用者，惟必须经美术家之锻炼耳。"[2]胡适对梅瑾庄的建议不以为然，他作诗回应，在

1　胡适：《答梅瑾庄——白话诗》，收入《胡适留学日记》，上海：商务印书馆，1947，第966—968页。

2　胡适：《梅瑾庄寄胡适书》，收入《胡适留学日记》，第979—980页。

诗中径直以当下的口语来替代文言中文雅的用字，所择字词不仅没有经过"锻炼"，还宣称拒绝沿袭古人。

梅瑾庄的主张当然有他的道理，不过我们可以看出他是在古典诗的语言"关系"中来要求文学改革的，对待现代境遇下诗的字词还是和古人一样，要求在形式、语义、语音的选择链条上多方"锻炼"。胡适的另一位好友（也是论敌）任叔永，也坚持认为"诗词之为物，除有韵之外，必须有和谐之音调，审美之辞句……白话自有白话用处（如作小说演说等），然却不能用之于诗"。[1]

胡适的诗当然不是好诗，甚至看起来随意、粗俗，但他要的就是"活泼泼的白话"，是字词表现现实的当下性、直接性、强烈性。胡适实际上正是通过语言符号系统的更新，改变了古典诗的语言和形式"关系"，它摧毁的是一种旧诗的伦理学。正是这种"程式"化的诗歌伦理学，导致诗歌发展至今的"言之无物"，语言意象完全的符号化。无论是梅瑾庄还是任叔永，其实都是在这种诗的伦理学范畴内谈问题。他们一再忠告胡适要明辨"诗之文字"与"文之文字"、"作诗"与"作文"、"古人所用之字"与"俗语白话"，胡适也一再表明这"完全误解"了他的主张。[2] 其实无论是主张"作诗如作文"还是以"俗语白话"入诗，胡适真正的目标都不是"以文为诗"或义字的具体改革，他要的是"作文"的不"琢镂粉饰"和去除"诗之文字"（语词、意象）的符号化，其目标在于涤除旧文学"文胜质"之弊，使"今日"之文学能接纳变动的现实——"言之有物"，实际上是通过将"字词"从古典诗"关系"机制中解救出来从而使汉语具备言说当下现实的可能。

胡适更换诗歌语言系统的主张到了《文学改良刍议》时就成为两条：在建设的意义上就是"不避俗语俗字"；而在破坏的意义上，胡适极力抵

1　胡适：《一首白话诗引起的风波》，收入《胡适留学日记》，第983页。

2　胡适：《自序》，《尝试集》（再版）。

制旧诗中的符号化的意象、语词——"滥调套语"。此言最初为"陈言套语",发展至"滥调套语",足见其对旧诗语言、意象的固定套路的厌恶。"陈言套语"的问题,本来是胡适批评任叔永诗《泛湖即事诗》提出。诗中有这么一节:"……行行忘远,息楫崖根。忽逢努波,鼍掣鲸奔。岸逼流回,石斜浪翻。偏僻一叶,冯夷所吞。舟则可弃,水则可揭。……"[1]胡适说这里写"覆舟"的情况简直前后矛盾:按照"忽逢努波,鼍掣鲸奔"的描写,此湖简直是"巨洋大海",至少"亦当是鄱阳洞庭",不料下面又是"水则可揭","岂不令人失望?""'岸逼流回,石斜浪翻',岂非好句?可惜为几句大话所误。"叔永答复胡适曰描情状物"用力太过,遂流于'大话'",还十分认真地"拟改'鼍掣鲸奔'为'万螭齐奔','冯夷'为'惊涛'"。[2]胡适再回信十分尖锐地指出:"足下自谓'用力太过',实则全无气力",改来改去,"所用字句,皆前人用以写江海大风浪之套语",胡适也毫不客气地说,"借用陈言套语",导致全诗"一无精彩"。[3]

这种陈言套语,往往使读者的反应与真实的情状相差甚远,根本不能传达真正的现实经验,使诗歌停留在"文胜质"的层面,个体经验被语言的模式化所放逐。这显然不是任叔永一个人的问题,而是旧体诗写作的一个普遍问题。

反"神话"语言

问题出在哪里?其根本的原因还是与语言的意指行为有关。现代语言学的创始人索绪尔(Ferdinand De Saussure,1857—1913)认为:语言是一

1　胡适:《胡适寄叔永书》,收入《胡适留学日记》,第975页。

2　同上书,第976页。

3　同上。

个系统，一个庞大的结构。语言是用声音表达思想的符号系统，符号是表示者（能指）和被表示者（所指）的结合。能指和所指的结合是随意性的。所指的区分和能指的区别，是靠差异性完成的。结构主义文论家罗兰·巴尔特则是索绪尔语言学的一个有力的诠释者，他指出"能指和所指的'联想式的整体'构成的只是符号"[1]。他将"'意义'系统的结构"称为"神话"。之所以是"神话"，是因为它隐藏了意义的生成过程。[2]在他的《符号学原理》中，他认为：所有的意指系统都包括一个表达层面（E）和一个内容层面（C）[3]，意指行为（R）相当于这两个层面之间的关系，即（R）：ERC。

在"神话"的符号学分析中，至少有这样一个情况，即：从这个ERC系统延伸出第二个系统，前者变成了后者的一个要素，即"第一系统ERC变成了第二系统的表达层或能指"。可表示为：（ERC）RC。

"神话非同一般，因为它必定作为第二级的符号系统发挥作用。它建立在它之前的符号链上。在第一系统中具有符号地位的东西，在第二系统中变成了纯粹的能指。"[4]也就是说，在从

符号：ERC

到（ERC）RC

---

1 Terence Hawkes, *Structuralism and Semiotics*, (Berkeley and Angeles: University of California Press, 1977), p.131.中译本见［英］特伦斯·霍克斯：《结构主义和符号学》，上海：上海译文出版社，1997，第134页。

2 "所谓的'神话'不是指'古典的'神话学，而是指一个社会构造出来以维持和证实自身存在的各种意象和信仰的复杂系统：即它的'意义'系统的结构"。Terence Hawkes, *Structuralism and Semiotics*, p.131.中译本见［英］特伦斯·霍克斯：《结构主义和符号学》，第135页。

3 "E"和"C"分别是法语"表达层面（plan d'expression）"和"内容层面（plan de contenu）"的缩写。见［法］罗兰·巴尔特：《符号学原理》（王东亮等译），北京：三联书店，1999，第83页。

4 Terence Hawkes, *Structuralism and Semiotics*, p.131.中译本见［英］特伦斯·霍克斯：《结构主义和符号学》，第135页。

到【（ERC）RC】RC

到…………………[1]

的无尽的符号链条上，前面的一级总是被后面的一级作为"纯粹的能指"（语言的"纯粹"当然只能是相对意义上的，这种"纯粹的能指"是一个"神话"），而前面的一级其本身作为一个意指过程的事实被遮蔽了。

> 神话之发生作用，在于它借助先前已确立的（"充满"指示行为）符号并且一直"消耗"它，直到它成为"空洞的"能指。[2]

符号学的功能发生在诗歌的内部。在旧体诗的写作中，其重要的诗意生成机制，那些被委以重任的"典故""诗之文字"，本身就是一个需要阐释的意指过程，但是在写作中往往成为"纯粹的能指"，发挥了"符号"的遮蔽功能。这些符号一直作为已经确立的符号被消耗，最终成为空洞的能指。并不是"飘零""寒窗""愁魂""残更"等词语就不能入诗，而是这些词语本身就包含着一个需要揭示的意指过程；"翡翠衾寒""鸳鸯瓦冷"诸意象，并不是一定不能入诗，而是它的意义在一定的现实情境中（如《长恨歌》的历史情境）才能真正有效，这些意象本身都不是一个"纯粹的能指"。当这种不是"纯粹的能指"的能指作为能指来用时，词语所表征的情感体验就会与个体的真实感受相差甚大。在一层层看不见的符号链的遮蔽下，意义与存在的真相之间就会越来越远，写作的主体越来越处在不能把握"真实"的焦虑之中。这也是我们一再提及的古典诗的语言、意象之于流动、鲜活的个体经验的"符号化""物化"。

1　参见［法］罗兰·巴尔特：《符号学原理》（王东亮等译），北京：三联书店，1999，第83页。

2　［法］罗兰·巴尔特：《神话学》，第115页，见 Terence Hawkes, *Structuralism and Semiotics*, p.132. 中译本见［英］特伦斯·霍克斯：《结构主义和符号学》，第135页。

也只有在这个意义上，我们才能理解罗兰·巴尔特说"现代诗摧毁了语言的关系，并把话语变成了字词的一些静止的聚集段"。[1]胡适以接近口语的白话纠正了旧诗的"诗之文字"和"文之文字"截然两途的偏见："……古人叫做'欲'，今人叫做'要'。古人叫做'至'，今人叫做'到'。古人叫做'溺'，今人叫做'尿'。……"看似胡闹的语言游戏，实则是以口语化的俗语俗字，中断了古典诗的意蕴生成的链条，它可能不"雅"，但却提供了接纳流动、变化的现实经验的可能。

"元语言"的意指模式

从符号学的角度，任叔永、胡先骕还有其他一些南社诗人的创作，其实都落入了语言的"神话"模式，其最大弊病是以符号化的语言、意象阻隔了现实经验的传达。这种诗歌写作方式，既拦阻了汉语成为接通西方思想的现代性通道，也阻隔了现代个体的情感经验的真切言说。我们正是在这个意义上肯定白话诗的不用典和以俗语俗字、日常语言更换陈言套语的价值。不过，由于语言、文化的自身特性（没有"纯粹的能指"，也没有"纯粹的所指"），白话诗要彻底地拒绝陈言套语、古典诗的意象是不可能的，如何既保留"陈言套语"的"文本间"效果、它的"暗喻"功能，又能令人满意地传达当下的现实经验？

白话诗在初期并没有很好地解决这个问题，当白话诗在"能指"层面上实行"白话"的转换之后，但由于诗歌的感觉、想象方式还是旧的，所以诗歌在"所指"层面上还有浓厚古典文学的意趣。不论是胡适的《蝴蝶》《鸽子》还是沈尹默的《月夜》，一定程度上都反映了这个问题。而早

1　［法］罗兰·巴尔特：《符号学原理——结构主义文学理论文选》（李幼蒸译），第89页。

期新诗诗集《新诗集》和《分类白话诗诗选》把白话诗分为四种：写景、写情、写实、写意，更是反映了白话诗作为新诗不是诗的感觉和想象方式的"新"，而是处理对象的"新"。对于在感觉和想象方式上、形式稍微复杂一点的作品，时人往往失去判断力。最能说明问题的是周作人的《小河》，这是被称为由此"新诗乃正式成立"的标志诗作，《分类白话诗诗选》并没有选，《新诗集》选了，却将之视为写景类。

南社诗人的好"以典代言"、尽用"滥调套语"，其诗歌的能指本身就隐含着一定的意指过程，导致能指（语言符号）与所指（现实经验）之间的阻隔。而以接近口语的白话作诗的初期白话诗，如果我们暂且放下其在能指层面上的问题，会发现它的问题更多出在诗歌的所指层面：即诗人们常常陷入以现代的白话写有古典诗的特征的景、情、实、意的困境。以沈尹默的《月夜》为例，诗的语言基本是白话，但诗的所指——"霜风月夜人独立"却与古典诗的意境有无尽的牵连。在这里，从罗兰·巴尔特的符号学角度，如果说南社诗人是陷入语言的"神话"模式的话，那么初期白话诗的作者们面临的则是诗歌意指活动中的"元语言"问题。

"元语言"的意指模式与（R）：ERC──→（ERC）RC……的意指模式相反，它"是这样一个系统，它的内容层面本身由一个意指系统组成，甚至可以这么讲：它是符号学的符号学"。[1]即（R）：ERC──→ER（ERC）……，在诗歌中，也就意味着"所指"本身是一个复杂的意指过程，它不是一个纯粹的意义客体，可以"讲求文法"、借着"确定"的语言直接到达。罗兰·巴尔特以一个表格[2]来表达语言意指过程中的三级系统：

1 ［法］罗兰·巴尔特：《符号学原理》（王东亮等译），北京：三联书店，1999，第84页。

2 同上书，第87页。

3.内涵	能指：修辞学		所指：意识形态
2.外延：元语言	能指	所指	
1.真实系统		能指/所指	

　　若是第一级系统成为第二级系统的能指，这就是被隐含了语言符号的意指过程的神话特征。而当第一级系统中的符号构成了第二级的所指，这种情况则是一种元语言，一种关于语言（意指过程）的"语言"。从诗歌的角度，人类许多主题是超越时空的，即使是胡适反对的"'蹉跎''身世''飘零''虫沙''寒窗''斜阳''芳草''春闺''愁魂''归梦''鹃啼''孤影''雁字''玉楼''锦字''残更'……"[1]等"陈言套语"，其中一些若是不把它仅仅作为能指而是作为诗的主题的话（像"'蹉跎''身世''飘零''斜阳'"等），即使在古典诗中已写得烂熟，仍然会成为现代诗的所指，现代诗人同样要写。一旦现代诗人以新的系统"能指"来处理这些"所指"，诗的问题似乎就更复杂了：既然人类有许多话题永远是共通的，不会因时代变迁而改变，那现代的汉语能否写出许多常见主题的现代感？新诗人如何不落入以新语言写旧的情感经验、境象、意趣甚至退回去继续作旧诗的困境？

　　这就使白话诗在更换初级的语言符号系统之后面临着更复杂的问题：如果说初期白话诗成功地完成了诗歌语言（能指）的转换的话，当它具备了一种新的语言系统，它势必进入一种新的境地：在过去的"革命"预想中，"白话"作为新的能指系统是直取预想的"所指"——现代性的思想精神的（就像胡适设想的"新"了语言就可以"新"文学）。至于这种现

1　胡适：《文学改良刍议》，载《新青年》第2卷第5号，1917年1月1日。

代性的思想精神是不是就是预想中的那么单纯、就是"能指—所指"之间的直接关系，至于在诗歌作为一种能指的"修辞学"与一切话语活动的所指"意识形态"之间的复杂性问题，初期白话诗的写作者似乎还没有触及。而现在，一旦解决了旧诗的文字符号系统的更新问题，诗人们就面临着一个新的语言是否就能写出（感觉、想象方式意义上的）"新"诗的问题。因为在语言的"文化、知识、历史"多重因素的"互文"中，任何一个"所指"都不是"纯粹"的"新"，可以等"新"的语言去直取。

大于"内容"的诗歌"修辞学"

既然是"诗"，就有许多的"所指"是古今共通的。许多"题目"是共通的。"诗"的好坏之分大概不在题材的新旧。胡适在《谈新诗》里曾轻易地以为白话诗更换了语词，就等于更换了"诗"的"题目"，就能写出"新诗"，"新诗"的作法似乎就是："……有什么题目，做什么诗；诗怎么做，就怎么做。"[1]不料后来冯文炳（废名）讥诮说："其实在古人也是'有什么题目，做什么诗；诗怎么做，就怎么做。'"诗的题目并不重要，同样的题目古人也要写，关键是诗的内容。[2]冯文炳还挑出《梦与诗》一首单独批评，称其"只可谓在诗国里过屠门而大嚼"：

> 都是平常经验，
>
> 都是平常影象，
>
> 偶然涌到梦中来，

1　胡适：《谈新诗》，收入《中国新文学大系·建设理论集》，上海良友图书公司，1935，第299页。
2　冯文炳：《新诗应该是自由诗》，收入《论新诗及其他》，沈阳：辽宁教育出版社，1998，第19页。

变幻出多少新奇花样！

都是平常情感，

都是平常言语，

偶然碰着个诗人，

变幻出多少新奇诗句！

醉过才知酒浓，

爱过才知情重：——

你不能做我的诗，

正如我不能做你的梦。[1]

　　胡适在"自跋"里交代，此诗是他的"'诗的经验主义'（Poetic empiricism）"的表白，是强调作诗一定要写具体、实际的情感、思想和经验。若是按诗的方式乃是感觉和想象的话，胡适显然把诗的经验简单化了，以为就是他的实证主义哲学的推论——一定要经历过的事才能入诗。这种思想指导下的诗歌写作，有将经验等同于写实的危险，也给讲究"诗的内容"（诗歌复杂的感觉、想象方式）的冯义炳留下了批评的把柄。

　　冯文炳说古人也是"有什么题目，做什么诗……"，并且，由于"他们的诗发展了中国文字之长，中国文字也适合他们诗的发展，——这自然不能把后来的模仿诗家包括在一起说。然而，这些模仿诗家都可以按谱行事，旁人或者指点他说他的诗做得不行，但总不能说他不是诗，因为他本来是做一首诗或填一首词"。[2]也就是说，因为古人有这"中国文字"（"五七言诗，并长短句词"的文字），即使诗做得"不行"，但还是"诗"。而新

1　胡适：《尝试集》（再版），第91—92页。

2　冯文炳：《新诗应该是自由诗》，收入《论新诗及其他》，第19页。

诗就不好说了，新诗追求"诗体大解放"，失去了这"诗的文字"，又没有建立新的感觉和想象方式，"做新诗的人"境地颇为尴尬："与旧诗的因缘少了，他们写出来的东西虽不会是'诗余'，也不会是新诗的古乐府，他们不是如胡适之先生所说的缠过脚再来放脚的妇人，然而他们运用文字的功夫又不及那些老手，结果他们做出来的白话新诗，有点像'高跷'下地，看的人颇难为情。"[1]

为纠正白话诗在诗的感觉、想象方式方面的缺失，冯文炳（废名）提出了一个广为人知也备受争论的诗学观念：

> 如果要做新诗，一定要这个诗是诗的内容，而写这个诗的文字要用散文的文字。已往的诗文字，无论是旧诗也好，词也好，乃是散文的内容，而其所用的文字乃是诗的文字。我们只要有了这个诗的内容，我们就可以大胆的写我们的新诗，不受一切的束缚，"不拘格律，不拘平仄，不拘长短；有什么题目，做什么诗；诗该怎么做就怎么做。"[2]

冯文炳的意思似乎是新诗只要有了这个内容，就可以为所欲为，就成了无拘无束的自由诗，并且，新诗就应该是这个意义上的自由诗。这个"诗的内容"是什么呢？从冯文炳的诗论看，实际上是来自注重奇诡想象、好用譬喻的晚唐诗人温庭筠、李商隐一派的写作经验，强调的是诗的感觉、想象方式的必需。从这一点上说，冯文炳是对的，初期白话诗缺的就是这个。在这种观点下，冯文炳评价《尝试集》里的诗作也显得很不一般，他看好《尝试集》里的《蝴蝶》《四月二十五夜》《一颗星儿》《鸽子》等诗，甚至说《一颗遭劫的星》"写得很好"，"作者非真有一个作诗

1　冯文炳：《新诗应该是自由诗》，收入《论新诗及其他》，第20页。

2　同上书，第22页。

的情绪不能写出这样的诗来"。[1] 其实胡适这些诗和冯文炳所批评的《梦与诗》相比，在节奏的均衡和意趣的自然上，未必就比后者强，冯文炳如是评价，无非是因这些诗有一点"诗的内容"，诗人有一点"作诗的情绪"而不是说话的情绪（《梦与诗》似乎有些急于说出"诗的经验主义"是什么了）。而《晨星篇（送叔永沙菲到南京）》一诗更是让冯文炳赞不绝口："'放进月光满地'，与'遮着窗儿，推出月光'，与'回转头来，只有你在那杨柳高头依旧亮晶晶地'之句，最能说得'胡适之体诗'。[2] 这些"诗的内容"实际上是一点细腻的感觉与想象（如"放进月光满地""推出月光"等）。

语言文字新了，诗反倒变得难做，以至于"有些初期做白话诗的人，后来索性回头做旧诗去了。就是白话诗的元勋胡适之先生，他还是对于旧诗填词有兴趣的"[3]。不过在笔者看来，仅就《梦与诗》而言，胡适可能并不是又要做"填词"式的旧诗。这首诗其实在《尝试集》中还是别有韵味的。笔者虽也认为胡适没有把"梦"与"诗"的传统题目处理好，但既然诗歌是一种经验、语言与形式互动，文化、知识、历史互文的复杂"修辞学"的话，我们也不能忽视废名对这首诗（或者这种有民间谣曲风味的诗作）的批评所隐藏的危险。

实际上，无论是冯文炳的这种"诗的内容"，还是胡适浅显的写实性的"诗的经验主义"，抑或郭沫若无节制的迸发的"自我"情感，其实都是诗通常的内容层面。而问题在于：一首诗是不是"诗"，好不好，其所承担的思想、意义诉说并不是衡量其价值的唯一方式。就以胡适这首《梦与诗》来说，虽在处理"梦"与"诗"的题目时未有感觉、想象上的深义，缺乏冯文炳所说的"诗的内容"，但是，这不意味着这首诗没有诗意、

1　冯文炳：《一颗星儿》，收入《论新诗及其他》，第11页。

2　同上书，第14页。

3　冯文炳：《新诗应该是自由诗》，收入《论新诗及其他》，第19页。

韵味。《梦与诗》有规律的句式和一定的押韵规律，显现了诗人的独具匠心，它反映的是白话诗除了通过讲求文法转换古典诗的句法以承载精密的观察、高深的情感、复杂的思想的诗意资源之外，还有一种诗意资源——白话诗一定程度上还在向民间谣曲寻求资源。口语化的语言，清新活泼的语气（甚至一点民间语言的世俗趣味），一定的声音节奏、韵律……在诗歌追求复杂的思想情感的"意义"模式之外，写点意蕴不复杂但兼有韵律和情趣的诗，对初期白话诗的作者也未尝不可。据笔者所知，这首诗在台湾也被谱成了曲，成为一首既动听（因为它注意了诗歌的语音、形式规则）又有丰富意趣（在特定历史情境中，它可以脱离胡适的原义，被当成相爱而不能的隐喻）的流行歌曲。

冯文炳的诗歌观念所带来的弊病是：若是诗只讲诗的内容就够了，新诗就应该在这个意义上成为自由诗——这就将诗的自由绝对化了，从而忽略了诗歌语音、形式规则、语境等多种因素生成语义的丰富性和复杂性。废名所崇尚的"温李"诗风，固然可以一定程度上纠正白话诗的写实，但若只以这种诗风为至尊，务必形成在诗歌片面追求情感、经验、想象的复杂性的极端现代主义趋向，从而忽略了诗的意蕴生成乃是经验、语言和形式"互动"的事实。

诗歌写作整体上作为指向一种意识形态的特别能指，其所指绝不是只有诗的内容（现代的感觉、想象、思想），而是如罗兰·巴尔特所说的"这些所指与文化、知识、历史密切交融，可以说正是通过它们，世界才进入符号系统"[1]，这种"文化、知识、历史"一定包括诗的语音、形式要素。

"元语言"最终还要被"内涵"符号学所把握：诗歌写作在更高一级成为一种能指，它最终要作为一种现代性的"意识形态"的"修辞学"发挥

---

1 ［法］罗兰·巴尔特：《符号学原理》（王东亮等译），第86页。

其历史的功能。在这个意义上，我们说白话诗更换汉语的语言符号系统，其终极目标不是要"用纯的白话口语代替整个语言系统"[1]，白话作诗只是汉语诗歌意指系统更新的一个起点，其目标是要作为一种特定历史境遇的修辞学发挥一定的意识形态功能。用胡适的话就是"白话作诗不过是我所主张'新文学'的一部分"[2]。这种修辞学，就是汉语诗歌真正要在现代性的个体经验、汉语的现代形态和诗歌自身形式特征三方面的互动当中探寻合宜的样式，其意识形态所指乃是通过"国语的文学，文学的国语"这一方针所追求的"国语"来实现。白话诗只是汉语诗歌寻求现代变革的一个起点，不能依据其初期形态将其简化为"一次成功的政治运动"[3]，一种"用纯的白话口语代替整个语言系统"[4]的"幼稚的空想"；而它作为"诗"，也不能像冯文炳那样认为有了"诗的内容"就够了。诗歌是一种关于语言的语言，是一种关于文化、知识、历史的特殊修辞学，在这个意义上，白话诗只是现代汉语诗歌的一个稚嫩的雏形。在经验、语言和形式互动的复杂形态之间，从白话诗到真正在感觉、想象方式、节奏、形式方面区别于古典诗的新诗，还需一个艰难的探寻历程。

1　郑敏：《结构—解构视角：语言·文化·评论》，北京：清华大学出版社，1998，第101页。

2　胡适：《文学革命八条件》，收入《胡适留学日记》，第1002页。

3　郑敏：《结构—解构视角：语言·文化·评论》，第102页。

4　同上书，第101页。

六

口语化：当代诗的一个侧面

对于熟悉中国当代诗的人来说，可能有这样一个印象：当代诗的创作状况是比较繁盛的，有各样的作者群；诗坛整体来说，还是比较热闹。我们这里说"当代诗"，指的是新诗在当代的面貌。其实谈论当代诗也应该包括旧诗在当代的创作状况，毕竟目前的旧诗词创作队伍、发表阵地也是不容忽视的存在。但谈论当代的旧诗词，其实需要专业的汉语基础和古典文学修养，这并非易事。这里只说说当代新诗的一个特征。

在当代诗的作者群中，占据显赫位置的，仍然是一些著名诗人、经典诗歌的作者：比如"第三代诗人"中的西川、欧阳江河、柏桦、王家新、于坚、韩东和杨黎等当代诗歌大家，比如臧棣、余怒、雷平阳、陈先发、张执浩、蓝蓝和杨健等20世纪60年代出生的诗人，比如70年代出生及80年代出生的许多知名诗人。但不可忽视的是，当代诗还有一个更广泛的、作为一般诗歌爱好者的写作群体。这个群体的写作，没有太多的难度、形式和技艺上的追求，他们所进行的工作，其实是以最通俗的语言、最自由的形式，来表达个体最内在或者最真实的某种情感经验。从整体形态来说，他们从事的是一种口语化的写作。

若从绝对数量来说，我相信当代诗有很大一部分是这种口语化的作品。若将当代诗视为一个复杂的立体的存在，口语化的写作则是一个不可忽视的侧面。而从诗歌发生的角度，口语化可能是一个重要的基础：它使很多人接近了诗歌，进入了诗歌写作的场域，从而有可能更好地发挥其文学潜能；它也可能使当代诗有一个广泛的写作者阵营，增进诗歌在文化建设中的功能与影响力。

但事实上，口语化是当代诗坛最有争议的一种形态，相关的诗作常常招惹是非。人们常常将之视为诗歌写作的一种低端形态。本来新诗就已经为许多读者诟病了，被认为没有韵味没有诗意……当代中国文学史上，新诗不同时期又会冒出"废话诗""下半身""梨花体""羊羔体"和"乌青体"等形态的作品，这就更让人受不了了。大家的疑问集中在语言和诗意上：这样的大白话、"流水账"也是诗？诗歌写作怎么会如此简单？

中国诗歌已有三千年历史，到今天，许多人习惯了诗词歌赋的美学风格，对诗意的期待是美。这个美蕴藉在精致的诗歌结构和独具匠心的语言和意象上。对于民国初年所发生的新诗，人们仍然也是这样的美学期待。但是新诗不是旧诗，旧诗受篇幅和体式限制，必须要在语词、意象和结构上下功夫，每一处都可能有诗意让人眼睛一亮。而新诗的美学风格往往是整体性的，不一定是局部就显得不同凡响；新诗的一个可能是，你在局部打量它，它毫无趣味，但你读完之后，就在结束的那一刹那，你会为之一振。如果有这个审美认知的前提，我们对待新诗的评价就会不一样。即使是口语，也能言说出诗意。

"废话"成诗

口语化的写作，其实有相当的基础，远的不说，且说"朦胧诗"之后的情形。"第三代诗人"韩东的诗大多数就是非常口语化的。韩东在语言上的节制、简洁甚至到了干枯（几乎看不出什么诗意）的地步。这种诗歌语言看似空无一物，但事实并非如此。对韩东而言，"写诗不单单是技巧和心智的活动，它和诗人的整个生命有关。因此，'诗到语言为止'的'语言'不是指某种与诗人无关的语法、单词和行文特点。真正好的诗歌就是那种内心世界与语言的高度合一"。[1]若用《圣经·创世记》中知识树（识别善恶树）和生命树的比喻，韩东的诗歌显然是在追求生命树，他不想延续前人的思维、审美习惯，把文化、历史的符号与象征意蕴作为写作的素材，他更愿意抓住当下个体生命的真实感受，在这种当下感受中体会永恒。

韩东说的"内心世界与语言的高度合一"完全不是修辞的问题，而是一种生命的境界。也正因为此，他许多看似无甚诗意的口语诗，读来却十分令人感动，如《我们的朋友》：

> 我的好妻子
>
> 我们的朋友都会回来
>
> 朋友们会带来更多没见过面的朋友
>
> 我们的小屋子连坐都坐不下
>
>
> 我的好妻子
>
> 只要我们在一起
>
> 我们的好朋友就会回来
>
> 他们很多人还是单身汉
>
> 他们不愿去另一个单身汉小窝
>
> 他们到我们家来
>
> 只因为我们是非常亲爱的夫妻

1　万夏、潇潇主编:《后朦胧诗全集》（下卷），成都: 四川教育出版社，1993，第239页。

因为我们有一个漂亮的儿子

他们要用胡子扎我们儿子的小脸

他们拥到厨房里

瞧年轻的主妇给他们烧鱼

他们和我没碰上三杯就醉了

在鸡汤面前痛哭流涕

然后摇摇摆摆去找多年不见的女友

说是连夜就要成亲

得到的却是一个痛快的大嘴巴

我的好妻子

我们的朋友都会回来

我们看到他们风尘仆仆的面容

看到他们浑浊的眼泪

我们听到屋后一记响亮的耳光

就原谅了他们

　　事实上对于口语诗的理解与接受是一种关于诗意的观念问题。怎样的诗才是有诗意的？是局部的美的展现呢？还是多处的"废话"突然被一种力量照亮为"诗"？2013年6月，在湖北潜江一次诗会上，杨黎、沈浩波、宋晓贤等诗人都在，他们的写作或与"废话理论"或与"下半身写作"相关，在场许多诗人的写作是口语化的。我读到一位来自北京的年轻女孩浅予的诗。在写诗方面，浅予也是杨黎的学生。这是她的《阳光照进来》：

阳光从窗户照进来

照到31床

也照到

30床

离29床

还差一步的距离

阳光照到的2张床

都显得好亮好亮

白色的床单

打起反光

阳光没照到的床

显得真安静

离阳光

就那么一步距离

另一首是："一个男同学在扣扣上对我说/他深深体会到了北漂的孤独/心里总是空落落的/我想要对他说点什么/但后来我没有说/说什么都不及给他一对乳房温暖/但是乳房，我不敢给。"（《空落落》）当我读完《阳光照进来》，心里特别震惊：作者在言说对"医院""疾病""死亡"（"安静"）和"绝望"（"离阳光/就那么一步距离"）的感觉和经验时，不露声色，言辞简洁到如同医院的白色床单一样，但诗歌整体上的诗意，却如同那床单好亮好亮的"反光"一样，叫人肃穆。《空落落》写一个北漂青年的孤独与另一个北漂青年无法安慰这种孤独的遗憾，青春饱满的肉体对应着"空落落"的心灵，意象之间满有张力。面对浅予这样的诗作，我突然对口语化的写作非常尊敬。口语诗人大多是一群极有艺术追求的写作者。

后口语诗

口语化的写作中，有一位很有代表性的诗人叫大头鸭鸭（魏理科）。魏理科出道很早，初期出没于"诗江湖"网站，素来与韩东、杨黎、于坚、沈浩波等"民间立场"诗歌阵营关系密切。他的诗吸收了口语诗、废话诗的长处：用最直白的语言，来表达生命的感动、感慨或感触。这种诗作的风格是诗作处处看起来平淡无奇，但整体上却明显地呈现出一种生活里的真实、一种生命中的感动。比如他的代表作之一《一个后湖农场的姑娘》：

巴士进入后湖农场时

一个姑娘上了车

坐在我前排左边的座位上

她十八九岁的样子

皮肤偏黑

穿暗红的T恤衫

半截裤和塑料凉鞋

圆脸、圆手臂

肩膀也是圆的

乳房坚实

个子不高，不胖

却显得壮硕

过早的劳动

把她催熟

已经适合生育

和哺乳

这个大地的女儿

眼望车的前方，有时

也扭头看下我

可能是感觉到了

我一直在后面看她

魏理科的诗让我对口语诗、废话诗刮目相看，对这一类诗的写作者充满敬意。他们的写作，要产生诗意，其实更难；因为这一类诗作的诗意，来自于整体，所以对遣词造句的要求，其实更高，不能滥用抒情的词汇，陈言套语更是禁忌，一切工作，要做到恰到好处、浑然天成。这是他的《大雪和乌鸦》："把道路埋掉/掩盖事物的真相/一场大雪/却无法把乌鸦变白//风将它越吹越冷/更像一块铁//一只乌鸦/在世界洁白的脸上/留下污点//它仿佛是故意的。"这首诗的结尾很让人触动。但这种咏物诗的模式只是魏理科锤炼口语诗的诗意的一种方式。他更多的方式是锤炼诗歌整体的诗意——那种读完了你会心一笑又怅然若失的诗意。比如《给飘飘写信》：

飘飘是我QQ上的

一个MM

我常常爱呀爱的

对她乱说一气

她有时呵呵呵地笑

有时会生生气

如果我爱爱爱说多了

她就会很烦

因为她是个学生

读高二

上星期她说

你给我写封信来吧

我说好啊

昨天，她在QQ上留言：

信收到了，看了

全是好好学习

天天向上

鸭鸭，你是不是

已经不爱我了

这几年，魏理科让我更肃然起敬的是他的理论文章。他是一个对自己的写作有自觉的诗人，他不是偶然地崛起于诗歌论坛、闻名于全国，原来他是一个在"诗江湖"厮混多年、目标明确（写口语诗）、有重大的野心（改造口语诗）的诗人。他并不认为口语化是诗歌写作的低端形态，恰恰相反，口语诗是当代诗的一种先锋形态、高端形态。

魏理科称自己的诗作为"后口语诗"，为什么是"后"？这"后"既是post也是pass，因为他的写作对当前的"口语诗"有超越性。"我是觉得自己基本克服了口语诗曾普遍存在的三个问题：一是段子化的问题。口语诗更依赖叙述和叙事，但必须讲出诗意。很多口语诗只在讲段子，根本没诗意。只有'实在'，缺少'空虚'。二是自大的问题。即自我的真理化、圣人化和神话。我觉得好诗要彻底地摒弃个人英雄主义。诗人不是救世主，诗人不代表真理，诗人也不是道德模范，诗人只代表自己对语言的修炼以及个体的体验与感知。诗人要有担当，但更应该是对自己生活、命运与灵魂的担当，是向内的担当，而不是对外。要观照自身，写出自己的犹豫、

111

摇摆、困惑、无奈、颓废、脆弱、叛逆、羞耻、隐秘而卑微的爱、反思、忏悔、追问等，并由此来趋近人性的真善美。三是缺乏韵味的问题。很多口语诗太在乎一竿子戳到底的气势，语感和语式太简单化；有的太沉溺于琐碎的细节，诗歌打开的空间太狭窄；有的钟情于场景的描绘而宣泄过度，失去了诗歌的可玩味性；有的主观意图太明显直白，没有一点陡峭和崎岖，导致没有可发散的意味。"[1]

魏理科坦言他对口语诗有自己的追求："一是情绪饱满。无论写什么，无论言辞是热还是冷，但诗里都有一颗炽热的心。一首诗要写得情绪饱满，语言不失控，又饱含意味，我认为是挺难的。所以写诗在我这里，是件很耗人气力的事情，每一首诗都是自己生命的一种燃烧与转移。我不是一个随口就来的诗人，我写一首诗，常常需要酝酿，主要是情绪与语境的酝酿，以及切入点的寻觅与比对。写诗是件愉悦的事情，虽然写作过程中有很多折磨，但每写出一首诗来，给人的喜悦是巨大的。就像挠痒一样，诗是心中的一种'痒'。二是各种'度'的把握与拿捏。直白又要留白，出奇又不离谱，既实在又空虚、内敛又赤忱，既浓烈又疏离、沉重又轻盈，颤动又宁静，张扬而不宣泄，肆意而不乱方寸，淋漓而不轻浮，质朴而不呆板，简洁而不简单，锤炼而不留痕，顺畅而不打滑，具有张力与摩擦力而又不能生硬，既在此处又在他处，既有形而下的质感，又有形而上的意味，等等。各种'度'的把握与拿捏，渗透在一首诗的全身，一个人的诗歌功夫怎么样，就体现在各种'度'的拿捏上，我很少说别人的诗好，也是基于这方面的考察。再，我尤其看重一首诗的结尾，我认为一首诗的成败，一半在于结尾。第三个长处是比较好玩、有趣。我一直想把诗写得好玩一点，但还没能得心应手。好玩的诗，太难得了。它既依赖诗人个人的性情，也更需要自由精神与创造力。好玩的诗，更能闪耀诗歌本身

1　大头鸭鸭：《我的"后口语"诗歌写作》，http://blog.sina.com.cn/s/blog_490821ce0102vfx9.html。

的智慧之光。闭目回想一下：我们能记得的诗、有印象的诗，大都是些有趣的诗，这是大脑自然记忆的结果。诗歌的趣味，有很多种……我对深度不太感冒，语言、语速、语感、语气、语调、语式、语境、意味，才是我看重的。语言的准确、不枝不蔓，是第一步。平淡而出奇是第二步。语言松懈下来，平淡无奇却饶有意味，是第三步。"[1]原来，在写口语的诗人眼里，口语化的写作并不是低端写作，而是一种独特的诗歌理想。

口语化的难度

我们再看另一位坚持口语化写作的诗人平果。平果的许多作品，几乎是零度的抒情，但是读完却叫人怅然若失，感觉诗作之中有一个旋涡，吸引人的心思意念，让你无法对这样的作品做一次性的消费：

咳　嗽

那时侯

父亲总是最晚回家

听到家门口

父亲一声咳嗽

母亲说

你爸回来了

然后全家人

安然入睡

1　大头鸭鸭：《我的"后口语"诗歌写作》，http://blog.sina.com.cn/s/blog_490821ce0102vfx9.html。

现在妻子总说我

你每次回家

一声咳嗽

就把我吵醒了

我很茫然地问

我咳嗽了吗

"那时候"与"现在"的对比，"父亲"与"母亲"之间的相互感应，"我"与"妻子"之间的龃龉，"我"与自我之间的茫然感……短短小诗，却蕴藏了很多现代人的生活与情感的信息。在陈述上，作者没有任何地方表现出抒情的态势，但却传达出人与人之间的隔膜、自我的飘忽不定感。这是平果这样的诗人在写作上高明的地方：作品看似毫无抒情性，但细细品味，整体上却言说了人的一种深切的生存体味。

有一次我在湖北某刊物历数槐树、黄沙子这些作品十分令人费解的诗人，尊称他们为湖北的"先锋诗人"，不想向来性情温婉、言语不多的大头鸭鸭向我开炮："说这些人是湖北诗坛的先锋派，那你太落伍了……我们才是湖北真正的先锋！"现在我是赞同大头鸭鸭他们的。他们就如美术界的抽象画派，作品看起来令人费解，甚至让人怀疑这也叫艺术，但其实作者内心有强大的观念的支撑：什么是真正的艺术？我们认为这才是！对于"后口语"诗人，其观念非常明确：用最简单的、最不装模作样的语言来言说真实、呈现诗意。这种观念也意味着一种艰难——对读者来说，这是挑战与戏弄：别告诉我这是诗歌……

我将大头鸭鸭、平果他们称为一群认真写"废话"的诗人。这一类诗歌，整首诗你看起来都会觉得废话连篇，但读完却很让人感动，它以最没有诗意的语言在陈述生活中那些令人怅然若失的东西。大头鸭鸭坦言，其实这样的诗作非常难写。很多时候，你必须像写古诗一样，反复打磨，因为它不能有一处词语、描写是无用的。与很多读者所说的想法恰恰相反：这样的诗，没有一处是废话。它追求的是一种蕴深意于无形的整体效果。

当代有许多优秀的口语诗的写作者，他们的写作需要重新看待。即使是赵丽华、乌青，你在当代汉语诗歌发展的脉络当中、你在他们个人的写作史当中，才可能对他们有正确的理解。当然，一般读者不可能达到这个程度。包括文化名人韩寒，也达不到。（韩寒《诗人急了，不写诗了》："我是很不喜欢现代诗人的，现代诗人所唯一要掌握的技能就是回车。"）

当代口语诗的写作者，承继了韩东的"诗到语言为止"和杨黎的"废话"观念，也吸收了"下半身"诗歌对当下现实的直接反应能力、诗歌叙述的"性感"之风，他们的作品，其实越来越好看。这种用最直白的语言来表达生命的感动、感慨或感触的诗作，我们不能轻视。这种诗作，处处看起来平淡无奇，但整体上却明显地呈现出一种生活里的真实、一种生命中的感动。他们的写作，要产生诗意，其实更难；因为这一类诗作的诗意，来自于整体，所以对遣词造句的要求，其实更高，不能滥用抒情的词汇、陈言套语、思想观念上的"俗"更是禁忌，一切工作，要做到恰到好处、浑然天成。这是一群"认认真真用废话写出诗意"之人，值得尊敬。

羊羔体

最近几年关于口语化的写作所带来的非议，有"羊羔体"事件。"羊羔体"的作者车延高的作品能获得鲁迅文学奖，这也看出诗坛对口语化写作的承认。但在另一些关注当代诗的人眼里，这种口语化的写作实在不能叫诗。

车延高的诗被讥讽为"羊羔体"，这种标签只能使我们对他的诗歌一无所知。我们看看《刘亦菲》《徐帆》这样备受诟病的诗作。《刘亦菲》：

"我和刘亦菲见面很早，那时她还小/读小学三年级/一次她和我女儿一同登台/我手里的摄像机就拍到一个印度小姑娘/天生丽质，合掌，用荷花姿势摇摇摆摆出来/风跟着她，提走了满场掌声/当时我对校长说：鄱阳街小学会骄傲的/这孩子大了/一准是国际影星/蒙准了，她十六岁就大红/有人说她改过年龄，有人说她两性人/我才知道妒忌也有一张大嘴，可以捏造是非/其实我了解她，她给生活的是真/现在我常和妻子去看她主演的电影/看《金粉世家》，妻子说她眼睛还没长熟/嫩/看《恋爱通告》，妻子说她和王力宏有夫妻相/该吻/可我还是念想童年时的刘亦菲/那幕场景总在我心里住着/为她拍的那盘录像也在我家藏着/我曾去她的博客留过言/孩子，回武汉时记得来找我/那盘带子旧了，但它存放了一段记忆/小荷才露尖尖角/大武汉，就有一个人/用很业余的镜头拍摄过你。"

我不能说它是一首多么好的诗，它确实是大白话。但是，我想说，文学、诗歌写作，是每个人都有的一种能力，它是一种不同的说话方式，这种说话方式里边有不同于大白话或者说日常交际语言的内容。如果说这首诗里面有什么值得我们可取的地方，我觉得它表达了一个普通人看世界的一种态度，其意义首先是诗人自我的一种表达，然后是这种表达在读者那里也给读者带来一种新的认识或感受。

诗人和一般人对刘亦菲的态度不一样，他把这个备受粉丝宠爱的"神仙姐姐"当作一个"孩子"。确实刘亦菲也是他的孩子的那个年龄。他还把刘亦菲当成一个非常非常熟悉的普通人。你看在这里，他的妻子对刘亦菲的评价，说她眼睛还没长熟，嫩；说她跟王力宏有夫妻相，该吻。这个"该吻"，是口语中的口语，其实是很有意思的一句话，把生活当中的某个情景带进来。车延高先生之所以被称为诗人，当然因为他拥有一些诗歌写作的技艺。在这里，说小时候刘亦菲的演出，她在舞台上的形象，"风跟着她，提走了满场掌声"，这个想象是不错的。当时很多人鼓掌，但是，这里不仅描述了当时的情景，因为这首诗是在回忆，在回忆当中，掌声曾经很辉煌，但是风把满场的掌声提走了，这里就有一点时间已逝、物是人非的那种感觉了。

车延高的心态特别好，常常自称是"业余诗人"。自称是"业余诗人"对一个诗人才是自然的，也符合我的文学观。文学写作是一种才能，一个人若有想靠特定的语言来言说自我以达到某种表达效果，有这种自觉意识，他就是一个文学家。文学家并非天才才是，而是你我皆是。业余的状态、在生活中有实实在在的职业、踏踏实实地为生存奔波的人，也许是写作者最好的状态。

车延高有一首诗，挺有名的，就是那首《日子就是江山》。他也出版了一部同名诗集。他是体制当中的人，是国家机器的一部分，这是他的社会身份。你我都有各自的社会身份，但是作为一个人，他还有写诗的那部分，他写的诗也能够使我们看出，他有现代人缺乏的或者说没有表达的某种真性情，这一点是他诗歌宝贵的地方。然后他的诗歌在主题上有很多的乡土诗，这些乡土诗当中还是有一些作品在感觉和想象上是非常棒的。像《日子就是江山》：

> 二姐爱打扮，二姐不打扮也很美
> 二姐走在路上总有男人的眼睛跟着
> 二姐赶集，集市就多出一道会动的风景
> 她停在哪，哪就是男人眼睛赶集的地方
> 为看她，男人时常把东西忘在摊位上
> 二姐能把三月剪成一瓣瓣桃花
> 二姐把桃花戴上头，别的花就谢了
> 二姐是在一个有雨的三月出嫁的
> 新郎是一等残废军人，一条腿给了国家
> 二姐出嫁时山洼里桃花正红

> 二姐的脸上开着桃花
>
> 陪送的嫁妆也开着桃花
>
> 只有大姐苦着脸，说二姐傻，不值
>
> 二姐说爹也是残废军人，娘一辈子值吗
>
> 大姐说爹是后来受的伤
>
> 二姐说不管先后，他们都是为了国家
>
> 大姐说路要走日子要过的，你别后悔
>
> 二姐笑了，我们是三足鼎立
>
> 心和心扭在一起，日子就是江山

当然如果你不喜欢这首诗中的主流文化（因为这里有爱祖国爱人民的东西），你一开始就拒绝，那就没办法欣赏了。不过你要有一个观念，文学作品的好坏跟这些主题没有直接的关系。文学的好坏在于它在感觉、想象和经验上给人的具体性。对于优秀的诗人而言，任何时代可能都是一样的。诗，并不在乎那个时代在思想、文化上的丰富、贫乏、伟大、黑暗与否，诗人"所从事的工作只不过是把人类的行动转化成为诗歌"。"诗人制作诗歌"正如"蜜蜂制作蜂蜜"一样，"他只管制作"。[1]诗人对自我和世界的言说是一种想象性的言说、经验化的言说，诗人将个人的经验"转化"成为特定的语言和形式，使这种关于经验的言说在特定的语言和形式中产生出其他文类难以言说的意味，从而满足人的心灵更隐秘的需求。一个诗人的优秀之处，正在于他对时代的经验在语言、形式上的"转化"与高质量的文本的"制作"。爱国爱民与否，本身不能决定一首诗的好坏。

在这首诗里面，它的核心词语是"日子就是江山"。江山我们知道，是空间词汇。我们说打江山，坐江山；江山是空间的，是地理的。在这

---

1 ［英］T.S.艾略特：《莎士比亚和塞内加斯多葛派哲学》，见《艾略特文学论文集》，李赋宁译，南昌：百花洲文艺出版社，1994，第161、165页。

里，这首诗很出众的地方就在于，"日子"就是江山，时间就是空间。作为日子的时间，跟作为空间的江山，在这里画了等号。是什么意思呢？在这里面，这个主人公二姐，她嫁给了一个残废军人（战争使他缺了一条腿）。这首诗中有一个很美好的东西，就是爱情。她尽管没有直说，尽管他是残废的军人，但是因为爱情，他们还是在一起。二姐说的这话是什么意思呢？日子就是江山，尽管现在不打仗了，过去的事业是打仗，但是我跟我所爱的人的心和心扭在一起，日子就是我们的江山，和一个身体有残缺的人过日子现在是我的事业。接下来的人生，也许像大姐说的那样，是很苦的，但是我不后悔，我们会在一起，心与心扭在一起，我们一起继续把生活度过。这里面用很多的语言来讲二姐的美，但是这个美，最后是建立在二姐说的那番话：日子就是江山，我跟我所爱的人在一起，共同来面对生活。二姐对爱情的坚贞，这首诗是在讲这个的，写一种令人感动的心灵之美，这个美对应的是那残缺的身体和这个时代被扭曲的人心。

这首诗在主题上，不是因为爱祖国爱人民，而是因为爱情，是因为这个二姐对于爱情的态度；它在修辞上，由二姐外在的美到她内在的美，还有用自然意象比如桃花来映衬二姐的美。二姐如果是他讴歌的、理想中的一个人物的话，他还用更多的现实中的人物来做她的对衬，就是大姐。大姐是一个真实的人，她的看法是合理的，她是现实中的一个人，她就不赞成这一桩婚事，但是二姐把她否决了。通过人物的对比；通过山洼、集市上的男人，这些映衬，讲她外在的美；最核心的美是落实在"日子就是江山"那样的忠诚于爱情、将心灵的价值置于肉体之上的心志。一个经常写诗的人，写一百首，写一千首，你总会写出一两首好诗。因为你经常练习，总有一首诗在感觉上、形式上、技术上都比较均衡，细节和整体都比较让人满意。我相信这首诗是诗歌给车延高长期写作的一个回报。

也许你会说，这样的口语化的诗，我也会写，但事实上你没有，因为你把写诗当作某些人才能干的事。但其实文学写作是我们有语言能力的人的一种才能，只是你未能有意识地去认识和使用它。车延高作为一个诗人，之于我们这个时代，至少可以提醒我们：诗其实很平易，你也可以成为诗人。口语化的写作，其实是言说自我的一种练习，是当代诗的一种普遍面貌。这个面貌对于文学写作的普遍化来说，有积极的意义。

口语化的意义

口语化的诗，到底是不是诗？我们所说的文学，到底是什么东西？人文学科，像政治、历史、文学、哲学，这些不同的话语体系，它们之间有什么区别？文学的独特性是什么？

显而易见，政治、历史、文学、哲学这些学科在说话的方式和说话的目标上是不一样的，文学的特点可能正体现在这个地方。对于同样一个事件，文学、历史、哲学、政治，它的表述从方式到目的可能都是不一样的。历史的话语方式非常强调回到现场、讲究证据。政治作为意识形态的话语实践，它的说话方式，譬如说《人民日报》社论，它的目标可能是引导我们相信并努力奔向还没有实现的未来，譬如说通过对"和谐社会"的宣传以期社会能达到那样一个状态。如果说历史的目标是建设过去的话，那么政治可能是建设未来。哲学——Philosophy，是希腊文"爱智慧"的意思，哲学的语言是抽象的、逻辑的，它所追求的是普遍的原则：幸福生活的原则或者说普遍的真理、本质这些东西。

跟这些学科一比较，文学是非常独特的，最直观的文学的特点当然是文学是有趣的，文学是让我们有感觉的，文学的语言是非常好玩的，是非常有趣、非常生动的。文学的特点在什么地方呢？这有趣、好玩，如果再细致地讲，就是文学的语言通常是让我们获得对自我与世界的具体性。是什么具体性呢？在感觉、经验和想象上的具体性。文学语言所给我们的，文学语言对这个世界，或者说对人的表述，通常给我们带来的是一种具体性，这种具体性体现在感觉、经验和想象这些层面上，就是文学的特点。文学是非常有意思的，为什么有意思？我们经常觉得这么说话很好玩，之所以好玩是我们作为接受者，被它唤起了我们的感觉、唤起了我们的经验、唤起了我们的想象，原理是这样。这是文学在人文学科当中的独特性。

文学的这种独特性会带来什么作用？或者说文学到底有什么用呢？文学的作用首先不是文以载道，或者其他的社会功用。对我来讲，文学的作用首先是自我的认知，文学写作最大的作用是个人精神世界在写作当中的一种敞开。我最早接触这个观点是从余华那里。1992年余华在《收获》上有一个长的中篇《活着》，后来单行本在长江文艺出版社1993年出版。它有一个序言，在序言里他说，长期以来他一直想知道他到底为什么要写作，他所给出的答案是："一位真正的作家永远只为内心写作，只有内心才会真实地告诉他，他的自私、他的高尚是多么突出。内心让他真实地了解自己，一旦了解了自己也就了解了世界。很多年前我就明白了这个原则，可是要捍卫这个原则必须付出艰辛的劳动和长时期的痛苦，因为内心并非时时刻刻都是敞开的，它更多的时候倒是封闭起来，于是只有写作，不停地写作才能使内心敞开，才能使自己置身于发现之中，就像日出的光芒照亮了黑暗，灵感这时候才会突然来到。"文学写作对一个人的自我认知是非常非常重要的，"只有写作、不停地写作才能使内心敞开"。余华的经验让我想起，我们的精神世界就像一块土地，通常情况下是蒙昧的，我们并没有意识到里边到底有多少东西，而写作就像掘井，会使我们的土地下面的源泉涌出活水，让我们重新认识（感受性地认识）自己生命里的丰富。

任何一个有语言能力的人，当他自觉地以语言来表达自己的时候，文学写作就形成了。

而这种写作所带来的，首先是自我心灵的慰藉，这其中包含着对自我具体的、深切的认知。车延高诗歌中的意象大都是比较正常的，他不寻求那种标榜"现代"的怪异的意趣；他的诗有浓厚的乡土气息；他整个做人、写诗、写诗中的技艺，都显得比较踏实，甚至可以说他的作品有一种朴实之美，看起来没什么特别，但细致品味，也还不乏诗意。他的个人形象，在文学界仍然普通，而在诗歌界，有人甚至觉得"普通"都没有达到（因为不够先锋、不够新奇、不够"现代"等），但我却觉得这正是车延高诗歌的意义。文学其实就是这样普通，文学写作其实属于每个人。车延高首先是一个文学爱好者、"业余诗人"，他有感而发，寄情于文字，形成了写作习惯；然后，他在经年的写作当中，积累了一些经验，在众多的练笔、败笔当中积累了一些看起来不错的作品；再然后，为人承认，为人褒扬，为人贬损……最后获得了不错的文学名声。但这个名声是偶然的，与他的社会身份没有必然关系。

车延高的诗歌写作，其意义并不是成就了一种叫"羊羔体"的东西，而是再次彰显了文学写作的一种属性——文学写作属于所有人，那种将文学写作视为天才的事业是狭隘的。每一个人面对生命中的感触，当你以文学的方式记录下来，这是有意义的。文学的表达之于科学的表达，是另一种精确，这种精确蕴含在感觉、经验和想象的具体性里面。所以，同样说一句话，文学的表达方式，会使你觉得有趣、感动或者越想越有味儿。而在一切文学的表达方式中，对于普通作者而言，以最口语化的方式、最自由的形式来说人内心的感动、感触与遐想，其呈现的形态，往往就是"羊羔体"这样的诗。

口语化的写作，是大多数诗歌爱好者最初的选择，当我们谈及当代诗，我们不能将这一类作品划入"低端"的行列，而是要认识到：这是当代诗一个广泛的基础，是所有人真正享有文学功用（言说自我、慰藉心灵）的一种重要的言说实践。有这种普遍化的写作实践，才有当代诗得以真正繁盛之可能。

七

散文诗：当代汉语诗歌写作的一种高度

在20世纪90年代以来的文化转型的历史语境中，与小说、散文、影像文化相比，诗确实遭到了公众话语的冷落。但这未必是一件坏事，诗歌写作可以由此切实回到个人，回到一种文学写作应有的自然状态。当时代、社会不再对诗歌写作提供意义订单和价值承诺，诗人的写作只能是个人单独地面对自我与世界。作品的问世，除了自我心灵得到一定的慰藉，除了自认为在写作中又进一步认识了自我与世界，很难说还有更值得期待的价值。

所以我们很快看到，诗在社会层面的被边缘化，在具体的个人写作层面，却是全民化的。心灵的困苦、尘世间的烦愁欢欣，通过写作可以得到很好的缓解、宣泄。写作此时不依附任何他物，完全出自心灵的需要。在这个人人需要慰藉的生存境况中，诗人们以诗交友，大家以诗人之名建构小团体，在缺乏人情味的现代城市生活中彼此撞身取暖，获得小群体之内的相互认同。有一个著名的南方城市，这里的"诗会"直接宣告，我们的活动就是"友谊第一，诗歌第二"。当下的汉语诗坛，所处的正是这样一个繁盛的时代，遍地都是诗人。谁都可以写，写什么、写成什么样都可以……诗歌写作脱离了意识形态化的历史场景，获得了空前的自由，诗歌甚至参与了人际关系、社会和谐的建构。但在这种自由中，由于对诗歌这一文类的基本规则、艺术难度和价值期许有意无意地忽视，诗歌写作一方面在表面上显得空前繁盛，但在文本、诗质层面，又不免叫人感觉空虚。

也许我们注意到，近几年频频获奖的知名度甚高的一些诗人，作品往往是很好读的。也许我们可以推论，不仅民众在享受简易的写作带来的快慰，过去或激进或严谨的诗人们，也乐意加入这种分享感动的全民运动。这种状况对于诗歌写作的普及并非没有积极意义，但对于真正热爱诗歌、对诗歌怀有抱负的人，似乎又觉得不满足。20世纪70年代出生的人，会常常怀念19世纪80年代至90年代初中国文学那种一意孤行的探索性和实验性。那个时代，无论是小说还是诗歌，其先锋和前卫的部分，那精神与形式的光芒，至今回望，在当代中国文学史上，都异常的炫目。今天怡然自得的当代汉语诗坛，何处有这样绚烂、决绝的风景？

就像现代文学史上，人们对新诗的现代性的期许，既在李金发那奇特的象征主义实验里得到一定实现，更是在鲁迅的散文诗集《野草》当中得到极大的满足。《野草》的许多篇章，是奇绝的风景，没有人会否认这是现代诗里边最复杂、最动人的部分。而对于当代诗歌，这种讶异感与满足感也许在散文诗的领域你还可以寻觅。自从灵焚、周庆荣、李仕淦、爱斐儿、章闻哲、黄恩鹏、语伞等人的散文诗出现，以及《我们·散文诗丛》第一辑[1]、第二辑[2]进入当代文学的视野，当代诗坛的格局也许需要我们重新打量了。我们在评价当代汉语诗歌时，除了要关注通常所说的新诗，还要关注散文诗这一独特的领域。

---

1 《我们·散文诗丛》第一辑（北京燕山出版社，2014）收入了周庆荣的《预言》、亚楠的《在天边》、爱斐儿的《倒影》、李仕淦的《旅行者》、语伞的《外滩手记》、转角的《荆棘鸟》、杨林的《天空一角》、贝里珍珠的《吻火的人》八册散文诗集。

2 《我们·散文诗丛》第二辑（北京燕山出版社，2014）收入了章闻哲的《在大陆上》、毛国聪的《行走的感觉》、水晶花的《大地密码》、徐俊国的《自然碑》、白月的《天真》、潘云贵的《天真皮肤的种类》、弥唱的《复调》、灵焚的《剧场》八册散文诗集。

散文诗的独立性

在这里人们也许会问，难道散文诗不属于新诗领域吗？散文诗当然是诗，但可否从属于新诗，这是一个问题。"人们习惯于狭隘的诗歌理解，认为现代诗歌文学就是那些分行的新诗，即分行新诗等于现代汉诗，而忽略了散文诗也是现代汉诗的一个组成部分，从文学的体裁大分类来说，应该有小说、诗歌、散文、剧本。就如散文中包括杂文、随笔等，小说中包括各种传奇故事、人物传记等，剧本中包括相声、小品一样，现代诗歌文学中包括分行新诗、散文诗、现代格律诗等，这些诗歌文本都属于广义的诗歌文学范畴。为了克服长期以来人们对于诗歌文学的狭义认识，'我们'采用了'大诗歌'这个概念让散文诗与分行新诗等一起，在诗歌文学中平等存在。"[1]《我们·散文诗丛》给了散文诗这样一个位置，让它与分行新诗一起，作为现代汉诗的两翼，这是比较合理的一种认识。

在现代汉诗的范畴内，散文诗是一个独立的文类。它不是像一般人所说的，是一种介乎诗与散文之间的类型。它既不是诗意的散文，也不是散文化的诗。它绝不是诗与散文各取0.5然后加起来等于1。散文诗就是散文诗。这该如何理解呢？诗歌批评家王光明对此的定义很有意思，也很细致。散文诗是两种艺术的结合，但其公式不是1+1=2，而是1+1=1，但作为结果的这个1，是一个全新的1："散文诗的起源和诞生，的确与诗的解放和小品文作家追求诗有关。但是，梦想散文诗囊括诗和散文的长处，成为比诗、比散文更美的一种文学形式，也是错误的。……当两种艺术在一定条件下结合在一起的时候，不是一加一等于二，而是一加一等于一。不过这个'一'不是原先任何一个的'一'，而是一个新的独立的'一'，有自己的结构系统和审美功能。所以散文诗是一种独立的文学形式，有自己的

1　灵焚：《关于当代散文诗的一些思考——答钟世华编辑的书面访谈》，《女神：散文诗集》，北京：中国青年出版社，2011，第152页。

性质和特点。散文诗是有机化合了诗的表现要素和散文描写要素的某些方面，使之生存在一个新的结构系统中的一种抒情文学形式。从本性上看，它属于诗，有诗的情感和想象；但在内容上，它保留了诗所不具备的有诗意的散文性细节。从形式上看，它有散文的外观，不像诗歌那样分行和押韵。但又不像散文那样以真实的材料作为描写的基础，用加添的细节，离开题旨的闲笔，让日常生活显出生动的情趣。散文诗通过削弱诗的夸饰性，显示自己的'裸体美'；通过细节描述与主体意绪的象征两者平衡发展的追求，完成'小'与'大'、有限与无限、具体与普遍的统一；同时，它有意以自己在情感性内容中自然溢出的节奏来获得音乐美，使读者的注意力较少分散到外在形式和听觉感官上去，更好达到表现'意味'、调动想象和唤醒感情的目的。"[1]

在具体的写作中，散文诗作为一种独特的文类，也许林以亮的说法又道出了另一种真实："散文诗是一种极难应用到恰到好处的形式，要写好散文诗，非要自己先是一个一流的诗人或散文家，或二者都是不可。……写散文诗时，几乎都有一种不可避免的内在的需要才这么做，并不是因为他们不会写诗或写不好散文，才采取这种取巧的办法。"[2]也就是说，写作者在选择散文诗这一文类时，是不得已而为之的，因为他里边那种"不可避免的内在的需要"迫使他要使用这一文类，甚至可以说，不是他选择散文诗，而是散文诗选择他。这样讲绝不是将文类神秘化，而是强调文类自身的艺术特征：也许只有一种文类最适合作家某个时刻最想表达的心灵状态。作家的任务是要认识文类，是要寻找合适的文类。

鲁迅为什么在写作《彷徨》的同时也写作了《野草》？这里边一定有《野草》作为散文诗的独特功能，这个功能小说难以做到。小说是叙事

---

1 王光明：《散文诗：〈野草〉传统的中断——简论中国现、当代散文诗》，《灵魂的探险》，福州：海峡文艺出版社，1991，第235—236页。

2 林以亮：《论散文诗》，载《文学杂志》，1956年第1期。

性的文体，无论你想表达什么，都不应该脱离人物形象的塑造与故事情节的讲述。但散文诗在表达人内心的复杂心境方面，无疑更自由、更深入。《野草》呈现了一个昏暗、冷漠、敌意、憎恶的世界，甚至时间和空间都是暧昧不明的。自我来到这个世界里，并非出于自己的意愿，而是身不由己地被抛进这个世界里，从而自始至终与这个世界保持着紧张的关系……但是，尽管自我与世界处于如此紧张的对立之中，却不得不面对这个无可奈何的事实：'我'正是这个令人恶心的世界里的存在，并且在最深的根底里充满了与这个自己厌恶的世界的联系。由此，对世界的憎恶与这种意识到的同世界的联系便构成了'我'的内在分裂……"[1]《野草》里边的"我"，是现代人生存处境、自我质疑的极端象征，其抵达人心的深度和话语的丰富、繁复与转折，其奇妙、混合的诗意，都是现代文学里绝无仅有的，所以它是散文诗史上里程碑式的作品。写《野草》的那一个鲁迅，也许只有用散文诗才能表达出来。

捷克小说家米兰·昆德拉曾经用一个词表达了一种文类的独立性的存在："小说的智慧"。他说小说家"在写书时，倾听的不是他个人的道德信念，而是另一个声音。他倾听的是我喜欢称作小说的智慧的那种东西。所有真正的小说家都倾听这种超个人的智慧，这说明伟大的小说总是比它们的作者稍微聪明一些。比自己的作品聪明的小说家应该改换职业"。[2]他还说："在艺术中，形式始终是超出形式的。"[3]如果说是比小说家更聪明的"小说的智慧"牵引了小说家的写作，那么，在散文诗这一文类中，我们是不是也需要同样的审慎与敬畏？有没有属于散文诗的那种在抒情和叙事上的独特智慧与力量？散文诗的形式也有超出此形式的丰富意味？散文诗是当代诗坛还不太被普遍重视的一种文类，有的人是太轻看它，有的人是

1　汪晖：《反抗绝望——鲁迅及其文学世界》，石家庄：河北教育出版社，2000，第271—272页。
2　［捷克］米兰·昆德拉：《小说的艺术》，孟湄译，北京：三联书店，1995，第153页。
3　同上书，第156页。

因为了解太少而忽视它。这种状况和日本文学界对散文诗的看法形成了鲜明对比。据灵焚介绍："诗评家岩城达也先生在谈到日本从大正到昭和初期的散文诗的三大特征时概括了三种印象：1.抒情色彩浓，2.故事性强，3.艺术表现极其前卫。把这种观点与前面谈到的荻原认为散文诗要思想含量高、哲学要素浓的问题综合起来，我们显然可以得出这样的结论：散文诗并非一种好写的文学体裁，这种体裁对作者的学识、修养、艺术、思想等都有极高的要求。"萩原朔太郎（1886—1942）先生对散文诗的理解是，"最优秀的、上乘的诗歌才是散文诗"。[1]

"大诗歌"的抱负

一睁眼看看外面的世界，我们就知道国人在散文诗的观念上是太落后了。不过，令人敬佩的是，在当代诗坛很多人还不理解散文诗或者轻视散文诗的时候，当代一批散文诗的作者，早就对散文诗写作投入了巨大的热情，早就对这一文类的当代建设和未来，显现了极大的抱负。诗"是人类生命的一种本能性需求的艺术。……我们所追求的大诗歌，究竟是什么样的诗歌呢？……'它是探索人类起源性综合史诗要素回归的诗歌美学追求'……'大诗歌'，它远远不是一种新诗和散文诗，再加上诗词等诗歌文学的统合概念，不仅仅只是为了打破当代文学的诗歌版图，完成一种文体健全发展的吁请这么简单的问题。它应该是一种反思当下诗歌写作所必须具备的意义、视野、情怀以及美学追求的集合问题。它的追求应该是最终打破所谓的新诗、散文诗的区别，超越于这两者的文体独立性意义的狭隘论争，完成一种回归生命原初诗歌的抒情性与叙事性在当下、在我们所

---

1 灵焚：《散文诗，作为一场新的文学运动被历史传承的可能性》，《女神：散文诗集》，北京：中国青年出版社，2011，第126页。

处的时代如何做到有机融合的、崭新的诗歌艺术的抵达问题"。[1]

这里"探索人类起源性综合史诗要素回归"，在早年灵焚关于散文诗的思考中，我们就可以看到。当时他所指出的是，"散文诗作者素质的偏低是散文诗没有取得重大突破的主要原因之一"。[2]这种素质偏低，一是体现在写作者对深层民族文化缺乏深入体悟，二是写作者的思维空间的狭隘、艺术境界平庸有关。所以，他们的散文诗只能以贫乏的想象去夸张肤浅的感触，只能以小感触去观照复杂的宇宙人生，其结果只能使人轻看散文诗。

"当代文学对深层民族文化思考成为主流……散文诗的表现应该加入这种巨大的文化体系中，并按照自身的特质和文学发展的总趋势做出艰难的选择。从作品来看，文化背景的关注和呈现成为必然的追求。一部作品，如果缺少超越作品本身、达到人类普遍意义的暗示力量，它的存在只是瞬时的，这种普遍意义的暗示力量，主要是通过文化背景的呈现来实现的。"[3]灵焚这篇作于1987年6月19日的文章，与其在上述谈论"大诗歌"时提出的"探索人类起源性综合史诗要素回归"显然一脉相承，和诗人海子（1964—1989）对当时的中国诗歌相关言论的认识完全同时（只是月份的差别），这与他们在当时是否相识无关。但完全可以看出，两位杰出的诗人在当代汉语诗歌的抱负上，心心相印。

海子说："诗有两种：纯诗（小诗）和唯一的真诗（大诗），还有一些诗意状态。诗人必须有力量把自己从大众中救出来，从散文中救出来，因为写诗并不是简单的喝水、望月亮、谈情说爱、寻死觅活。重要的是意识到地层的断裂和移动，人的一致和隔离。诗人必须有孤军奋战的力量和勇

---

1 灵焚：《因为诗歌，我们多了一种热爱世界的理由——在〈大诗歌〉新书发布会暨中国诗人俱乐部海棠诗歌音乐朗诵酒会上的发言》，《女神：散文诗集》，北京：中国青年出版社，2011，第146页。

2 灵焚：《审视然后突围》，《情人》，福州：海峡文艺出版社，1990，第129页。

3 同上书，第127—128页。

气。诗人必须有力量把自己从自我中救出来，因为人民的生存和天、地是歌唱的源泉，是唯一的真诗。'人民的心'是唯一的诗人。在写大诗时，这是同一个死里求生的过程。"[1] 有意思的是，海子的"大诗"不仅是为了超越"诗"，也是为了将诗"从散文中救出来"。他说："必须克服诗歌的世纪病——对于表象和修辞的热爱。必须克服诗歌中对于修辞的追求、对于视觉和官能感觉的刺激，对于细节的琐碎的描绘——这样一些疾病的爱好。……诗歌是一场烈火，而不是修辞练习。"[2]

如果考虑到当代汉语诗歌一定程度上的世俗化和口语化，海子的说法就不失为一个有效的建议。他的许多发言其实就是针对当时的诗坛。他曾直言："我的诗歌理想，应抛弃文人趣味，直接关注生命存在本身。这是中国诗歌的自新之路。"[3] 一个写作者的理想就是能够直接地关注生命存在本身，"景色是不够的。好像一条河，你热爱河流两岸的丰收或荒芜，你热爱河流两岸的居民……你热爱两岸的酒楼、马车店、河流上空的飞鸟、渡口、麦地、乡村等等，但这些都是景色。这些都是不够的。你应该体会到河流是元素，像火一样，他在流逝，他有生死，有他的诞生和死亡。必须从景色进入元素……不仅要热爱河流两岸，还要热爱正在流逝的河流自身……"[4] 仅有景色是不够的，我们还应该关注河流本身，关注生命中那些像"元素"一样最基本的东西，也许只有这样，我们的诗歌才能更深入地穿透生存的表象、寻思生命的真谛。曾经的灵焚说："用整个生命与世界相遇。"[5] 现在的灵焚仍然在说："这样面对四季，金的属性为什么总让我们空手而归……我们该如何在四季中提取金的元素，找到那些自然的秩序里可

1 西川编：《海子诗全编》，上海：上海三联书店，1997，第888页。
2 海子：《我热爱的诗人——荷尔德林》，西川编：《海子诗全编》，第916—917页。
3 海子：《诗学：一份提纲》，西川编：《海子诗全编》，第897页。
4 海子：《我热爱的诗人——荷尔德林》，西川编：《海子诗全编》，第916页。
5 灵焚：《审视然后突围》，《情人》，福州：海峡文艺出版社，1990，第129—130页。

以让生命打磨的含量?"[1]

灵焚、海子曾经以及持续至今的言论，与今天周庆荣、李仕淦的宣言，有共同的地方，比如对民族文化的深层关注，超越诗、超越散文的大诗抱负，对生命里那些最本能最具有起源性的元素的追求。在这里，我们又一次与"探索人类起源性综合史诗要素回归"的"大诗歌"追求相遇。我们不能说海子的"大诗"就是"我们"的"大诗歌"，但有一点是肯定的，散文诗的作者对现代汉诗的抱负，远远超越了一般的诗歌写作者。其实，海子的许多文字，读起来都是卓越的散文诗。他的那些被称为小说的文字，完全是今天的"大诗歌"。他在1987年发表的长诗《传说》的开头那一段文字，完全是散文诗：

在隐隐约约的远方，有我们的源头，大鹏鸟和腥日白光。西方和南方的风上一只只明亮的眼睛瞩望着我们。回忆和遗忘都是久远的。对着这块千百年来始终沉默的天空，我们不回答，只生活。这是老老实实的、悠长的生活。磨难中句子变得简洁而短促。那些平静淡泊的山林在绢纸上闪烁出灯火与古道。西望长安，我们一起活过了这么长的年头，有时真想问一声：亲人啊，你们是怎么过来的，甚至甘愿陪着你们一起陷入深深的沉默。但现在我不能。那些民间主题无数次在梦中凸现。为你们的生存作证，是他的义务，是诗的良心。时光与日子各各不同，而诗则提供一个瞬间。让一切人成为一切人的同时代人，无论是生者还是死者。

……走出心灵要比走进心灵更难。史诗是一种明澈的客观。在他身上，心灵娇柔夸张的翅膀已蜕去，只剩下肩胛骨上的结疤和一双大脚。走向他，走向地层和实体，还是一项艰难的任务，就像通常所说

---

1 灵焚:《生命》,《女神：散文诗集》, 北京：中国青年出版社, 2011, 第4—5页。

的那样——就从这里开始吧。[1]

只是海子从没有这样标识自己的文字。但我们仍然能够感觉到：散文诗的作者，所追求的常常是一种更有表现力、更有形式感、更有文化意味、更有生命深度的言说方式。和海子相似，灵焚也有这样一段长诗之序："一群白色鸟在远方启程。时光尚未抵达，只有文字在纸上醒着。向源头聚拢，就连大地的呼吸也不例外。那些奔跑的露水与大气交换了比重，任你把夜幕抬高，高到足以放飞/成千上万的花瓣接住怒放的啼声，直达生命的起点。"[2]散文诗的文字，似乎正是这种不断向源头聚拢、醒着、奔跑着的文字，在其诗意的抽象性和表现的生动性之间，有一种极大的张力。考虑到灵焚的写作与海子是同时，这不免让人遐想：高举海子诗歌成就的人们，不熟悉灵焚，是否正因为灵焚走了散文诗的写作之路？

三、散文诗的大境界

大诗歌的抱负必须有文本的艺术成就作为支撑。当代散文诗写作，其文本之美已不再是小感触、小场景。从灵焚这些写作者来看，这种美既连接着作者在文化上的抱负，又是当下的生命经验，在想象的高远与肉身的当下感觉之间，努力书写一个与日常生活疏离的纯粹空间。写作者似乎总是在寻求一个不可企及的理想之所、思虑之所，因为那个所在的不可到达，写作也呈现为一次语言行进的过程，通常产生的不是文本完成之后的余味悠长的美学效果，而是仍然在生成意义的一个语词空间，阅读行为好像难以完结。在早期灵焚的散文《情人》《漂移》《房子》和《异乡人》等

---

1 上海文艺出版社编:《探索诗集》，上海：上海文艺出版社，1987，第176页。
2 灵焚:《时光正在延续……》,《剧场》，北京：北京燕山出版社，2014，第1页。

作品中，我们还可以欣赏其中奇诡的想象、荒诞的情境和某种深情的呐喊，但在经历了《女神》，到达《剧场》之时，灵焚的写作变得更加有体系，对当下现实的指涉更多也更具体，那个想象的体系愈加庞大、复杂，故作品也更加让一般的读者望而生畏。王光明先生曾说："对于习惯跟随'抒情主人公'的大多数当代散文诗读者来说，灵焚走得太远了。包括他早期的许多忠诚读者，也在'云谲波诡的灵焚密林'前转身而去。"[1]

行为艺术？

表现主义？

……

对不起，已经过时了。至少需要凯斯·哈林的实力，虽然边涂鸦边消失，仍然把绘画史踹了一脚，脚印清晰可见。[2]

成为经典的，除了观念，更需要坚实的内容。

都后现代了，如果不能更前卫，不如回到古典。

这是月色的态度，表情冰冷，似乎很不屑，连不屑都很经典。

在关于剧情的对话中，悬崖上消失的漂泊者和月色在异国的街上再度现身，并与几行诗句撞个满怀："摘み取って／ささぼたい……／花のままの、無花果の実……"[3]

1　王光明：《悲壮的"突围"——序灵焚散文诗集〈情人〉》，收入《情人》，第21页，福州：海峡文艺出版社，1990。

2　凯斯·哈林（Keith Haring，1958年5月4日—1990年2月16日）是20世纪80年代美国街头绘画艺术家和社会运动者，其涂鸦在今天已经成为流行文化中的一部分。

3　日文意为"多想摘下，捧献给你……这花的原样，无花果的果实……"

东京、西南郊，深夜的麻生台[1]上，灯下伏案的人听到远方落泪的声音。

在《剧场》[2]式的写作中，灵焚无疑重塑了当代汉语诗歌的叙事性和抒情性。在他自己，也许习以为常，但对读者，一定带来了挑战：这是诗？这是叙事性的文本？确实，人生是一个大剧场，里边上演着生生不息的故事，"在最简单的关系里，你与他者的故事总是在延续着……"（《剧场·题记》）其表现方式只能是小说？灵焚要告诉我们：不，散文诗也可以。不过，在这种表达式里，我们要调整阅读习惯：因为在这里，从抒情的角度，你要辨识抒情主人公要倾诉的对象（那个不断出现的"你"是谁或者说是什么，也许就是米兰·昆德拉所说的"另一个声音"，作者的对话者、引领者，比作者更高的智慧本身）；从叙事的角度，虽然作品有章（分《礼物》《角色》《剧情》和《愿望》四章）有节，但人物、情节却是高度抽象化的，只剩下相关的词语那原初的诗意。和小说或叙事诗等文类比较，散文诗的叙事撇弃了叙事的材料，而展现了叙事的诗意部分；和抒情诗的叙事部分相比，散文诗明显多了相关的细节和叙述上更大的自由。也许，散文诗的叙事性的功能，是当代汉语诗歌在表现当代人生活层面的一个重要问题：我们如何既能够叙日常之事，又有诗意的生命感和语言的美感？

在散文诗领域，我们能读到很多类似《剧场》这样的作品。女作者章闻哲的《绿伯》，完全是一部诗歌小说，这样说是想让人回忆当初先锋派小说家孙甘露崛起文坛时的情景。孙甘露1987年前后（灵焚发表《情人》的时间）的《访问梦境》《信使之函》《请女人猜谜》《我是少年酒坛子》

---

1 "麻生台"，地名，据说是作者在东京的自家住所，位于东京西南郊、"新百合丘"附近。日本人把高的平坦的大面积地方称作台地，那么"麻生台"一定属于一处地势较高的住宅区。

2 灵焚：《剧场》，第11页。

等一系列作品，让人在诗歌、小说还是散文的猜谜中找不着北。用今天的眼光看，这些作品应该是"诗歌文学"或者"大诗歌"。散文诗在文本上的创造性让人惊叹。"绿伯说：如果水的源头不见了，一切都将干涸。但罪也是一条河流，在那里人们将看见宽容与慈悲的清泉。"[1]章闻哲的作品，里边常常触及许多当代诗人的盲区，比如神性、救赎和罪的问题，但她并不是在布道，而是个体的沉思与独语。她的作品，思绪深远、境界阔大、意象庞杂，情感的推动和想象的涌现急促而磅礴。很难想象这样的文字出自一个写散文诗的女子之手。她的《色诺波词：重复和延续的词》八千余言，从标题到结尾读完了，你的印象用当下的话说可能是：这又是一个当代诗歌的"神文本"。也许，叫"大文本"更合适。

> 第七日，空寂、神秘、纯净；万物祭典，圣洁、浩大、辉煌。
>
> 生命如此神奇、美丽，巨大的盛宴正摆向所有星座，银河流觞曲水，万灵列坐其次。
>
> 呵，此刻，一切正在行进，我的马匹长鬃飞扬，在光的任意维度上遨游、飞翔。
>
> 阳光普照，七种色彩斑斓迷离，一种呼唤、一种牵引、一种全新的肇始——
>
> 太阳在上、明月高悬，我与你同在，光芒高举，无边无际……[2]

这是李仕淦的《天光》的结尾。他的《这场春天让我们流泪不止》《旅行者和旅行者的琴》（上篇、下篇）和《河流》等作品也是这样的大制作，这样的作品除了让我们看到作者的文学才华，也显现了当代散文诗作者的人文素质、知识视野和精神取向，也更契合"大诗歌"之"探索人类

---

1 章闻哲:《绿伯》，收入《在大陆上》，北京：北京燕山出版社，2014，第19页。

2 李仕淦:《天光》，收入《旅行者》，北京：北京燕山出版社，2014，第84页。

起源性综合史诗要素回归"的美学探索与精神诉求。如果三十年前灵焚在检讨散文诗作者队伍素质的说法正确的话，今天这个状况已经完全不可同日而语。在《天光》里，李仕淦触及宇宙大爆炸、时间和空间的起点、智慧设计论、上帝的创世七日等和世界发生、人类起源相关的信息，在作者的磅礴思绪和激越想象之中，传统文化与现代知识信息、形而上的终极存在之思与个体当下的生命困厄激烈碰撞，产生出境界阔大、诗意深远的奇诡诗篇。显然，"我们"的"大诗歌"追求，不仅仅只是一种宣言，而是付诸作者的创作实践与诗歌表现之中。

散文诗的叙事性

散文诗其实是一种困难的写作，它既不是诗，也不是散文。灵焚与笔者坦言："我的写作不会像许多作者那样想到哪里写到哪里，我的每一句每一节必须是不可没有也不能多余，特别是散文诗既要短小，又要求巨大的信息量……那么使用典故，叙事的情节，细节等象征性，喻义性追求不可或缺，所以驾驭起来比分行诗难，实在不容易写。写作者仅靠灵感与才气是不够的，需要有巨大的阅读量，各种用典必须能信手拈来，象征、寓意必须贴切自然，天衣无缝。"[1] 当代散文诗写作，对文本在意蕴上的信息量和结构上的复杂性要求越来越高。散文诗的使命，不再是为自身作为独立的文类而正名，已经是为着重塑诗歌文学的表现力而努力。超越一般诗歌，这种表现力首先体现为散文诗在叙事性上的自由及言说方式的复杂。

一般诗歌文学，重在抒情，触及叙事的话，有两种情况：一是叙事诗，叙事诗常常重在事（旨在历史事件或人物形象的凸现），诗的成分常

---

[1] 灵焚与笔者的通信。

常被边缘化；二是叙事性的场景。20世纪90年代以来，当代许多诗人着力用诗歌来叙述日常生活，在对待"事"的部分，诗歌以情境的具体化和智性的评价、谐谑的描述来增强语言的进程和诗的可读性。"九十年代诗歌"，特别注重抒情诗中的叙事场景，或者说，叙事性对于诗歌的抒情，有很多的推动作用。不过，散文诗的叙事性，与诗中作为抒情推动力的叙事功能有很大的差别。

首先，今天散文诗的使命，某种意义上就是为了成为一种融合抒情性的叙事，当然，此叙事是相当宽泛的一个概念，其所表明的意思是散文诗试图在自由又有限制的言辞中接纳更丰富的现实。比如在灵焚、周庆荣、章闻哲和李仕淦等人的文本中，这样的散文诗所叙之事，完全是一个无所不包的现实空间、个体生命的各个维度。在情感、经验的层面，散文诗的言说对象似乎比分行诗歌涉及的面更广。

第二，散文诗的叙事性，与意象和自由的诗意想象有关系。在诗歌中，意象是言辞的基本方式，某些意象也是叙述的核心，但在诗中对于意象的联想和想象若太繁杂，就会阻断情感、想象和言说的节奏。散文诗可以在分行诗不重细节的意象方式上，多一些意象的细节，带来言辞更丰富的效果。分行诗的一个说话方式是意象并置，意象与意象之间的连接是断裂的，这很难让它像散文诗那样，一大段一大段地说话；散文诗在说话方式上可以比分行诗多出许多细节，但你不能将这种一段一段的文字拆开变成一行一行的。

五千年，两千年的传说，三千年的纪实。

一万亩庄稼，养活过多少人和牲畜？

鸡啼鸣在一千八百零两万五千个黎明，犬对什么人狂吠过两万个季节？

一千年的战争为了分开，一千年的战争再为了统一。一千年里似分又似合，两千年勉强的庙宇下，不同的旗帜挥舞，各自念经。就算一千年严丝合缝，也被黑夜占用五百。那五百年的光明的白昼，未被记载的阴雨天伤害了多少人的心？

五百年完整的黑夜，封存多少谜一样的档案？多少英雄埋在地下，岁月为他们竖碑多少？竖在何处？阳光透过云层，有多少碑在九百六十万平方公里之外？

我还想统计的是，五千年里，多少岁月留给梦想？多少时光属于公平正义与幸福？

能确定的数字：忍耐有五千年，生活有五千年，伟大和卑鄙有五千年，希望也有五千年。

爱，五千年，恨，五千年。对土地的情不自禁有五千年，暴力和苦难以及小人得志，我不再计算。人心，超越五千年。[1]

周庆荣是散文诗作者中风格独特的一个，用今天的话说，他的文字传递的是满满的正能量，《有理想的人》《有远方的人》《沉默的砖头》和《破冰船》等作品绝对是励志之作，但周庆荣是用诗意的形象来说话的，作品不是宣传话语或口号演绎。某种意义上，周庆荣纠正了诗歌尤其是散文诗写作中惯常的颓废、痛苦、虚无、怪诞之风，将眼光投向了这个时代和身边现实中的朴素之物。我们若对他笔下的人物形象、主体情思或诗意境界感到不适的话，其实不是周庆荣的问题，而是我们在一个负能量的个人世界和文学世界里待得太久了。周庆荣的写作还总是呈现出一个勇于承担的抒情主人公形象，他不会总是迷失于这个变幻不定的时代之中，而是常常提醒自己："我"的位置在哪里，"我"的责任又是什么？他的作品，是男性的诗篇，有一种久违的清新、质朴之美。上述《数字中国史》是一

1　周庆荣：《数字中国史》，《预言》，北京：北京燕山出版社，2014，第44页。

首反响不错的散文诗，但它只能是散文诗，像这种数数模式的写作，出现在分行诗里，会叫人不适。但因为是散文诗，它的说话方式就显得合理：在说到"五千年"时，他可以增添关于这五千年的细节；在说到"五百年"时，他可以增添关于这五百年的细节。这种细节可以称之为"意象性的细节"（灵焚语）[1]，它是散文诗的必需。它成就了散文诗在叙事上的一种丰富性。

第三，在不太使用意象的散文表现方式里，散文诗的叙事性是在这里停顿下来，添加意象的表现手法，这会使散文一下子意趣提升，变成诗歌文学。何其芳的《画梦录》是继鲁迅《野草》之后的又一部现代文学史上经典的散文诗集。人们认为鲁迅的《野草》体现了他的"反抗绝望"的哲学。何其芳1935年毕业于北京大学哲学系，他的哲学理念其实是"美，思索，为了爱的牺牲"。鲁迅散文诗的风格是沉郁、痛楚、纠结，何其芳散文诗的风格是哀伤、怅然与唯美。当代诗人灵焚也是以哲学为业，一直追求的是人如何与本真的生命相遇……很有意思的是，为什么散文诗爱与哲学家相遇？这是否也表明：散文诗是不容易写的，它对写作者的生命境界有要求？甚至印证了前文谈到的日本现代诗人萩原的观点："散文诗要求思想含量高、哲学要素浓。"

《画梦录》里的《哀歌》，是怀念作者的三位姑姑——三位过去时代的少女，本来是非常泥实的怀人的抒情文字，但何其芳却将三位姑姑写成了"三个无名的姊妹"，将她们写成了虚无缥缈又让人无法拂去的"多雾地带的女子的歌声"，让人觉得有一种莫名的美与感伤，仿佛联通着人类的一种普遍命运"……像多雾地带的女子的歌声，她歌唱一个充满了哀愁和

1　灵焚：《浅谈散文诗的美学原则以及对几点批评的回应》，《灵焚的散文诗》，广州：花城出版社，2008，第177页。此文完成于2007年8月，灵焚在此文中第一次提出了关于散文诗区别于散文、分行诗的根本美学特征之一是"意象性细节"的表现和运用上。他认为散文一般不使用意象的表现手法，分行诗一般不注重细节性内容，而散文诗之为散文诗，恰恰是采用了诗歌的意象表现手法来呈现散文的细节性内容，从而使散文诗获得了区别于他者的、在美学上的独特性。

爱情的古传说，说着一位公主的不幸，被她父亲禁闭在塔里，因为有了爱情。阿德荔茵或者色尔薇。奥蕾丽亚或者萝拉。法兰西女子的名字是柔弱而悦耳的，使人想起纤长的身段，纤长的手指。西班牙女子的名字呢，闪耀的，神秘的，有黑圈的大眼睛。我不能不对我们这古老的国家抱一种轻微的怨恨了，当我替这篇哀歌里的姊妹选择名字，思索又思索，终于让她们成为三个无名的姊妹。并且，我为什么看见了一片黑影，感到了一点寒冷呢，因为想起那些寂寂的童时吗？"[1] 围绕"传说"的想象，为怀念增添了诸多唯美、哀伤的细节，一下子将四川老家的三位姑姑抽象为象征着"一切都会消逝"的属于人类的、属于东西方的"女神"。《哀歌》在这里也由散文变成了诗歌文学。

还有一种情况，散文诗的叙事性，其语言逻辑常常完全脱离日常规范，完全是按照诗意的逻辑进行，在让人摸不着头脑的叙述中，产生了一种分行诗歌无法达到的意蕴呈现。这样的散文诗诚然是在叙事，但你不得不感叹：它同时又指涉了生命那无法言说的更深处。台湾诗人商禽有许多精彩的散文诗，像这首《无质的黑水晶》：

"我们应该熄了灯再脱；要不，'光'会留存在我们的肌肤之上。"

"因了它的执着么？"

"由于它是一种绝缘体。"

"那么月亮吧？"

"连星辉也一样。"帷幔在熄灯之后下垂，窗外仅余一个生硬的夜。屋里的人于失去头发之后，相继不见了唇和舌，接着，手臂在彼此的背部与肩与胸与腰相继亡失，腿和足踝没去得比较晚一点，之后，便轮到所谓"存在"。

---

1 何其芳：《何其芳文集》（第二卷），北京：人民文学出版社，1982，第35页。

　　N'être pas（没有）。他们并非被黑暗所溶解；乃是他们参与并纯化了黑暗，使之："唉，要制造一颗无质的黑水晶是多么的困难啊。"[1]

　　这里的光是打着引号的"光"，这里的"黑"也许不是指黑暗与污秽，诗人要表达的意思也许是在当下的历史情境中，要拒绝各种思想、文化之"光"的照耀，寻求一种纯粹的（"无质的"）生活状态多么困难。当然，此诗也许还有另外的含义。从英语文法借鉴了语法结构的"白话"诗，又容易落入"精密"和"说理"的陷阱，容易破坏"诗意"。如何让现代诗来传达现代人磅礴、复杂的内心又不失"诗意"？这首诗的方法是在思路与语言上都不入常理，破坏白话的分析性倾向，在破坏与迥异中言说生存的深处隐秘图景。虽然是叙述体，但是一种"假叙述"（pseudo-discursiveness）；虽看似平常，但却是一种"假语法"（pseudo-syntax）。

　　叶维廉在评价另一首商禽的诗作《跃场》时说："这首诗是在卡夫卡式的神经错乱介绍到中国之前写的"[2]，这种看似莫名其妙、似是而非、思路费解的语言与叙述，蕴藏着诗人对生存的困惑、纠结与疼痛，也显示着诗人对现代语言与诗体的自由与超越。海德格尔（Martin Heidegger，1889—1976）说荷尔德林（Friedrich Hölderlin，1770—1843）："如果我们把靠词语的意义去神思存在视为诗的本质，那么我们也就略微领会到了荷尔德林由于神经错乱被神看护起来很久之后才说的那一真理。"[3]荷尔德林是否在道出一个写作的真相：唯有那种"神经错乱"的文体，才能道出神祇的秘密？现代文学类型中，有哪一种文体更像散文诗这样显得貌似"神经错乱"一般呢？

1　叶维廉：《中国古典诗中的传释活动》，收入《中国诗学》，北京：三联书店，1996，第214页。

2　转引自叶维廉：《中国现代诗的语言问题——〈中国现代诗选〉英译本绪言》，收入《叶维廉文集》第三卷，合肥：安徽文艺出版社，2002，第220页。

3　［德］海德格尔：《荷尔德林与诗的本质》，收入刘小枫译，伍蠡甫、胡经之主编：《西方文艺理论名著选编》下卷，北京：北京大学出版社，1987，第582页。

　　散文诗在文类的独立性、作者的使命感及作品成就和人们对散文诗本身所具有的独特表现力的认识诸方面，都已经非昔比。著名新诗研究专家刘福春先生，收集、掌握了诗歌文学无数的历史文献与现场资料，他有一次在散文诗研讨会上感叹："在新诗无边界审美拓展的创作乱象中，只有散文诗还在坚守着诗性的本质。"[1]这里的"坚守"和"诗性的本质"是指什么？从作者的角度，恐怕一是他们始终对诗歌文学的神圣性的坚持；二是对散文诗作为一种独立的诗歌文学的自信；三是对散文诗写作的难度的要求；四是他们认为散文诗有着重塑诗歌文学的叙事性和抒情诗之融合的特殊使命。从作品的角度，你会看到在个体的感觉、经验、想象力的言说方面，这一文类和分行新诗一样努力，但其语言和意趣始终在追求对现实的超越性，不会将诗歌文学变成描摹现实或略高于现实的口语分行；散文诗写作在精神取向、想象之境、文本结构和语言美学的追求上，始终有一种高蹈的品性（这种"高蹈"肯定有人不喜欢，但对于有"崇低"之风的当代诗坛，未必不是一种有益的参照）。而在诗歌文学的抒情性与叙事性的整合方面，散文诗因其特有的优势，已经呈现出"现代诗歌文学""大诗歌"理念下才有的许多杰出文本。

　　"第三代诗人"的实验热潮过后，诗歌开始了以日常生活经验为主要叙述对象、以口语为主要语言风格的书写潮流，整体上给人一种轻松、易读的印象。写作者缺乏对诗歌、诗歌文学的文类学辨识，某种意义上，这个队伍在对写作和文类的自觉性上，素质有待提高；写作者普遍对现实世界缺乏超越性的追求，所谓日常生活的美学占据诗坛主流，和今天更愿意在人类文明、生命起源与归依的背景中展开个体言说的散文诗相比，大多数新诗却成了抒发小感触、描述小场景之类的分行文字。当散文诗力图描摹

---

1 《是脚印，就应该留在时光里（代序）》，见周庆荣：《预言》，北京：北京燕山出版社，2014，第1页。

更大更深的生命风景、愿意"从景色进入元素"，寻求"探索人类起源性综合史诗要素回归"，而大多数新诗却成了浅尝辄止的风景画。

诚然，在分行新诗这个领域，近几年一个现象是值得关注的：一批有代表性的"第三代诗人"，再次开始有意识地写长诗、大诗，"故意写长诗，对抗碎片化的生活"（欧阳江河语[1]）。这一类的写作是非常值得尊敬的，比较有代表性的作品有：柏桦的《水绘仙侣1642—1652：冒辟疆与董小宛》、欧阳江河的《凤凰》和《泰姬陵之泪》、萧开愚的《内地研究》、西川的《万寿》等。年轻一点的作者的写作，有安徽诗人陈先发的《写碑之心》、著名的"下半身写作"代表沈浩波的《蝴蝶》、湖南诗人路云创作的《偷看自己》、现居北京的女诗人安琪的《轮回碑》、现居广州的诗人梦亦非的《空：时间与神》和甘肃诗人李越的长诗《慢》等。但分行新诗领域的长诗写作，有这样几个状况：1.这一类的写作没有受到诗坛普遍的尊敬，大多数诗人觉得这样的写作已经过时，那种建构一个宏伟的诗意世界是不必要的，这种神神道道的大叙述与真实生活相隔甚远，是无效的写作；2.和散文诗写作中的大制作相比，分行新诗中的长诗、新诗的比例，似乎要低得多；3.很多长诗其实是组诗，组诗之间的联系也很松散，缺乏散文诗类的大文本在想象和结构上的整一性；4.有很大一部分长诗、大诗的写作，其实并不是诗，只是历史、文化材料的另一种表述方式，既是对这些材料不必要的涂脂抹粉，又是对诗歌的侮辱。

在散文诗写作领域，不分行的大诗、长诗，对于许多作者，即使不是必需的追求，也是自觉应当尝试的目标。这与散文诗作者对散文诗的使命感和文类的认识有关。这些"大文本"在文化、哲学的深度上连接着人类的知识前沿，在宗教、信仰的层面触及罪与救赎等基本的精神命题，在叙事上传达的当代人的生存经验极为深切，在抒情上也明显能感受到写作者

1　http://www.infzm.com/content/95743.

那磅礴的情感与超绝的想象。面对这样的混杂、复杂又意蕴精深的写作，我们会非常吃惊：这是诗吗？这是散文诗的常态吗？如果这是常态，那过去被人认为以写小感触、小场景为专长的散文诗，现在无论是在篇幅、立意与想象之境上，不都比许多分行新诗要"大"得多吗？毫无疑问，当代汉语诗坛，到了该正视散文诗的成就的时候了。

八

诗的本质：寻求新诗旧诗的共通处

　　无论是新诗旧诗，都涉及何为诗的本质、语言如何才有诗性诸问题。诗歌是一种特殊的言说，其特定的言说方式使语言活动产生丰富的意蕴，使人里面那不可言说之物有得到言说之可能。在人的言语活动中，怎样的言说方式、有哪些机制会产生诗性？诗是语言的艺术，作为一种表意功能的诗性，首先必得在语言活动和文本构成的内在层面来谈。汉语范畴内，新诗与旧诗，从表面上看，差别很明显。但看二者之间的"断裂"容易，而寻求其共通处不易。中国古典诗歌和现代新诗，表面上看是不同的诗性言说，其实有着产生诗意的共同的语言活动方式：许多优秀的诗篇，在独立性句法、意象并列、变乱语法等说话方式上，是共通的；旧诗新诗其外在形态的差异，只是汉语语言系统内的现代汉语与古代汉语表意方式的不同而带来的，但其实质仍然是汉语诗歌。着力于二者的共通处，而不是将二者分裂，这一眼光将使我们更深地理解汉语的语言特性和诗歌的文类要求。认识二者皆是"汉语诗"，新诗的写作将会获得历史中的汉语文学在词汇、语法、句法和声律等方面的更多的资源；认识二者皆是"诗"，旧诗写作也会获得更多的经验表达、想象方式和形式等方面的革新与活力。

引 言

论到当代中国诗歌，我们不得不承认一个尴尬的事实：喜欢旧诗[1]的人大多看不起新诗，喜欢新诗的人大多也不喜欢旧诗。诗歌研究者们也通常分为两个不太互通的阵营：古典诗歌学者和新诗批评家。古典诗歌的研究者，对新诗显得难以置喙。现代新诗的研究者，为了标明新诗的"新"，常常强调新诗与古典诗歌的断裂性：比如大多数文学史书上，对五四运动以来的中国诗歌，讲到的只是新诗（旧诗被归给了近代文学、古代文学），完全不顾一个事实——直至今日，旧诗写作一直是很多人的喜好；比如新诗的形式是自由诗，古典诗歌讲究韵律；比如旧诗似乎有特定的语言系统，而新诗的语言创新则层出不穷；比如新诗在感觉、经验和想象的层面，似乎比旧诗更具体，以至于有人扬言：新诗要比旧诗复杂、深刻得多……

但事实上，我们又不能忽视一个阅读经验上的事实，无论是新诗还是旧诗，都有一些作品让读者超越新诗旧诗之别而喜爱。如果我们将这些作品称之为"好诗"的话，我们可能要去追问：使之成为"好诗"的缘由在哪里？有没有一个可以称之为"诗的本质"的东西，作为一种说话方式之功能，会带来诗性之效果？

更具体一点，在汉语的范围内，这个"诗性"会不会与诗歌写作的某些规则有关？而这些规则构成了某种诗意生成机制，那个被称之为"诗"的东西，正是与此有关？如果我们理解这些规则、机制，我们就会重新理解新诗和旧诗，会看到二者其实只是局部的不同，而不是本质的差别？如果在诗性层面，我们看到新诗和旧诗虽外貌相异之处其多，但其实还是不同历史时期的汉语诗歌而已：

---

1 本文称以五言七言为主要体式的、讲究声律的中国古典诗歌为"旧诗"，没有任何价值判断，只为行文方便。

　　若是如此，我们就可以花更多时间来考察汉语（古代汉语、现代欧化汉语和今天的现代汉语）、诗（作为一种文类的特殊要求，比如说意象化的说话方式、外在形式和内在句法等）和不同历史时期写作者的个体经验之间的三方互动关系，考察三者之间的相互诉求以及这种诉求所激发出的新的文学问题，从而更深地去理解文学、汉语诗歌的特质。

　　若真如此，当下诗坛的阅读和写作上的尴尬局面也许可以改观，爱诗之人不再是"两个阵营"，而是放下偏见和无知，共同寻求"诗性"的同道。在阅读上，我们的责任是去发现和享受那些令人感动的好诗，而不是因其是新诗或旧诗就本然拒绝；在写作上，我们知道，新诗和旧诗的诗意生成机制当中，许多是可以通约的，我们理应让新诗写作者和旧诗写作者资源共享，从而有更多的文本创新之可能并以此极大提高汉语诗歌写作的创造力。

诗性：一种语言活动之功能

　　诗歌是一种特殊的言说，其特定的言说方式使语言活动产生丰富的意蕴，使生活中那不可言说之物有得到言说之可能，使人之说话发生诗意。

　　海德格尔认为，诗的本质首先是"用词语并且是在词语中神思的活动。……诗人给神祇命名，也给他们存在于其中的一切存在物命名。当诗人说出了本质性的词语时，存在者就被这一命名为存在者了，于是就作为存在者逐渐知晓。诗就是词语的含义去神思存在"。[1]

　　海德格尔的诗和语言活动，肩负着拢集存在者的存在之使命，诗歌的命名不是给事物加上符号、属性之类，而是使存在者的存在显现出来，使

1　［德］海德格尔：《荷尔德林与诗的本质》，刘小枫译，伍蠡甫、胡经之主编：《西方文艺理论名著选编》下卷，第581页。

事物因命名成其所是。诗是一种召唤，"在召唤中，在适当的联系中，物召唤天地人神，物联系世界，呈现出意义来。"[1]海德格尔关于"诗的本质"的谈论告诉我们：诗之神圣性、诗意是一回事，而诗之本质构成又是一回事，前者因后者而实现，前者使后者有了超越性、形而上品质。在谈论诗之神圣性、诗意之前，我们应该先关注诗的语言活动、诗之文本构成。

除了海德格尔强调诗的神圣性和诗意外，20世纪英语世界最伟大的文学家之一艾略特亦是如此。艾略特给现代文学带来许多经典，如长诗《荒原》和《四个四重奏》、文论《传统与个人才能》。在中国，自20世纪初，就有无数人激赏他的诗作和文论。艾略特是虔诚的基督徒，但他讨厌直接宣教的文学。他认为"一部作品是文学不是文学，只能用文学的标准来决定，但是文学的'伟大性'却不能仅仅用文学的标准来决定"。[2]在文学和基督教的关系上，"文学是一种不自觉地、无意识地表现基督教思想感情的文学，而不是一种故意地和挑战性地为基督教辩护的文学"。[3]在艾略特看来，无论你是以怎样的宗教经验为素材在写作，评价作品的标准仍然是文学之标准。其实，文学好坏之标准并不在其素材本身。那些伟大的文学家，是什么造就其伟大？是他们所处时代那"思想"性的东西（包括时代精神、宗教）吗？事实可能是，那些"流行于他们各自时代的思想，也就是强加在他们身上的材料，他们不得不用以作为表达他们感情的媒介，这种思想的相对价值是无关紧要的。"[4]而文学写作的独特性在哪里？艾略特说莎士比亚："和他同时代作家当中的任何一位相比……在把素材转化为诗歌的过程中表现出更高超的本领。"[5]"莎士比亚……他所从事的工作只不过

---

1 转引自徐友渔、周国平、陈嘉映、尚杰：《语言与哲学——当代英美与德法传统比较研究》，北京：三联书店，1996，第153页。

2 T.S.Eliot, Religion and Literature, *Selected Prose of T.S.Eliot*, London: Faber and Faber, 1975, p.97.

3 *Ibid.*, p.100.

4 T.S.Eliot, Shakespeare and the Stoicism of Seneca, *Selected Essays,* London: Faber and Faber, 1951, p.136.

5 *Ibid.*, p.138-139.

是把人类的行动转化成为诗歌。"[1] 莎士比亚平均每个剧本引用圣经14次，这并不代表他就真正信仰上帝。但是，对于文学写作，你要看的是，从素材到作品的最终呈现，作家的"制作"与"转化"之工在哪里。重要的不是作家写了什么，而是他是如何将素材（时代精神、哲学、宗教等）"转化"为具体性的文学作品。文学作品的具体性是蕴含在富有感觉、想象与经验的语言和形式之中的，此具体性之传达才是作家的功力所在，是他能被称为文学家的原因。总之，无论是什么样的文学，使文学成为文学的根本不在于思想、情感，而在于"素材转化为诗歌"的内在语言活动和形式构成。诗首先是一种语言活动，诗性之问题，也许必得要首先在此意义上来理解。

　　其实在中国古典诗学中，"言"的层面亦是相当重要的。《毛诗序》曰："诗者，志之所之也，在心为志，发言为诗。情动于中而形于言。"[2] 唐代白居易《与元九书》曰："诗者，根情，苗言，华声，实义。"[3] 没有对言语活动的细致研习，我们能否真正明白诗？抛开那种纯真性的出发点和神圣性的效果，作为语言文本的诗到底是什么？或者说什么样的语言构成产生了"诗"的效果？以至于我们遇到这一文体，常常发出"诗意地栖居"这样的感叹？这是本文要关心的问题。

独立性句法：旧诗新诗共有的文本构成

　　在当代汉语诗坛，对于读者来说，常常有这样的问题：喜欢新诗的人，觉得古典诗歌没有新意；而喜欢旧诗的人，则觉得新诗没有诗意。旧

1　T.S.Eliot, Shakespeare and the Stoicism of Seneca, *Selected Essays,* London: Faber and Faber, 1975, p.135.

2　霍松林主编：《古代文论名篇详注》，上海：上海古籍出版社，1986，第39—40页。

3　同上书，第226页。

诗的问题在于其抒情、意境常常程式化；新诗的问题在于新的语言系统、新的说话方式导致新诗常常缺乏古典诗歌的含蓄、圆润、余味悠长。既然"诗性"首先在于语言活动和文本的内在规则，我们就要抛开这些表面差异，以那些经典的优秀之作为基础，来看古典诗歌和现代新诗之间，有没有带来诗意的共同的语言活动方式和文本内在规则。

相对于小说和戏剧，在常见的文学类型中，最难说明的是诗和散文的区别。本书认为，诗跟散文的区别，仍然是由于文本的内在构成和语言的活动方式带来的。二者最重要的不同，不是诗歌篇幅短、散文一般较长，诗歌讲究意境、散文追求情趣等，而是两种文体在用完全不同的方式说话，它们的句法根本是不同的。"句法"，英文为syntax，原义是构成一句话的词语的排列组合，是"队列"的意思。士兵是同样的士兵，但不同的队列可能有不同的视觉震撼，就像仪仗队、阅兵等仪式一样。语词和意象就像士兵站队一样，不同排列会形成不同的美学效果。

在中国古典诗歌当中，句法有一个显著的特征，就是独立性句法或者说非连续性句法，这是相对于散文的句法而言的，散文的句法一般是连续性句法。你可能会整篇散文意思不太明白，但你不会因为其中这一句话不太明白，那一句话也就不明白。但诗歌不一样，诗歌有时你一句话都读不懂，因为构成一句话的词语和意象仿佛是散落的、相互关系看不出来。法国象征主义诗人瓦雷里（Paul Valery，1871—1945）说："散文语言被人理解时，它就没有生命了。而诗要求反复，要求并暗指一个包罗万象的世界。散文是实用的，它预想到一个终结的范围。'一旦达到目的，语词的任务就完成了。'"[1]诗的"美学主旨"是"……沉思的孤立；它与带有目的的世界分离；只有依靠最大限度地探索语言的本源，利用声音、音步和所有的隐喻手段，使诗的世界与普通说话的世界分开，才能创造一个新的世

---

[1] ［美］雷纳·威莱克（René Wellek, 1903—1995）:《西方四大批评家》，林骧华译，上海：复旦大学出版社，1983，第50页。

界"。[1]最大的问题是诗歌的说话方式和散文不一样。在汉语诗歌里，一种常见的情况是：意象与意象并列、词语与词语之间是断裂的，它们之间的意义连接需要读者自己去想象、去补充。

这种句法的由来与古代汉语的特性有关。汉语词汇由于没有时态、数、格以及伴随这些因素变化的词形变化，汉语语句中的词汇的关系因此十分灵活、独立。当汉语书面语被作为近体诗的工具时，为追求语句的精炼和工整，配合诗的格律要求，汉语里绝大多数语法虚词在诗歌里被省略了，原来理应由虚词占据的位置逐渐被实词所取代。这些实词多是名词，它们既没有定冠词，也没有不定冠词，而且没有"数"的区别，词与词之间的关系显得十分自由，所以汉语诗歌（近体诗）的句法是一种"独立句法"，它区别于英语在表意过程中的罗列细节和语义连接过程中细密精确的语法关系，英语的这种句法也被称为"罗列和连接句法"。[2]

这种独立的句法通常形成以下几种解释语义的条件："当一个名词或名词短语紧接着另一个名词或名词短语时，这是不连续的情况；当一句诗中并存了两种或更多的语法结构时，这是歧义的情况。不连续是由于语法因素太少，而歧义则因为语法因素太多，两者都妨碍了诗中的前趋运动。第三类称之为错置——当一句诗中的词序被打乱，或者在本来应是自然流动的诗句中插入一个短语，这些都是错置。我们将看到：这些句法条件可以通过不同的组合方式并存在一句诗中，但它们往往互相交错，界限并不太清楚。"[3]

像杜甫《秋兴》里的"香稻啄余鹦鹉粒/碧梧栖老凤凰枝"[4]，一种理解认为此句省略了系动词"是"——"香稻是由鹦鹉吃掉的部分和剩下

1 ［美］雷纳·威莱克（René Wellek, 1903—1995）:《西方四大批评家》，第51页。

2 ［美］高友工、梅祖麟:《唐诗的魅力》，1989，第78页。

3 同上书，第45页。

4 王力:《汉语诗律学》，第265页。

的部分组成/碧梧是由凤凰栖息的树枝和老掉的树枝组成";一种理解是"鹦鹉啄余香稻粒/凤凰栖老碧梧枝"。这种句法，使"鹦鹉""凤凰""香稻""碧梧"四个名词都在多重的语义对比中而形成独立的意象。由于构成意象的名词的特性，近体诗获得了一种特殊的诗意效果：这种效果就是诗歌表达事物的"具体性"的获得，但这种具体性不是事物的概念和属类的"具体"，而是感觉、性质方面的"具体"；不是"现实性"上的"具体"，而是想象世界的"具体"。

> 晨起动征铎，客行悲故乡。
> 鸡声茅店月，人迹板桥霜。
> 槲叶落山路，枳花明驿墙。
> 因思杜陵梦，凫雁满回塘。

这是晚唐诗人温庭筠的《商山早行》[1]。它也是旧诗独立性句法的一个很好的例子："……在真实世界里，一所茅屋，一个月亮，如果你从远处平地看，月可以在茅屋的旁边；如果你从高山看下去，月可以在茅屋下方；如果从山谷看上去，月可以在茅屋顶上……但在我们进入景物定位观看之前，这些'上''下''旁边'的空间关系是不存在的；事实上，景物的关系会因着我们的移动而变化。文言文常常可以保留未定位、未定关系的情况，英文不可以；白话文也可以，但倾向于定位与定关系的活动。'鸡声茅店月，人迹板桥霜'就是没有决定'茅店'与'月'的空间关系；'板桥'与'霜'也绝不只是'板桥上的霜'。没有定位，作者仿佛站在一边，任读者直观事物之间，进出和参与完成该一瞬间的印象。"[2]"读者在字与字之间保持着一种自由的关系……一种'若即若离'的解读活动，在'指

1　温庭筠:《温庭筠诗集笺注》，上海：上海古籍出版社，1980，第155页。

2　叶维廉:《中国古典诗中的传释活动》，见《中国诗学》，第17页。

义'与'不指义'的中间地带，而造成一种类似'指义前'物象自现的状态……仿佛是一个开阔的空间里的一些物象，由于事先没有预设的意义与关系的'圈定'，我们可以自由地进出其间，可以从不同的角度进出，而每次可以获致不同层次的美感。我们仿佛面对近似水银灯下事物、事物的活跃和演出，在意义的边缘上微颤。"[1]

正是在这里，叶维廉先生认为中国诗的美学源头和西方诗歌的知性特色相比，明显不同，对事物和存在有一种阻断任何先验思维、判断的"现象学还原"的特性。"以物观物"和灵活的语法、表现功能使语言和存在能并时性、并发性的同时"出场"。叶维廉"中国诗学"的专门术语"水银灯效果"，与海德格尔的现象学中"现象"二字的意思极为类似。在使"存在者"得以"敞亮"的意义上，两者极有关联性。

谁也不能否认，新诗在今天已取得相当大的成就；但同时，相比于旧诗，还是有很多人认为新诗是大白话，没有韵味。一个主要的问题可能是，在新诗里边，作者要表达的东西太"具体"了（意义与关系上的具体，而不是感觉、想象与经验上的具体），缺乏旧诗独立性句法所带来的"空疏"。对于新诗这种弊病，叶维廉认为"中国诗学"是一剂良方。

意象并列：旧诗新诗共有的说话方式

有意思的是，作为"中国诗学"的当代例证，叶维廉经常引用的是台湾的痖弦（1932— ）、商禽（1930—2010）和管管（1929— ）等人的作品。比如痖弦的《盐》（1958年1月14日）：

---

[1] 叶维廉：《中国古典诗中的传释活动》，第17页。

二嬷嬷压根儿也没见过托斯妥也夫斯基（陀思妥耶夫斯基）。春天她只叫着一句话：盐呀，盐呀，给我一把盐呀！天使们就在榆树上歌唱。那年豌豆差不多完全没有开花。

盐务大臣的驼队在七百里以外的海湄走着。二嬷嬷的盲瞳里一束藻草也没有过。她只叫着一句话：盐呀，盐呀，给我一把盐呀！天使们嬉笑着把雪摇给她。

一九一一年党人们到了武昌。而二嬷嬷却从吊在榆树上的裹脚带上，走进了野狗的呼吸中，秃鹫的翅膀里；且很多声音伤逝在风中，盐呀，盐呀，给我一把盐呀！那年豌豆差不多完全开了白花。托斯妥也夫斯基压根儿也没见过二嬷嬷。[1]

如何解读这首诗的意蕴，可能对任何一位新诗研究者都是挑战，它在一句话与一句话之间是断裂的（比如叶维廉说："在'给我一把盐！'与'天使们嬉笑着把雪摇给她'之间只要来一个简单的'但是'，便会将整首诗变成散文。"[2]），所以你会觉得特别费解；但你同时会觉得它有魔力，因为里边似乎有无穷的意思在吸引你。也许，这才是够给力的现代诗。其实在说话的方式上，这首诗可以说是"旧诗"的。旧诗与新诗的相通性在独立性句法带来的效果方面，是值得注意的。

叶维廉先生在谈论"中国现代诗的语言问题"时引用商禽、痖弦、洛夫和管管等诗人的诗作来谈论现代诗，其中引用商禽的诗作最多。在叶先生看来，商禽诗歌独特的语言方式为现代诗由古典向现代的转换提供了杰

---

1 转引自叶维廉：《中国现代诗的语言问题——〈中国现代诗选〉英译本绪言》，见《叶维廉文集》第三卷，第218页。

2 同上。

出的参照。商禽诗的语言和形式均令人震惊：在语言上他不入寻常理路，想象依附于日常情境但思路独特；在形式上他不拘于分行，是十足的散文诗。看他的这首《灭火机》：

> 愤怒升起来的日午，我凝视着墙上的灭火机。一个小孩走来对我说：看哪！你的眼睛里有两个灭火机。为了这无邪告白；捧着他的双颊，我不禁哭了。我看见有两个我分别在他眼中流泪；他没有再告诉我，在我那些泪珠的鉴照中，有多少个他自己。[1]

没有人说商禽写的东西不是诗，虽然他没有分行。他可以不分行，因为他说的话，第一句话跟第二句话之间的关系，都不是正常的说话，都不是正常的那种交代一个事情，明显不是散文中语段与语段的关系；在一个意义单元和另一个意义单元之间，是断裂的。正如旧诗独立性句法里边的意象与意象之间，一个个也是断裂的一样。相对于"鸡声/茅店/月，人迹/板桥/霜"的意象并列和独立性句法的说话方式，新诗则是"二嬷嬷压根儿也没见过托斯妥也夫斯基。/春天她只叫着一句话：盐呀，盐呀，给我一把盐呀！/天使们就在榆树上歌唱。/那年豌豆差不多完全没有开花……"不同的则是旧诗当中，意义单位/意象、意境是单音字或双音字；新诗当中，意义单位/意象、意境是一句话，但上一句话和下一句话之间，常常没有表面上的联系，其间是有"距离"[2]的。

在《灭火机》一诗中，"墙上的灭火机"，我心里的灭火机，然后那个孩子无邪的告白。诗歌的那些意蕴，它是以隐含的方式表达出来；他的说

---

1 中华诗库·现代诗库·商禽诗选，http://www.shigeku.org/shiku/xs/shangqin.htm。
2 现代诗人卞之琳（1910—2000）有一首诗题目就是"距离的组织"（1935年1月9日），道出了新诗写作的一种真谛。诗歌是意象、意境和意旨之间的"距离"的组织：前者和后者之间距离太远，诗意会晦涩；前者和后者之间距离太近，诗意则俗气。

话方式，从一句话到另外一句话，也是不着调的，这个不着调的方式跟古典诗歌是相似的。不相似在什么地方？古典诗歌的语言系统是一个字、两个字，一个单音字能够表达完整的意思，现代汉语说话很难这样，一句话大概有十几个字；不同的是在这个地方，语言系统不一样。所以谈到新诗和旧诗，我们很难说二者是断裂的。其实好的诗歌，无论旧诗还是新诗，在说话方式上，其结构（整体上是"独立性句法"）是一样的，只是因为语言系统的变化而显得表面上不一样（旧诗是一个字、一个词构成一句话，而新诗是一个意义单元、一个语段构成一个段落）。

为什么在这里要列举痖弦和商禽的作品？是不是正因为它们是散文诗，没有分行，从而让人不要关注新诗的表面特征，而去关注诗歌内部的语言活动？也许，正是散文诗的形式特点，道出了一种"诗的本质"——诗是一种特别的说话方式，诗不是表面形式，而是内在的词语系统、句法结构和叙述方式等语言活动。诗性在于这些语言活动的功能。

"混乱"的语法：旧诗新诗共有的诗意生成机制

独立性句法和意象并列的说话方式涉及新诗的句与句之间的关系。新诗在句与句之间的关系问题上，除了前面所说的"并列"式之外，还有更复杂的安排。有些文本，看起来作者是一句话一句话地叙述某物，但其实语句之间的关系非常复杂；而另一些文本，即使在语句当中，就已经非常复杂，构成一句话的词法、语法已经遭到破碎和重构——但有意思的是，其意义并不破碎以至无从解读。

我们先看第一种情况。其实与正常的言语活动相比，诗明显就是不好好说话。诗的目标往往是那种"不可言说的言说"[1]——人内心更复杂的情感、经验，用日常的、交际性的、工具化的、抽象化的语言难以表达的东西。法国象征主义诗人瓦莱里（Paul Valery，1871—1945）告诫诗人要学会区分"走路和跳舞"，"学会区别两种不同的类型：散文与诗。走路，像散文一样，有一个明确的目的。……走路的所有的动作都是特殊的适应，而到达目的地后，这些动作都被废除了……跳舞完全是另一回事。……这套动作本身就是目的。跳舞并不是要跳到哪里去。如果跳舞追求一个物体的话，那只是一个虚构的物体，一个状态，一个幻境……"[2]诗要表达的东西往往不是现实世相之实体，而是综合了"现实、象征、玄学"[3]的"状态""幻境"之类，这是人类精神领域更内在的真实。为了达到这个目的，诗人有时会以扭曲、破坏、重新建构"语法"的方式来组织文本。在语法的"混乱"之处，诞生了诗法。

"中国旧诗中至为优异的同时呈现的手法固然是我们应该努力的目标，然而中国旧诗，也有其囿限。这种诗抓住现象在一瞬间的显现（epiphany），而其对现象的观察，由于是用了鸟瞰式的类似水银灯投射的方式，其结果往往是一种静态的均衡。因此，它不易将川流不息的现实里动态组织中的无尽的单位纳入视象里。这种超然物外的观察也不容许哈姆雷特式或马克白式的狂热的内心争辩的出现……"[4]，然而，从英语文法借鉴

1　此语来自瑞士神学家奥特（Heinrich Ott, 1929—　）的《不可言说的言说：我们时代的上帝问题》（北京三联书店，1994年），"旨在强调……言说上帝，言说那位神圣者，这本不可能"。见该书第3页。

2　［法］瓦莱利：《诗与抽象思维》，伍蠡甫主编：《西方现代文论选》，上海：上海译文出版社，1983年，第35—36页。

3　这是现代诗人袁可嘉对当时新诗某种"新倾向"的描述："纯粹出自内发的心理需求，最后必是现实、象征、玄学的综合"，"现实表现于对当前世界人生的紧密把握，象征表现于暗示含蓄，玄学则表现于敏感多思、感情、意志的强烈结合及机智的不时流露"。载1947年3月30日天津《大公报·星期文艺》。

4　叶维廉：《中国古典诗中的传释活动》，《中国诗学》，第214页。

了语法结构的白话诗，又容易落入"精密"和"说理"的陷阱，容易破坏诗意。如何让现代诗既有古典诗歌"同时呈现"的效果，又能传达现代人磅礴、复杂的内心？在这里，有的新诗作者发明了一种奇特的文体。这种文体看起来是在叙述某物，但却是一种"假叙述"（pseudo-discursiveness），语句虽看似平常，但却是一种"假句法"（pseudo-syntax），看起来极为"混乱"的语法。商禽的《跃场》即是这样的文体与语法：

> 满铺静谧的山路的转弯处，一辆放空的出租轿车，缓缓地，不自觉地停下来。那个年轻的司机忽然想起的空旷的一角叫"跃场"。"是呀，跃场。"于是他又想及怎么是上和怎么是下的问题——他有点模糊了；以及租赁的问题，"是否灵魂也可以出租……?"

> 而当他载着乘客复次经过那里时，突然他将车猛地刹停而俯首在方向盘上哭了；他以为他已经撞毁了刚才停在那里的那辆他现在所驾驶的车，以及车中的他自己。[1]

叶维廉评价这样的诗作的说话方式是"神经错乱"的，并且，"这首诗是在卡夫卡式的神经错乱介绍到中国之前写的"[2]。这种看似莫名其妙、似是而非、思路费解的语言与叙述，蕴藏着诗人对生存的痛彻体味，也显示着诗人对现代语言与诗体的自由与超越。在语法和叙述上不走寻常路，读来让人费解甚至觉得"混乱"但却耐人寻味。

---

[1] Shang Qin, *Feelings Above Sea level: Prose Poems from the Chinese of Shang Qin*, Brookline: Zephyr Press, 2006, p.12.

[2] 转引自叶维廉：《中国现代诗的语言问题——〈中国现代诗选〉英译本绪言》，《叶维廉文集》第三卷，第220页。

虚无过后·其一[1]

诗，组织了这场可原谅的应酬，
认错的山水和人，时间和人。

手机跟睡虎一样，我尤其好胜，
我是谁？在幻树结果的时候。

枯夜危静，右脚放进过去的炭井，
因她忍困，就黑端来液态宇宙。

如莲花的午前幡然，造成一个平衡，
给此地意志喂药，好像敷衍岁忧。

（2004年10月7日于上海）

肖开愚这首诗是第二种情况。每一句话的局部构成都是令人陌生的，但这种构成在意蕴传达上又不是让人无可捉摸。"夜"与"枯"、"静"与"危"、"过去"与"炭井"，这些词语看似毫无理由地联结在一起，却暗合了两者之间的某种属性，诗人所处的某种外在状态和内心复杂的感觉、情绪被呈现出来。这里的词法、语法完全超出常规。"过去"能够"忍困"，给我们端来像水一样的时空（"液态宇宙"），这既是抽象事物的奇异的形象化，也反映出诗人的想象的极端冷静和节制。但是，这种词语的奇妙联结和想象的节制，都是与诗歌形式有关的。正是形式约束了想象的放纵和感觉的恣肆，使诗作在经验和语言、形式之间达到了诗人感受到的那"一个平衡"。这一切，来自于诗人在词法和语法上的实验。你可以批评这里

1　《肖开愚专辑》，载蒋浩编辑《新诗》丛刊，2005年9月第7辑，第1页。

作者竟然造生词、语法不通，但也会看到诗作所产生的一种奇异的效果。

扭曲、破碎、变形、重构词法和语法，带来新鲜的诗意之发生。新诗作者如此，在旧诗写作中，何尝没有这样的情况？

语言学家王力先生在其巨著《汉语诗律学》中提到许多精彩的旧诗："绿垂风折笋，红绽雨肥梅。"他认为从语法角度这是"主语和目的语倒置"，其义应为："风折之笋垂绿，雨肥之梅绽红。"[1]"香稻啄余鹦鹉粒，碧梧栖老凤凰枝"这是"主语倒置，目的语一部分倒置"，其义应为："鹦鹉啄余香稻粒，凤凰栖老碧梧枝。"[2]"空外一鸷鸟，河间双白鸥"其义为："空外有一鸷鸟，河间有双白鸥"，"有"字被省略。[3]"春浪棹声急，夕阳花影残"其义为："春浪方生，棹声遂急，夕阳转淡，花影渐残"，[4]谓语被省略。类似情形还有："高鸟长淮水，平芜故郢城"，其义为："高鸟百寻，群度长淮之水；平芜数里，环绕故郢之城。"[5]"丛菊两开他日泪，孤舟一系故园心"，其义为："丛菊两开，他日之泪未干；孤舟一系，故园之心弥切。"[6]"大漠孤烟直"，"以'大漠'修饰'孤烟'（'大漠的孤烟'）"。[7]"沙明连浦月，帆白满船霜"为"申说式"句法。[8]"草枯鹰眼疾，雪尽马蹄轻"为"因果式"句法。[9]"日落江湖白，潮来天地青"为"因果式"句法。[10]……

王力先生是从现代语法的角度来帮助我们理解文言诗，但这是语言学上的理解，并不是诗歌上的理解。诗的法则不能等同于语言学上的法则，

---

1 王力：《汉语诗律学》，第265页。

2 同上书，第265页。

3 同上书，第269页。

4 同上书，第270页。

5 同上书，第271页。

6 同上书，第271页。

7 同上书，第271页。

8 同上书，第281页。

9 同上书，第281页。

10 同上书，第281页。

因为旧诗的创新与诗意，常常在非常规的语法中显现出来。为此，古典诗人常常"炼字"，寻找最合适的表达，所谓"两句三年得，一吟双泪流"。以"香稻啄余鹦鹉粒，碧梧栖老凤凰枝"为例，上下联的表层结构各以四个不相连的"词组标记"构成（香稻/啄余/鹦鹉/粒，碧梧/栖老/凤凰/枝），但在深层上，其至少能分析出三种语义结构：

1.香稻啄余鹦鹉粒，碧梧栖老凤凰枝（"鹦鹉""香稻"为主语，"啄余"和"鹦鹉"共同修饰"粒"……）

2.香稻鹦鹉啄余粒，碧梧凤凰栖老枝（"鹦鹉""香稻"为主语，"鹦鹉啄余"作为一个整体来修饰"粒"……）

3.鹦鹉啄余香稻粒，凤凰栖老碧梧枝（"鹦鹉""香稻"为主语，其余为动词性谓语……）

诗句本来是借助与"香稻"等意象来感慨往事的繁华与今朝的寥落，非连续性的句法与节奏暗示记忆的破碎与情感的复杂。有学者认为这里正是以"混乱"的句法来表现作者"混乱"的"精神状态"："……该诗的语法也有些混乱：中文诗中主宾倒置，似乎是香稻在啄鹦鹉，又似乎是碧梧栖息在凤凰身上；还有，鹦鹉真的有东西充饥吗？因为诗中说只有些'剩余'（不同版本中的'残'或'余'）的米粒供他啄食？凤凰真能在'老'枝上栖息吗？……这些迹象至少暴露了诗人的精神状态，即现在渗入并改变过去。……实际上，杜甫又一次自比鸟类，他觉得自己衰老了（'老'），成为多余人了（'残'或'余'）。"[1]

在这里，语法的"混乱"恰恰是一种诗意生成机制。作为现代汉语里的解释，"鹦鹉啄余香稻粒，凤凰栖老碧梧枝"无疑是最令人容易理解的一种，这种"主—谓—宾"的连续句法，使原句中不连续的词组标记之间发生了确定的联系，用固定方式加以解释的各词组标记，现在作为一种常

---

1 ［法］郁白（Nicolas Chapuis）：《悲秋：古诗论情》，桂林：广西师范大学出版社，2004，第172页。

见的语义解释显现起来。但是，诗法不等于语法，"现代汉语里的解释"有时不能代表"诗的解释"。

回到开头的荷尔德林，"如果我们把靠词语的意义去神思存在视为诗的本质，那么我们也就略微领会到了荷尔德林由于神经错乱被神看护起来很久之后才说的那一真理"。[1] 荷尔德林是否道出了一个写作的真相：唯有"神经错乱"之人的言语，才能道出神祇的秘密？无论旧诗新诗，常常都有一些显得"神经错乱"的文本，但此种"神经错乱"却是一种必要的诗意生成机制，是言语活动的"诗性"的来源。因为在语言和文本的层面，这种文本的构成方式突破了常规，带来了文本表面的奇特和读者的不适，但是新的诗意却正在这里发生。

余 论

在诗歌中，无论是独立性的句法、意象并列的说话方式及词法、语法上的创新，其目的都是为了阻断正常的叙述链（叙述的脉络），进入一种诗性的联想与想象，让人关注言说者在文本中刻意要传达的东西。所谓的诗意，正是言语活动在自身的更新之中传达出日常语言难以传达的心灵隐秘。但是，这种在言语活动层面的创新也不是无度的，任何时候诗人都必须在个人情感经验与接受者的理解之间寻求一个平衡，也就是说，你的言说要寻求一定的可理解性。瓦莱里还提醒我们："'仅仅对一个人有价值的东西是没有价值的。'这是文学的铁的规律。"[2] 如何寻求这个平衡，这是诗人在写作上要下的功夫。在T.S.艾略特的诗学中，有一个法则："用艺

---

1 ［德］海德格尔：《荷尔德林与诗的本质》，见刘小枫译，伍蠡甫、胡经之主编：《西方文艺理论名著选编》下卷，第582页。

2 ［法］瓦莱里：《诗与抽象思维》，收入伍蠡甫主编：《西方现代文论选》，第37页。

术形式表现情感的唯一方法，就是要寻找一个'客观对应物'（objective correlative）；换一种说法，是用一系列物体、情境、一连串事件来表现某种特定的情感；要做到最终形式必然是：感觉经验的外部事实一旦出现，那种情感便能立刻被唤醒。"[1] 对于那个要言说的 emotion（情绪、情感、感动），诗人的职责是要去寻找"客观对应物"，这一"客观对应物"存在的前提是：无论是作者还是读者，都处在一个共有的语言和文化的传统、结构之中，作者既要创新性地表达个人经验，又必须了解先在的文化传统、意义结构。这也是写作的难度所在。

本章不是为了深入地探讨现代诗的诗法，而是关注旧诗与新诗在诗意生成机制的相通之处。也许，此相通之处还有很多，本文只能算是一个有意义的课题之引论。在汉语范畴内，那使诗成为诗的东西到底是什么？这是一个值得追问的问题。缺乏这一问题意识，我们会夸大旧诗新诗的断裂之处，从而忽视了二者都是汉语诗（其语言是"汉语"，其形式是"诗"这一特殊文类），我们会因此忽视诗有共同的法则，忽视汉语在词汇、语法、句法和声律上为新诗提供的宝贵资源。今天的新诗爱好者，有多少人能像现代的学者或某些台湾学者、海外华人学者那样通晓旧诗资源？而旧诗爱好者，又有多少人愿意去钻研新诗法则，为旧诗的写作带来活力？

当代汉语诗歌，由于写作的普及以及由之带来的难度降低，大多数诗歌作品，缺乏意象并列式的说话方式，整体上行文流于散文式的连续性句法，叙述链毫无中断之处，更谈不上在叙述和语法上有意地制造"混乱"。新诗没有味道、诗歌与散文区别甚微，也许正与我们的作者对汉语（古代汉语、现代欧化的汉语和现代汉语）的魅力、基本的诗法缺乏认识有关。探讨旧诗新诗的共通处这一话题，寻求汉语在言说方式上的诗性，乃是为进入汉语和诗的更深处。

1　T.S.Eliot, Hamlet, *Selected Prose of T.S.Eliot* , London: Faber and Faber, 1975, p.48.

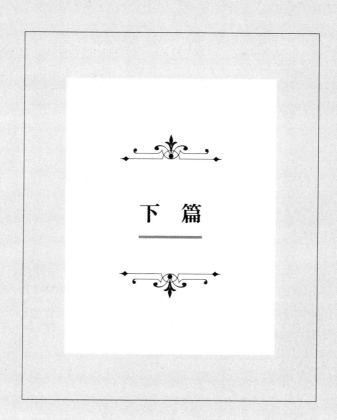

下　篇

九

如何谈论新诗

评价一首诗好坏的标准首先在于对"何为诗"的本体认识。无标准，自然亦无评价何为好诗之尺度。新诗其实是一种现代汉语诗歌，我们至少可以从"现代汉诗"这一概念来谈论它。现代汉诗的本体是经验、语言和形式三者互动、纠缠和克服的一种状态，由此，我们至少可以获得个体经验的深度、现代汉语的自觉和诗歌形式意识等必要的谈论尺度。

辨析：标准与尺度

评价一首现代汉语诗歌的好坏的标准，自新诗诞生起就在不断变化。沈从文在《我们怎么样去读新诗》一文中曾谈到，新诗的革命虽创自"第一期诗人"（"尝试时期"，1917—1921/1922年），但"新诗的标准"，却在"第二期"（"创作时期"，1922—1926年）的徐志摩、闻一多、朱光潜等人的作品中算是"完成"。"中国新诗的成绩，似应以这时为最好。"但"新月派"的标准显然不能囊括新诗发生时的蓬勃生机，郭沫若和李金发的诗，稍前或稍后，都"不受这一时期新诗的标准所拘束"：一个是浪漫主义的夸张与激情，一个属文白夹杂的生涩的象征主义，都以自己的想象方式和语言风格改变了新诗的既有标准。随着经验、语言和形式在不同历史语境中的变化，具体的写作将呈现出新的诗歌形态，新的诗歌形态也在不断修正既有的标准。可以说，诗歌的标准无疑是一道移动的边界，永远是一个充满活力的话题，对写作的校正和作品的欣赏无疑大有裨益。所以在这个意义上，在这个价值失范、多数领域陷入无序状态的时代，那些力挺某种诗歌标准的批评家是值得颂扬的，也许他们的主张不尽正确，他们的建议也不一定被接纳为标准，但他们的论述一定能激起人们对现存诗歌认识和评价体系的修正。

我们先辨识一下文学上的"标准"这个概念。朱自清先生曾谈到"文学的标准与尺度"问题："我们说'标准'，有两个意思。一是不自觉的，一是自觉的。不自觉的是我们接受的传统的种种标准。我们应用这些标准衡量种种事物种种人，但是对这些标准本身并不怀疑，并不衡量，只照样接受下来，作为生活的方便。自觉的是我们修正了的传统的种种标准，以及采用的外来的种种标准。这种种自觉的标准，在开始出现的时候大概多少经过我们的衡量；而这种衡量是配合着生活的需要的。"朱自清由此"称不自觉的种种标准为'标准'，改称种种自觉的标准为'尺度'"[1]。这种区分对当代新诗评价的工作应该也是必要的：从传统意义上的"标准"的角度，当代新诗当然是"诗"，传统意义上"诗言志""诗缘情"的发生机制和"赋、比、兴"等艺术手法仍是有效的，应该算那种"不自觉的""接受的传统的种种标准"。此"标准"仍是我们评价当代新诗的一个基础。不过，从当代诗歌写作的复杂性与丰富性和我们对之的期待来看，这个"标准"也应只能算"基础"。重要的是那些被称之为"自觉的"配合着实际需要而产生的对"传统的种种标准"和"外来的种种标准"进行修正而产生的"尺度"。如果说"标准"关乎的是"什么是诗"这一本体

---

1 朱自清：《文学的标准与尺度》，收入《朱自清全集》第3卷，南京：江苏教育出版社，1988，第130页。

性的问题的话，"尺度"应是针对"什么是好诗"这一评价性的问题的不同方法。看来"尺度"似乎比"标准"更重要。

当代诗坛其实一直想明确到底什么是好诗这个问题：2002年《诗刊》下半月刊整年都有关于"新诗标准问题"的讨论，2004年10月《江汉大学学报》有关于新诗标准问题的专栏，《天涯》主编批评家李少君先生也一直在呼吁新诗要树立标准……但今天看来，一切努力似乎收效甚微。也许，当代新诗的根本问题不在于在评价"什么是好诗"的尺度上大家意见不一，而是在"什么是诗"这一本体性的问题上分歧严重，人们对"何为诗"都没有一个相对的"标准"，何谈评价诗歌好坏的尺度？

当代诗歌：本体认识无"标准"

2005年7月在海南岛西南原始森林尖峰岭召开的雷平阳、潘维诗歌研讨会上，诗人臧棣和批评家徐敬亚曾给我们上演了一场关于何为好诗的尖峰对决。与雷平阳《澜沧江在云南兰坪县境内的三十三条支流》一诗和潘维的诗作有关，臧棣与批评家徐敬亚的针锋相对很有意味——

> 徐敬亚：……雷平阳与潘维的诗歌各有自己的特点，两个人的状态也不同，潘维过于迷恋语言、语感。其实与人生比，语言不算什么。潘维有自己特别的优雅、安静、精细。雷平阳的诗，非常质朴，写出了生命。
>
> ……
>
> 臧　棣：动不动谈什么生命个性，在我看来，这样来评价诗歌，是用古典标准评价现代，用八十年代评价九十年代。
>
> ……

　　徐敬亚：……我不赞同文化批评（笔者注：指潘维的诗歌写作方式），
　　　　　　文化批评是错误的。何谓好诗，不难判断，一首有生命质感的
　　　　　　诗歌就是好诗。

　　臧　棣：每个人的生命质感是不一样的，为什么你看出来的生命质感才
　　　　　　是唯一的，有的诗歌的生命质感也许你没看出来。

　　徐敬亚：你的诗歌里就没有生命，你的诗代表文化。

　　臧　棣：文化本身就有生命，文化永远有生命，要不怎么那么长久。

　　徐敬亚：你的诗歌蔑视生命。

　　臧　棣：我从不蔑视自己的生命。

　　徐敬亚：你的诗里看不出有生命。

　　臧　棣：你怎么知道我的诗歌里没有生命，每个人的生命质量不一样，
　　　　　　你看不出来是你的问题。[1]

　　当徐敬亚以"生命""个性"这样的词汇来评价诗歌时，臧棣认为这
样做是以"古典标准"来评价现代诗，以"八十年代"的诗歌标准来评价
"九十年代"诗歌。在他们的针锋相对与反唇相讥中，我们看到了当代诗
歌标准内部的严重分歧。徐敬亚一直崇尚的是诗歌以语言切入现实、反映
生命真实的那种触动人心的直接性；而臧棣从20世纪90年代以来中国知识
分子的知识型构（范式）的变化出发，更体恤不同个体的不同生存方式、
对"现实"的不同认识，他由此也更愿意在诗歌中展开"现实"的虚构性
与想象性，以繁复的语言和机智的想象呈现诗歌写作本身的趣味性和可能
性，他的诗也因此被很多人认为是可鄙的"知识分子写作"的典范。

　　在徐敬亚那里，好诗的标准是语言能个性化地、简约化地言说现实，
他对"诗歌"的"简明定义"是"用最少的翅膀飞翔"——"作为最本质

1　《尖峰岭诗歌研讨会纪要》，载《诗刊》下半月刊，2005年第10期。

意义上的诗，是生命冲动中原发的闪电……"[1]。在他那里，诗是现实的衍生物，现实是一个实体，诗只要能分享它就行了。"诗与现实的同一性被认为是理所当然的。在这样的欣赏习惯里，诗就如同是伸向现实的一把筛子。而诗的好坏，则关系到筛子眼选多大的才算合适，以及晃动筛子时手腕的控制力量。人们似乎很愿意相信，从筛子眼中滤下的东西是诗歌的垃圾，而那些经由反复颠动最终留在筛子里的东西是诗歌的精华。或者说，那些渐渐在筛眼上安静下来的东西，才是对现实经验的新的组合。"[2]好诗的标准是诗如何以最少的语言、最有效地把现实赎买出来，让人震惊而愉悦，这也是一种常见的写作经济学。

　　而在臧棣那里，现实本身是值得怀疑的。随着20世纪80年代那个宏伟的想象共同体的被解构，20世纪90年代的知识分子与朦胧诗一代不同，开始怀疑现实的虚构性；同时，随着政治权势向经济、文化权势等领域的转移，他们对抗政治、文化权势的热情也转向于语言的运作中。写作是一种政治实践，在语言的"弄虚作假"中解构不同的话语权势。由此，臧棣的好诗标准与徐敬亚截然相反，他认为诗不是以最少的翅膀飞翔——以最少的语言言说现实，一首好诗的意义在于它在多大程度上创造出一种可能的现实："诗，主要的，不是用来反映我们在报纸上和电视上所看到的现实的。也不是回应我们在大街上的遭遇的，诗是对现实的发明。从诗的特性来看，我们也可以说，诗人的最主要的工作就是创造诗的现实。何谓诗的现实？简单地说来，它就是对称于我们的存在的诗意空间。这一诗意空间最显著的，也是最可感的特征就是它不拘泥于任何实体。"[3]诗在虚构另一种需要智力和想象力才能达到的现实，意义不再容易解读，但在对智力和想象力的考验之后，也会收获别样的愉悦。

1　见《特区文学》2005年第11期，《读诗·批评家联席阅读》栏目"十面埋伏"。

2　臧棣：《听任诗的内在引领》，载《特区文学》2005年第4期。

3　同上。

评价当代诗歌的许多分歧之根本也许就在这里：由于在诗与现实之关系这一知识型构（范式）上差别甚大，人们对诗歌的评价标准也就不可能统一。对"何为诗"的认识标准不一，自然也会带来评价好诗的尺度的不同。当我们把诗定义为生命意识的呈现、灵魂的挖掘，这样容易忽略一个事实：诗是用语言写成的。其实不仅是语言写成的，还因为有诗之形式（那诗之所以为诗的东西）才成立。但当代诗歌写作者和批评家大多似乎热衷以诗歌反映现实的真实性、深刻性为尺度，不要说无视诗之形式的重要性，连看起来想象细密、叙述曲折、意象繁复的诗作都不能忍受。王光明曾竭力推荐陈东东诗作《蟾蜍》，认为此诗"不是负有社会使命感、以启蒙和布道为己任的诗歌，它捕捉的是个人生命某个瞬间的感受意绪。这种感受意绪往往是某种朦胧的情感和意念，被诗人的慧心所捕捉，并通过语言技巧转化为诗的情境和旋律。它是抽象的、朦胧的、缥缈的，就像人的灵魂，或者梦的进行，空灵得难以塑形，但正由于此，诗人的想象能趁着它的节奏翩翩飞翔——有心的读者，不妨留意一下某种抽象的心情被赋予的丰富性和美妙的旋律感，它给我们的，不是主题，不是思想，而是感动与遐想"。这种完全沉浸于个人朦胧意绪、以繁复的语言和意象呈现繁复的内心的诗作其实也在修改着人们对好诗的认识标准。诗是不是必须有那种"生命冲动中原发的闪电"？有一种直击人心的"内容"？有一种诗歌"抽象得没有内容，是否可能包含了更多的内容？诗歌的意义是否应该把散文说得清楚的'内容'留给散文，而散文的无法抵达之地，则正是诗歌的用武之地"？但此种对诗歌的认识显然不能为更愿意在诗歌中直取"内容"的人所接受，它显然"过于迷恋语言、语感"，它得到的反馈自然是批评家的严厉反驳。《蟾蜍》一诗被认为简直是"一次越绕越麻烦的冥想，一种人造塑料般的诗歌倾向"，这样的写作"真是浪费天才啊！"[1]正是

1　见《特区文学》2005年第11期《读诗·批评家联席阅读》栏目"十面埋伏"。

在这里这位批评家为诗歌做出了那个著名的"简明定义"。关于"什么是诗"的标准也必然带来评价上的政治实践：它将宣判什么样的写作是有效的，什么样的作品是好的。

现代汉诗：作为谈论新诗的方式

那么到底什么是"诗"？对现代汉语诗歌应如何认识、如何谈论？评价它的尺度应是哪些？在本书看来，诗是一种特殊的言说方式，在一切文类中，它的形式感是最突出的，它对语言、意象的要求是最严格的。诗歌言说现实经验、思想、意义，但它并不直接满足人的意义诉求，更不直接等同于现实，而是在具体的语言形态和特定的形式机制中间接呈现经验的现实。当我们谈论诗歌的发生，有三个因素是不可避免的，即现实经验、语言符号和艺术形式。从新诗所在的历史时间看，与此相关的分别是：个体的现代性现实境遇和生命感受，汉语所必须面临的现代转换和诗歌传统形式与现代经验的冲突。

基本上是被胡适《谈新诗》一文所确定的名称——"新诗"，实际上是与"旧诗"相对而成立的，这一命名也遮掩了诗歌的本质和价值，新的诗并不就是好的诗，有些"旧诗"给我们的感动照样很多，诗的新旧与好坏无关，诗有诗的本质。在诗歌的写作实践中，"新"和"旧"的因素、现代和传统的东西，并不是意识形态中的对立关系，而是转化、交换关系；"新"的诗不见得是"好"的诗，"旧"诗的方法未见得就不能在"新"诗里使用。也许，把"新诗"称之为"现代汉语诗歌"（简称"现代汉诗"）更能把握自晚清以来发生剧变的中国诗歌的历史意识和本体意识。

从语言角度，新诗（即现代汉诗）的语言——"白话"在传统句法和西方文法的多方对话中发展成为渐渐成熟的现代汉语。从形式角度，新诗的体式"自由诗"也不能被绝对化，不能不加分辨地崇尚"新诗应该是自由诗"[1]，无视诗歌所必需的情感的内在节奏、声音美学，而是应该在经验和语言、诗行之间寻找节奏的美妙平衡，建设真正"现代"的"诗形"。可以说，现代汉诗的本体乃是一种现代经验、现代汉语和诗歌形式三者互动的状态，意义和韵味乃是在三者相互作用中而生成的。现代汉诗的意义生成必得在经验、语言和形式的复杂互动中考察，单纯地谈论任何一个因素都是偏执。经验、语言和形式应是我们谈论新诗的三个必要尺度。

当代诗歌的问题正是人们在认识标准上的狭隘与评价尺度上的单一。现代汉诗的图示应该是"经验—语言""语言—形式""形式—经验"三组命题之间的互动、平衡，应是一个三角形的图示，每一组不仅自身相互寻求也和其他两组相互牵连、密不可分。当我们仅仅把诗定义为生命冲动的原发性呈现、灵魂和意识的挖掘，其实只顾及了这三角形的一个边的属性：个体经验的语言诉求，语言在独特的个体经验中的被塑造、被充盈。经验的尺度肯定是重要的，"新诗重在精神"、诗是生命冲动的原发闪电、是生命个性的想象性表达、是存在意识的深度显现等命题都是对的，但如此认识现代汉诗还不够，还必须有用现代汉语写诗的自觉认识和关乎诗之所以为诗的形式之维。

深度个体言说：经验的尺度

即使是从经验的尺度，我们也看到当代诗歌问题的严重：太多平面化的言说模式，普遍崇尚以物质性的客观展现代替诗人的深度思忖，缺乏深入的生命想象与对生存的寻思。人们太迷恋、相信日常生活的经验，不要

1　冯文炳：《新诗应该是自由诗》，见《谈新诗》。

说对神圣之物或永恒之物的想望，甚至对神圣之物或永恒之物的揶揄与疑惑、彷徨与辨析，似乎都是这个时代的诗歌禁忌。那些执着于书写个体生命在历史中、在生存中的深广之思的人，往往遭到嘲笑。爱尔兰诗人叶芝（William Butler Yeats，1865—1939）的名作《当你老了》几十年来都让许多中国人深深感动："当你老了，头白了，睡思昏沉，/炉火旁打盹，请取下这部诗歌，/慢慢读，回想你过去眼神的柔和，/回想它们昔日浓重的阴影；/多少人爱你青春欢畅的时辰，/爱慕你的美丽，假意或者真心，/只有一个人爱你那朝圣者的灵魂，/爱你衰老了的脸上痛苦的皱纹；/垂下头来，在红光闪耀的炉子旁，/凄然地轻轻诉说那爱情的消逝，/在头顶的山上它缓缓踱着步子，/在一群星星中间隐藏着脸庞。"（袁可嘉译）但赵丽华却欲以另一首《当你老了》来解构它："当你老了/我也老了/我什么也不能给你/如果我现在还不能给你的话。"她对叶芝的诗《当你老了》的评点是：诗歌是"直指人心"的东西，今天谁还（像叶芝）这样写，谁就是虚伪、矫情。

赵的说法颇令人奇怪：今天中国谁像叶芝那样深情地、允诺地写作谁就是虚伪、矫情？她如此了解这个时代？人们对爱对生命的思想、经验都如她一样？赵丽华的诗作与言语其实反映出赵丽华这一代人对生命、对爱情的看法：唯有青春之际我们才能相互给予，爱情与肉体、青春有关。这其实是把爱的超越性局限于情欲（flesh）之爱、把生命的意义局限于肉体（body）的感受。他们这一代人，在某种文化教育的浸润下，不知不觉远离了永生之念，崇尚当下，紧握肉体，并以此为确信的真理。其实对生命做如是想，这样的人生经验未免也太狭隘了。这样的写作者，叫人们如何指望当代诗歌中得见令人震惊的深度生存经验？

当人们把现代诗的经验定位于日常的、肉体的、在场的经验之时，诗歌的经验之维一定是单向度的，而那些在历史场景中描述个体的复杂经验的诗作和诗人一定会遭到唾弃。最典型的例子是"下半身诗人"对王家新、西川和欧阳江河等人的攻讦。沈浩波等人在谈到《1999中国新诗年鉴》时说:"比如说王家新,名声这么大,但实际上他写的诗非常糟糕,根本是一种文学青年式的东西,很虚假,他那种情绪完全是刻意做出来的,他写痛苦就是一种'我痛苦啊我痛苦'的姿态,一直在告诉别人。真正的艺术是不会这样做的。再比如说西川,他自己觉得自己还不错,评价徐志摩,说徐志摩是一位三流诗人,但是假如西川的文本和徐志摩的文本对比的话,那就可以说西川是一位八流诗人了。因为徐志摩的诗和西川的诗,人们所熟知的都是那些很唯美很优雅的东西,而唯美和优雅是靠不住的,如果把这些东西剔除掉,剩下来的诗歌一拼的话,我们会发现,徐志摩的诗在当时是具有时代意义的,放在今天来看,也是有血有肉,而西川的诗无血无肉,没有生气,什么都没有,就只是设置那种玄奥的迷途和障碍,完全是一种中世纪修士的声音,没有任何时代感,那你西川,如果严格来说,就是一个四流诗人,甚至干脆就是八流诗人,如果放到当前诗坛上来比的话,西川其实根本不行。"[1]王家新、西川和欧阳江河等人无疑是20世纪贯穿从80年代、90年代至新世纪的当代中国最优秀的诗人,他们的写作呈现出深刻的历史经验和个人痛楚,在时代的历史变动中展现一个知识分子想象现实和批判现实的能力与才华,但那些"单向度的人"却一再以诋毁他们为乐。

对现代汉语的自觉:语言的尺度

诗歌写作者有责任反映出个体生命在历史变动中的深度生存经验,这是评价当代诗歌的一个重要尺度。在经验的尺度之外,我们还应注意诗的

---

1 沈浩波、侯马、李红旗:《对当代中国新诗一些具体话题的讨论》,时间:2007-8-14,02:36,时代诗歌网,网址:http://chinesepoetry.org/phpbb/viewtopic.php?t=3170。

语言维度。诗是语言的艺术实践。海德格尔说语言是存在的家，语言在"原初"的意义上就是诗意的，不是诗人在说话，而是语言在说话。可见，了解我们所使用的语言对诗歌写作多么重要，但当代诗人对自己所使用的汉语形态普遍缺乏自觉意识。

当我们将新诗更名为现代汉语诗歌时，往往能听到诗人对于"汉语诗歌""汉诗"的不同声音。一种是极为鄙夷这个说法，认为中国人写诗，能不用"汉语"？把好好的"中国诗"说成是"汉语诗歌""汉诗"岂不多此一举？另一种意见是：一些诗人针对中国诗歌在当下呈现出的语言和形式上的混乱与无序，殚精竭虑要做出最纯粹的"汉语诗歌"，他们确实也写出了语言和形式皆非常漂亮的"汉诗"。另外还有一种意见认为汉语是母语，是世界上最美、最伟大的语言，写汉语诗歌，亦是诗歌意识形态的斗争，是誓与那些"与西方接轨"的"知识分子"们斗争到底。

对于汉语的这些认识其实都存在问题，汉语是汉族的共同语，这是不错的，但以"母语"的称谓来限定它，认为它是不可更改的，彻底拒绝西方语言形式的"侵入"，这既是对汉语认识的固定化，也是对汉语发展的极端保守主义的认识。现代汉语从一开始就不是纯粹的，今天仍然不是纯粹的，"纯粹"是否是一种语言的目标？现代汉语起源于中国书面语中接近口语的"白话"，是"五四"一代人为更新言说方式的一种策略。从白话文运动出发，汉语为脱离文言的窠臼，能够成为与现代性思想意识相接的语言通道，不仅吸纳文言中大量合宜的词汇，还更大程度上接纳了西方语言在文法结构上的特征。今天的"汉语"本身就是一种不成熟、不纯粹的语言形态。但也正是这一种不成熟、不纯粹的形态赋予了整个文学写作、诗歌写作以崇高使命，需要诗歌写作来产生、检验汉语的纯度和质地。将中国现代诗歌称之为一种汉语诗歌，乃是强调诗歌写作的语言意识，语言不是随手可用的写作工具，它本身也是需要在写作中锻打、锤炼、生成的。无论是坚持汉语为"母语"死死抵挡西方语言，还是信誓旦且要写出最纯粹的"汉语诗歌"的态度，都是对"汉语"理解的固定化或对这种有悠久历史的古老语言在现代境遇的开放性认识不够。

但更多人还是如是思维："经过近百年的努力，现代汉语已经完全成熟。……作为一个用现代汉语写作的人，它写的不是现代汉语，又会是什么呢？只不过有人写得清楚，就被说成是'口语'。相反，有的人写得不清楚，难道我们就应该说它是'书面语'吗？所以我说，'口语诗'作为一种风格被提出，是一个阴谋。这个阴谋被写得不好的人用来混淆是非。这个阴谋，是'知识分子写作'对纯粹的、现代汉语的写作所立的圈套。"[1]事实并不是"口语"和"书面语"对立那么简单。汉语在中国古典文学—中国现当代文学—近现代西方文学、古代汉语—现代汉语—英语文法的多重脉络当中，在语言的层面对汉语的历史性、复杂性和丰富性若有一定的了解的话会带来诗歌想象力的自由和表现力的丰富。适当的语言选择会带来诗歌文本丰富的互文性、趣味性和审美共鸣。

徐志摩的诗为什么会得到像余光中这样的语文大家的称赞？因为徐志摩很好地在汉语中运用了西文的文法结构，产生出奇妙的诗篇。但今人对徐志摩的认识往往如同"80后"的韩寒，对汉语诗歌的语言亦近乎无知。韩寒曾讥讽道："徐志摩那批人，接受了国外的新东西，因为国外的字母没办法，不可能四个字母对着四个字母写，他们就学着国外诗歌写新诗。但我觉得恰恰抛弃了中文最大的优势和魅力。你说《再别康桥》，'轻轻的我走了……'这好么？还可以，但是真的那么好么？你说徐志摩有才华，他真那么有才华么？"[2]但事实上徐志摩的《再别康桥》就是有你意想不到的"好"。汉语的说法一般是"我轻轻地走了"，但徐志摩将英语Quitely I went away借用过来，打破常规，将汉语中的副词也置于句前，出现了"轻

---

1 杨黎：《关于"口语诗"》，载《诗潮》2005年9—10月号。

2 《韩寒质疑徐志摩才华：期待有人好好骂我》，2006-11-02，07:48:03，来源：重庆时报，网址：http://news.163.com/06/1102/07/2UTJ4NS900011229.html。

轻的我走了……"这种貌不惊人但极有效果（突出了"我走"之时的微妙状态）的汉语诗句。同样的句式还有"沉默是今晚的康桥"，也是巧妙地借用了英文的倒装语法。

戴望舒名作《雨巷》的备受推崇，也不是他在现代语境中重复古典意境以适应上海的小资消费那么简单。这首诗除了美妙的音节之外，其值得称道的地方是精通法文、深谙旧诗的戴望舒，把此前崇尚的法国象征主义的诗歌的语言、意象置于古典—现代的脉络与互文的语境当中。戴望舒的写作表明了现代中国诗人驾驭法国象征主义的成熟，他将"杏花春雨江南"的古典意境与现代青年的历史境遇、个人记忆及城市生活感觉、梦幻结合在一起，从此使在李金发手上令人费解的法国象征主义在汉语语境中变得通达、优美。他以一种"返回"的方式使现代主义在汉语诗歌呈现出一种新境界。可以说，在语言的维度，了解汉语的历史和当下状态是非常必要的，这将使我们能更好地欣赏现代汉诗，而对我们所使用的语言的自觉，也会有益于我们的写作。

诗之本体的意识：形式的尺度

人的灵魂的挖掘与意识的呈现，情感、经验上的个性化，甚至语言的独特个性，都不是诗歌的本质，都只是诗歌写作的必要前提，因为这些也是其他文学类型的目标与特征。那诗的独特性在哪儿？就在于其他文类可以不分行，诗歌还是要分一下行？用诗来言说的必要性在哪儿？朱光潜曾这样评价新诗："形式可以说就是诗的灵魂，做一首诗实在就是赋予一个形式与情趣，'没有形式的诗'实在是一个自相矛盾的名词。许多新诗人的失败都在不能创造形式，换句话说，不能把握住他所想表现的情趣所应有

179

的声音节奏，这就不啻说他不能做诗。"[1]谈论现代汉诗，我们绝不可遗漏诗歌形式的尺度。

尽管今天很多人以为新诗在"形式"上全无形式，真的是绝对的"自由"诗，但事实上，新诗自"新月派"以来有许多诗歌大家都在做着纠正自由诗缺乏形式感的尝试，他们不愿作为现代汉语诗歌的新诗完全成为西方诗歌之翻译体，而是欲使新诗在现代的汉语形态中仍有自己的节奏和形式，使新诗不仅"现代"，而且有"汉语"的品质，而且是"诗"。这种寻求新的形式秩序的传统可以说是新诗在自由诗写作传统之外的另一种传统，朱自清曾说这个传统的序列上依次是陆志韦、徐志摩、闻一多、梁宗岱、卞之琳、冯至等人[2]。现代汉诗的形式秩序的建立，其首先任务是找到汉语说话节奏的基本单位（类似于西洋诗的音步——foot）并建构典型化的诗行，在这个方向上很多诗人都做出了自己的探索，如陆志韦的"拍"、饶孟侃的"拍子"、闻一多的"音尺"、罗念生的"音步"、陈勺水的"逗"、孙大雨的"音组"、梁宗岱的"停顿"、朱光潜到何其芳及卞之琳的"顿"、林庚的"半逗律"等。

但新诗今天的状况是令人担忧的，当代诗歌不仅普遍缺乏形式的建构，诗人缺乏形式意识的自觉，更可怕的是对形式的误解（以为新诗的形式秩序的寻求是以一种格律、模型来束缚自由诗）及由之导致的对形式秩序寻求的话语压制愈发严重。2007年底，有人翻出季羡林先生说新诗是"一个失败"的旧账，很多人根本不顾季老何以发出这番感叹，就纷纷发帖谩骂。"新诗还没有找到自己的形式。既然叫诗，必有自己的形式。虽然目前的新诗在形式方面有无限的自由性，但是诗是带着枷锁的舞蹈，古今中外莫不如此。除掉枷锁，仅凭一点诗意——有时连诗意都没有——怎

1　朱光潜：《给一位写新诗的青年朋友》，收入朱光潜：《诗论》，合肥：安徽教育出版社，1997，第250—253页。

2　参阅朱自清：《诗的形式》，见《新诗杂话》，作家书屋，1947。

么能称之为诗呢？汉文是富于含蓄性和模糊性的语言，最适宜于诗歌创作，到了新诗，这些优点就不见了。总之，我认为，'五四'以后，在各种文体之中，诗歌是最不成功的。"[1]其实，季羡林的意思根本不在剿灭新诗，他对新诗的核心思想一直是：诗要有自己的形式，新诗唯有寻求到合适的形式，才能"重振诗风"：

> 五四运动前后产生的新诗，现在应总结一下。诗总应该有自己的形式。新中国建立之初，与冯至常在一起，议论过诗与散文的区别。我以为散文要流利，诗总是有停顿的。中国白话诗的形式，有过几次努力，比如闻一多、林庚、卞之琳都为创造新诗的形式努力过。诗的节奏，无非抑扬顿挫，念起来不平板才算诗。白话诗形式的创造，徐志摩、戴望舒也很有成绩，《雨巷》写得好。但是，翻译外国的史诗，我国白话诗没有现成的形式。古代的韵书，现代也不能套用，因为语言本身有了变化。我们要重整诗风。诗不会灭亡，也不应灭亡。不能说诗的读者少，只是白话诗眼下读者少。所以要重振诗风。[2]

很显然，季羡林对新诗的态度和卞之琳、林庚等大诗人是一路的，从这段话看，他对新诗的认识相对精深。他的话值得当代诗人反省，而不是谩骂。

现代汉诗的形式之必要性在哪里？诗，因为它是"诗"，就必须有一定的形式特征，否则它和散文、小说等其他文类区别甚微。这形式体现在字句的斟酌、诗行诗节的建设，体现在诗歌内在的情感、语调的节奏等因素上。从诗歌本体来讲，一定的形式和韵律，作为艺术作品的结构，它是

1　季羡林:《我对散文的认识》，此文作于2000年10月14日，季羡林研究所编:《季羡林谈写作》，第25—26页。

2　《季羡林谈〈季羡林文集〉》，载《人民日报》(海外版)，1999年4月22日。

"有意味的"，它将使作者控制情感与意义的运行速度，使诗的旋律呈现出有规则的变化；对于读者来说，它可以有规律地不断期待和寻觅意义与触动的降临。美国诗人詹姆斯·赖特认为："讲究形式更多的是会解放想象力，而不是限制想象力。讲究形式的人，通常在各方面重复自己的机会很少；而不讲究形式的诗人，总是很容易重复自己，因为他的精力已大部分用于'发明'每一首诗的形式。"另一位美国诗人弗洛斯特说："写自由诗就像打网球没有挂网。"[1]缺乏形式对想象力的约束，不仅想象力会进入放纵的状态，好诗和坏诗之间的界限也变得模糊。闻一多那番"戴着镣铐跳舞"的话也许在这些意义上理解更为合适。也有学者认为，对于诗歌而言，真正的"美"，"就是对形式的忍耐和忍耐中的反抗，你只有接受束缚并在束缚中反抗、冲破这种束缚，诗的力量才能有效地被传达出来，而这种力量才是诗美的最高体现"。[2]

现代汉诗的"形式"当然不是古典的格律，也不是一劳永逸的某种规范，而是诗歌写作的潜在向度，是对想象之表达的约束与引导，是写作中以语言胜过复杂的情感、经验的一种努力。其实，没有了特定的形式之审美公约，现代诗的写作不是变得容易了，而是变得困难了：

"形式仿佛是诗人与读者之间一架公有的桥梁，拆去之后，一切传达的责任就都是作者的了。……旧诗的读者和作者间的关系是极其密切的。他们相互了解。写诗的人不用时时想着别人懂不懂的问题。读诗的人，在另一方面，很容易的设想自己是写诗的，而从诗中得到最大量的愉快。这些利益是新诗所没有的。所以现在写新诗的人应该慎重地考虑一下，为了担负重大的责任自己的能力够不够。我们现在写诗和古人不同了，没有先人

1　两位外国诗人的看法转引自黄灿然：《自序：倾向光明，倾向善》，《游泳池畔的冥想》，北京：中国工人出版社，2000，第3页。

2　王富仁：《闻一多诗论（代序）》，王富仁主编：《闻一多名作欣赏》，北京：中国和平出版社，1993，第25页。

费尽脑汁给我们预备好了形式和规律。句法和题材的选择都随你便。……可是，想起来也奇怪，越是自由，写作的人越要小心。我们现在写诗并不是个人娱乐的事，而是将来整个一个传统的奠基石。我们的笔不留神越出了一点轨道，将来整个中国诗的方向或许会因之而有所改变。……"[1]

若将文学写作视为自我慰藉与心灵的交流的话，我们还是要思虑情感的节奏、诗歌的声音问题。特定的形式寻求还是非常重要的。也许我们缺乏将写诗视为"将来整个一个传统的奠基石"这样的责任心，但既然写诗，即使是玩玩，也应该玩得漂亮。当代诗坛一些优秀的诗人如西川、肖开愚、张枣、多多、陈东东、黄灿然、于坚、臧棣等，其实都是形式感很强的诗人，尽管他们对诗歌形式的看法不尽一致。应该说，在诗歌写作中，有无对形式的自觉，有无经验、语言和形式三方互动、纠缠克服的张力感，所产生出的诗篇是差别甚大、优劣易辨的。

当然，经验、语言和形式的谈论尺度并不是单一的。在写作中，三者是互动、纠缠的；那么在阅读与评价中，我们也必须考察三者之间的关系，看看一首诗在现代汉诗的历史脉络当中言说了怎样深刻而动人的经验，锤炼出怎样生动而丰富的语言及呈现出怎样新鲜、合宜又充满意味的形式。

当下汉语诗坛的状况

当下的汉语诗坛有一个很有趣的现象：一方面，许多曾经的诗歌爱好者抱怨这个时代是否还有人在写诗，诗歌是否已经消失。因为从公众的文化层面，很难再听到作为一种文学类型和艺术形式的"诗"的声音。诗人

1　吴兴华：《现在的新诗》，初刊于北平《燕京文学》第3卷第2期（署名"钦江"，1941年11月10日出版），见解志熙辑校的《吴兴华佚文八篇》，《新诗评论》2007年第1辑，第47—48页，北京：北京大学出版社，2007。

曾经具有的类似于文化明星的身份在今天已不再可能。另一方面，一个真正拿起笔来写诗的人，会知道诗人在今天其实朋友遍天下，写诗的、自称诗人的实在太多。不说一些改头换面的正式出版的诗刊，也不说数不胜数的民间刊物，只要你随便上一个诗歌网站，就知道有多少"诗人"在展示自己的作品和诗观；而任何一个网站的"友情链接"，都会让你惊讶今天的中国竟然如此诗派林立、诗坛竟然如此热闹。[1]

"只有写诗的人才了解今天的诗坛状况""写诗的比读诗的多"，在我看来，这些常见的嘲讽与其说是对当代诗歌的批评，还不如说道出了基本的常识。我相信诗歌写作是一件需要有点专业素质的事情，如果一个根本不懂诗的人也可以对诗坛指手画脚的话，那诗歌可能又回到了类似于"十七年"时期的"政治抒情诗"的年代。一个不写或不懂诗的人凭什么能力来了解诗坛？"读诗的还没有写诗的多"——这也很正常，不是每个人写的诗都有人读，只有那些好诗才有更多的读者。让写诗、读诗首先成为诗人这个"圈子"之内的事，也许更加合理。

我这里并没有将诗歌写作神圣化的意思，而是强调我们应当在特定的历史语境下来认识当代诗歌。从"文革"到"朦胧诗"，当代诗歌逐渐从集体主义的话语模式恢复到以人性为主题的个人主义话语基点。而"第三代"诗人，则是在这种个人主义话语的基础上思虑汉语诗歌的本体问题，在语言、文化、诗歌形式各个方面展开了应用的探索。在1989年这一特殊的历史交界点之后，随着中国知识分子对历史对自身境况的反思，随着1993年前后中国经济—文化的成功转型（甚至有学者将这一年的文化景象称之为"灿烂的迷乱"），20世纪80年代以来作为一种凝聚机制的关乎"民

---

1 这一现象在古典诗词的写作方面同样如此。除了诸多相关网站之外，很多省市都有自己的诗词协会、楹联协会等组织。这些组织并没有因为文学在当代失去曾经有过的轰动效应而消失。在这个时代，一个人若自称是"诗人"，不排除别人会以为他（她）是在写旧体诗词的可能。由于本文谈论的是现代意义上的汉语诗歌（一般称之为"新诗"），暂不论及古典诗词写作在当下的状况。

族、国家、政治、文化"等宏大命题的想象共同体日渐分崩离析。文学，这一特殊的精神生产，曾经主要依靠作为意识形态的一种推论实践来确立主题、获得意义，在20世纪90年代，开始退回到文学自身，回到写作者的心灵本位，回到每个生存个体必须面对的日常生活境遇。诗歌写作在这一境遇中也面临转型，不止一位写作者发出要"重新做一个诗人"的感叹。"朦胧诗"的写作，还是一种与某种明显的政治、文化"权势"对抗的写作。而"第三代"诗歌写作中某种激进的语言、形式实验和回到"原初"、成就"大诗"的冲动，则有着脱离具体历史语境将诗歌写作纯粹化的形而上学色彩，以至于有论者认为"朦胧诗"之后的汉语诗歌写作有"写作"大于"诗歌"的倾向，"从传统意义上的写诗活动裂变为以诗歌为对象的写作本身"[1]。而20世纪90年代以来那些仍然执着于诗歌写作的诗人似乎要本分和踏实得多。与那种"对抗"的写作相比，他们似乎更愿意与时代、自我"对话"；与那种矢志追求真理的写作相比，他们似乎更愿意在感觉和想象中寻求心灵的慰藉；与那种意象化、情绪化色彩极为浓重的语言风格相比，他们宁愿信赖朴素的口语来叙述生活，以平实的风格出示深刻的生活洞见。这样说并不是意味20世纪90年代的诗人们放弃了文学言说自我和揭示生存真相的基本职能，而是他们大都意识到，作为刺激写作发生的政治、文化"权势"，在当下已不如过去那样明显，而是转移至各样冠冕堂皇的"话语"当中。诗人要做的也许是在以感觉和想象为基本机制的语言运作中，通过言说自我和世界来反抗这个时代各种隐蔽的"话语权力"。诗人不必再以斗士、战士或英雄的姿态反抗时代、社会，其本职工作可能是在语言修习中呈现出与时代的语言相异的个人话语。

在20世纪90年代以来的文化转型的历史语境中，和小说、各种散文、

---

1 臧棣：《后朦胧诗：作为一种写作的诗歌》，收入王家新、孙文波编：《中国诗歌九十年代备忘录》，北京：人民文学出版社，2000，第206页。原载《中国新诗·理论卷》，成都：成都科技大学出版社，1994。

影像文化相比，诗确实遭到了公众话语的冷落。但对于诗歌写作本身，这未必不是一件好事，诗歌写作可以由此切实回到"个人"，回到一种文学写作应有的自然状态（出于内心需要，谁都可以写，写什么都可以）。当时代、社会不再对诗歌写作提供意义订单和价值承诺，诗人的写作只能是个人单独地面对自我与世界。作品的问世，除了自我心灵得到一定的慰藉，除了自认为在写作中又进一步认识了自我与世界¹，很难说还有更值得期待的价值。此时的写作将如何进行？写作面对的是无限虚空中的自我。这一景象也在考验着写作者，是无奈地默认意义的虚无继而高举享乐主义原则，还是在虚无的煎熬中继续意义的探寻？也许正是在这种境况中，写作算是回到了它的本位：心灵的困苦唯有通过写作才能缓解。写作此时不依附任何他物，完全出自心灵的需要。这是从写作的角度来说。

而从时代的角度来说，这个时代固然是一个因终极价值追求不明确而显得极为无聊的时代，诗似乎面对无物之阵，缺乏激动人心之物。但另一方面，这个时代也由于终极价值的消隐而产生了价值立场多元化的文化奇观，也显出惊人的喧嚣和迷乱。正如一位著名的诗评家所说，这是一个"丰富而又贫乏的年代"²。但对于诗歌，我们又何尝不可以说这是一个"贫乏而又丰富的年代"？这个时代也可以为诗歌写作提供足够多的表象和经验。不过，更进一步说，对于优秀的诗人而言，任何时代可能都是一样的。诗，并不在乎那个时代在思想、文化上的"丰富""贫乏"与否，诗人"所从事的工作只不过是把人类的行动转化成为诗歌"。"诗人制作诗歌"正如"蜜蜂制作蜂蜜"一样，"他只管制作"。³诗人对自我和世界的

---

1 一个人只有深入了解"自己"才能了解"世界"。余华在他的小说《活着》中文版单行本的序言里曾说："一位真正的作家永远只为内心写作，只有内心才会真实地告诉他，他的自私、他的高尚多么突出。内心让他真实地了解自己，一旦了解了自己也就了解了世界。"余华：《我能否相信自己》，北京：人民日报出版社，1998，第143页。

2 谢冕：《丰富而又贫乏的年代——关于当前诗歌的随想》，载《文学评论》1998年第1期。

3 ［英］T.S.艾略特：《莎士比亚和塞内加斯多葛派哲学》，见《艾略特文学论文集》，李赋宁译，南昌：百花洲文艺出版社，1994，第161、165页。

言说是一种想象性的言说、经验化的言说，诗人将个人的经验"转化"成为特定的语言和形式，使这种关于经验的言说在特定的语言和形式中产生出其他文类难以言说的意味，从而满足人的心灵更隐秘的需求。一个诗人的优秀之处正在于他对时代的经验在语言、形式上的"转化"与高质量的文本的"制作"。

当代汉语诗歌写作的自由与限度

当下的汉语诗坛，所处的正是这样一种"个人主义时代"。诗歌写作脱离了意识形态化的历史场景，自身也剥离了许多这一文类难以承担的价值期许。诗歌写作不仅不再被视为神圣、崇高之事，而且这一文类本身所具有的难度也被忽视。[1]诗歌写作获得了空前的自由。这"自由"除了指当代诗歌在新的历史时期获得了一个新的话语空间之外，也指写诗这一并不自由的事情，在当下被视为轻易之事。诗可以自由地抒发性灵，诗人也可以不顾及这一文类的基本规则而自由地写作。

由于诗歌不再依靠公众关注的时代题材来展开想象，诗人抒发的往往也只是个人化的情感、经验，诗歌必然会失去公众的普遍关注。时代也很难出现具有轰动效应的公认的好诗或杰出的诗人。这种境况难免使一些在思维上未能转型的读者感叹"诗歌之死"。但由于诗歌坚守的是个人化的立场，由于这种写作更深、更细致地呈现出个体心灵的内在状况，必然能引起另外许多个体心灵深处的共鸣。真正的诗人，"能用强烈的个人经验，

---

1 1998年前后，似乎一夜之间，诗坛出现了无数追求对生活不作任何深度描述的口语化的诗作。以至于许多人不免怀疑："这也是诗？"诗歌回到自身之后，真正回到"人的心灵的一种需要"的层次，但对很多缺乏诗歌本体意识的写作者而言，他们只会使诗的品质越来越低，使这种心灵的需要成为欲望的消费，诗沦为情感、经验的口语化的浅薄陈述。随着围绕《1998中国诗歌年鉴》的那场论争的升级，当代诗歌写作中某种浅薄的"民间"作派愈演愈烈。

表达一种普遍真理；并保持其经验的独特性，目的使之成为一个普遍的象征"。[1] 用当代一位著名诗人的话说，写作是一种"献给无限的少数人"[2] 的事业。一个写诗的人，一个深入自我和人类心灵的人，必然知道这个世界上有多少人是自己的同类，他会因为那些与自己在暗中相和的心灵而倍感欣慰——虽曰"少数"，但毕竟"无限"。这个时代，也许只有写诗者才知道诗坛的实际情景（唯有诗人自己制造的"诗坛"才算合理）。只有写诗者本人才会对诗歌充满信心，并私下里愿意将这种言说灵魂的手艺传遍世界。

我们的诗人目前对诗歌写作的真实状况缺乏足够的自觉，还是依靠个人的才情（感觉、经验、思想等）天才式地作诗，诗作的评价体系还不稳定，过多依赖朋友小圈子的相互鼓励。无数的人只注重诗歌言说自我的心灵，而如何建设诗歌、如何通过自己的写作为汉语诗歌提供一些建设性的方案倒少人关注。所以我说当代诗坛许多诗群都是在享受诗歌，甚至利用诗歌。当然，这也没有必要一味指责。这里既有特定历史时代造成的诗人对汉语诗歌普遍缺乏"历史意识"[3] 的问题，也有诗人自身的能力和职责意

1　[英] T.S.艾略特：《叶芝》，见王恩衷编译：《艾略特诗学文集》，北京：国际文化出版公司，1989，第167页。

2　王家新：《知识分子写作，或曰"献给无限的少数人"》，见王家新、孙文波编：《中国诗歌九十年代备忘录》，北京：人民文学出版社，2000。

3　英国诗人、批评家艾略特就认为："对于任何一个超过二十五岁仍想继续写诗的人来说，我们可以说这种历史意识是绝不可少的。这种历史意识包括一种感觉，即不仅感觉到过去的过去性，而且也感觉到他的现在性。这种历史意识迫使一个人写作时不仅对他自己一代了如指掌，而且感觉到从荷马开始的全部欧洲文学，以及在这个大范围中他自己国家的全部文学，构成一个同时存在的整体，组成一个同时存在的体系。这种历史意识既意识到什么是超时间的，也意识到什么是有时间性的，而且还意识到超时间的和有时间性的东西是结合在一起的。有了这种历史意识，一个作家便成为传统的了。这种历史意识同时也使一个作家最强烈地意识到他自己的历史地位和他自己的当代价值。从来没有任何诗人，或从事任何一门艺术的艺术家，他本人就已具备完整的意义。……当一件新的艺术品被创作出来时，一切早于它的艺术品都同时受到了某种影响。现存的不朽作品联合起来形成一个完美的体系。由于新的（真正新的）艺术品加入到他们的行列中，这个完美的体系就会发生一些修改。……"[英] T.S.艾略特：《传统与个人才能》，见《艾略特文学论文集》，第2—3页。

识问题。

　　事实上，汉语诗歌并非像许多诗人所认为的那样，天经地义地就应该是自由诗。而且，自由诗根本就不是绝对的自由，任何来自节奏、韵律、诗形方面的建议都是针对写作的封建主义。现代汉语诗歌不仅是感觉和经验的"现代"，更是语言和形式的"现代"，而且，"现代"的意思也并不就是现代主义、就是"新"。许多古典诗词我们今天读来仍然感触良多，因为好诗是没有时间、没有诗体界限的，更不是以"新诗""旧诗"来划分的。这就意味着我们的诗人要以"历史意识"来认识我们的汉语，现代汉语的不成熟、不纯粹和古代汉语的精炼与程式化都值得我们重视化腐朽为神奇。而诗歌作为一种形式感最强的语言艺术，并不是我们刻意追求形式，而是情感、经验的言说在合宜的形式中会得到更好的表达效果。对于现代汉语诗歌而言，即使要求人们追求"格律"仍然不为过，因为上个世纪初闻一多就指出现代诗的格律其实就是"节奏"[1]。一首诗的行文造句分节，考虑情感、意绪在语言上的节奏是很重要的。甚至对现代诗而言，节奏是它的灵魂。美国诗人弗洛斯特曾说："写自由诗就像打网球没有挂网。"[2]缺乏形式对想象力的约束，不仅想象力会进入放纵的状态，好诗和坏诗之间的界限也变得模糊。

　　新诗的语言方式主要参照了西方语言（主要是英语）的文法结构，在形式上也借鉴了西方的诗歌。曾经生活在至少两种语言环境（汉语和英语等其他语种）中的黄灿然、多多、肖开愚、张枣等在今天真正算得上是杰出的汉语诗人，他们在诗的形式上要求极为严格。可以说，如果我们不满足于在自己的小圈子里自娱自乐的话，如果我们真的想在汉语诗歌的历史序列中成为一个优秀的写作者的话，我们就必须意识到诗歌写作是经验、

1　闻一多：《诗的格律》，《闻一多全集》第二卷，丁集，上海：开明书店，1948，第245页。
2　转引自黄灿然：《自序：倾向光明，倾向善》，《游泳池畔的冥想》，北京：中国工人出版社，2000，第3页。

语言和形式三者之间如何美妙互动的事，语言上的要求和形式上的约束是必要的，没有这点常识要写好一首诗几乎不可能。可惜，我们今天大多数诗人，只在感觉、经验的层面上追求个人情绪、思想的独特，这种写作极易沦落为极端现代主义式的个人感觉、意识展示，使诗歌成为一种难懂的"先锋"艺术。遗憾的是，我们今天很多人对一首诗、对一个诗人的评价，往往都是从情感、经验的角度出发，思想深刻、感觉独特是最佳的标准。殊不知，这些只是一首好诗的基本要素，仅有这些要素还不够。

这个时代确实不是一个伟大的时代，这个时代平庸得似乎诗意全无。但正是在这样一个时代里，诗人回到了自己的位置。我们不能企求借着时代的光芒照亮自己的才情和诗篇，就只能一点一滴凝聚自身的情怀、境界、眼力、才华、技艺……自己照亮自己，写自我慰藉之诗。倘若个人化的内心言语真的能反映出一点时代的真实图景，给时代一点点"照耀"，那当然是幸事。诗歌写作不是像一些人所认为的那样更放松了、更容易了，而是对作者的考验更多、更大了。

在我们这个时代，许多人继续误将自由诗的"自由"绝对化、口语化也就罢了，还极端地自由和随意，并以此为"创新"，甚至还以"先锋"自我标榜。许多人以为借着网络或民刊的传播，成为"诗人"。一首诗作的诞生，实在是件容易的事。确实，这个"自由"得我们非常空虚的时代，我们确实有太多的情感、思想需要倾诉，需要获得别人的认同，我们非常渴望借助诗歌获得难以寻觅的自我慰藉。诗歌的主要功能确实是抒情，这没有错，但无奈诗歌自有其形式和功能，能发挥其他文类所不能实现的功能。如果我们在诗歌中要的仅仅是情感、经验、思想和想象的清楚表达，如果诗的形式是可以忽略的话，那我们在各种文类中独独高举诗歌的理由是什么？它和分行的散文区别在哪里？仅仅因为诗歌的语言"翅膀"少吗？如果我们能思考这些问题，现代汉语诗歌的写作在今天也许会有新的境界和成绩。在这个将自由诗的"自由"被误解的时代，也许我们要听听T.S.艾略特的劝告："对一个要写好诗的人来说，没有一种诗是自由的。谁也不会比我更有理由知道，许许多多拙劣的散文在自由诗的名义下写了出来。"[1]我们的许多诗作是不是在自由诗的名义下写出来的散文？

现代汉语诗歌写作必得在现代汉语、现代经验和诗这一特殊文类形式的三者之间的矛盾纠缠中展开。客观地说，要写出一首好诗，没有对这种矛盾的克服是很难获得的。诗人应当有在经验、语言和形式的互动中展开想象的自觉意识。当下的汉语诗歌写作，既有作为一种心灵表达方式的诗歌写作层面上的"自由"，也有诗歌作为一种特殊文类的自身的"限度"。诗人们要想真正提高自己的写作水平，当在这些方面有自觉意识并在这个方向上努力。

1　［英］T.S.艾略特:《艾略特诗学文集》，王恩衷编译，第186页。

十

抒情的牢笼：牛汉诗歌创作的内在问题及求索

一个艺术家越完善，他本身那种作为感受者的人和作为创造者的心灵越是完全分离，心灵越是能把热情（材料）加以融会、消化和转化。

——T.S.艾略特《传统与个人才能》

苦难："囚禁我的灯盏"

对于一些视诗歌和写作为生命的人，写诗"总是迫不得已"。是什么让他们如此激动？情况也许是这样："出于某种巨大的元素对我的召唤，也是因为我有太多的话要说，这些元素和伟大材料的东西总会胀破我的诗歌外壳。"在这里引用的是已故诗人海子的《诗学：一份提纲》的开头，固然各人对此有各自不同的理解，但以之来描述牛汉的诗歌生命，或许也是合适的。2003年，年已八十的老诗人牛汉在叙说他生命中的"苦难"之时，仍然是那种严肃的激动。不管是在书面抒写还是口头言谈中，对于牛汉，"苦难"与他的生涯、写作几乎三位一体。"苦难"作为人生经历、体验、写作意识，在他的诗歌中有什么样的角色和功能？

192

　　牛汉的大部分诗作，其实就是内心的苦难意识强劲喷射的结晶。关于苦难的意识和诗歌写作的激情太强烈了，像"火山一样不计后果"，也"喷出多余的活命时间"（海子：《阿尔的太阳》）。"苦难"为诗歌提供了丰富的"元素"和"伟大的材料"，迫使诗人说话。诗人的一生也真的因为诗歌不断地承受苦难（甚至身体和精神都留下了伤害，如伤病、梦游症）。诗歌与苦难，构成了他生命里的重要支柱，"没有我特殊的人生经历，就没有我的诗。也可以换一个说法，如果没有我的诗，我的生命将会气息奄奄，如果没有我的痛苦而丰富的人生，我的诗必定平淡无奇"。[1]身高一米九的牛汉，形象如同"家乡的一棵高粱"，这个自谓"瘦骨嶙峋"的诗人，坦言他的骨头"不仅美丽，而且很高尚"。身外的苦难与内心的痛苦，使牛汉有太多的话要说，不计后果地说，没有技巧地说。早年他的写作效法艾青与田间。他曾经沉醉于田间"战鼓声"一样的诗歌——那"粗粝的语言"及其"爆发力"。在此后人生与写作的双重磨炼中，他的骨头没有变得圆熟精巧，相反更加坚硬粗粝了，诗作全"以生命的体验和对人生的感悟构思"，全无规范与风格定型，全无什么美学和主义。"苦难"的能量与抒情的直接、自由，使诗人的"诗歌外壳"一再地被"胀破"。"我的诗和人始终显得粗糙，不安生，不成熟，不优雅。"[2]

　　客观地说，从20世纪40年代初到70年代初，牛汉所写的诗确实体现了牛汉诗歌的风格，也恰是牛汉诗歌的缺陷。诞生于民族忧患深重的年代，加上血性激烈的个性特征，从1941年至1970年这三十年间牛汉的诗，一直为民族解放和阶级革命的话语所笼罩。关于"苦难"的抒情看起来是个人的、诗歌的，其实是隶属于那个大写的民族国家的话语的、叙事的。个人的受难史是可贵的，但基本上由个人的愤懑、激情、叙述所构成，很

1　牛汉：《谈谈我这个人，以及我的诗》（代自序），收入《牛汉诗选》，北京：人民文学出版社，1998，第1、4页。

2　牛汉：《谈谈我这个人，以及我的诗》（代自序），收入《牛汉诗选》，第1、4页。

难说具备了包容许多复杂的历史境遇和现代经验的抒情诗的"诗形"与"诗质"。

1942年诗人有一首诗，叫《谁不想飞》："……谁不想飞/而谁又能从这/苦难的大地上飞起来呀。"这首诗如果用来象征诗人在那个时代写作的处境也许挺合适。诗歌本来是抒情的，承载个人对历史的复杂记忆和对世界的独特想象，它应该是"飞起来"的，与现实有一定的疏离，艺术地表征语言与现实的复杂关系。但现在，由于苦难——深重的现实苦难与诗人深重的苦难意识，它无法"飞起来"，只能在"大地"上充当了民族解放和革命斗争的无个性特征的叙事话语类型，为其他更具直接经验性的叙事文类所覆盖。在这个意义上，苦难经历与苦难意识是牛汉诗歌写作的宝贵财富，也成了他的巨大局限，至少在很长一段时间内可以这样说。在20世纪80年代末《空旷在远方》等诗作诞生之前，牛汉诗歌一直处在为"苦难"所"囚禁"的状态。苦难，在这里用另一个诗人的语言就是"囚禁我的灯盏 吐着光辉"。（海子《祖国或以梦为马》）苦难成就了牛汉早期的诗歌，他靠"苦难"的激发开始写作，苦难照亮了他诗歌中的直接地抒情或叙事，使语言、情境具有了在民族国家的话语、意识形态意义上的同情与共鸣。但同时，苦难也成为诗歌写作的一种"囚禁"。由于太专注于苦难的直接表述，忽略了诗歌抒情的间接性与复杂性，使诗歌成为只有苦难内核的一种简单的意识形态话语叙事。苦难是诗歌的坚硬的骨骼和浓重的鲜血，但一定要赋予它合适的外形。面对苦难的抒情同样可以包含复杂的历史情境、个人经验和独特的想象方式。牛汉此时所缺的是为"苦难"赋形，即重建那被忽视的"诗歌外壳"。

当然，牛汉此时的问题也是同时代许多诗人的问题，但是，牛汉比同时代很多人优秀的是他身上卓越的坚忍与激情。1986年牛汉创作的《汗血马》可以说是牛汉诗人生涯的写照。"……只有飞奔/……汗水流尽了/胆汁流尽了/向空旷冲刺的目光/宽阔的抽搐的胸肌/沉默地向自己生命的内部求援/从肩胛和臀股/沁出一粒一粒的血珠/世界上/只有汗血马/血管与汗腺相通。"世界上还有这样的生灵！牛汉以"生命的内部"的血液对苦难生涯的坚忍与对抗，与它何其相似。牛汉，如果不说他是诗人中的天才，至少也可以说是诗人中的勇士。

情境诗：对"诗形"的初步自觉

20世纪70年代是牛汉诗歌创作的重要时期。如果说此前牛汉是凭借个人对命运的悲苦体认和个人内心涌动的不屈的激情在写作，这种写作状态就成熟的诗歌体式而言还是自发的话，那么，20世纪70年代开始，诗人开始思索诗歌的内质与形式等相关问题，诗人的写作开始步入初步自觉的状态，尽管他是一个不大情愿被美学与主义、技巧与成规所束缚的人。在《鹰的诞生》《蚯蚓的血》《羽毛》《贝多芬的晚年》《铁的山脉》《鹰的归宿》《我是一颗早熟的枣子》等诗作中，我们看到了牛汉对"诗形"（以意象、意境来统摄情境）的有意的寻求，某一种既是诗的又可以承载他剧烈的情感的风格正在初步形成。

20世纪80年代牛汉在回顾中表明他对自己过去大部分诗歌形式的初步肯定。诗人说他在对古今中外的诗人随感的阅读中，收获了法国诗人保尔·艾吕雅和德国大文豪歌德的诗观，即"任何一首诗都是情境诗"。艾吕雅的诗观"具有沉淀与凝聚作用，把我心中许多混沌不清与乱杂的感情积累澄清了。原来我的大部分诗属于情境诗，仿佛找到了归宿似的，心情激动了好多天"。[1] 诗人为什么激动？因为他在西方诗人的话语里找到了对自己诗歌的命名，即"情境诗"。他也找到了对自己的诗歌理论上的阐释：

---

[1]　牛汉：《对于人生和诗的点滴回顾和断想》（代序），收入《蚯蚓与羽毛》，人民文学出版社，1986，第19—20页。

"任何一首真正的诗，都是从生活情境中孕育出来的，离开产生诗的特定的生活情境是无法理解诗的。"诗人还举了田间和俄国女诗人阿赫玛托娃的创作为例——我们不能脱离抗日战争的语境来指责田间诗缺乏韵味；阿赫玛托娃在卫国战争期间所写的诗与她早年的唯美诗篇大相径庭，我们也不能指责阿赫玛托娃背叛她曾经的艺术主张。[1]牛汉在这里当然有为他自己诗歌创作辩护的意思，即自己过去写的那些诗篇都是有具体历史情境的，有一定的价值可理解性。但更重要的是，对于这样一个不大重视"诗形"的诗人，对诗歌的形式或风格的自觉体认无疑是意义重大的。牛汉的意思是，他确认：诗歌的写作或阅读无论如何都不能脱离具体的历史情境，但同时，"真正的诗创造的情境，与现实生活的本相并不一样，诗里的艺术天地可能是现实生活中所没有的"。既要有具体的历史情境，又要有艺术想象，牛汉的诗歌开始步入了自觉的诗形建设与诗质的寻求。苦难作为一种历史情境，仍是诗人的材料和主题，但成长中的牛汉的诗歌有了一个巨大的进步，那就是所谓的"情境诗"其实与过去至少有一个简单的区别：现在诗人特别注意寻找能统摄某一历史情境的意象或意境。现在对苦难的书写比过去要虚得多，诗人的想象开始离开大地展翅飞翔，开始有轻盈、自由的感觉：想象一只雄鹰的诞生，地里的虫子蝴蝶的梦，被囚禁的猛虎飞旋的羽毛……无疑，诗歌语言、意象及意境仍是肩负着隐喻现实的功能（有一定的指示现实的直接性），但毕竟这样的写作与现实生活的关系有了一定的疏离。诗歌语言作为一种生动的文化符号发挥了包容诗人个体的记忆、体验与想象并影响读者的综合性功能，我们感到这样的诗歌较之以往，关于苦难的抒情有了一个生动的"外壳"或"诗形"，抒情变得复杂而有韵味。

---

1 牛汉：《对于人生和诗的点滴回顾和断想》（代序），收入《蚯蚓与羽毛》，第19—20页。

抒情的被缚与释放:《华南虎》和里尔克的《豹》比较

诗歌的"情境"是一个大问题,仅仅意识到诗歌包容历史这一特性,不一定就能产生一首好诗。与"现实本相"不一样,但怎样的不一样是个问题。在牛汉粗粝的激情喷发中,很多即使是优秀的诗篇都仍然存在一些诗歌本身(诗艺上)的问题。诗人作于1973年夏、发表于"文革"后的《华南虎》是"归来"的牛汉的代表作,也是"情境诗"中的杰作。"虎"的意象古今中外多少诗人写过,然而让我印象最深的要数18世纪末、19世纪初的英国诗人威廉·布莱克的《虎》:"虎,虎,光焰灼灼/燃烧在黑夜之林,/怎样的神手和神眼/构造你可畏的美健? ……"[1]可20世纪70年代初中国(桂林一动物园)的一只华南虎,其"可畏的美健"却已是另外的模样,让作者无法不引起剧烈的情思。这不是旅游观光札记,其背后是激情如"虎"的一代知识分子被囚禁和被折磨的历史情境,联系起这一历史语境,这首诗的现实指示功能是明白的也是有力量的。面对笼中之虎,作者感慨百兽之王悲惨地被囚禁与无望地挣扎,还有破碎的趾爪、被钢锯锯掉的牙齿、笼子里"灰灰的水泥墙壁上/有一道一道的血淋淋的沟壑/闪电那般耀眼刺目,像血写的绝命诗!"这"像血写的绝命诗!"一行乃是作者25年后根据当时的札记添上去的,[2]它非常明白地赋予了被囚之虎与苦难中的"我"、虎挣扎的痕迹与诗人的写作的隐喻关系。作者(忍不住)添上这行诗,这可以看出这首诗所表现的情感在多年后仍让作者激动,以及这首诗在作者心目中的位置。诗的最后一段,应该说是诗歌美感的高潮部分:"我终于明白……/羞愧地离开了动物园。/恍惚之中听见一声/石破天惊的咆哮,/有一个不羁的灵魂/掠过我的头顶/腾空而去,/我看见了火焰似的斑纹/火焰似的眼睛,/还有巨大而破碎的/滴血的趾爪!"但就在这个为许多

---

1 威廉·布莱克:《布莱克诗集》,张炽恒译,上海:三联书店,1999,第69页。

2 牛汉:《牛汉诗选》,人民文学出版社,1998,第67、381页。

诗评家所称道的经典段落，仍存在着抒情的不节制或抒情的不当等问题。诗歌完全可以到"有一个不羁的灵魂/掠过我的头顶"这里就戛然而止，将想象的空间留给读者。这个"不羁的灵魂"的飞身离去，既可以是"我"印象中的"虎"的灵魂的脱离牢笼，又可以是"我"的灵魂在与"虎"的对峙中的飞升——其实"我"就是这只"虎"啊，在现实中"我"和它一样在"牢笼"中，但在诗歌中、想象世界中，"我"可以脱离"我"的躯壳飞身离去。任何一个人都有在灵魂的受触动中产生远离现实、直趋想象中的精神故乡的冲动。这个冲动在这首诗中已经呈现了，但后面又为"我看见……"这些具体的能指/隐喻所接续，对诗人和读者的想象的飞升造成了阻碍，让人有美中不足的遗憾。由激烈的情感所充满的"情境"成了想象力的牢笼，束缚了诗歌的翅膀，也许诗人自己都不能满意。

为了说明这个诗学上的遗憾，我用另外一首情境与此相当的诗作来与之做对比，这便是奥地利诗人莱纳·马利亚·里尔克的《豹——在巴黎植物园》：

> 它的目光被那走不完的铁栏
> 缠得这么疲倦，什么也不能收留。
> 它好像只有千条的铁栏杆，
> 千条的铁栏后便没有宇宙。
>
> 坚韧的脚步迈着柔软的步容，
> 步容在这极小的圈中旋转，
> 仿佛力之舞围绕着一个中心，
> 在中心一个伟大的意志昏眩。
>
> 只有时眼帘无声地撩起——

于是有一幅画像浸入，

通过四肢紧张的静寂——

在心中化为乌有。[1]

我们必须从诗歌的细部、在语言本身的牢笼中来思考诗歌。用尼采的话说："如果我们拒绝在语言的牢笼里思考，那我们就只好不思考了……"[2] 长期以来，我们对待诗歌要么是从意识形态的需要程度来解析，要么流连于个人情感的表达程度，而俄国形式主义理论家什克洛夫斯基在他的《散文理论》中建议我们："艺术在本质上是超情感的……无同情心的——或者说超越同情的……在考虑情感时必须从建构的角度去考虑……"[3] 这两首诗都是写笼中的猛兽，以猛兽的困境暗喻现代人的困境，但最终它们给人的想象空间、情感体验差别巨大。

这两首诗同样是"把主观情感投射到或外化成客观物象"，但获得的效果是不一样的。仿佛在里尔克的"我"与"豹"的双向互指中，多出了一个"昏眩"着的第三地带。如果说在牛汉的"我"与"虎"的双向互指中意义（"归来"的一代人或特定时代中国知识分子的悲剧命运）是明确的话，那么在里尔克的"我"与"豹"的凝视中，出现了一个让人感觉强烈却又无法言说的象征区域。如果牛汉的"华南虎"是整体象征，那么里尔克的"豹"则是达到了荣格所说的象征的原初状态或者理想状态：

---

1 藏棣编：《里尔克诗选》，中国文学出版社，1996，第62页。此诗为冯至译。值得注意的是1984年牛汉曾以该诗为题材写过《里尔克的豹》一诗。牛汉写《华南虎》前有没有读过该诗并不重要，但他后来对该诗的理解显然很有意味——他"在里尔克的诗里看到了荒诞"。显然，牛汉是在现代派文学的普遍意义上缩减式地解读该诗，而没有注意到该诗卓绝的"思想知觉化""抽象的肉感"等艺术特征，这对他的抒情诗中的问题的解决不能不说是个遗憾。

2 转引自弗雷德里克·詹姆逊：《语言的牢笼：马克思主义与形式》，百花洲文艺出版社，1997，扉页、第70页。

3 同上。

象征不是一种用来把人人皆知的东西加以遮蔽的符号，这绝非象征的本真含义。恰恰相反，象征借助于与某种东西的相似性，而力图阐明和揭示某种完全属于未知领域的东西，或者某种尚在形成过程中的东西。[1]

那只"豹"的状态在里尔克的笔下意义并不明确，"力之舞围绕一个中心"，"中心一个伟大的意志昏眩"，"通过四肢紧张的静寂在心中化为乌有的浸入眼帘的一幅外在世界的画像"……这些语言与其说是成形的意象、意境，不如说是一种流动的、变化的、"某种尚在形成过程中的东西"，诗歌里所表达的心理状态并不指向一个具体的意义领域，而是将我们带向了一个正在生成的未知的空间，这个空间好像正是我们（"现代"状态中的"人"）难以言说的生命状态。里尔克在这里完成了一次关于生命状态的"不可言说的言说"。这空间不仅要由想象到达，还要由肉体的感觉到达。里尔克一再地让想象、经验和感觉处在建立—拆除、凝聚—释放、有—无的紧张状态之中：（1）千条的铁栏束缚了豹对世界、宇宙的向往—没有宇宙（2）力之舞围绕着一个中心—在中心一个伟大的意志—昏眩（3）眼帘无声地撩起有一幅画像浸入—通过四肢紧张的静寂—在心中化为乌有。在这个经验的凝聚与释放的过程里，里尔克的想象方式和语言方式是奇特的：将抽象的情思与肉体的感官体验紧密联系，让人面对诗歌不是处在意义的紧张状态，而是处在肉体（心理）的紧张状态。"力"可以与"舞"结合，"力之舞"还有一个"中心"，此"中心一个伟大的意志"还可以"昏眩"，世界对于被囚禁的"我"（豹）有什么意义呢？它只不过是如一幅画浸入"我"的眼帘，再通过四肢紧张的静寂，最终到达"无"的状态（此"无"应区别于东方式的"虚空""虚静"）。比里尔克长四岁的法

1　荣格：《荣格文集》，英文版，第7卷，第287页，转引自胡经之、王岳川：《文艺学美学方法论》，北京：北京大学出版社，1994，第122页。

国象征主义诗人保罗·瓦莱里将里尔克的方式称之为"抽象的肉感"，这也是对现代诗歌的一个重要的艺术特征"思想知觉化"[1]的另一种生动描述：使抽象的思想、难以言说的情感变成了在视觉、味觉、触觉、心理、想象诸方面能把握的东西，或者说这是"肉感"的"抽象"。里尔克的"情境"与牛汉的"情境"有一个明显的区别，那就是诗歌中的"情境"所指向的意义不是大致明确的，"情境—意义"的关系让人在单线的、直接的、平面的维度上去做对应式的联想显得困难。诗歌的修辞是象征，但在象征之外，仍有正在生成的、未知的，但感情和想象可以体验到的另一个心理世界。

如果说抒情是"语言的牢笼"的话，那么在里尔克的《豹——在巴黎植物园》这首诗中，他的语言（感觉世界的方式）则冲破了个人情感的牢笼，使意义没有成为个人情感或宏大叙事话语的衍生物，没有被限定，而是开放的、不断生成的。而在牛汉的《华南虎》中，情境与象征都是无可挑剔的，但我们似乎也感到了诗人在自己的诗歌形式——特定的抒情牢笼中如那只虎一样被痛苦地束缚住了。固有的艺术形式在表达诗人特殊的情感时面临着局限和冲突，诗人的生命在被某一种写作所囚禁的痛苦之中。在差不多十年后的另外一首诗中，诗人说："不要赞美我"——"一条小虫/钻进我的胸腔/一口一口/噬咬着我的心灵//我很快就要死去/在枯凋之前/一夜之间由青变红/仓促地完成了我的一生//不要赞美我……//我憎恨这悲哀的早熟……"（《我是一颗早熟的枣子》）作者在20世纪90年代末还感叹："到现在我也说不清楚，八十年代初，我怎么突然地写了"那首诗。[2]为什么"说不清""突然地写"？那是因为这首诗来自于作者的无意识。这个儿时印象深刻的记忆一直在作者的无意识中沉淀。作者的一生中，青春为

1　袁可嘉：《欧美现代派文学概论》，上海：上海文艺出版社，1993，第19页。

2　牛汉：《早熟的枣子》，收入王燕生、谢建平编《一首诗的诞生》，哈尔滨：北方文艺出版社，2000，第4页。

苦难所吞噬，人变得早熟、诗歌变得沉重，这与枣子因虫咬、早熟而更红艳何其相似。多年以后，童年记忆中的一个象征物突然与整个人生的境遇相遇，诗人似乎是被动地记载了这灵感的来临。这才是这首诗的成因，它一定程度上反映了诗人对自己的苦难人生、沉郁性格、粗粝诗风的"悲哀"感觉，透露了诗人的诗风将面临转折的信息。即使是《华南虎》这样的代表作，都有叫人不满意的地方，问题到底出在什么地方？还是诗人任洪渊的一番话说得精妙，道出了牛汉诗歌能量被内在地束缚的真相及牛汉后来的写作的变化："牛汉这类主／客同构的诗，不断重复的物／我对应的直线，只能是同一生命平面的延展。牛汉意识到这仍然是对生命的一种囚禁，他必须打破它。"[1]

应该说以"情境诗"来整括一个优秀诗人的诗风是非常不贴切的，即使诗人自己这样认同。其实任何有情有境的诗都可以这样称呼。牛汉在这里借用了西方的诗歌话语来确立自己写作的合理性，只是他诗学追求的一个阶段，但内在他所追求的仍是中国古典诗歌的"意象、意境、境界"，在具体细节上又有西方的象征主义手法，所独特的是，在主观情感投射于客观情境的双向互动中，牛汉炽热的情感往往"涨破"了"境界"。尽管有权威的诗歌史对牛汉自认其创作为情境诗表示了认同[2]，但我以为情境诗仍只是牛汉对自己的创作一个大致的阶段性的体认，他不可能以此为他写作的总结、模范和归宿。当一种抒情方式成为僵化的模式，它也许会面临着死亡与新生。牛汉，这个"汗血马"一样一生奔跑不息的人，在诗歌的道路上一直在追求不止。最明显的事实是，他的诗歌越写越好：20世纪70年代的诗歌整体要好于70年代以前的诗歌，而20世纪80年代以来的诗歌整体明显好于70年代的诗歌。"好"的前提是在诗歌的形与质方面，其节奏、

1　任洪渊：《"白色花"：情韵·智慧·生命力——读曾卓、绿原、牛汉》，载《诗刊》1997年第7期。

2　洪子诚、刘登翰：《中国当代新诗史》，北京：人民文学出版社，1993，第320页。

韵律与个人想象方式、历史记忆、现代经验诸因素的综合情况。牛汉的诗确实处在不断变化、超越的状态。

"纯净，浩大，不可再居留"的诗篇

在号称"最完善、最能代表诗人创作风貌"的《牛汉抒情诗选》中，最后一首是《空旷在远方》。这首作者于1988年秋天"熬煎了十几个日夜"写出的诗作，在诗集中分量之重、置于最后，大意在"压轴"吧。我想这首诗也是诗人几十年来诗艺探索的一个飞跃，我对《华南虎》等诗的些许不满，在这里变成惊异与感动：

……
绚丽的潮水从他的心底钟声般涌起
黄昏不寂寞
他固执地唱着早晨的歌
毫不萎缩的宽厚的肩
没有向上耸动
去亲近苍茫沉重的天空
惠特曼独自沿着特拉华河走着
忍受着麻痹的腰脊隐隐的痛
他与河都无边无际地沉默
仿佛互不相识
奥秘无法交谈

不远的大海在涨潮

诗人和特拉华河垂下了头颅

各有各的梦和虔诚

波浪在冥漠中自然消失

并没有激动和张望

十九世纪的

草叶状的巨大的阴影

紧紧贴近诗人跟随着他

还用嘲讽的眼神

困惑地望着他颤颤摇摇

与灰暗的沙滩一同向海倾斜的背影

惠特曼是十一月光秃秃而美丽的枝桠

并不是偶合

落日浑圆地栖落在它上面

是无法预言的风景

是大自然一次神秘的契合

……

惠特曼踽踽地行走着

孤独而自在

他像风暴后降落在岸上的军舰鸟一跛一拐

就要入海的特拉华河从容不迫地流着

不，河在走着

用柔软多脚的腹部蠕动

河水和诗人都像一片湖水整体地漂浮

看不见岸

看不见浪花

只有深深的没有姿态的流动

……

惠特曼走向不远的岸和海的接合点

这里是世界上

最远的（也是最深的）

最美的（也是最陌生的）

无终无极的地方

它的宽阔还没有定界

它的高度还没有被鹰和雷电触及……[1]

　　我惊异于诗人在描述河海交融地带那一个空旷、无边、梦幻般的境界，重要的是这境界之中的人，这是19世纪的惠特曼，是诗人自己，当我读到这里，也成了我自己。面对大海，我们和河流一起低下了高昂的头颅，时代草叶状的阴影与我们紧紧相随，预示着我们一生的灾难和梦想。11月的海滩上，我们是光秃秃的枝桠，落日栖落于我们的肩膀，这无法预言的风景，是人与世界一次神秘的契合还是永恒的无法返回？诗人和河流一起孤独行走，河流以柔软多脚的腹部蠕动，我们与河流一起无边无际地沉默，仿佛互不相识，奥秘无法交谈。诗人走向那个最远、最美、无终无极的地方，它的宽阔还没有定界，它的高度还没有被鹰和雷电触及。空旷在远方！这空旷，这远方，是诗人一生的梦想，颅腔深处的家乡，人的一生不可能到达，只能孤独行进、永远梦想，空旷、绝美之境透露的是生存的悲壮。在另外一首名作《三危山下一片梦境》的开头，牛汉正是引用了里尔克的《致音乐》中的诗句："纯净，浩大/不可再居留"[2]，但我更愿意这

1　牛汉：《牛汉诗选》，北京：人民文学出版社，1998，第67、381页。

2　牛汉：《牛汉抒情诗选》，西宁：青海人民出版社，1989，第249—253、292—295页。

几行诗用于这个美、浩大的河、海、天际交汇的"不可再居留"之境。我惊异于牛汉诗歌境界在这里的"纯净"与"浩大"。再没有局促的民族国家、意识形态话语的单线所指，也不再纠缠于个人情感、苦难往事的形容与叙述，一切让"风景"说话，让惠特曼的形象、河流、大海和天际来说话，个人的内在倾诉消隐于那些富有质感的修辞与极富想象力的景象之中（如"十九世纪的/草叶状的巨大的阴影"、诗人如"风暴后降落在岸上的军舰鸟一跛一拐""河流以柔软多脚的腹部蠕动"等）。仅仅说它"纯净"是不够的，它的境界比象征主义诗篇阔大，比现实主义诗作复杂，它也具有了"现实、象征、玄学的综合传统"（袁可嘉语），但说它是现代主义的诗篇肯定又不够准确，因为这里又有着浪漫主义的丰盈的激情与开阔的想象。

与这首诗同时构思的另一首诗《冰山的风度》，内中抒情对象为惠特曼的同胞海明威，这又是一个满身创伤也满怀豪情的文学家——

> 你受过两次伤在一个久远的战场上
>
> 头上缝了五十针
>
> 腿部中了二百三十七块弹片
>
> 四十七岁那年你又摔断了六根肋骨
>
> 有两年还接连六次脑震荡
>
> 多灾多难的脑壳几乎彻底破裂
>
> 脑壳要是破裂
>
> 补好它比补天还难
>
> 在你高大的身躯上
>
> 创伤是一道一道乌黑的犁沟
>
> 它们很深很深边沿凹凸不平
>
> 淤血在皮下骨缝里

一层一层像腐植土发酵发热

非洲的青山炮声钟声

老人与海的命运鲨鱼庞大的骨骼

迷惘的一代

……

你常常删节自己的作品

只保留七分之一

生命最后的一瞬间

你删掉了自己生命无力的结尾

不愿意听见丧钟为你而鸣

哦，海明威

并没有谁为你敲响丧钟

是你猛地用自己坚硬的头颅

撞击命运最后一道门

你布满创伤的一生

钟一样轰鸣起来

但这不是你的结尾[1]

你没有结尾

……

正是在谈到这些诗作的时候，牛汉对他的情境有所感叹："空旷的人生和诗的情境几乎看不到边际，仿佛面对的是天荒地老的永恒的历史，有些顿悟，却写不出来……"在这里，牛汉抒情诗的节奏开始慢了下来，"节奏徐缓了些"。[2]诗歌的节奏本来就应该是慢的，现代汉语诗歌中的抒情诗

1　牛汉：《牛汉抒情诗选》，第249—253、292—295页。

2　同上书，后记。

的节奏从郭沫若那里，变成了一泻千里、泥沙俱下的状态，抒情诗更是如田间诗歌般急促如"鼓点"，而牛汉正是一直为田间诗歌辩护的少数人之一。"诗歌是一种慢"（藏棣诗句），"在世界的快与我的慢之间／为观察留下了一个位置"（西渡诗句）。我们的抒情诗，大多都是"快"的，以诗歌语言、情感表达的"快"迎合世界的"快"的需要，而个人的观察（沉思冥想）被丢弃一边。（而我们的读者、批评家，同样是"快"的，只对诗歌做"意义解读"，而不做"形象解读"，将后者简单地视为形式主义。这一点，对于《空旷在远方》等作品，即使在少有的研究牛汉的著作中也未能幸免。）现在诗人能"慢"下来，真是一件幸事。也只有让个人的情感慢下来，才有可能不受个人情感的桎梏，脱离抒情的牢笼，写出空旷的或象征的、玄想的、让人的想象力能到达"远方"的诗篇。这里的两首诗就是一条抒情的河流，它的简单而直接的语言集合在一起，在适当的节奏中变得气势不凡，诗行的行进节奏正如那草叶状的时代阴影尾随诗人渐进，正如那条以柔软多脚的腹部行进的河流蠕动得沉默有力，正如只有八分之一露出水面的冰山在移动时蕴藏着可怕能量的徐缓。这条沉默的语言河流终于冲破了"苦难"的桎梏、抒情的牢笼，走向那个"纯净，浩大"之境。其实，在另一些如《梦游》（第一稿）《梦游》（第三稿）《发生在胸腔内的奇迹》《三危山下一片梦境》等极有意思的作品中（限于篇幅，本文不打算分析它们，特别是《梦游》几稿，讲述它们的较多），我们也注意到牛汉诗歌、段落与段落之间的顺应与紧张、篇幅的加大甚至句子的增长等形式上的变化，就像一条进溅的溪流，在流淌的过程中变得越来越宽、越来越有节奏，显现出一种从容的风景，牛汉的诗歌由于有了形式上的自觉，抒情开始从容、阔大。

在谈及上述两首诗之时，牛汉甚至有将从前的作品仅视为"习作"的意思："从我近半个世纪与诗相依为命的经历看，跋涉和探索只能获得大量的习作（我并不否认习作具有萌发生命的美），而要想进入创作的灵境并能写出真的活诗，只有经过不懈的探求有所发现时（而且是第一次发现）才可办到。"这个探索不息的、谦虚的人，在20世纪80年代末期他的诗歌取得如此大的进步，我个人以为，与那个时期朦胧诗、新生代诗的诗学影响关系不大，正如那匹惊世的汗血马，从汗腺里沁出一粒一粒的"血珠"，奔跑中的能力只从自己的生命内部求援，牛汉是个从自己的生命状态本身、诗歌写作过程本身发现困境、寻找出路的人。他的诗歌是叶芝所言的"随时间而来的智慧"，也如他自己所说："生命的河流经过一个幽暗峡谷的转弯处，形成一段深沉的回流，波浪和喧嚣沉没了。尽管被孤独和冷漠所包围，心灵却在独自的思索中获得了与大自然相近的孕育生机的激情和幻梦。"[1]我很高兴看到这个我喜欢的诗人其谦虚和沉静的姿态，我更愉悦他从《空旷在远方》这样的优秀之作开始他的晚年。这样的晚年将是另一场青春。他的写作从来都是处于"未完成"的状态。我从不习惯轻易地将一首诗封为"经典"，然后被动地衍生出其历史意义，抒发轻易的赞美之辞。我热爱牛汉的个性，我宁愿将他的诗称为"习作"。我同时也不得不出示问题，因为没有一个诗人的写作是完美的，也没有一首诗在无边的历史情境中是无可挑剔的。

1　牛汉:《牛汉抒情诗选》后记。

十一

在诗歌的十字架上：
文学史意义上的舒婷和作为个体生存的舒婷

启蒙意识

正如一位学者所言："对于一个在不断发展、运动、自我超越中获得展开的流派来说，她可能是前行得最艰难的一个。这就是舒婷诗歌的独特意义所在。她的诗标示了我国新诗从集体经验→个人经验→现代经验的艰难指向。"[1] 这里的"流派"指"新诗潮"（主要指"朦胧诗"）。将舒婷（1952—　）诗歌创作对于中国现代诗之意义作如是概括，笔者深感真切而有力。舒婷的诗歌创作在中国当代文学史上的重要意义是毋庸置疑的。舒婷诗歌里新鲜的现代经验、独特的女性经验、丰富的个人经验，都是当代诗歌美妙的风景和耐人寻味的启示。朦胧诗主要代表是北岛、舒婷、顾城、江河、杨炼这五位，舒婷的诗歌创作与另外四位的有同有异，具有无法替代的独特性。应当说，我们谁也无法否认在中国当代诗歌史上女诗人舒婷的重要位置。

1　王光明：《艰难的指向——"新诗潮"与二十世纪中国现代诗》，长春：时代文艺出版社，1993，第118页。

　　但是，作为一个女人和一个历史与时间之中的生存个体，舒婷显然有她自身的矛盾性和复杂性，这些矛盾性和复杂性显示在她的诗歌创作中，就是一些有意味的"问题"。关注和谈论一个诗人在特定历史时期其创作中的"问题"，应该比将这个诗人树为某一历史时期的诗歌纪念碑更为有趣。

　　从"白洋淀诗群"到《今天》同人的创作，再到朦胧诗的兴起，中国的诗歌经历了一个从"地下"革命到公开"反抗"的过程，诗歌写作最初的起点是寻求历史与个体的真实。在《今天》时代，诗歌写作、诗歌讲座之类的活动是与政治性密切相关的，稍不注意就有"反动"之嫌。朦胧诗的诞生是与特定的历史时期的话语状况分不开的。

　　朦胧诗人的写作，从抒情的动力上来说，是一种叙说世界真相和个体真相的冲动，凭着本真而朴素的个体经验，朦胧诗说出了许多动人的言辞。在抒情的风格上，这种揭示和反抗的写作，基本上是浪漫主义式的。从现代性意义来说，朦胧诗人所处的境遇类似于"五四"这样一个从"旧道德"进入"新道德"的历史转折的关头，这样的历史境遇很容易使知识分子处在"时代英雄"和"启蒙者"的角色上。朦胧诗里那种为真理而献身的殉道激情和为堕落的历史的沉重叹息随处可见。诗人无疑是鲁迅所说的"肩负起黑暗的闸门，放他们到宽阔的地方去"[1]的世界的承当者。

　　在朦胧诗人的作品里，我们经常读到一种形象、感人且悲壮的英雄主义情怀。像北岛的诗句："我，站在这里/代替另一个被杀害的人/为了每当太阳升起/让沉重的影子像道路/穿过整个国土……没有别的选择/在我倒下的地方/将会有另一个人站起/我的肩上是风/风上是闪烁的星群……"（《结局或开始——献给遇罗克》）[2]"……我来到这个世界上，只带着纸、绳索和身影，/为了在审判之前，/宣读那些被判决的声音：/告诉你吧，世

1　鲁迅：《坟·我们如何做父亲》。

2　北岛、舒婷、顾城、江河、杨炼：《五人诗选》，北京：作家出版社，1986，第175—177页。

界/我——不——相——信/纵使你脚下有一千名挑战者，/那就把我算作第一千零一名。……"（《回答》）[1] 像江河的诗句："在英雄倒下的地方/我起来歌唱祖国//我把长城庄严地放上北方的山峦/像晃动着几千年沉重的锁链/像高举起刚刚死去的儿子/他的躯体还在我的手中抽搐/我的身后，有我的母亲/民族的骄傲。苦难和抗议/在历史无情的眼睛里/掠过一道不安/然后，深深地刻在我的额角上/像一条光荣的伤痕……"（《祖国啊，祖国》）[2] 这些既有绝妙意象、境界又激情四溢的诗句确实激动人心。确实，世界的倒塌需要个体不同方式的承担，英雄主义和浪漫主义在诗歌中不见得就不好，关键是有没有对应的语词和境界。

朦胧诗的崇高美学特征是可以理解的，它来自于诗人们悲壮的浪漫主义情怀。朦胧诗人没有后来的新生代诗人那么"嬉皮"或"雅皮"，他们作为20世纪的知识分子，对于自身的人生事业和个体在社会中的角色，其实还是传统中国的士大夫心态，在现代性的历史进程中，他们肩负着一个新的"国家—民族"的宏伟计划，他们的心中深怀这种现代性途中的民族焦虑。这也是朦胧诗人动不动就"歌唱"的原因。

作为一个处在特定历史时期内的诗人，他（她）的写作必定要承当历史，或者他（她）的写作必定要被历史强行进入。作为一名女诗人，舒婷早期的写作义不容辞或者说无可逃脱地反映了历史。舒婷的许多诗歌同样具有北岛、江河他们的英雄之气。"……从海岸到巉岩，/多么寂寞我的影；/从黄昏到夜阑，/多么骄傲我的心。/'自由的元素'呵，/任你伴装的咆哮，/任你是虚伪的平静，/任你携走过去的一切/一切的过去——/这个世界/有沉沦的痛苦/也有苏醒的欢欣。"[3] 这首1973年2月写的《致大海》是

1　北岛、舒婷、顾城、江河、杨炼：《五人诗选》，第159—160页。

2　阎月君等编：《朦胧诗选》，沈阳：春风文艺出版社，1985，第207页。

3　舒婷：《舒婷的诗》，北京：人民文学出版社，1994，第4—5页，本文中舒婷的诗作均引自此书，其余均不一一标明页码；为了尽量显明诗人创作的精神理路，笔者对舒婷的诗全部标明其写作时间。

舒婷最早的诗作之一。生长在海边的诗人，借着对大海的抒情，表达着作者对历史转型时期人们复杂心态的感喟。这首诗虽清纯明朗，但抒情风格整体上讲不算成熟。到了20世纪70年代末，舒婷由于和北方的诗人如北岛等人的接触，以及成为《今天》的作者之后，她的诗作的风格在理性的沉思、情感的深邃方面才明显加强，显示出一种女性写作特有的情感细腻中蕴藏着深沉的思虑的个人风格。

"我是你河边上破旧的老水车，/数百年来纺着疲惫的歌；/我是你额上熏黑的矿灯，/照你在历史的隧洞里蜗行摸索；/我是干瘪的稻穗，是失修的路基；/是淤滩上的驳船/把纤绳深深/勒进你的肩膊；/——祖国啊！……我是你的十亿分之一，/是你九百六十万平方公里的总和；/你以伤痕累累的乳房/喂养了迷惘的我、深思的我、沸腾的我；/那就从我的血肉之躯上/去取得你的富饶、你的荣光、你的自由；/——祖国啊，/我亲爱的祖国！"（《祖国啊，我亲爱的祖国》）

这同样是一首"歌唱祖国"的诗作（作于1979年4月），情感深沉，意象独特，"祖国"是一条"河"，"你"永恒地流过，我们都是河边的儿女，"我"竟然是"你"河边一辆"破旧的老水车"，啜饮"你"的乳汁，使"你"干枯，而"我"却衰老。一种对"祖国—母亲"的负重感贯穿始终，一种"我"又不能为"伤痕累累的""祖国—母亲"做什么的"焦虑"非常浓重。如果说北岛、江河他们的诗作表达的是一种主动承当改变历史的重任、即使失败也愿意为之殉道的"英雄主义"，那么舒婷的诗歌在这里则表达了一种无力干预历史的"零余者"的凄婉心态。但和北岛、江河们一样，作为同时代人，他们扮演的都是一种历史转型期的启蒙者的角色。诗歌肩负的是一种启蒙的重任。这是舒婷作为朦胧诗人和其他诗人的共性。

女性经验

直至今天，舒婷的名字在中国广大诗歌读者心中仍然有着奇异的光辉，这与舒婷在朦胧诗人中的独特性是分不开的。舒婷以其女性特有的身份和女性特有的体验，写出了一个在人的欲望和爱被极端扭曲的时代人们对性别关系、情爱状态的正常想望。

直至今天，人们仍然留念20世纪80—90年代间经常可以听到朗诵舒婷名作《致橡树》（1977年3月27日）的声音。在一声深情的"我如果爱你——"之后，是暂时的停顿，"我"如果爱"你"将会怎样？如何去爱？一个时代在期待着一种新的情爱的话语。

"我如果爱你——/绝不像攀缘的凌霄花，/借你的高枝炫耀自己；/我如果爱你——/绝不学痴情的鸟儿，/为绿荫重复单调的歌曲……我必须是你近旁的一株木棉，/作为树的形象和你站在一起。"我如果爱你，我们应该是平等的，而不是传统的男尊女卑。但爱情不止有社会学的意义，爱情的意义在于爱情自身的甜蜜与美好及个体之间的秘密关联。"根，紧握在地下；/叶，相触在云里。/每一阵风过，/我们都互相致意，/但没有人听懂我们的言语。"这里的诗歌意境与日常生活场景的美妙联系让人对爱情顿时浮想联翩。诗人向往的爱情是："我们分担寒潮、风雷、霹雳；我们共享雾霭、流岚、霓虹，仿佛永远分离，却又终身相依。这才是伟大的爱情，坚贞就在这里：爱——不仅爱你伟岸的身躯，也爱你坚持的位置，足下的土地。"在一个新的时代到来之前，舒婷对爱情的歌唱预先表达了人们渴望已久的心声。尽管今天看起来《致橡树》可能只是一首普通的爱情诗，但是特定的历史时期给予了它丰厚的意义。这也足以看出诗人在历史关头的敏锐性。用诗人自己的话说，就是"最强烈的抗议最勇敢的诚实莫过于——活着，并且开口"。（《人心的法则》，1976年1月13日）

舒婷的爱情诗一方面是新时期女性解放的美妙预言，另一方面它也是新时期文学的人道主义复归、人性解放话语的独特部分。从女性视角、从女性经验出发，接下来舒婷写了一些反映女性生存和命运的诗作，无疑是中国当代文学后来出现的突出女性自身经验、从女性视野看问题的"女性主义写作"的先声。这些诗作，反映了舒婷这位写诗的女性对几千年受男权话语辖制的漫长历史的反思，也反映出一个当代女性诗人在这个男权话语已经历史化、文化化的社会中艰难生存的真切体验。

《惠安女子》（1981年4月）应该是舒婷最重要的诗作之一：

> 野火在远方，远方/在你琥珀色的眼睛里//以古老部落的银饰/约束柔软的腰肢/幸福虽不可预期，但少女的梦/蒲公英一般徐徐落在海面上/啊，浪花无边无际//天生不爱倾诉苦难/并非苦难已经绝迹/当洞箫和琵琶在晚照中/唤醒普遍的忧伤/你把头巾一角轻轻咬在嘴里//这样优美地站在天地间/令人忽略了：你的裸足/所踩过的碱滩和礁石//于是，在封面和插图中/你成为风景，成为传奇。

这首诗无论是境界还是意味都很耐人寻味。夕阳里赤足站在海水中的惠安女子，头巾的一角轻轻地咬在嘴中，对于观看风景的人，该是一幅多么优美的图画！但是，对于这个被观看者而言，她真实的梦想、她隐秘的痛苦谁人能知？天生不爱倾诉苦难，并不代表苦难已经消失。当惠安女子赤足站在海水中，确实很美，但她的身体（"裸足"）在碱滩和礁石上的疼痛谁人能知？女性在中国历史的地位正是如此。长期以来，她们只能处于"被观看"的位置，青春的身体被陈腐的历史话语所书写，成为男人眼中固定的风景（因为男人需要她们这样），而对于她们个体的痛苦，却被历史忽略了。她们肉身的真切疼痛换来的是历史化的美学图景，这是何等大的悲剧！"惠安女子"在这个意义上成为中国女性美丽而苦难的命运的象征。

在《惠安女子》当中，舒婷完成了一次对男权话语左右下的审美眼光的深刻嘲讽，"看上去很美"的惠安女子，实际上很"苦难"。在这首诗里，舒婷对中国女性命运的沉思和对男权文化的嘲弄是不动声色的，而在接下来的《神女峰》（1981年6月）里，她不禁为中国文化中对女性的思维/审美定势对女性形象的"塑造"与"评价"深深愤怒进而大声呐喊。

在一次游览长江三峡的旅程中，当客轮经过著名的风景点神女峰时，对于这块只不过被赋予了"相传一个痴情女等她的丈夫一直等到自己变成了石头"的贞节之义的石头（在江上看神女峰它其实只是一块像拇指的小石头），船上的人们一阵欢呼，但是诗人却在这欢呼声中黯然退场："在向你挥舞的各色花帕中/是谁的手突然收回/紧紧捂住了自己的眼睛/当人们四散离去，谁/还站在船尾/衣裙漫飞，如翻涌不息的云/江涛/高一声/低一声。"诗人由对人们的震惊而感伤，进而思虑："美丽的梦留下美丽的忧伤/人间天上，代代相传/但是，心/真能变成石头吗/为眺望远天的杳鹤/而错过无数次春江月明。"心不能变成石头，肉的心变成贞节的石头，这是人在贞节话语中的极端异化。

诗人在这个事件当中完成了一次对中国女性命运的思索与顿悟，她由此豁然开朗，平常的风景在她的眼里有着与象征贞节的神女峰截然相反的意味："沿着江岸/金光菊和女贞子的洪流/正煽动新的背叛。"最后诗人似乎是对中国所有在男权话语压迫中的女性呼喊："与其在悬崖上展览千年/不如在爱人肩头痛哭一晚！"与其在那话语的高台上死守贞节，将肉身真实的生存"展览"成一具石头，不如活出真实的自我，大胆追求自己的所爱。

诗人在这里张扬的是真实的人性。对于新时期的文学，这种赤裸裸的追求真实的幸福的吁求是宝贵的。对于中国1978年之后的女性的思想解放，舒婷的诗歌某种意义上起到了推波助澜的作用。在《致橡树》里，诗人阐明的是一种男女平等的爱情观；在《惠安女子》中，诗人提醒人们反省我们对女性的审视眼光，应关注女性内在的生存之艰难；在《神女峰》，诗人则直接煽动人们对传统评判女性的专制话语的"背叛"。从《致橡树》到《神女峰》及其后的一些诗作，舒婷的写作是一部中国女性生存状况的反思史。她的作品，也是当代女性诗歌在女性经验书写上的一次转变。从个人经验→女性经验→更丰富、更综合的个人经验→现代个体生存经验，舒婷作为一个女诗人，为当代诗歌向诗歌本体状态的进发，提供了富有积极意义的参照和启示。

集体经验

作为一位为当代文学史提供了必要意义的著名诗人，舒婷的写作似乎有这样一个主题：强调人的个性与自由，反对历史话语对个体丰富性的书写。无论爱情、女人、欲望……都应有其保留而展示真实性的权力。但是在具体的历史进程中，权力话语为了自己的利益总是在压制这种真实性，以种种或隐或显的方式隐藏或改写这种真实性。譬如，舒婷在《惠安女子》《神女峰》这些诗作中是通过对男权话语及其审美眼光的嘲弄与颠覆，试图恢复女人的真实生存状况。极有意味的是，这种对抗性的写作使舒婷经常感到非常的痛苦。舒婷在与这样的权力话语对抗的写作中，渐渐感到自己的女人的本性在丧失，事实上她在做着时代的启蒙者所做的事，这样的事使她吃不消。她在试图颠覆历史话语的过程中，令自己的心性也被历史所隐藏的话语力量部分地改变。这是舒婷诗歌写作中的一个重大矛盾。

朦胧诗人的写作标示了我国新诗从集体经验→个人经验→现代经验的艰难指向，这是没有错的。"十七年"（1949—1976）时期的文学是一种具有超级象征意味的宏大叙事，将具体、复杂的生活简约化和叙事化，既害了历史，又害了文学和文学家。朦胧诗是一种拨乱反正，以真实的揭露、控诉和沉痛的期望揭开了新的文学篇章，完成了当代诗歌从集体经验向个人经验的一次过渡。问题在于，像北岛、舒婷等人这样的写作，英雄主义的、启蒙思想意识的个人经验由于偏重指向对祖国—母亲、人性真实等现代性宏伟命题的沉思，这种由这一代人在社会历史中的事业格式（还应为社会、为国家做点什么，将祖国当母亲）和角色认同（要么"英雄"、要么为祖国殉难）所决定的写作目标上的大致统一性，某种意义上又成为一种新的集体经验。

这也是后来"新生代"诗人大喊"pass北岛、舒婷"的真正原因。新生代诗人彻底抛弃朦胧诗人的"祖国—母亲"情结和英雄主义倾向，走向更极端的个人化，玩"非非"，玩后现代主义，玩"拒绝隐喻"，玩"诗到语言为止"。我们这里就只看看舒婷为这种由个人经验转化而来的新的集体经验所累的真实情形。

和那些作为启蒙英雄的男性诗人一样，舒婷早期写了许多歌唱祖国、土地，反映"一代人的呼声"的作品，这是时代的必然。但有意味的是，舒婷在宏伟叙事的话语间隙中，经常流露出一些与这些宏伟叙事截然不同的个人情感。

譬如，她高声呼唤时代的爱情应该怎样，应该男女平等……但是，在一些诗作中，作为女性，她情不自禁地渴望男性的呵护，她无法隐藏在一个严峻的时代里一名女子的柔弱与彷徨。

譬如，她也和北岛、江河们一样悲壮、严峻地以宏大、凝重的诗歌来书写祖国、民族、土地、一代人，并以这些意识形态超级符码作为自己精神上的"母亲"……但是，当她真正忧伤、疲倦的时候，她首先想起的还是自己肉身、血源上的"母亲"，只有这样的"母亲"才能给自己安慰。一个明显的例证是：在舒婷的诗歌中，往往是写给妈妈、母亲、外婆这些诗作最真挚动人。

分裂的个体

很多人都将长诗《会唱歌的鸢尾花》（1981年10月28日）看作舒婷诗歌创作的一个分界线，也是一个转折点：从浪漫派到现代派。以这首诗为名的诗集1982年出版，但令人惊讶的是，正值创作高峰的诗人之后便是三年时间的搁笔，按照评论界的看法，所谓"分界线"，所谓此后便有"更鲜明的现代倾向"的三年蛰伏期[1]，所谓的"转向现代"[2]，一切都似乎是诗人主动选择的结果。其实笔者以为，这里边绝不仅仅是诗歌的问题，还有关乎诗人个体生存真实表达的问题，即有的诗歌写作不能真实表达人的内心。诗人的"转向现代"不是一种诗艺上的主动转移，而是一种生存意义上的"被迫"，诗人必须要怎样改变内心的表达方式。

整首《会唱歌的鸢尾花》的情感是非常矛盾的，诗人开篇就表达了一种女性对爱情的渴望："在你的胸前/我已变成会唱歌的鸢尾花/你呼吸的轻风吹动我/在一片丁当响的月光下/用你宽宽的手掌/暂时/覆盖我吧。"我们的爱情是幸福且自由的："当我们悄悄对视/灵魂像一片画展中的田野/一涡儿一涡儿阳光/吸引我们向更深处走去/寂静、充实、和谐//就这样握着手坐在黑暗/听任那古老而又年轻的声音/在我们心中穿来穿去/即使有个帝王前来敲门/你也不必搭理//但是……"为什么我们的爱只能是"暂时"的？又"但是"什么？为什么人生有此转折？诗人只能将这种截断私人幸福的力量称为莫名的意志力："那是什么？谁的意志/使我肉体和灵魂的眼睛一起睁开/'你要每天背起十字架/跟我来'"。

十字架是古罗马最残酷的刑具之一，受刑者要自己将十字架背到刑场，然后被钉在上面，在剧痛、呼吸困难、血流不止中死去。上帝之子、

1　参阅洪子诚：《中国当代新诗史》，北京：人民文学出版社，1994，第419页。

2　参阅陈晓明：《表意的焦虑——历史祛魅与当代文学变革》，北京：中央编译出版社，2002，第37页。

人类的救世主——耶稣就是被钉死在十字架上，成就了上帝对人类的救恩，十字架的意义从此也就不再是耻辱，而成了上帝的救恩与荣耀的象征。舒婷在诗歌里引用的《圣经》的话，其"十字架"之义乃在于最初的"受难"之义。记载耶稣一生的四福音书之首——《马太福音》里，耶稣对他的门徒们第一次预言自己的受难和复活时即说："若有人要跟从我，就当舍己，背起他的十字架，来跟从我。"[1]舒婷应该是熟悉《圣经》的[2]。但作为一个对基督信仰有历史性的误解与悖逆、隔离的中国人，可能还没有在生命中真正体验到上帝的奥妙就是耶稣基督的人，舒婷在这里似乎潜意识里有耶稣"你要每天背起十字架/跟我来"的声音，笔者以为这可能还与国家意识形态的权力话语有关。中国知识分子不能逃脱的"修身齐家治国"的事业格式和角色认同，使他们在一个历史转折的关头，总是难逃一种"启蒙"的意识和"拯救"的使命。在诗里，他们确实"接近"了"十字架"的奥妙：既是"受难"，又是"荣耀"。不同的是他们的对象——"上帝"不是基督耶稣的上帝，乃是现代性的"民族—国家"。不是"我"不要个人的幸福和欲望，而是一种话语权力的辖制已深深在"我们"的血液之中："我的名字和我的信念/已同时进入跑道/代表民族的某个单项记录/我

---

1 《圣经·马太福音》第十六章第二十四节。

2 舒婷曾在多首诗歌里表现出她对《圣经》的熟悉。在她作于1975年8月的那首《啊，母亲》里，诗人就借耶稣在被钉上十字架前遭士兵戏弄、被戴上荆棘的王冠的故事来表达自己的当下处境："为了一根刺我曾经向你哭喊，/如今戴着荆冠，我不敢，/一声也不敢呻吟。"《马太福音》这样记载关于犹太士兵给耶稣戴"荆冠"的情景："巡抚的兵就把耶稣带进衙门，叫全营的兵都聚集在他那里。他们给他脱了衣服，穿上一件朱红色的袍子；用荆棘编作冠冕，戴在他头上；拿一根苇子放在他右手里，跪在他面前，戏弄他说：'恭喜，犹太人的王啊！'又吐唾沫在他脸上，拿苇子打他的头。戏弄完了，就给他脱去袍子，仍穿上他自己的衣服，带他出去，要钉十字架。"另外还有《复活》，此诗1984年12月写于北京。这个题目就和基督教文化直接联系在一起。诗中这样表达诗人对基督教教义之核心——耶稣基督"复活"的理解："上十字架的亚瑟/走下来已成为耶稣，但是/两千年只有一次"。《最后的挽歌》一诗，开头她就引用了《新约·希伯来书》第十一章第六节："因为到上帝面前的人必须信有上帝，并且相信他赏赐那寻求他的人。"这些文字都透露出舒婷对耶稣受难与复活、十字架、上帝之信实等基督教文化的精神核心相当熟悉。这一心灵倾向对舒婷创作的（潜在）影响，学界几乎无人提及。

没有权利休息/生命的冲刺/没有终点只有速度"。人为自己设定了时间，时间观念可以说是人的现代性计划的开始，当人设定了时间，人也就没有时间停下来了，他被时间和现代性计划逼迫得气喘吁吁。舒婷在这里描述了一种人被现代性计划所逼迫的情景："我"没有权利休息，只有奔跑；没有永恒的安息，只有要命的速度。

　　一个在历史中自由地写作的诗人，如何背起了诗歌的"十字架"？其实，朦胧诗人写作的出发点就是以一种意识形态（个人化和自由理念）对抗另一种意识形态（国家、社会对人性、自由的压抑），他们肩负着一种揭示历史黑暗和重塑现实的使命。对于漫长的民族历史，他们肩负的是建设一个具有现代性的民族国家的神圣使命；对于无边的现实，他们担负的是一代知识分子重新解释现实、建设一种新的意识形态的精神重担。他们在历史的舞台上一出场，历史话语和现实企求就在他们身上搁上了早已准备就绪的"十字架"。对于一个自觉于内心的复杂性和诗歌本体追求的诗人而言，个体的真实体验和诗歌的本体（语言、形式等方面）追求就犹如十字架上钉肉体的钉子，使人的内在有源源不断的疼痛。人在感受肉体真实的分裂和死亡。

　　其实，在《会唱歌的鸢尾花》之前，舒婷在一年前写的另一首诗《在诗歌的十字架上——献给我的北方妈妈》（1980年10月）里面，已经将个体生存在历史话语与现实话语的双重逼迫中的矛盾、分裂感描述得非常真实、感人：

　　　　我钉在/我的诗歌的十字架上/为了完成一篇寓言/为了服从一个理想/天空，河流与山峦/选择了我，要我承担/我所不能胜任的牺牲/于是，我把心/高高举在手中/那被痛苦与幸福/千百次洞穿的心呵/那因愤怒与渴望/无限地扩张与缩紧的心呵/那为自由与骄傲/打磨得红宝石般透明的心呵/在各种角度的目光投射下/发出了虹一样的光芒//可是我累了，妈妈/把你的手/搁在我燃烧的额上//我献出了/我的忧伤的花朵/尽管它被轻蔑，踩成一片泥泞/我献出了/我最初的天真/虽然它被亵渎，罩着怀疑的阴云/我纯洁而又腼腆地伸出双手/恳求所有离去的人/都回转过身/我不掩饰我的软弱/就连我的黑发的摆动/也成了世界的一部分/红房子，老榕树，海湾上的渔灯/在我的眼睛里变成了文字/文字产生了声音/波浪般向四周涌去/为了感动/至今尚未感动的心灵//可是我累了，妈妈/把你的手/搁在我燃烧的额上//阳光爱抚我/流泻在我瘦削的肩膀/风雨剥蚀我/改变我稚拙的脸庞/我钉在/我的诗歌的十字架上/任合唱式的欢呼/星雨一般落在我的身旁/任天谴似的神鹰/天天啄食我的五脏/我不属于自己，而是属于/那篇寓言/那个理想/即使就这样/我成了一尊化石/那被我的歌声/所祝福过的生命/将叩开一扇一扇紧闭的百叶窗/茑萝花依然攀缘/开放//虽然我累了，妈妈/帮助我/立在阵线的最前方

这里有诗人最真实的内心："……可是我累了，妈妈/把你的手/搁在我燃烧的额上……"诗人情不自禁多次重复这样的呼喊。

这里有诗人最尴尬的现实："……那篇寓言/那个理想/即使就这样我成了一尊化石……"诗人的写作本就是反抗历史话语将"人"变成"石头"，像后来的《神女峰》所显明的。但是，对于她本人，却无可拦阻地也有被一种"寓言"的力量变成干硬的"石头"的危险！

这里有诗人最矛盾的抉择："……虽然我累了，妈妈/帮助我/立在阵线的最前方"。虽然在这个奔跑的途中，"我"累了，"我"需要爱的抚慰，但是，"我"最后的选择仍然是不得不屹立在"阵线的最前方"。我真的是"……没有权利休息/生命的冲刺/没有终点只有速度"。一个"集体经验"中的"大我"战胜了疲倦的"小我"。

转向"现代"

这些诗作表明的是一个写作上的困境。"我钉在/我的诗歌的十字架上/为了完成一篇寓言……我不属于自己，而是属于/那篇寓言……"这感叹容易让我们想起美国文艺理论家弗里德里克·杰姆逊（Fredric Jameson，1934——　）说过的一段著名的话："第三世界的本文，甚至那些看起来好像是关于个人和利比多趋力的本文，总是以民族寓言的形式来投射一种政治……"[1]虽然杰姆逊的理论有时对中国文学的解释不尽合理，但在这里，我们似乎能够同意他的说法。朦胧诗人的诗歌写作，即使他们怎么在写作中强调"个人"，正视个体的内心、各样的欲望，但是，这种本文只关乎个人和自身欲望的写作，似乎总是投射着一种宏大的价值指向（"那篇寓言"），并且，它必然在某种民族寓言、意识形态意义的话语序列中被解释、被确认、被肯定或者被否定，直到其意义最终枯竭。也就是说，诗人出自个体心性、欲望的写作很容易被民族寓言的超级所指暗暗吸引，这种写作丰富性和复杂性的指向最终被此超级所指的功能销蚀殆尽，写作很可能成为一种贯穿的象征符号运动，成为一个空洞的能指序列。我在这里不惜篇幅将《在诗歌的十字架上》全部摘录，实在是感叹诗作对特定历史处境中诗的矛盾和人的分裂的沉痛叙述，乃是表明它在舒婷诗歌创作中的重要意义。它显现出一个优秀诗人内心必然的痛苦，也启示了当代诗歌接下来的道路。诗歌必然要书写现实与历史包括政治。作为一个时代中的精神个体，我们应当参与、承担历史和现实的精神话语的解蔽与重建，而诗歌是我们的一种表达方式。但是，如何不受历史话语与现实权力的无形辖制，保持个人内心和诗歌趋向本体的真实，是一个难题。

《会唱歌的鸢尾花》《在诗歌的十字架上》等作品无疑是在表明舒婷在

1　［美］弗里德里克·杰姆逊：《处于跨国资本主义时代的第三世界文学》，张京媛译，载《当代电影》1989年第6期，第48页。

诗歌写作与个体生存间巨大的裂缝，她已经无法承受痛苦。这样的诗歌写作已经难以承载她作为诗人的痛苦，所以才有此后的所谓转向"现代派"。弗里德里克·杰姆逊在谈到资本主义的现代主义文化时说"……其决定因素之一是基本分裂感，即个人与公众之间的分裂，诗与政治的分裂，性和无意识领域与阶级、经济和政治权力领域之间的分裂，用另外的话说也就是弗洛伊德对马克思……"[1] 也许，这种与那些"寓言""理想"等宏伟叙事"分裂"，倾向于无意识内心的写作方式更能以个人化的形式表现复杂的个体情感、经验的现代诗歌更能承载舒婷的内心。也许这才是舒婷"转向现代"的真正原因。

舒婷的"现代"式的诗歌写作，其实在1978年甚至更早就已经发生。人往往是在最矛盾、分裂的时候写作才最真实地反映了他（她）的灵魂图景。这一时期舒婷的一些诗作，很值得品味，令人感觉在那样一个诗艺普遍很简单、情感表达通常是浪漫主义式的直抒胸臆的时代，舒婷诗歌的现代主义技巧已经显得特别自然、个人的现代经验的表达很融洽。像曾经引起争议的《往事二三》《路》等，都是耐人寻味的诗作。"一只打翻的酒盅/石路在月光下浮动/青草压倒的地方/遗落一枝映山红//桉树林转动起来/繁星拼成了万花筒/生锈的铁锚上/眼睛倒映出晕眩的天空……"（《往事二三》，1978年5月23日）"凤凰树突然倾倒/自行车的铃声悬浮在空间……"（《路》，1979年3月）这些诗作在意识的跳跃性和意象之间的断裂感上，在以突兀的意识、意象直接抵达真实经验的方式，显示出与以往的现实主义或浪漫主义的诗歌迥然不同的诗艺特征，也引起人们在面对这种"新的"诗歌时所必需的审美方式的变革。

最令人称道的是那首《墙》（1980年2月18日）。"墙"的意象在20世纪存在主义哲学的背景下，已成为人与世界"对立"（"世界"是冷漠的、人

1　转引自王逢振：《今日西方文学批评理论——十四位著名批评家访谈录》，桂林：漓江出版社，1988，第9页。

的生存是荒诞的、人"进入"不了这个"世界"）关系的一种普遍象征。诗人如何来重新书写这一"陈旧"的象征？"我无法反抗墙，/只有反抗墙的愿望。//我是什么？它是什么？/很可能它是我的渐渐老化的皮肤/既感觉不到雨冷风寒/也接受不了米兰的芬芳/或者我只是株车前草/装饰性的寄生在它的泥缝里/我的偶然决定了它的必然//夜晚，墙活动起来/伸出柔软的伪足/挤压我/勒索我/要我适应各式各样的形状/我惊恐地逃到大街/发现同样的噩梦/挂在每一个人的脚后跟/一道道畏缩的目光/一堵堵冰冷的墙//我终于明白了/我首先必须反抗的是/我对墙的妥协，和/对这个世界的不安全感"。一反人们与"墙"的对立感，舒婷写道："墙"可能和我是一体的，"墙"与"我"非常接近。当我怀着对"墙"的恐惧来到人群中，我终于明白，其实，畏缩、冰冷的人群就是"墙"，是人构成了"墙"，而不是"墙"像一个"客体"在"那里"，等着我们去反抗。这个世界的冷漠不是因为"墙"的存在，而是因为人对"无爱"状况的妥协、人与人之间信任的丧失所造成，所以诗人面对"墙"，感叹：首先要反抗的是"……妥协，和/对这个世界的不安全感"。诗人对"墙"的抒写在这里使人们获得了一种对现代世界的重新体悟和个体生存经验的可能转变。

1985年、1986年，应该是舒婷诗歌写作向"现代"转型的一个高峰时期。这一时期，像《旅馆之夜》《镜》《眠钟》《停电的日子》《秋思》《圆寂》等诗作，表现出舒婷在处理复杂的"现代经验"时已经显得深刻而含蓄。诗歌意蕴之中既有来自西方现代主义诗歌的意象跳跃、语词的尖锐和思想的突兀，又有东方文化的静默和从容。同时，诗歌在现代汉语、诗歌文类本体特征两个方面都能兼顾，开始具备了一种现代汉语诗歌的自觉意识[1]。但很可惜，此时的舒婷似乎对诗歌的兴趣已大不如前。舒婷其后的诗

---

[1] 20世纪中国诗歌是一种在现代经验、现代汉语、诗歌文类三者的互动中展开凝聚和建构的文类。当代中国诗人在写作中应该有这种三者互动的追求接近诗歌本体的艺术自觉意识。详见王光明《现代汉诗的百年演变》。

歌创作数量明显减少，兴趣部分地转向了散文的写作。

1990年9月5日所写的那首《立秋年华》实在是一首思想、情感都很丰沛，诗行的节奏、韵律颇为讲究又显得自由、从容的杰作。这首诗显出这位曾经著名的朦胧诗人并未才情不在、技艺生疏，在一个文学转型的新时代，她仍然是一位优秀的诗歌写作者。

是谁先嗅到秋天的味道/在南方，叶子都不知惊秋/家鸽占据肉市与天空/雁群哀哀/或列成七律或排成绝句/只在古书中哽寒/花店同时出售菊花和蝴蝶草/温室里所复制的季节表情/足以乱真//秋天登陆也许午时也许拂晓/当你发觉蝉声已全面撤退/树木凝然于/自身隐秘的谛听/古榕依旧匝地/沿深巷拾阶而去的那个梳髻女人/身影有些伶仃，因为/阳光突然间/就像一瞥暗淡的眼神//经过一夏天的淬火/心情犹未褪尽泥沙/却也雪亮有如一把利刃/不敢授柄他人/徒然刺伤自己/心管里捣鼓如雷/脸上一派古刹苔深//不必查看日历/八年前我已立秋

如果将诗中的叙述者"我"就解读为作者舒婷的话，那么八年前正是出版《会唱歌的鸢尾花》的1982年，那是诗人一生中为时代的诗歌，为个人的真实而痛苦、矛盾的难忘年月。世易时移，文学的昔日光景已经不在，诗歌真正回到个体生存与复杂现实的呈现层面，不再依附于对什么宏伟叙事的皈依或反叛，有了接近诗歌本体状态的良机。这是一个新的时代，也是一个价值混乱、话语无序的时代。"……八年前我已立秋"——回想曾经激情燃烧的启蒙岁月，现在似乎是"身影有些伶仃"、人心已老。诗中透露出一个"季节"已经远去的苍凉之感，似乎是诗人在一个新的年代到来之前的一场"告别"仪式：告别一段历史，告别一种生存方式。

对于这个经历坎坷的女诗人及其丰富、复杂的诗歌创作，本文的谈论必定残缺而贫乏。但无论怎样，舒婷以她的诗歌创作，向世人展示了一个

矛盾、分裂、痛苦的真实"自我"，展示出一个真实"自我"在诗歌中艰难呈现的历程。诗歌必须立足于个体生存的真实表达，虚伪和矫饰是可憎的。说舒婷"她的诗标示了我国新诗从集体经验→个人经验→现代经验的艰难指向"这是非常准确的。准确在于这里我们强调了作为一个诗人她的个体生存体验的真实性，她的诗歌中极有意义的矛盾和分裂状态；在于我们强调一个人抵达"真实"的艰难和中国现代诗歌要指向"本体"的真实状态的艰难。

十二

不需要任何人同行：论王家新

充满争议的诗人

对于喜欢中国当代诗歌的读者而言，王家新是一位不可绕过的诗人。王家新并不是一位高产的诗人，但其诗歌中精湛的诗歌技艺和卓越的精神品质，及其所采取的独立的诗歌姿态，使他成为20世纪90年代以来当代中国诗歌最有影响力的代表人物之一。王家新同时也是一位卓有成就的翻译家，当他以一位诗人的诗情与语言敏感来翻译诗作时，诗歌就不再是在翻译中丢失的东西，而成为两种语言的交锋与相互映照。王家新对于叶芝和犹太籍德国诗人策兰的翻译，对帕斯捷尔纳克、布罗茨基、米沃什等诗人的解读与"重新发现"……这些使他在当代诗歌的写作与读者阅读方面都有极为重要的影响。

另一方面，王家新又是一位充满着争议的诗人。当我们试图回溯20世纪末那场影响深远的"民间写作"与"知识分子写作"之间的论争，就会轻易发现处于旋涡中心的王家新及其诗歌，以及由此引发的一系列激烈的争论乃至诋毁。当代中国诗坛，诗歌的个人话语空间不断扩大，集体话语已经失去其合法性，很少有人敢像王家新一样勇敢地剖白："无论我们多么渴望个人在历史中的自由，我们的写作仍不可避免地受到当代政治文化生活的影响；也无论我们已走到多么远，我们最终仍要回到这种我们注定要承受的'汉语的现实'中来。"[1]诗人的自我剖白是准确而有效的，相信阅读王家新诗歌的读者都会感受到其中蕴含的强烈的时代意识以及几乎令人灼痛的"承受"感。然而，这一切在如今这个时代又是多么的"不合时宜"。批评者将王家新诗歌中的西方资源和历史意识作为靶子，以此攻击他的写作，但是，王家新的写作并不是为了某个宏大的主题或是集体。就如诗人自己所说："我想我本来就是尊重大众的，只不过诗歌却无法对'大众'讲话。"[2]如果我们能抛开那些因非此即彼的论争而产生的偏见，就会发现在王家新的诗歌中，蕴含着丰富的个人性、当代性与历史性。

为汉语诗歌注入灵魂的重量

正如诗人、诗评家臧棣所说的："1989年后，王家新的写作像一束探照灯的光，径直凸射到中国诗歌写作的最前沿。"[3]为什么这样说？这是因为在20世纪90年代的大的诗歌背景上，在一个注重诗歌本身、重视个人意识、诗歌超越时代或疏离时代的风气中，王家新的写作"为当代中国诗歌注入了一种严峻的时代意识"。[4]而谈到这种"严峻的时代意识"，我们自然会想起王家新最负盛名的代表作之一《帕斯捷尔纳克》。这首诗写作于1990年底，我们可以从中看到作为知识分子的诗人那种深重的"时代意识"。这是什么样的"意识"呢？我们从诗作本身的语词、意象和境界可以分辨。

1　王家新：《游动悬崖》自序，收入《游动悬崖》，湖南文艺出版社，1997，第1页。

2　王家新：《诗歌能否对公众讲话？》，《取道斯德哥尔摩》，山东文艺出版社，2007，第44页。

3　臧棣：《王家新：承受中的汉语》，载《诗探索》，1994年第4期。

4　同上。

"终于能按照自己的内心写作了/却不能按一个人的内心生活",这格言一样的诗句,在坦言这个时代知识分子的"共同悲剧"。"从雪到雪,我在北京的轰然泥泞的/公共汽车上读你的诗,我在心中/呼喊那些高贵的名字/那些放逐、牺牲、见证……",在北京的雪与俄罗斯的雪的对比中,在北京的轰响的泥泞中的"我"与在俄罗斯被放逐的那些有着"高贵的名字"的诗人之间,有一种处境、有一种命运是共同的,但"我们",这些中国的知识分子,当"苦难"要求"我们""把灵魂朝向这一切",来勇敢地"承担"之时;当那些高贵的灵魂在这块土地上寻求"一个对称"、寻求灵魂与灵魂之间的"回声"之时,诗人感觉到的是"耻辱"。"我们,又怎配走到你的墓前?/这是耻辱!这是北京的十二月的冬天"。在雪、北京、泥泞、放逐、牺牲、见证、死亡、俄罗斯、苦难、冬天……这些词语与意象中,我们看到一个在"承受"中写作、将"苦难"视为宿命、在那些高贵的灵魂的质问中焦虑的诗人形象。诗作的境界又充满了灵魂的震颤、痛苦与沉默,读来叫人十分沉重,但又发人深省。

就如同这首诗中的"我们",王家新许多诗歌的精神强度在于诗人自身精神写照的"自白"的特色。但正如臧棣所言,此诗"不追求对个人的痛苦的神话化,虽然诗中也提到痛苦,但这首诗主要讨论的是在诗歌的写作中发现并维护一种个人的精神力量和可能性"[1]。程光炜在评价90年代诗歌的艺术特质时,认为在此之前存在着两种写作态度:依附于政治意识形态和崇尚市井口语而疏离了知识分子精神的写作态度。而90年代诗人们所做的正是对于这两种写作姿态的纠偏,王家新等知识分子的写作预示了一个崭新的写作风向,它实际上要求诗人具有相当的独立精神,才能在虚幻的政治话语和"亲切"的市井日常之间的窄路上,艰难而稳定地前行。对此,程光炜的评价是非常耐人寻味的,他认为:"它(指90年代诗歌写作,

---

1 臧棣:《王家新:承受中的汉语》,载《诗探索》,1994年第4期。

引者注）的思想活动虽然不排斥历史生活的存在，……却具有了完全不同的内涵。它坚持的是一种个人的而非集体的认知态度。它要求写作者首先是一个具有独立见解和立场的知识分子，其次才是一个诗人。"[1]

许多针对知识分子写作的批评者将这句话简化为"首先是一个知识分子，其次才是一个诗人"，然而依照程光炜的原意，他在讨论写作者的知识分子身份时，首先强调的是写作者必须要坚持"一种个人的而非集体的认知态度"，诗歌写作的个人性在这里从来就是被着重突出的。在这个碎片化的时代，诗歌已经失去了时代代言人的崇高而危险的地位，现在已经没有诗人胆敢狂妄地宣称要成为整个时代的撰写者，但是我们依然不能否认一个诗人以灵魂推进时代的勇敢。的确，王家新所坚持的承担者姿态和学院派立场与目前的流行诗学格格不入，可是，诗歌拥有了平民化写作和日常生活中的神性，也应当有人勇敢地承担宿命，感受丰富的时代。在个人意识被日益推崇的诗坛潮流中，却容不下一个诗人对于时代的独立思考，这难道不是对历史的反讽吗？

重点不在于诗歌中所体现的崇高和沉郁。毕竟，这本质上只关乎文学的写作风格，而无涉真实与虚伪。更进一步，如果我们拒绝崇高和沉郁的风格，那么就会有太多的文学珍品被我们拒绝。问题的关键在于，写作者是否以真诚、独立的姿态来表现这种崇高和沉郁，它是否出自写作者无法纾解的心灵的震颤，它的表现方式是否具有足够的诗意。

而王家新的写作给汉语诗歌注入了时代意识、现实关怀和灵魂的重量，但这种注入不是意识形态对诗歌的辖制与重压，而是一种"高贵的"灵魂"在汉语的肌质中植入一种富有生气的语言机制"[2]。也就是说，王家新诗歌写作的"灵魂"话语又是在诗歌的具体性中完成的。不管是《帕斯捷

1　程光炜：《不知所终的旅行：九十年代诗歌综论》，收入程光炜编：《岁月的遗照》（九十年代文学书系诗歌卷），社会科学文献出版社，1998。

2　臧棣：《王家新：承受中的汉语》，载《诗探索》，1994年第4期。

尔纳克》时期的诗作还是后来不拘形式的"诗片段""长短句"式的写作，王家新的诗都延续着王家新才有的感觉、经验和想象，他的诗有一种独特的文体、句式和语汇。王家新的诗歌侧重于增强词语的力度，而并不太关注形式的技巧，他的诗歌注重深度意象的挖掘，诗歌呈现出一种深沉凝重的风格。

"诗片段"的实验

自1991年创作了《反向》开始，王家新在数年间陆续创作了《词语》《临海孤独的房子》《另一种风景》《流动悬崖》《蒙霜十二月》《冬天的诗》《变暗的镜子》等一系列他称之为"诗片段"的作品。这些诗歌非常具有形式上的独创性，通常由数个简短的、不分行的片段组成。这些片段有的有标题，有的没有；有的相互之间有所关联，有的却似乎只是"横向的独立"的碎片，而所有这些片段又在一个富有隐喻性的标题总括之下连缀成诗。试举几例：

在通向未来的途中我遇上了我的过去，我的无助的早年：我并未能把它完全杀死。

——《另一种风景·无题》

当我爱这冬日，从雾沉沉的日子里就透出了某种明亮，而这是我生命本身的明亮。

——《词语》

王家新的诗歌中向来具有明显的"自我独白"的倾向，而这些诗歌发展了这一倾向，诗歌中的情绪和语言成为无法分割的片段，给人强烈的绵延感，如同大块大块的语言的石头迎面而来，加重了诗歌中的精神强度和语言力度。王家新通过这样的"诗片段"，实际上是想实现一种更加自由开阔的表达方式，"它迫使诗人从刻意于形式的经营转向对词语本身的关注"。[1] 这些精致的诗片段很多都可以发展成一首完整的诗，但是正是"片段"的写作使得诗歌摆脱了形式的束缚而深入到诗歌意识的底层，保持了语言的张力。在这些带有实验色彩的"诗片段"写作中，我们能最大限度地感受到，王家新作为一个当代诗人在语言艺术上所能达到的深度和力度，他对于诗歌意识的不断开掘。

王家新的诗歌意境开阔或空疏，但不经意之间我们就会被一种尖锐的思想或深切的情境所击中，被迫停下来久久思忖。随便举其中一些诗句，譬如《词语》结尾部分的一段：

> 我猜马格瑞特的本意是想画三个传教士默坐在那里，但现在他在暗蓝色的海边留下的，仅为三炷烛火，在风和更伟大的涛声中战栗……

这里写的已经完全不是对一个西方画家的印象了。诗人对画家作品的重新理解表现诗人卓越的想象力。在诗人的想象中，画家是将"三个传教士"的境象置换成了暗蓝色海边在风和涛声中战栗的"三炷烛火"，这是多么有意思的置换或曰想象！用的是西方的知识，但是其中表达的现代人灵魂深处的某种图景大家都能体会。在海边的风中摇曳的"三炷烛火"置换了默坐的"三个传教士"，境界更空疏了，烛火在海边的风中摇曳的情景也许更能反映我们灵魂里的空旷场景以及我们对终极拯救的渴望。很显然，"西方知识"到了王家新这里，已经不是原来的西方知识，而是结合

---

[1]　王家新：《回答四十个问题》，收入《游动悬崖》，湖南文艺出版社，1997，第205页。

其个人化的生存体验，被转化成了一种反映多数人的痛苦与想象的普遍的东西。

再如《冬天的诗》里的诗句：

> 多年之后他又打开《清明上河图》：不再是为了那高超的史诗的笔触，而仿佛是为了还俗，为了混迹于车马牲畜之中，为了屈从于生活本身的力量，为了把灵魂抵押给大柳树那边的那座青楼……

这首诗中再次出现了王家新写作中招致多方诟病的"知识"，它似乎并不来源于生活。但我们难道没看到：这里有一种深刻而具体的生活感受吗？借助于历史上一幅著名的繁华都市的图画，诗人表达的是对这个时代的感慨：必须忘掉那"高超的史诗"情怀，像图画上的芸芸众生一样"混迹于车马牲畜之中"，"为了屈从于生活本身的力量"，我们有时不得不"把灵魂抵押给……青楼"，图画上的"青楼"仅仅是青色的楼还是确实是一座妓院，我们并不清楚，但这样的诗句，让人想起我们在这个将放纵欲望当作自由解放的时代的挣扎。我们一边"屈从"，但"屈从"并没有让我们获得什么，也没有预料中的轻松，相反，肢体里两个"律"的争战（即"神［上帝］的律"和"罪的律"）[1]越来越严重。这些沉重的体验仅仅是对《清明上河图》的知识性描述？缺乏足够的日常生活的具体经验吗？

四、"西方资源"问题

在这里也不得不谈到一个问题，那就是对于王家新作品中大量的"向

1　参见中文和合本《圣经》之《新约·罗马书》第七章。

大师致敬"诗作的评价。很多人可能正是因为这个问题才向王家新这些被称为"知识分子写作"的诗人发难的——由于他们诗歌中的"西方资源"太明显，写诗简直就像是"与西方接轨"，动不动就是"献给西方某某大师"或"向某某西方著名的诗人、文学家、艺术家致敬"。真实的情形到底是怎么样的？为了行文方便，下文直接使用"'致敬诗'问题"代称。

在思考这个问题时，难免会想到批评家谢有顺，他曾提及程光炜先生编选的《岁月的遗照》那篇序言中用来描述"知识分子写作"的一段话。他（谢有顺）很担心："……事实真是如此的话，那是太可怕了。"

> ……他（张曙光）的作品里有叶芝、里尔克、米沃什、洛厄尔以及庞德等人的交叉影响……欧阳江河"同波德莱尔一样，把一种毁灭性的体验作为语言的内蕴……"（欧阳江河）想使阅读始终处在现实与幻觉的频频置换中，并产生出雅各布森说的"障碍之感"……王家新对中国诗歌界产生实质性的影响，是在他自英伦三岛返国之后。……米沃什、叶芝、帕斯捷尔纳克和布罗茨基流亡或准流亡的诗歌命运是王家新写作的主要源泉之一，……正像本雅明有"用引文写一部不朽之作"的伟大愿望，他显然试图通过与众多亡灵的对话，编选一部罕见的诗歌写作史。……它让我想到，中国诗人是否都应该像不断变换写作形式的庞德那样，才被证明为才华横溢？……西川的诗歌资源来自于拉美的聂鲁达、博尔赫斯，另一个是善用隐喻、行为怪诞的庞德。……西川身上，……有某种介于现代诗人和博尔赫斯式国家图书馆馆长之间的气质……南方文人传统和超现实主义，成为他（陈东东）写作的两个重要的出发点——有如法兰西学院和巴黎街头之于福柯。……阿波利奈尔、布勒东是怎样融进陈东东的诗句中，这实在是一个难解之谜……[1]

1　程光炜：《不知所终的旅行：九十年代诗歌综论》，程光炜编《岁月的遗照》九十年代文学书系·诗歌卷。

对于一个没有什么外国文学修养的读者，在这些让人眼花的外国人名面前肯定会倒吸一口凉气；倘若他据此认为著名的中国诗人是这样诞生的，他一定很绝望。说实话，如果这就是诗人们写作的"真实状况"，绝大部分人都会同意谢有顺的忧虑："一个汉语诗人，整个活在西方的知识体系、技术神话和玄学迷津中，完全远离自己当下的生存现场，成为'复杂的诗艺'（程光炜语）的推演和'匠心和经验'（西渡语），这样的写作还有什么尊严可言？"[1]

朦胧诗之后，中国诗人为建设中国诗歌的个人性和艺术性，在叛逆的精神、独到的语言和形式方面，广泛地吸收西方特别是现代派以来的诗人精神、诗艺，因此出现大量的"致敬"的诗篇很自然。向西方"大师"致敬本身并没有错，错应该是错在怎样的"致敬"法。是仅到"致敬"为止，标明自己诗学的高妙或是谁谁的嫡传？还是在"致敬"之中，能将西方诗人的诗艺、人格精神转化到中国的本土语境、诗人的当下状况，构成一种诗歌内在的多方面的对话关系，展现出现代汉语诗歌在现代经验与现代汉语、自由诗的形式的三者之间的互动的复杂性与丰富性？

向某某大师或前辈致敬的诗，大致含义有四：（一）对致敬对象的人格或作品的敬重，在我的缺陷方面却是你这方面艺术的顶峰或你是我的榜样；（二）你是我的诗学观念与技巧的渊源；（三）你的死亡或悲剧使我顿生巨大的感触，我借助你表达对生存的领悟；（四）以上境况兼而有之。朦胧诗之后的中国诗人写过致敬诗的很多，西川、欧阳江河、于坚、王家新、臧棣等都写过著名的致敬诗，西川就有首长诗叫《致敬》。西川本人写了一定数量的致敬诗，不过他的致敬诗是五花八门的，显示了他的写作题材的多样性。他致敬的对象古今中外皆有，上至李白、杜甫，下至海

1　谢有顺:《谁在伤害真正的诗歌》，载《北京文学》，1999年第7期。

子、骆一禾。对于西方的女人，西川也颇为敬佩，正规的有俄罗斯的阿赫玛托娃，不那么正规的有美利坚的玛丽莲·梦露。于坚的致敬诗简直是反其道而行之，他谈不上对对象无比尊敬，而是放置致敬对象于日常生活情景中还原其俗世面目，有点类似于小说中的"新写实"。他写大哲学家康德什么的，也是鸡毛蒜皮的日常情境。在他笔下，大哲学家康德与一只需要重新命名的"啤酒瓶盖""乌鸦"什么的没多大分别。可以说，于坚的"致敬诗"是另类，是"揭老底"。

可能写这样的诗作最多的诗人要数王家新了。这也是他后来广遭持"民间立场"的诗人责难的缘由之一。有人就认为王家新的诗有一个"模式"，"最好懂，脉络清晰，一个中心人物加上与之相关的生活背景，居住地呀，墓地呀，一本书呀，再加上一些调料，就完成了'王氏制造'"，并认为王家新的诗是"凭借知识来写诗"的。[1]

细细数来，王家新老师致敬过的诗人、文艺家大致有：梵高、加里·斯奈德、海子、帕斯捷尔纳克、庞德、卡夫卡、叶芝……如果这个名单再接续另外一些诗人的名单，那么还有博尔赫斯、阿赫玛托娃、遇罗克、维茨塔耶娃、海明威……这个中国人很少的人物清单还可以无限地延长，但不能再延长了，因为这太危险了，因为这已经成了"知识分子写作"的有力口实。于坚就对这样的致敬诗很不满，他警醒道："我们时代最可怕的知识就是'知识分子写作'鼓吹的汉语诗人应该在西方获得语言资源，应该以西方诗歌为世界诗歌的标准。"[2]于坚和谢有顺激烈的批评令众多的知识分子尴尬无比，因为知识分子实在不明白传播西方文化怎么就成了"贩卖知识，迷信文化"。这样说的话，那"五四"新文化运动的先驱们呢？

批评者们的心情是急迫的，有其合理之处，那就是当下中国特殊意识

1　木朵：《"对个别的心灵讲话"——著名诗人王家新访谈录》，载《诗潮》，2005年第1期。
2　于坚：《穿越汉语的诗歌之光》，杨克等编《1998中国新诗年鉴》，花城出版社，1999。

形态的形势，极大地遮蔽存在的具体情境，诗歌没有起到揭开存在的蒙蔽之功，反而在优雅、深情的西方式的修辞中越来越进入"隐喻"之域，而真实的生活却成了"没有语言的生活"。西方资源和西方诗歌的抒情、语词模式有没有这方面的危险？回答是肯定的。法兰克福学派的著名学者、人类学者乔治·E.马尔库塞有段话可以用来提醒中国的文学家："人类学者过于沉迷在其自身的泛文化浪漫主义之中，他们以异文化的优越性来批评现代社会，而没有充分考虑到异文化转换到不同社会场景中以补其不足的可行性问题，不仅如此，这样一种策略也没有公正地面对异文化在其指使社会环境内的消极面。"[1]

知识分子诗人？

王家新他们有足够的理由可以理直气壮，他们并非脱离了具体的生活经验而让诗歌成为"外来的""知识"，成为"空洞的""玄学"什么的。既然诗歌是"献给无限的少数人"的写作，那么"我"的写作还是"献给那能理解我的无限的少数人"吧——任何一个杰出的作家的写作恐怕都只能博得少数人的暗中爱戴，那么批评者们的言语就可以暂时视为误读——"我"相信"我""致敬"的诗篇并不造成什么"中国经验"的缺失，这是或反讽式的或刻骨的真实的个人经验，只不过这种经验经过了西化的语词在中国语境中进行了个人转换，完全不是直接的"贩卖知识"、移植、试图"与西方接轨"什么的。致敬诗也不是所谓的借助西方大师资源的模式化写作，"而在实质上是一种向我们自身的现实和命运'致敬'的文本"。[2]

1　乔治·E.马尔库塞、米开尔·M.J.费彻尔：《作为文化批评的人类学》，王铭铭、蓝达居译，北京：三联书店，1998，第163—164页。

2　王家新：《知识分子写作，或曰"献给无数的少数人"》，载《诗探索》，1995年第2期。

诗歌里的"知识"到底有什么错？王家新在这里的阐述是很有针对性的：

> 至于我是不是凭借"知识"写诗，我也不知道。我只知道即使有时我在写作中借用了"知识"，那也是和内心的经历和生命的血肉结合在一起的。我不知道它什么时候成了"禁忌"。我只知道中国的诗从屈原起这就不是个禁忌，西方的诗自但丁起甚至更早这也不是个禁忌。没有对这类禁忌的打破，就不会有一种特殊的创造力的诞生。把一些诗人打成"知识分子诗人"，然后把它等同于"知识写作"，甚至把它等同于"贩卖知识""故弄玄虚""脱离人民""脱离'生活现场'""毫无原创力"，这种五十年以来的文化愚民伎俩居然在今天又见效了，真是难以置信。
>
> 这就是我们生活的国家和时代，一个诗人怎么可能不被"简化""标签化"，甚至"漫画化"呢？！如果说来自社会上的因为无知或政治需要而对诗人和诗歌造成的简化和标签化已不足为奇，悲哀的是现在的诗人们对自己的同行也干起了这样的事！这种对诗歌和诗人的"开涮"，居然在诗歌圈里成为一种风气！这大概是在中国才会出现的一大奇观吧。希望？绝望？[1]

曾几何时，在一些20世纪70年代出生的诗人嘴里，"知识分子"成了贬义词，这实在是一件很奇怪的事情。当我们嘲讽什么事情时，大约因为我们的精神已经"胜过"了它，我们在灵魂上已经"胜过"了"知识分子"这一词语所标志的内涵了吗？"知识分子"怎么啦？王家新的回答很令人警醒：在这个时代，我们离我们心目中的"知识分子"越来越远。我们还

---

[1]　木朵：《"对个别的心灵讲话"——著名诗人王家新访谈录》，载《诗潮》，2005年第1期。

要付出多大的代价才能迷途知返？

另一个自己

　　诗人总是存在于一定的历史序列之中的，我们无法想象一个不了解文学发展历史的诗人如何能创作出伟大的作品。艾略特曾这样论述诗人的个人和传统之间的关系："传统是具有广泛得多的意义的东西。它不是继承得到的。你如要得到它，你必须用很大的劳力。……它含有历史的意识，我们可以说这对于任何想在二十五岁以上还要继续做诗人的差不多是不可缺少的历史的意识又含有一种领悟，不但要理解过去的过去性，而且还要理解过去的现存性。……就是这个意识使一个作家成为传统性的。同时也就是这个意识使一个作家最敏锐地意识到自己在时间中的地位，自己和当代的关系。"[1]诗人不仅要拥有历史意识，还要能通过自己的努力使历史传统成为自身的一部分，使传统焕发出当代意义，从而找到自己在历史中的一个位置。

　　T.S.艾略特的描述简洁有力，从相当的高度把握了历史的本质，而王家新以一个非常美妙的意象，讲述了他眼中个人与历史的相遇：夜莺在它自己的时代。在同名的诗歌随笔中，王家新从博尔赫斯的诗歌《夜莺》谈起（博尔赫斯在这首诗中表现出了一种整体性的文学思想，这启发了王家新），他从这一篇《夜莺》开始，联想到济慈的名篇《夜莺颂》，继而与叔本华的哲学难题相联系，甚至想到了庄子的蝴蝶。在这贯通古今中外的串联中，王家新意识到，那只夜莺是在不同的时代反复出现的，它带着过去时代的印痕，而又能产生独属于当今时代的前所未有的意味。"夜莺在它

1　T.S.艾略特：《传统与个人才能》，见《四个四重奏》，裘小龙译，桂林：漓江出版社，1991，第283页。

自己的时代是一只夜莺，到了博尔赫斯那里它似乎被转化为一种在现实中并不出现，而只是在文学中才被创造出来并将引领文学不断周而复始的存在。"[1]

这是一个多么令人振奋的景象！通过对历史传统的继承与转化，我们能够与历史上的伟大灵魂再次相遇，在对那些伟大文本的致敬中，创造出自己时代的意义。千百年的时光呼啸而过，而文学就如同一根隐秘而稳固的丝线，它能够串联起不同时空的每一个生命个体，我们的隐秘难解的情感体验都能够在历史的延续中得到抚慰，焕发新生。在历史的隙罅中有太多的意义值得去追寻，那么为什么要对"致敬诗"百般批评呢？王家新是一个诗人、翻译家，同时也是一个优秀、勤勉的学者。可以说，他的日常工作生活就是对古往今来众多诗人的研究、解读；他还曾有长期的海外"漂泊"生活，现在也在世界各地之间不停往来。那么，他的诗歌中频繁出现前辈诗人和"西方资源"又有什么难理解的呢？我们总不能限制诗人书写自己的生活吧？王家新诗歌中的"致敬"并不是单纯地"贩卖知识"，而是在与伟大人生、经典文本的互动之中，返照现实和自我。他笔下的帕斯捷尔纳克、阿赫玛托娃等诗人不仅仅是历史上凝固的形象，同时也是王家新自己，是他这个时代、他自己的夜莺。

王家新是一位非常谨慎的诗人，在他的诗歌中，我们能感受到诗人对于历史、对于现实、对于诗歌艺术的深深敬畏。应当说，一个成熟的诗人，或者说一个想要有所成就的诗人，必须心怀敬畏。他必须对他所写作的诗歌、操持的语言心怀敬畏，也必须对历史和现实保有必要的尊重。对历史的发展和自身的定位都模糊不清，怎么可能对诗歌建设有所贡献呢？时常有诗评家或是诗人说，现在是一个"非诗"的时代，再加上来自于中西诗歌传统的"影响的焦虑"，在这样腹背受敌的情况下，一个想要以诗

1　王家新：《夜莺在它自己的时代》，见《游动悬崖》，第237页。

歌为终身事业的诗人，更应该以严肃的态度来写作诗歌。王家新的诗歌时常呈现出一种严肃凝重的沉思者姿态，他在诗歌中返视历史，发现现在，为汉语诗歌注入了时代意识和灵魂的重量。王家新的沉思不仅仅是针对外部世界而言的，它同样也意味着诗人对于自我的打量与剖析。在许多以自我为表现对象的诗作中，王家新常常采取第二人称"你"：

你一下子就老了/衰竭，面目全非/在落叶的打旋中步履艰难/仅仅在一个狂风之夜。

——《转变》

——那是二十二年前的东伦敦，/你三十五岁。/同楼合住的人们都回家过圣诞了，/留下你独自与幽灵相会。

——《伦敦之忆》

诗人是以一种静默的态度来凝视着自己的过去，感受自己诸多微妙复杂的情绪。他将自己从现实中短暂地抽离出来，以旁观者的角度来书写自我，诗歌的情感因而得到一种深度的沉淀。在《伦敦之忆》中，诗人回忆起多年前在海外独自漂泊的经历，处理这样激烈的感情常常会因为直接而缺少了回味，然而这首诗歌中采用的自我审视的视角，使得情绪的表达获得了恰到好处的距离。当这种自我审视进一步发展，就会产生"另一个人"，或者说"另一个自己"：

整个夜晚我辗转难眠/我知道有一个在这里睡着，就必定/会有另一个在街上走着/裹着一件旧雨衣/他走着，停着，来来回回地/沉重的脚步分开雨水……

——《练习曲》

> 敲门/仿佛有谁正等着我/也许，在屋子里的/是一个多年前的自己/
> 会把黑暗打开……
>
> ——《楼梯》

这样的诗句，带给人的是深深的震撼，以及朦朦胧胧、未展开的未知。王家新在诗歌中创造了另一个自我与现在对应，这样的写作带有明显的自我审视、自我对话的性质，表现出某种戏剧性的因素。诗人凝视着自己内心深处的另一个灵魂，进行深度历险。就像王家新在《一个劈木柴过冬的人》中的期望与自白："我抬起头来，看他在院子里起身/走动，转身离去/心想：他不仅仅能度过冬天。"从更本质的层面而言，"另一个自己"实际上就是一种未来的可能性或者说是未曾实现的过去，它的存在使诗歌摆脱了个人的束缚，深入到了存在和宿命的核心处。诗歌既是属于一个人的抒情，也具有更普遍的时代意义。

"不需要任何人同行"

阅读王家新近年来的作品，会发现他的诗作变得更加醇厚、平和。日常的交游、散步、看雪等，都是诗歌的好材料。这些诗歌就如同一位历经世事的智者，用平淡舒缓的语气，安静地述说生活的琐屑，但是在这些平常的生活场景里，又蕴含着诗人深刻的思考。"我看着窗外临街的绿化带，那些/指爪般伸开的干枯树枝，那片/憔悴的土地，那几个小麻雀/都似和我在一起等待/我多想听到雪打在撑开的雨伞上时/那种好听的噗噗的声音/我梦着一座座雪封的屋顶下的/安详和静谧（而狗和孩子们/欢快地跑上雪地）。"(《雪花祭》)诗人在等待一场新雪的降临，在他的诗意的眼中，干枯的树枝、土地和小麻雀都在和他一起等待落雪，还有梦想中的"安详和静谧"。

王家新的许多近作已经脱离了以往诗歌中紧张压抑的氛围，语言深入浅出，返璞归真，不执着于形式和修辞，呈现出一种沉潜之后的诗意。当然，王家新依然保留着"承受者"的姿态，在那些简洁深刻的诗行中，时而有智慧和苦痛闪现："干干净净的黄颜色小狗/就在船只解缆的那一刻/纵身一跃/跳上了我们的甲板/它当然不知道/那纵身一跃/意味着什么。"（《船上的故事》）这时我们就会发现：哦，这依然是那个王家新！

阅读王家新，总会让我想起这样一幅画面：一个沉默坚韧的中年人，他的背后是延绵无尽的群山险峰。他在群山的阴影下，踽踽独行；但是这延绵的山峰，也是他的力量之源，他最坚实的倚靠。王家新的诗歌写作自觉承受着历史和现实的重量，但是却并不孤单，在他充满了灵魂震颤的诗行里，有与无数伟大灵魂的同声应和，还有一个袒露的自我。他一直是当代中国诗人中独立而卓越的那一位。这个情形如同他自己的诗：

我在那里走着，静静地想着/我这一生的荒废，/我在那里走着，已不需要/任何人同行

——《翻出一张旧照片》

十三

雾霾与道风：岛子的诗歌写作

20世纪90年代以来，中国的基督教文学在不断发展。但无论是何种类型的文学，在经验的传达与美学的建构上，都应该有一定的公共性。基督教文学对信徒和非信徒，都应该是有意义的。在经验上，基督教文学与一般文学的重合之处在于对人类的共同处境的象征和对神圣之物的共同盼望这些方面，不同之处在于双方对人类困境的解决方式。在美学上，经验的传达必须要寻求合适的形式，而文学是艺术的一种，艺术虽也关乎真理和拯救，但在言说方式上迥异于说教和宣传。艺术是在诉诸感觉、经验和想象的具体化言辞中，让人获得对言说对象的具体性认知。作品既是基督教的，又是文学的；既传达出复杂的信仰经验，又有精妙的美学特征：这虽是基督徒作家创作的难题，但也应该是必要的艺术自觉。考察著名的实验诗人岛子归信之后的创作，可以给这一难题提高许多有益的思考。

一般来说，基督徒作家有两个身份：一是作家，一是基督徒。对于前者来说，他的写作质量要在当下普遍的文学世界站得住脚；对于后者来说，他的作品，对于信徒的阅读，是可以接受的，也算作"基督教文学"。但并不仅此而已，即使是基督教文学，对于非信徒而言，他的写作仍然有美学上的公共性，因着信仰经验的切入，他给当前的文学写作带来了新的因素。

以诗人为例，在这个时代，当一位诗人成为基督徒，他的诗歌写作我们应该如何去谈论？这至少涉及两个维度：一个是当代汉语诗歌的维度，一个是中国当代的基督教文学之维度。这两个维度会衍生出三个问题：对于当代汉语诗歌，他的写作其建设性是什么？对于基督教文学，他的写作又提供了怎样的意义？当然，最值得关心的问题可能是两个维度的结合点：作为一个基督徒，他的诗歌写作对当代汉语诗歌有意义吗？正如在美术界，人们对一位基督徒画家的作品也会有这样的问题：他归信之后，以信仰经验为主题的作品，这种绘画形态，在经验的传达和美学的建构上有公共性吗？给绘画这一艺术门类带来了什么样的问题和启示？也就是通常人们最关心的一个问题：基督教文艺工作者，关于上帝和救恩的艺术性的言说，对非基督徒而言，其意义在哪里？

岛子与当代汉语诗歌

说起新时期以来的中国文学，许多人认为20世纪80年代的先锋派小说和第三代诗是其中最瑰丽的部分，其原因在于小说和诗歌在这个时代的绚烂的实验性及在文本创新上取得的成就。从这个角度，诗人岛子无疑是非常重要的一位。

在当代汉语诗歌的维度里，我们很尴尬地发现，在被广泛阅读的诗歌史当中[1]，并没有对于岛子的诗歌成就的关注。作为当代一位颇有成就的实验诗的作者，其作品也未收入当时的《探索诗集》[2]。事实上，无论是"朦胧

1　比如洪子诚、刘登翰：《中国当代新诗史（修订版）》，北京：北京大学出版社，2005；程光炜：《中国当代诗歌史》，北京：中国人民大学出版社，2003。

2　上海文艺出版社编：《探索诗集》，上海：上海文艺出版社，1987，第71页。同一年，《岛子实验诗选》由中国和平出版社出版。

诗”诗人江河、杨炼等人的文化史诗追求，还是“第三代诗人”中的“非非主义”者对诗歌语言的实验，在岛子的诗歌里都有着这些方面时代潮流的反映和潮流中那高超的个人化景观。但奇怪的是，岛子的成就并没有进入主流的诗歌史。在这个意义上，谈论岛子的诗歌，对当代汉语诗歌的杰出作品系列，首先是一种发现。

　　尽管人们非常熟悉岛子翻译的美国自白派诗选和后现代主义方面的文化理论[1]，并且他在诗歌写作上深受其影响，但作为诗人的岛子，其写作成就却有待进一步澄清。关于岛子在“实验诗”时期的成就，艾蕾尔曾经有详细的描述。比如在语言上，艾蕾尔认为：“岛子后期诗歌语言已经达到了更高，甚而更绝对的自由。譬如2013年《向我的母语致敬》‘铁树的骨灰’已不再指涉实在之物，词语便远离了事物作为表象的羁绊；‘饥饿的律法废止’将感知赋予抽象的‘律法’，使其极具陌生化效果；《诗艺》‘一首诗：医治另一首诗，一切诗医治一首诗’，此刻词语自身退场，纯粹想象力瞬间从包裹真理之光的地壳下涌现出来，穿透时空限制，回归至本质性语言，乃后文所谓语言的‘本源性归向’。”而像《春天的三重奏及其图说》这样极端的实验作品，“虽然看似延续了早期诗歌里的‘玄’倾向，实则乃指向本源性语言归属意涵，它不再是表层观念性的诗歌结构，而是一种元语言。……在寻求诗的新语言的道路上，《春天的三重奏及其图说》开创了元语言的可能性”。从早期的实验诗，到近年来岛子的《白洋淀晨歌》《雪夜三叹》等作品，艾蕾尔认为：“岛子作为诗人，早已远远超越了后现代主义，时间满了，他转向了‘神学诗学’的光明维度：一种本源性语言

1　比如：《美国自白派诗选》（*Selected American Confessional Poetry*），桂林：漓江出版社，1988；《燃烧的女巫：西尔维娅·普拉斯诗选》（*Witch Burning: Selected Sylvia Plath's Poems*），广州：新世纪出版社，1992；让·利奥塔著《后现代状况：关于知识的报告》（*Postmodern Condition: A Report on Knowledge*, by Jean-Francois Lyotard），长沙：湖南美术出版社，1995。

的回归。"[1]

当然，这只是岛子诗歌在语言上的成就。除此之外，至少还有以下三方面值得深究：（一）岛子诗歌在想象力方面，极其奇诡，虽然有"朦胧诗"时代那个文化史诗的背景，但他的诗歌多了几分简练和现实批判力度，没有沉溺于那个充满神秘而空洞的冥想空间。（二）在诗歌意象的营造上，岛子一方面有效享用古典诗歌传统，另一方面也出其不意地征用一些极具象征意味的现代器物，诗作中既有现代巫术性的图景，也出现了手枪、头颅的解剖图和令人费解的乐谱，在词语和图像的拼贴中传达某些文化隐喻和现实批判。（三）对于一位中国诗人而言，在现代和后现代的文化背景中，岛子的诗歌风格并非是西化（比如说翻译体、类似外国小说的分行等）的，而是非常中国化的，除了语言、意象和意境方面的辨识外，你还能看到（其实是听到）他的诗歌的歌谣化，也就是说，这些令人费解的现代诗，同时也是可以吟咏的，其"诗"，常常以"歌"命名[2]。

在"朦胧诗"以来的背景中，可以说，岛子的诗歌写作用一种奇特的想象力、奇诡的语言和相对隐含的信仰经验，给当代汉语诗歌带来了一种新的形态，在精神上它有明确的指向，而在技艺上又显示了诗歌的难度（信仰经验的表达、文化传统的延续和对当代中国社会的批判）。这是诗歌意义上的。而在精神的向度上，作为一位先锋诗人，岛子诗歌来自于文化史诗的传统，但又从这个传统中艰难突围，为"诗人自杀"的文学迷途、为那些悲剧的文学先锋似乎又指出了一条出路。这样一个独特和重要的岛子，对当代汉语诗歌写作和诗人的精神形态两方面都有着一种建设意义（很多写作上的"先锋性"其实只是在破坏）的先锋性。他的形象在当

1　艾蕾尔：《"神学诗学"的本源性归向：岛子的诗歌嬗变与境界》，http://blog.artintern.net/article/379702。

2　比如《安慰之歌》《歌谣：闪电打进核桃里》《白洋淀晨歌》《幽灵奏鸣曲》和《雪夜三叹》等诗作。

代中国诗歌史中，不应该是缺失的。

岛子与当代中国的基督教文学

对于当代中国的基督教文学，岛子的诗歌写作又意味着什么呢？在我们的文化语境里，对于宗教一类的文学写作，很多人一开始眼光就是比较苛刻的。这一类的作品，人们往往会当作一种"次要"的文学类型对待，如艾略特所说："从乔叟时代以来，基督教诗歌（religious poetry）……在英国几乎完全局限在次要诗歌的范围里。"[1] 原因在于许多宗教诗人"不是用宗教精神来处理全部诗歌的题材"，而是仅仅把宗教当作全部或最重要的文学题材。因此造成对"人类特性的一些主要激情……的无知"[2]。对于基督徒的诗歌写作，人们很自然地认为：他们的写作在思想意识上是独断的，因为他们崇尚宗教，所以他们有着"人类特性的一些主要激情……的无知"，他们的作品在情感和经验上是缺乏复杂性的；而在写作的方式上，他们的想象力和叙述能力往往流于简单。总之，问题在于：基督教文学作为文学，除了教会[3]领域，在文学领域的公共性——文学的标准方面，有怎样的意义？

基督徒的写作，若只是将《圣经》中的话语换一种自我的形式重新叙述一遍，不能让人对《圣经》话语有任何新的感觉、想象和经验，我们何必读他们的作品，有这个时间我多阅读《圣经》岂不是更好？基督徒的文学首先应当是文学，而不是宣教文学；如果先是宣教文学，效果恐怕适

1　T.S.Eliot, Religion and Literature, *Selected Prose of T.S.Eliot*, London: Faber and Faber, 1975, p.99. 中译本见T.S.艾略特《艾略特文学论文集》，第241页。

2　同上书，p.99.中译本见T.S.艾略特《艾略特文学论文集》，第240页。

3　这里的"教会"，不是指空间，而是指广义的基督徒的共同体，即"无形的教会"。

得其反。这其实是基督教文学界应当有的一种共识。20世纪伟大的文学家T.S.艾略特是基督徒，但他的诗歌、戏剧和文学理论却不能以宣教文学冠之，而是人人称道的现代文学经典（如《荒原》《四个四重奏》等），其作品（包括文学理论）的光芒在世界现代文学的序列中至今没有褪色。艾略特非常反对文学对宗教的"宣传"，要求"文学是一种不自觉地、无意识地表现基督教思想感情的文学，而不是一种故意地和挑战性地为基督教辩护的文学"[1]，他强调，"一部作品是文学不是文学，只能用文学的标准来决定，但是文学的'伟大性'却不能仅仅用文学的标准来决定"。[2]而文学的标准则是作品在感觉、想象和经验的层面上，让读者对作者的言说对象有具体的感知和深深的感动。

在艾略特看来，题材、主题不能决定诗歌，即便这题材、主题是哲学或宗教的。但丁、莎士比亚这一类诗人，他们之所以伟大并不在于他们信仰什么、言说了什么时代的思想精神，对于他们而言，那些"流行于他们各自时代的思想，也就是强加在他们身上的材料，他们不得不用以作为表达他们感情的媒介，这种思想的相对价值是无关紧要的"。[3]"我不相信严格意义的信仰会进入一位伟大诗人作为纯粹的诗人的创作活动中。……诗人制作诗歌……蜜蜂制作蜂蜜……你很难说这些制作者当中任何人相信或不相信——他只管制作。"[4]他认为真正的诗人"所从事的工作只不过是把人类的行动转化成为诗歌"。[5]这种诗人的优秀之处正在于他对时代精神、现实

---

1 T.S.Eliot, Religion and Literature, *Selected Prose of T.S.Eliot*, London: Faber and Faber, 1975, p.100. 中译本见T.S.艾略特《艾略特文学论文集》，第242页。

2 同上书，p.97.中译本见T.S.艾略特《艾略特文学论文集》，第237页。

3 T.S.Eliot, Shakespeare and the Stoicism of Seneca, *Selected Essays*, London: Faber and Faber，1975, p.136. 中译本参见《莎士比亚和塞内加斯多葛派哲学》，收入《艾略特文学论文集》，第162—163页。

4 同上书，p.138-139.中译本参见《莎士比亚和塞内加斯多葛派哲学》，收入《艾略特文学论文集》，第165页。

5 同上书，p.135.中译本参见《莎士比亚和塞内加斯多葛派哲学》，收入《艾略特文学论文集》，第161页。

经验在语言、形式上的"转化"与高质量的文本"制作"。正是这种专心的"制作"，使他们才能够成为那个时代"诗人中的诗人"。莎士比亚之所以优秀，是因为"和他同时代作家当中的任何一位相比……在把素材转化为诗歌的过程中表现出更高超的本领"，[1]也是在这个"转化"的意义上，岛子诗歌作为诗歌，其重要性首先不是在于赞美上帝之创造、感恩基督之救赎和圣灵之安慰以及诸多信仰经验方面的内容，这些内容属于神学范畴。我们需要看到的是，在诗的意义上，岛子将他置身其中的"时代精神"和他个人的"现实经验"转化为何物。

岛子归信上帝之后，他的诗歌风格有明显的转化[2]。如：

挽　歌[3]

……

两条鱼，五个饼
喂活了满目三角形的圆

向罪而死的人
就要在死后归来

2000年

断章：秋色[4]

为玫瑰的灰烬折翼

1　T.S.Eliot, Shakespeare and the Stoicism of Seneca, *Selected Essays*, p.139. 中译本参见《莎士比亚和塞内加斯多葛派哲学》，收入《艾略特文学论文集》，第166页。

2　在诗集《岛子诗选》（香港：中国国际文化出版社，2015，本文所引岛子诗作，均出自于此）中，《春天的三重替身及其图说》（刊于1990—1992年香港《诗》双月刊）和《我，西尔维娅·普拉斯》（2000）之间，岛子未选其他作品，可以看出，岛子信仰上的皈依应该在此期间。《我，西尔维娅·普拉斯》里，反复出现"我要起来，到我父那里去"一语。

3　《岛子诗选》，第39页。

4　同上书，第77页。

黑蝉和红叶泥泞了

满世界橙黄囚衣
高歌：以马内利

2015年

值得注意的是，岛子此时写的诗作，在情感上是极为深切的，但在表达上却相当克制。"喂活了满目三角形的圆"当然指的是上帝最特别的创造——人，这个人本应当是"圆"（"圆"象征着上帝的创造物最初的完全和无罪），但现在他的眼里却都是"三角形"，这里可能隐喻的是犯罪的人再也不能反映上帝的"形象和样式"。所以接下来有"向罪而死"和"死后归来"，说的是耶稣基督的救赎。

而在想象方面，岛子将要传达的情感和经验寄托在开阔而有意味的风景之中，使诗歌的境界阔大而意蕴深远。"挽歌"是针对那个犯罪的人、那个旧"我"。而"秋色"的片段，反映的却是救赎与赞美的宏大图景。

岛子的诗在信仰的层面之外，还能看到在情感的克制、内敛和想象力上的奇诡但不铺张的技艺。思想、精神层面的东西，在岛子的诗歌里转化为诗歌的想象、画面感和一种境界阔大又叫人灵魂震颤的整体风格。这种文本的效果在诗的层面一般读者也是能感受得到的，这里边当然包括非信众。

这种技艺上的简约风格明显不是语言和想象力的缺乏，而是写作经验和信仰经验上的双重累积所形成的凝练。这种诗歌非常像"盐"这种物质，它是一种由无数种物质在漫长时间里结晶带来的最终形态。这种结晶使世界变得有味。有意思的是，岛子的诗中也常常出现"盐"。他的诗是神圣情感和丰富的信仰经验在想象和语言中的"结晶"。

澄明之境[1]

……

九

当——

星光和鸡鸣四逃

盐是你的传人

· · · · · ·

十四

一个时代

一个弹壳

一蓬衣冠冢

一掬黑发

一个姑娘

嫁给了永有

和我：晚年的

泪水

十五

钟楼与光年

在圣灵身边

兀自耸立

2015年

1　《岛子诗选》，第84页。着重号为笔者所加。

在这首诗里边,"盐"指代真正的信徒。有些人在苦难面前背叛了"你",但"盐……的传人"不会。"一个姑娘/嫁给了永有",这里的"永有"是人格化的,突出了其真实性。也就是说,上帝的永远、永恒,是可以触摸,是可以与之共处的。"钟楼与光年/在圣灵身边/兀自耸立","钟楼"是建筑是风景,"光年"是距离概念,这里却形象化为"兀自耸立"的物体,所表明的是,万物都在圣灵的看顾当中。

这里你可以看到岛子在意象上的选择和营造的用心,他在信仰话语和当代中国文化之间,选择的语言是有公共性的,正如即使你不明白《圣经》中"盐"的所指,你也能分享诗中"盐"的意象的部分含义,能够感受到词语在形象上的立体性及其所传达的象征。

岛子的诗歌在文本的美学建构和经验的言说方式上,无论是意象的寻求、想象图景的呈现以及信仰经验如何传达等方面,都有一定的公共性。这一点对于宗教文学而言,是一个相当重要的启示。

在美学和经验上的公共性

安慰之歌[1]

安慰巨石,安慰

把巨石滚上山的弟兄,安慰

他和巨石齐心化育春风

安慰春风,安慰

母亲,安慰她贞洁的宫血

---

1 《岛子诗选》,第37页。

耗尽一生的水晶，为了

安慰，安慰她，赋我以歌与哭的

权能，我用它安慰贫穷

贫穷洗劫了岸上的疾病

安慰疾病，安慰

断剑，当它折入泥沙

燃烧的稻草人和羽毛

抚醒了天使的琴声，安慰

天使，请你去安慰

碧血擦亮的铜镜，安慰铜镜

安慰清泉，安慰姐妹，安慰她们当中

最美的一个，递上经书和油灯

安慰黑夜，安慰油灯

把那不可见的全然显明，安慰

银河，安慰渡船，安慰朝霞和毕业生，

安慰竹林，安慰园丁

安慰死亡合唱团和

牧羊人的晨星

安慰干草，安慰晨星，安慰它们照见

马槽里的眼睛

2000年

在这首《安慰之歌》里，可以看到两个岛子：一个是写实验诗的岛子，一个是写信仰经验的岛子。前面那个岛子在诗歌中留下了"宫血""羽毛""铜镜""经书"和"油灯"这些过去时代的意象，后面那个岛子给我们的是得到真正安慰之后的那种宁静、平安。最有意思的是结尾，"……安慰干草，安慰晨星，安慰它们照见／马槽里的眼睛"。在"晨星"之前，其实作者表达的意思是：一切的一切（这些意象明显经过认真选择，皆为包含深义之物）都需要安慰，需要上帝的安慰。而到了最后的"安慰晨星"和"安慰它们照见／马槽里的眼睛"在语义结构上就不一样了，前者是动宾结构，是安慰晨星之义，这里的"晨星"是目的宾语，但后者不是，其义为：因为晨星"照见／马槽里的眼睛"而得安慰。这结尾的意思非常重要：因为那马槽里的婴孩降临，所有的受造物才可以从空虚之境得到救赎，才能真正得到安慰，前面所说的一切，才能得以实现。一般读者能够感到诗作结尾在语义转换上的美妙，而熟悉圣经教义之人则更惊叹于作者将救赎深义隐藏于这种结构转换之中。也就是说，岛子对救恩的表达，很多时候并不是直接的，而是蕴藏在技艺之中。在接受的层面，其诗歌对于很多读者，具有能够分享的公共性。

两个层面的岛子在这里叠合，形成了一首美妙的诗篇，在重复的修辞上，此诗的美学效果有点类似鲁西西的《喜悦》[1]。《喜悦》这首诗虽是描述"得救"的喜悦，但很多非信众也能感受到其中那安慰人的奇特信息：

喜悦漫过我的双肩，我的双肩就动了一下。

喜悦漫过我的颈项，我的腰，它们像两姐妹
将相向的目标变为舞步。

喜悦漫过我的手臂，它们动得如此轻盈。
喜悦漫过我的腿，我的膝，我这里有伤啊，
但是现在被医治。

1　鲁西西：《鲁西西诗选》，北京：光明日报出版社，2004，第3页。

喜悦漫过我的脚尖，脚背，脚后跟，它们克制着，

不蹦，也不跳，只是微微亲近了一下左边，

又亲近了一下右边。

这时，喜悦又回过头来，从头到脚，

喜悦像霓虹灯，把我变成蓝色，紫色，朱红色。

鲁西西说的是"一个姑娘/嫁给了永有"的那种喜悦，是人看到永恒的真实、生命之意义获得了确认的那种光明感。其诗歌的说话方式是感觉化的，因为这是文学。文学的目标正是在传达感觉、经验与想象，让读者在感觉、经验与想象层面获得对作者的言说对象的具体感知。鲁西西这首诗的写作是成功的，她传达了其私人经验，且一般的读者也分享了这个经验，尽管分享（喜悦之感）的层面不同。

宗教文学与非宗教文学的一个重合之处在于：人类的共同处境的象征和对神圣之物的盼望。这个重合点在美学上是各个艺术门类赖以成立的语言/形式，这形式对应的是人的情感/灵魂，所以无论持什么信仰的艺术家，你都需要去寻找这个合宜的形式[1]；这个重合点在经验上是人类的精神困境，无论你认为这困境的缘由是什么，艺术的职责不是给解决的答案，而是让人具体地感知这困境。艺术的言说方式是在具体化（诉诸于人的感觉、经验和想象）的语言中，让人获得对言说对象在感觉、经验和想象层面的具体性。艺术在方式上不是说教和宣传，在目标上不是直奔真理和拯救。当人在艺术的美感和力量中真切感受到自我与人类的困境，从而去寻求救

---

[1]　在这一点上，岛子的"圣水墨"系列之《苦竹》值得人们称道。无论什么人，在这个作品面前都能感到美与震撼，它既连接了中国人人格里的高洁向往与苦修倾向，又表现了基督教观念中犯罪之人的污秽与耶稣被钉上十字架之救赎。

赎，艺术的美学效果到这里其实已经够了，接下来，何为救赎就是信仰的事了。这个原理用鲁迅的话说就是，艺术的功能是"揭出病苦，引起疗救的注意"（《南腔北调集·我怎么做起小说来》），艺术的任务是呈现"病苦"，这是得救的重要前提。艺术和信仰的功能是不能相互代替的。在这个意义上，说"文学是我的信仰"的作家是盲目的。

岛子转型后的写作与当代汉语诗坛

岛子在2000年前后的写作转型，除了提供诗歌美学的公共性之外，他作为曾经的先锋诗人，这种转变本身也是有意义的。岛子是从什么样的写作氛围中开始转型的？当我读《岛子诗选》时，从第一首诗开始，我仿佛再次回到那个文化寻根、建构神话史诗、沉溺于语言迷宫和形式实验的时代：

> 成为疯子，是第一课
>
> 在蛇的敌意中步步为莲
>
> 是最后一课
>
> 他们的病案袋里
>
> 装着绳子，灵魂和知更鸟
>
> 瞳孔裂变着冒出气泡
>
> 太阳也凸出了齿轮
>
> 每一次转动，就有
>
> 一滩鲜红的梦
>
> 在枉然的麦芒上空流淌
>
> 灌注一个闹鬼的江洋

......[1]

　　这是《岛子诗选》中第一首《疯人院》。这种"发疯"当然是有积极意义的，至少它带来了当代中国文学在诗歌和小说还有戏剧各个方面的广泛实验，带来了许多复杂、奇诡却极有意义的文本。在今天这个商业性的时代，文学再回到那个纯粹为了实验语言、建构与个人的世界观同构的文本的氛围，几乎不可能。1986年，是先锋派小说大规模亮相的时间，也是岛子《实验诗选》出版的时间。当今天我读到《疯人院》时，我首先想起的是那一年上海文艺出版社编的《探索诗集》里的作品：

> 上路的那天，他几经老了
>
> 否则他不去追太阳
>
> 青春本身就是太阳
>
> 上路的那天他做过祭祀
>
> 他在血中重见光辉，他听见
>
> 土里血里天上都是鼓声
>
> 他默念地站着扭着，一个人
>
> 一左　一右　跳了很久
>
> 仪式以外无非长年献技
>
> 他把蛇盘了挂在耳朵上
>
> 把蛇拉直拿在手上
>
> 疯疯癫癫地戏耍
>
> 太阳不喜欢寂寞
>
> ......

1　《岛子诗选》，第1页。

传说他渴得喝干了渭水黄河

其实他把自己斟满了递给太阳

……

（江河《太阳和他的反光·追日》[1]）

在那个文化寻根的热潮中，古老东方的许多神秘事物，都被征用在诗歌中，诗人仿佛是迷乱时代的祭司，临时担负着与神相交的角色，祭祀的场景在诗歌中很常见，对宇宙、天穹、生命、死亡、鬼神、经书、符咒的想象，极为发达。甚至，有些诗人，热衷于仓颉的事业——写诗已经不能够满足其创造的热情，而积极造"汉字"。在与岛子短暂的交谈中，他谈到自己追随过那个文化史诗性的写作潮流，但他坦言："很快就发现，这不是出路……"写作的出路在哪里？先锋派小说家最伟大的地方，是不为那个商业化的市场写作，而是创造一个与自己的世界观同构的语言与形式的文本世界。写作的出路与生命的出路息息相关。在岛子的文本中，我觉得有一些提示，对于实验诗时期的个人喜好和时代氛围，他似乎有一个判断，如：

雾　霾[2]

某物：在血清里

摸黑，逆行

秃鹫在上升的狼烟中辨认归途

某物：咀嚼油炸的词语

和熄灯号，和井水

1　上海文艺出版社编：《探索诗集》，上海：上海文艺出版社，1986，第71页。

2　《岛子诗选》，第56—57页。

一齐下沉。许多气息逃向根茎

许多根茎逃向水泉，许多
没有死透的蝶翅逃向烟树，许多
枚举，如重名的黑名单，许多烟树

都是矿工的骨粉，许多石油
都是跨国的秃鹫争食断肠
断肠人在天涯，从潜望镜

透视：家山三远，植被披麻
"天朝仁学广览"，朱批氤氲
细分到看不透的灰度、光韵、气数

枪杆子吸烟，钱袋子装烟，直把海市
熏成蜃楼，阿房一炬，诸如此类
诸如：看不透的还会梦见

如果梦见诗人火中取栗，总会有鬼哭，总会
从那里氤氲这里：乌云的驳船拖拽万吨肺叶
行驶在电视塔发射的滚滚鼻音

焚尸炉内部，硫黄火舌在争吵
总归没有烧透，总归
不必为作恶的心怀不平

哦，天上稀薄的吗哪

和地上的某物混成了夜歌

导盲犬咻咻游过界河

驻足此岸的你，看见：那自义的

孽火，已然带来自戕的废墟

而降落彼岸的你，听见

那浮出海图的铜锣

被冰河期的风锤撞响

白矮星[1]的黑帆正缓缓登陆

2013年冬，香江

毫无疑问，这首诗仍然有岛子实验诗的一些遗留，在意象和想象上，仍然能够看到神秘的、玄学的、史诗性的东西。在现实层面，它指向的是一种特别的天气"雾霾"，是该死的PM$_{2.5}$，但在诗人的个人历史中，这首诗似乎又有自我反思的意味：那在血清里抹黑逆行的"某物"究竟是什么？在诗作的最后，此物对应的是"天上稀薄的吗哪"，是神的圣言、上帝的拯救。铜锣鸣响、白矮星登陆的景象宣告的是一种末日，这个末日是现实的批判还是对个人得救的"人的尽头，神的开端"的宽慰？

对于岛子来说，他是否在暗示：告别那种对文化、神秘、史诗建构、玄学、语言本身……这类事物的崇拜（某种意义上，这些遮蔽之物，才是

---

1 《白矮星"最后的晚餐"：地球末日的真实写照》，来源：网络转载。"2012-06-29日前，隶属于美国国家航空航天局的哈勃空间望远镜获得了关于这幅末日景象的观测数据，来自沃里克大学的天文学家们发现了四颗处于低质量恒星生命最后阶段的白矮星在它们的外层大气中包裹着行星状尘埃云，为我们提供了难得一见的太阳系未来将面对'末日景象'"。——笔者引自百度百科

真正的"雾霾"），去认真对待创造他们的神，去辨识，去敬拜，而先锋诗人的写作出路，正是在这里？过去的"汉语"系统里是那些东西（各样的偶像与来自人意的"经卷"）；而现在，是天上的"吗哪"，是"神的圣言"。

先锋诗人的命运

对于诗歌而言，20世纪八九十年代无疑是悲怆的岁月，海子自杀（1989）、骆一禾猝死（1989）、戈麦（褚福军）自杀（1991）、顾城杀妻后自杀（1993）、老诗人徐迟自杀（1995）、昌耀自杀（2000春）……这只是著名诗人的自杀，还有一些诗人之死并不广为人知。直到最近，仍然有这样的悲剧事件：1990年出生的深圳诗人在2014年10月1日自杀，2015年5月3日"90后"诗人王尧自杀……值得注意的是，他们自杀的原因是什么？据王尧的好友说："他的文笔中有提到他看到自己灵魂最深处，高洁优雅是一等一的灵魂……"这和海子（1964—1989）在自己的诗歌中说"尸体是泥土的再次开始/尸体不是愤怒也不是疾病/其中包含着疲倦、忧伤和天才"[1]是多么相似。

文学写作像掘井，会使人在写作中认识自我越来越深，但这个"深"是一把双刃剑，它里边有人之存在的复杂性和生命的丰富性，但同时也可能会有对人的绝望。在此"绝望"之处，至少出现两种状况：人的尽头，神的开端。他有可能由此去寻求拯救，在听到福音之后，有可能得救，比如小说家北村，比如诗人鲁西西；可怕的是后一种，在对人的绝望之后，他没有盼望，相反因着自己的写作成就，认为人生不过如此，"我走到了

1　海子长诗《土地》的《第六章　王》，《土地》（单行本），沈阳：春风文艺出版社，1990，第48—49页。

人类的尽头"（海子诗句）[1]，带着某种绝望和悲怆骄傲地终结了自己的生命。当代中国诗歌史上，海子的个人性情、诗歌抱负和悲剧命运，不是个案，而有一定的代表性：

祖国（或以梦为马）[2]

海子

我要做远方的忠诚的儿子

和物质的短暂情人

和所有以梦为马的诗人一样

我不得不和烈士和小丑走在同一道路上

万人都要将火熄灭　　我一人独将此火高高举起

此火为大　　开花落英于神圣的祖国

和所有以梦为马的诗人一样

我借此火得度一生的茫茫黑夜

此火为大　　祖国的语言和乱石投筑的梁山城寨

以梦为上的敦煌——那七月也会寒冷的骨骼

如雪白的柴和坚硬的条条白雪　　横放在众神之山

和所有以梦为马的诗人一样

我投入此火　　这三者是囚禁我的灯盏　　吐出光辉

万人都要从我刀口走过　　去建筑祖国的语言

1　长诗《太阳·诗剧》（1988.6）的《司仪（盲诗人）》部分，见西川编：《海子诗全编》，上海：上海三联书店，1997，第772—773页。

2　西川编：《海子诗全编》，第377—378页。

我甘愿一切从头开始

和所有以梦为马的诗人一样

我也愿将牢底坐穿

众神创造物中只有我最易朽　　带着不可抗拒的死亡的速度

只有粮食是我珍爱　　我将她紧紧抱住

抱住她在故乡生儿育女

和所有以梦为马的诗人一样

我也愿将自己埋葬在四周高高的山上　　守望平静家园

面对大河我无限惭愧

我年华虚度　　空有一身疲倦

和所有以梦为马的诗人一样

岁月易逝　　一滴不剩　　水滴中有一匹马儿一命归天

千年后如若我再生于祖国的河岸

千年后我再次拥有中国的稻田　　和周天子的雪山

　　天马踢踏

和所有以梦为马的诗人一样

我选择永恒的事业

我的事业　　就是要成为太阳的一生

他从古至今——"日"——他无比辉煌无比光明

和所有以梦为马的诗人一样

最后我被黄昏的众神抬入不朽的太阳

太阳是我的名字

太阳是我的一生

太阳的山顶埋葬　　诗歌的尸体——千年王国和我

骑着五千年凤凰和名字叫"马"的龙——我必将失败

但诗歌本身以太阳必将胜利

1987年

对于20世纪的汉语诗歌，海子和他的诗歌都有着极其重要的意义。他短暂的一生给人们留下了许多令人感动的诗行。海子这首诗读起来也是激动人心的，他是一个要成为"太阳"的人。这样的志向今天仍然在激励着很多人。海子自杀时携带着《圣经》，据他的朋友、诗人黑大春说，1988年参加"幸存者俱乐部"的活动时，海子还佩戴着有耶稣形象的十字架。但来自基督教的信息，对于海子来说，只是用来建构他自己的诗学体系的材料，他同样用印度史诗、法典和佛教经典来做自己的"大诗"[1]工程。

海子的激情和梦想，是要骑着五千年的"凤凰"和"龙"去驰骋万里；但对于岛子，他需要重新咀嚼"龙"的意味（"嚼龙肉"）。海子要从

1　海子倡导一种"伟大的诗歌"，他对诗的划分是："纯诗（小诗）和唯一的真诗（大诗），还有一些诗意状态"，并认为写作"大诗""是一个死里求生的过程"。《动作（〈太阳·断头篇〉代后记）》，西川编：《海子诗全编》，第888页。海子提出这个概念，并不是凭借空泛的想象，而是在具体的对中外那些著名作家的评判中提出这种构想的。他以凝练而形象的语言，通过对一系列人们耳熟能详的著名作家和经典作品的分析，在《诗学：一份提纲》中，认为人类诗歌史上有两种重大的失败：一是一些诗人"没有将自己和民族的材料和诗歌上升到整个人类的形象"，这是诗人们在经验言说方面的问题，"他们虽然在民族语言范围内创造了优秀诗篇，但都没能完成全人类的伟大诗篇"；二是一些诗人虽然具有"深度"和"复杂"的经验，但在表达上具有"碎片"性和"盲目"性，仍然不是好的诗歌。大诗，"与其称之为伟大的诗歌，不如称之为伟大的人类精神"（《海子诗全编》，第900页）。在另一篇文章中，他说："诗歌是一场烈火，而不是修辞练习。"（海子：《我热爱的诗人——荷尔德林》，《海子诗全编》，第917页。）

那个极端自我崇拜的"王座"[1]上下来，让"神"骑上去，使曾经骄傲无比的自我谦卑下来，成为"神"的工具。对于一个曾经激情恣肆、才华横溢的诗人而言，这是不可思议的。作为先锋诗人，岛子诗歌写作的"突围"意义就在这里。岛子的诗歌曾经非常复杂，融入了很多神秘的、巫术和文化史诗方面的东西，但他很快意识到这些东西的问题，很快告别了那种对文化史诗性的事物的认同（虽然文化史诗写作的语言和意象今天仍有保留），在不同的宗教中他最终认信了基督教。岛子在文化认同上的转型和宗教信仰上的抉择，一方面带来了个人写作上主题和风格的变化，另一方面也改变了他作为一个灵魂的人的个体命运。时至今日，当我们回望1990年前后那些悲剧性的先锋诗人的命运，也许会觉得岛子的转向是一种启示。

宗教崇拜是对比人更大的存在的认知与实践，文化亦是。不同之处在于，宗教的崇拜是面向创造万物的主宰、与人同在的救主；而文化，常常是崇拜真理的替代物以及从替代物而来的衍生物。海子在宗教和文化层面进入了很深的与灵魂相关的神秘之境，和顾城一样，最终都没有决断与这些崇拜对象的关系，只是利用它们来建构自己的世界。但他们很不幸，都被他们想利用的力量所胜过。他们的结局看起来是自杀，但从基督教的角度，其实是被灵魂领域里的那个我们不能胜过的力量所掳走。

据海子生前好友、著名诗人西川反映，海子自杀的一个原因与他练气功有关："他已开了小周天。他可能是在开大周天的时候出了问题。"[2]顾城

---

1 海子《西藏》："西藏，一块孤独的石头坐满整个天空/没有任何夜晚能使我沉睡/没有任何黎明能使我醒来//一块孤独的石头坐满整个天空/他说：在这一千年里我只热爱我自己//一块孤独的石头坐满整个天空/没有任何泪水使我变成花朵/没有任何国王使我变成王座。"（《海子诗全编》，第414页。）

2 西川：《死亡后记》，《海子诗全编》，第927页。

也读过《圣经》[1]，但最终是从（佛、道）文化崇拜走入魔道，当他说"杀人是一朵荷花/杀了/拿在手上/手是不能换的……"[2]这是多么可怕的审美幻觉。顾城杀妻之前，精神状态已非常糟糕。1993年夏天顾城这样写道："我知道我在某一层已经全都疯了，我只能拿不疯的部分给人看。只要你离开一分钟，我的疯病就发了，它使我到处奔跑，看每条街，每一个窗子，每一棵树，已经有两次是这样了，你只出去一会。我现在已经不是一个人了，我没有一点理智。我只有薄薄的一层壳，一个笑容，一些话，对人说话，就好像坐在卖票的窗口上，其他的部分已经都疯了。"[3]其实他们的死，一点诗意也没有，非常恐怖……但之后更多不明真相的人，放大了他们自杀的意义。因为这放大中提供着诗人存在的意义。

这个意义是什么呢？诗人是在创造性的语言活动和"天才"的激情行为中探索自我能力和生命极限的先锋。他们的死，是一种殉道，此道乃人之道、诗之道，归根结底，是对人本身的崇拜和对诗歌本身的崇拜。（如海子的诗歌理想："伟大的诗歌，不是感性的诗歌，也不是抒情的诗歌，不是原始材料的片段流动，而是主体人类在某一瞬间突入自身的宏伟……"[4]）从基督教的角度，人是上帝的造物，而诗歌也是，或者是上帝创造的人的

1　德国汉学家顾彬（Wolfgang Kubin, 1945— ）和斯洛伐克汉学家马利安·高利克（Marián Gálik, 1958— ）都回忆顾城在生命的最后几个月曾认真阅读《圣经》。不过，马利安·高利克先生认为，"遗憾的是顾城在使用《圣经》资源方面没有达到他的年长一些的同时代人的水准。"见马利安·高利克：《顾城的〈英儿〉与〈圣经〉》，尹捷译，载《南方文坛》，2014年第2期。

2　顾工编：《顾城诗全编》，上海：上海三联书店，1995，第868页。马利安·高利克先生认为：后期的顾城"……很喜欢和朋友聊天和讨论，尽管有时谈论的内容很肤浅。他对于售票处的看法是错误的。他从不说哪些是他半疯或是全疯的灵魂的产物。他擅长躲躲藏藏，懂得如何隐藏他的秘密，包括他患了分裂—妄想症的心灵。我们不知道顾城是否服用'每一夜用来防止腐烂的毒药'。虽然他曾在上海拜访过一位内科医生，但他从来没有看过精神医生。他在写这章时已经是一个无法安宁的死人了，已经腐烂和疯癫，他在自己的路上并没有错。他对谢烨说：'活与其说是本能，倒不如说是兴趣。雷，是这样的，活得没有兴趣了也就该死了。'他在下半生一直是垂死的，他必须以死来防止垂死"。见马利安·高利克：《顾城的〈英儿〉与〈圣经〉》一文。

3　顾城、雷米（谢烨）：《英儿》，北京：华艺出版社，1993，第114页。

4　海子：《诗学：一份提纲》，《海子诗全编》，第898页。

造物。以受造物或受造物的受造物的……代替造物主本身，这是十足的偶像崇拜。岛子的幸运在于，他在先锋的境遇中有一个关于自我生命的抉择并最终进入了另一条路：不再在文化迷雾中执意孤行，而是在恩典的共同体中领受启示，以一种新的人论和神观重新写作。这条道路并不是坦途，甚至更艰难，因为上帝为熬炼我们，给我们更大的风暴[1]，但它绝不会再通向虚无和死亡。当你踏上这条道路，你就在你曾经因不信而不能看见[2]的永生之中。我想这"永生"，曾经是海子、顾城这些先锋诗人多么热切的想象和盼望。

1　"置身于上帝的风暴中是我们的义务/你们，诗人啦，以敞开的生命置身其中，/亲手捕捉那雷电中的闪光，/在歌声之中，慈父般地/把神明的赠品传给民众。"德国诗人荷尔德林（Johann Christian Friedrich Hölderlin, 1770—1843）的诗句。见［德］海德格尔：《荷尔德林与诗的本质》，收入刘小枫译，伍蠡甫、胡经之主编：《西方文艺理论名著选编》下卷，第584页。

2　耶稣说："我不是对你说过，你若信，就必看见神的荣耀么?"（《约翰福音》第11章第40节）这是信仰的逻辑。而一般人的逻辑是，你先让我们看见（"神迹"），我就"信"；而耶稣说的是：你先"信"，然后必"看见"。信心是人看见神的眼睛。

十四

解开身体的死结：余怒的诗歌写作

谈论余怒的两难

由于奇异的独特性和深刻性，余怒的诗歌对当代诗坛既是一种新的作品，又是一个事件。人们对余怒的写作表示惊讶、当作诗坛一种现象来谈论的热情远远大于进入其作品内涵的热情。

确实，从何种意义上来谈论诗人余怒，我也是一直犹豫不决。如果不能对"余怒"重新命名，那么就没有必要说。因为"说"对余怒来说就是发现和命名，而不是重复与鼓掌。"余怒"对于余怒本人是一个词，可能我一旦说出，这个词就如一只受伤的鸟，离我而去。若从余怒写作的意义和诗歌的审美方面出发，同样面临着问题。作为这个时代的——至少是诗歌观念和语言上的极端的先锋派，余怒对于当代诗坛的意义已用不着我们啰唆。而按照传统诗歌鉴赏方法从他的诗歌作品的分析来进入余怒的世界，也显得荒诞不经。余怒的诗按照罗兰·巴特的理论，根本就不是"可读性文本"，而是"可写性文本"，是在期待作为读者的我们成为文本和意义的再生产者，并不期望我们在阅读和解析中达到作者的原初意图。由于余怒作品本身的"可写性"及随之的多义性，我们煞费苦心地解读也许并不符合作者的心意，所以对余怒的阅读最好是仁者见仁智者见智：有人拍案叫绝激动万分，有人丈二和尚摸不着头脑。但我个人及身边的一些诗人，面对这样的诗内心乃有深深的喜悦。因为这些诗的"怪"，我们看到了存在的隐秘之处与词语的奇妙对应，这样的写作方式无疑是应该高举的。

大约五年前我有幸得到一张余怒的名片，我已经忘记诗人的名字怎么排版印刷，我印象深刻的是名片背面有这样一首小诗：

> 他举着闹钟，在大街上走着
> 他们望着他
>
> "别看我，看这只闹钟"
> 他用手向上指着
>
> 他们转而
> 望着他的手指
>
> ——《短诗（十四）》[1]

这首诗当时叫我哑然失笑。诗的情境像一幕闹剧，很好玩，但同时我们也被诗歌指涉。我们就是那些"他们"：一个人举着闹钟在大街上走，我们看着这样的热闹；那个人用手指提醒我们别看他，而是看他高举着什么；但我们并不看他到底高举什么，却看他的手指。

卡夫卡（Franz Kafka，1883—1924）曾经写了一部叫《饥饿艺术家》的小说：马戏团竟然给世人表演饥饿！那些艺术家被关在笼子里，表演饥

1　本文所引用的余怒的诗作主要来自《余怒九十年代作品选》（1998年11月，北京，自印）和余怒个人诗集《守夜人》。

饿四十天，笼子里只有时钟和水，人们围观着，猜测艺术家们是否会趁夜晚回去吃东西。卡夫卡的荒诞剧的意思也许是：关于饥饿的表演并不在于艺术家们能坚持多少天，而是心灵的饥饿本身已被活生生地演示出来。有人为我们提示这个时代已经多么的匮乏！但人们并不领会，却关注艺术家的所谓艺术过程，斤斤计较他们挨饿的真实性。如果将《短诗（十四）》里这场举闹钟在大街上走的行为也视为一场行为艺术的话，其寓意和《饥饿艺术家》大致相同：那个人要我们看闹钟，而不是看指向闹钟的手指，看闹钟本身，看这场行为对我们的警示。这场行为艺术乃在于展示"警示"本身。

长期以来，余怒作为中国当代诗坛极端的先锋派诗人而被人称道。余怒偏执的语言实验和对约定俗成的文化、意义链条的中断让人不知所措又暗暗惊喜。委顿的当代诗坛长期以来确实没有什么新鲜的东西了。对于这个时代，余怒像一个拧足了发条的闹钟，使人们打盹儿的诗歌神经陷入紧张、埋怨和惊醒。从对当代诗坛（语言、阅读和写作的创造性的死亡）警示的意义来说，余怒特殊写作的这个行为大于其写作的内容。他写作的内容就是那根指向闹钟的手指。所以从行为艺术的特征来说，对我们而言，是重视那闹钟的轰鸣还是端详那指向闹钟的手指，是一个问题。

身体的死结

当我们对余怒的写作不得不说的时候，我们必须知道余怒诗歌中到底有些什么。我在这里只说我看到的。余怒写作的根基在于其对个体生存中"身体"为"意义"的被围困、被捆绑的敏感。人的身体是病重的囚徒，余怒的写作与这种身体不自由的郁结有关。

人的身体或身体的部位被泡在有药水的瓶子里，"身体"在诗歌中被围困、被肢解和相互寻找……这是余怒诗歌中常见的情境：

> 一张塑料脸，浸在晨曦
> 女性的润滑油里
>
> ——《女友》

> 一条鱼，在福尔马林里游来游去
> 那一刻我有着瓶子一样的预感：他和她
> 眼睛和躯干，两个盲人的机械装置
> 将在花园里被拆散
>
> ——《目睹》

> 他让她打开玻璃罩
> 他说：来了来了
> 他的身子越来越暗
> 蝙蝠的耳语长出苔藓
>
> ——《盲影》

> ……那一天
> 她起得最早，却找不到身子
>
> ——《回忆者（二）》

> 见习护士摸黑进入猜想，她看见
> 一副四肢在爬树
> 空腹连着树枝
> 苹果出现之时它已经腐烂了一年

她开始为它刮骨

是呵，它还小

它还是个未经消毒的童身

——《病人》

再问再答，心情不太好

再问我沉默

城中手，城外身子

——《喃喃·城中一只手》

邮局关门了。

链条断了。

……

半个身子寄出了，

半个身子吃药睡觉。

——《盲信》

  从上述这些印象说，余怒很像这个时代常见的行为艺术家——喜欢将（死去的婴儿的）身体泡在有药水的瓶子里展示给世人，为了出示一种被围困的理念。作为一个以诗人为身份的人，余怒同样值得我们将他的身世当作艺术行为（无意的行为成为诗歌艺术的精神背景）来分析。尽管这些行为对于诗人自身是极端痛苦的，但对于他后来的诗歌，可能又是必要的。恐怕很多人都知道余怒身体上的疾病。（余怒诗歌中许多语词和情境与医院、医药有关）为了医治这种疾病，有一年夏天他竟然每天在炎炎烈日下曝晒四个小时。也就在曝晒的同时，他开始创作著名的长诗《猛兽》。皮肤病围困了余怒的身体，身体的自由在此受到严重的束缚。与皮肤病的斗争可能牵引出余怒的诗学：其实就是毫无瑕疵的身体，也同样在肢解和束缚之中——那就是这个板结的意义世界及其陈腐的语言。作为文化的载体，语言是本体也是皮肤，它患的病症更为严重。诗歌的任务就是解放人的身体。

医药的气味充满着余怒的诗篇。疾病对余怒来说是切身体验又是诗学象征。人的身体的患疾与不自由是余怒写作心理中的一个郁结和出发点。在一首诗里，他将人的身体的被缚状态喻为"有水的瓶子"：

> 瓶子被绳子捆着，
> 声音出不来。
>
> 感官里的昆虫团团转。
> 一只钩子在生长。
>
> 被吃掉的曲线。
> 原汁原味的鱼。
>
> 一句话和一个固体。
> 他坐在概念中，
> 张口一个死结。
>
> ——《有水的瓶子》

人在这个语言和意义约定俗成的世界中，犹如一只有水的瓶子，被意义的绳索捆绑住，真实的声音难以发出。内在是流动的，但外在却是固体的，坐在概念中，要表达，却张口就是死结。这是诗人对人类的表意状况的精彩描述。诗歌能否解开这捆绑身体的死结？

语言的炼金术

"身体"的囚禁在于世界所给定的意义与价值，这些意义与价值建立在"语言—含义"密切的约定俗成的关系上。"身体"的解放必须破碎这"关系"的锁链。破碎这锁链、建立新的"身体"的自由世界只能在新的语言规则中。余怒在诗歌写作中的语言策略是非常丰富的，我们在他的具体写作和诗学理论中可以看到他所尝试和阐述的许多新的诗歌语言规则。

对于诗人余怒而言，"身体"的意义至少有两种：一是作为肉身生存的成年人的身体，另一个是在既定的语言和意义之中被压抑的人的感官。在第一个意义上，"身体"充满着各样的感官、记忆和言说，是丰富、生动的，甚至是独立的；但在第二个意义上，由于世界给定的语言及语言所负载的意义对"身体"的复杂感受的强行指定，"身体"变得简单，失去了被表达出来的自由。通常而言，"意义"通过语言表达出来，那只是"身体"一部屈辱的《变形记》。

20世纪现代派的小说大师卡夫卡的写作，就是将现代人难以逃脱的身体、灵魂的"变形记"生动地刻画出来。几年前，中国的大诗人于坚盛赞蛰居安徽内陆城市安庆的诗人余怒，称其为"中国的卡夫卡"，这让我非常震惊。首先是于坚的判断值得尊敬，其次是余怒的写作我一直敬畏。除了同为体制化公司的小职员，并不为众人所知的余怒和大名鼎鼎的卡夫卡其相似性在哪里？余怒是否可以担当这样的比附？二人的相似性恐怕更多在于诗人对于现代人处境的极端认识和其在写作实践上的极端实验。在卡夫卡的笔下，现代人的"身体"无奈地"变形"为一只甲虫，在美妙刑具般的现代性规则之下，只能郁郁而死。而在余怒的诗歌实践当中，现代人的"身体"似乎在他独有的语言魔术中侥幸逃脱，成为另外一个，或成为真正的那个。

将普遍语义中的"魔术"一词用于余怒的诗歌可能余怒会不大满意。

他在一首叫作《网》的诗里写道：

> ……
>
> 我在厚厚的肥胖里打盹
>
> 一个人到了三十岁，就是一只蛹了
>
> 三十岁的蛹，他不可能
>
> 时刻还睁着眼睛
>
> 那一天，我在镜子中，接待了
>
> 一个人，他带着一只布袋，他让我
>
> 钻进去，他说：变，我就被变没了
>
> 我敬畏这种因果关系，我不认为
>
> 它是魔术
>
> 十年前我就厌倦了我的存在，那罐头
>
> 那内容不仅仅是肉
>
> 而可能性就是可能性
>
> 它湿透了，你却看不到一滴水

余怒并不认为这是什么"魔术"，这恰恰是存在中的一种非常真实的"因果关系"。在诗学论文《感觉多向性的语义负载》[1]中他写道："……魔术只是魔术，是人们对魔术这一行为的相对习惯些称谓和界定，我在此故意予以否定，将它说成是一种'因果关系'，从而制造出模棱两可、矛盾悖谬的语境。""我"在镜子里接待一个人，镜子里的人仿佛一个魔术师，拿着口袋叫"我"钻进去，将"我"变没了。这不是魔术，而是非常真实的灵魂里的处境，"我"与自我，灵魂的在与隐的关系，在这里得到了真

1　原载《山花》(贵阳)，1999年第4期。

实的象喻。这种存在的真实图景是从余怒独特的思维和语言中得来的，我们可以不叫作"魔术"，叫作"炼金术"。"语言的炼金术"的说法在中国诗学中的盛行大约源自法国象征派诗人兰波（Arthur Rimbaud，1854—1891）。兰波的诗歌创作颇具实验性，在《地狱的一季》的《字的炼金术》中他说："……我以创造了一切官能都能感知的诗歌语言而自豪。当初这是一种实验……凭借幻觉、错觉来写诗……当初，这是一种实验。我写沉默。我写夜。我记下不可表达的东西。我捕捉飞逝而去的狂想……。"[1]兰波和余怒作诗方式、诗歌企图和语言幻想有一定的相似性。余怒的诗歌可以说也是一种"字（语言）的炼金术"。

余怒将那种存在的真实图景或状况叫作"因果关系"，他这个说法是什么意思呢？"词语间的'人为关系'和'因果关系'：人为关系是指为了显示意义而被附加的词语间的关系。因果关系是指词语间本质的、互动的、被忽略了的感觉上的关系。"[2]他的"因果关系"原来是那些最看不出因果的"感觉上的关系"。他有一首诗就叫《因果》：

在两昼夜的夹缝间
在停留于窗外的感光箔片上

她醒来

第二天四周发麻
静得针尖直闪

1　路易斯·瓦拉斯编译：《地狱一季和醉舟》，1961，第51、57页。转引自袁可嘉：《欧美现代派文学概论》，第117、118页，上海：上海文艺出版社，1993。

2　《余怒九十年代作品选·诗观十六条》。

在这些看起来没有连缀关系的意象之间，因果在哪里？其实使诗歌具备完整语义的乃是存在当中分裂的、稍纵即逝的感觉。"在……上……醒来""四周发麻""静得针尖直闪"都是人真实的感觉。它们的因果是纠缠不清的，但诗歌在此以一种反常的语言方式将之呈现出来。

在此，我将余怒的诗歌形容为一种叫"身体得自由"的语言炼金术。他的诗歌基本上是以一种"反语言"来颠覆交际语言的既定意义。让感官的、感性的、复杂的"身体"从交际语言和既定意义的束缚中得到"释放"。"身体"在余怒的诗歌中得到了真实的表达，它可能是肮脏的、血腥的、龌龊的、阴暗的……但一定是真实的，可以说，曾经被语言和意义捆绑的"身体"在这里获得了一种空前的自由。余怒是一个对"语言"和"意义"有着清醒认识的人。在他看来，作为文化的载体，语言的抽象性和概括性使它所指称的物的具体形态被大大遮蔽了，现代语言之于"物"，根本丧失了描述的功能。意义，乃是人们借助于语言对于世界的主观划分、概括和虚构。由于语言和意义的可疑性，与之相应的阅读和写作的可疑性也显露出来。由于"意义总是作为一种知识性积累被先设和预备着……阅读仅仅成了检验阅读者教育程度的自我测验，是一种非文学阅读……审美不是其目的，至少不是第一位……写作成了在意义目录里寻找虚价值的注脚"。（《感觉多向性的语义负载》）余怒的写作是对交际语言和既定意义的解构，可以说是一次有深刻的思想积累的解放"身体"的艺术革命。不过，这次革命的主角是诗歌的语言，革命的目标在于推倒时尚的当代诗歌作风。

呈现个体存在的真实

"身体"如何在语言中得自由？余怒的语言策略的目标是什么？

余怒的努力是用独特的语言将身体的瞬间存在状态尽量真实地表达出

来。在他看来，荒谬性、分裂感是世界的真实性，语言要能表现个体生存的瞬间的真实状态，能够"呈现"那些荒谬、分裂等生存内在的感受与刻骨的真实。

用余怒自己的话，那他的诗歌乃是在"言'无言'"。余怒的诗学企图在哲学上应该最接近现象学，企图直抵世界被"意义"指认之前的状态。诗歌要言说那难以言说的或不可能言说的，除了沉默，那就必须在语言本身上下功夫。余怒的语言实践可能是当代诗人中最复杂的，他自己所标明的各种语言试验就有歧义、误义、强指、随机义等多种。对于一个缺乏语言自觉的读者，如果他长期在阅读中直取作者的意义表述，那他面对余怒的诗歌肯定一片茫然。确实，有人指责余怒的诗歌不知所云，甚至指责他的实验乃是语词的随机碰撞。这样的指责是可笑的。很显然，语词能"碰撞"出余怒那样的诗作的概率是零。

如果从反语言、反文化、反意义的角度，我们很难看出余怒与从前的"非非""莽汉"等诗歌团体的区别。"非非主义"高举非崇高化、非文化、非价值、非语言的旗帜，要超越逻辑，超越理性，超越语法。[1]"莽汉"们则宣称："捣乱、破坏以至炸毁封闭式或假开放的文化心理结构"，[2] 表现出直露的反抒情和口语化的、暴力化的、色情化的幽默和嘲弄。严格地说，他们都为一个时代的诗歌写作提供很好的警示性的行为，标明诗歌的危机和革新的必需，但他们作为诗人，行为大于文本是众所周知的。如果我们认真对待余怒的诗歌文本，我们就可以看出余怒与非非着实差别甚远。余怒不是为反对而反对什么，他所指向的乃是存在的真实，这一指向是唯一的，至于什么样的手段，是次要的。所以我们很难标明余怒的诗歌的风格，他不一定口语化，也不一定反抒情，反崇高、反理性等都不是目的，用语言抵达存在的瞬间真实、个体真实的生存状态才是唯一的。从这

---

1 参见周伦佑、蓝马：《非非主义诗歌方法》，《非非》创刊号，1986年。

2 《莽汉宣言》，载《诗歌报》，1986年10月21日。

个意义上说，余怒的诗歌包容了许多成分：对诗歌意象和情境特别挑剔的人能读出深刻和怪戾，偏重于抒情性的人能在其中发现隐藏至深的饱满的情感。

> 水龙头里滴下一颗眼珠
> 我的朋友
> 跑了这么远的路来看我
>
> 猜谜时我出了一身汗
> 从墙壁上取下一只手
> 为了不同她遭遇
> 我将身体打一个死结
>
> 我将脑袋塞进帽子
> 我用刮胡刀刮这个夏天
> 蛇的低语婉转，轻轻一扭
> 门就开了
> （一张塑料脸）
> 一张塑料脸，浸在晨曦
> 女性的润滑油里
>
> ——《女友》

这恐怕是余怒作品中最普通的一首诗，语言与语言之间的连接很突兀，事件很简单，但情境、人物之间的（心理）关系很复杂。"女友"来看"我"，这也是人们常常遇到的日常生活情境。水龙头里滴下的是艰难的一滴水，非常像一个人的眼珠，"水龙头里滴下一颗眼珠"，写的是人的瞬间印象。滴水的艰难与人走很远的路意义对应。"猜谜"指交流的困难，为了免去交流带来的麻烦（可能是争吵），"我"干脆将身体打成一个死结，沉默，或不表达内心。但不管"我"怎样伪装或逃避，"女友"总是胜利者。"蛇的低语""一张塑料脸，浸在晨曦"，对女性的感觉也非常细腻和真实。最后段落写的是"我"对"女友"的瞬间的真实感受，也可能指与性有关的事物。再看一首可能是写年轻的情爱与性的短诗：

> 我在梦中开黄花
>
> 集男女之情和黄花的晦气于一身
>
> 远远梦见芒果
>
> 梦见青春的蛇皮
>
> 泛指的一只手，爬满我的全身
>
> 夜深了，该回来的都已回来
>
> 寄生有了湿度
>
> 我遭到围困
>
> 处女遭到比喻
>
> ——《禁区》

睡梦中的感觉、青春的身体的感受、无边的惆怅、不得不面对的性与爱、人的激情与倦怠、兴奋与无望……诗歌中所指向的情感不是明晰的，但借着独特的语言和意象我们可以联想进而恢复自己在那样的情境当中的感受。在简练的语词中，个体的独特的瞬间感受被呈现出来。并且，余怒诗歌的感受不就是他个人的，由于他所选择的语言与语言之间的连接的陌生，情境塑造的怪异，人们在阅读时一方面有着新鲜的触动，一方面又能获得别的诗歌文本无法使之恢复的个体感受的突然复活。这种内心深处蛰伏已久的感受往往只能在余怒的语词与情境中得以复活。尽管是"可写性文本"，但余怒诗歌的可写性并不是语词随机碰撞带来的联想游戏，它指向的是个体存在被遮蔽和被遗忘的内心真实状况。《目睹》《履历》《网》其实是相当抒情的，只不过余怒的抒情往往掩藏在怪戾的语言之后。长诗《猛兽》《脱轨》《松弛》看起来面目狰狞，语句费解，意蕴难寻，其实细读之下我们发现这是20世纪90年代以来当代诗歌难得的实验文本。余怒创造的文本可能是晦涩的，但一定是值得揣摩的；可能你读起来不一定喜悦，但一定在某处隐藏着存在的真相或真义。

确实在读余怒的诗歌时，我们有一种快感，那就是在日常生活中有许多习以为常又为语言所难以把握的感觉，到了余怒的诗中，却被真实地围困下来。《守夜人》一诗即是一例。睡眠中为灵活异常的蚊蝇所扰是痛苦的事，犹如一种感受袭上心头又不能言表，诗人捕捉的过程很奇妙，用语言！用直接的语言！"我"用说出"苍蝇"的方式捕捉苍蝇，用说出苍蝇亲近"我"的实质（吸血）来显明"苍蝇"。诗的结尾，将苍蝇的嗡鸣描述为一对大耳环在耳朵上晃来荡去，实在是将声音"客观化"为肉体的感受，接近了存在的真实。

> 钟敲十二下，当，当
>
> 我在蚊帐里捕捉一只苍蝇
>
> 我不用双手
>
> 过程简单极了
>
> 我用理解和一声咒骂
>
> 我说：苍蝇，我说：血
>
> 我说：十二点三十分我取消你
>
> 然后我像一滴药水
>
> 滴进睡眠
>
> 钟敲十三下，当

> 苍蝇的嗡鸣：一对大耳环
>
> 仍在我的耳朵上晃来荡去

　　那些叮咬我们让我们刻骨铭心又不能挽留或重复的心理、印象和感觉像小虫子一样被余怒捕捉在诗歌的蚊帐中。在当代诗歌对于日常生活的真实状态的追求上，余怒是一个誓死走到底的典范，余怒诗歌的先锋性也在这里：诗歌就是传达对于生存的真实感受的。如果不真实，毋宁不写；如果是为了真实，可以牺牲语言的常态和意义的流畅。先锋就是走在前面的人、先头部队的意思，这是积极的意思；从余怒的角度，当代诗歌的媚俗与平庸已叫人不能容忍，他写这样的诗，实乃是持存一种求真的传统，乃是真正的为亡灵"守夜"。看起来是一往无前的"先锋"，实乃暴露出当代诗歌在某些方面的临死之状。

终身的反对派

　　该如何描述余怒作为一个诗人在当代诗坛的形象？

　　人们对世界上现成的意义与价值的追逐是如此地不假思索，诗人余怒对此早就发出了嘲笑。其实这样的求知行为无异于诗人在短诗《火化》中所描述的："一头大象和一群蚂蚁/蚂蚁雕刻大象//世界的鼻子太长或者太短"——蚂蚁摸象而已。文学的追求成为今天的样式，是一件令人悲哀的事，更悲哀的是，我们一直随波逐流，生活于这个泡沫充斥的文学世界：

> 酒瓶追赶着河流
>
> 深夜我的嗜好
>
> 我走到甲板上

我把一天里吃下的东西

全都吐在甲板上

一天一天的泡沫

漂着的空酒瓶

我为乘坐过这条船的人默哀

——《航行》

余怒独特的诗学不是天生的，而是在对传统诗学趣味的长期实践、认识、忍受和不满积蓄多年之后，在20世纪90年代初有准备的一次爆发。在一份文学简历中有他的历史："1988年9月，创作长诗《毁灭》，这首诗是对前四年抒情诗歌的总结，它是一个句号，标志着个人抒情时代的终结。此后开始陆续毁去历年的旧作。"而在《余怒文学年表》中，余怒"1992年12月出于对诗坛流行趣味和创作惰性的不满以及对自己以往创作的怀疑，开始进行藐视规则的写作"。[1]对这个时代流行的各样的抒情的、叙述的或口语的写作，余怒均表示怀疑，他在诗歌里将其喻为"水泡"，并要一生反对它：

我一生都在反对一个水泡

独裁者，阉人，音乐家

良医，情侣

鲜花贩子

我一生都在反对

水泡冒出水面

——《苦海》

余怒藐视什么规则呢？其实主要是诗歌的表意规则：由语言传达意义，而语言自身的特征和存在的复杂性被忽略。余怒的怀疑和颠覆非常彻底，他质疑语言和意义本身，诗歌的问题在于这两个根本的方面出了问题。他采取的策略首先是以反常的语言（歧义、误义、强指、随机义等多种语言方式）来中断文化中正常的能指—所指链条，使语言变形，使意义产生危机，从而使阅读产生难度与再生产（意义）的可能（而不是被动地接受），从而在复杂的"身体"这样的写作中得到释放。在余怒看来，这个世界是一个"名实共构"的世界，"名实共构，是指世界在语言下的格式化和语言对世界的确认这二者构成的人类心理、社会的非自然状态……与以上名实共构相对的另一种状态，就是我常称之为'无言'的状态。它是人们在使用语言以前对世界的认识，这种认识是一种纯粹的、不受外界干扰的个体感觉，是原认识"。（《感觉多向性的语义负载·四》）人在这个"名实共构"的世界中，就如前面所说的"有水的瓶子"。"我一生都在反对/水泡冒出水面"，余怒将这样的人生称为"苦海"，可以看出余怒坚持自己的诗学的艰难。曾经有学者将历史上的陈独秀称之为"终身的反对派"[1]——由于他个人的思想总是与主流意识形态有出入，并坚持己见，哪怕悲剧结局。"独裁者、阉人、音乐家、良医、情侣、鲜花贩子"……当代诗坛充满了各样的人物形象和时尚的话语。在这里我们看到另一个安庆人余怒同样扮演了与主流话语、时尚话语反对到底的角色。坚持着安庆人的聪颖、先锋与固执（还有一个固执的安庆人是海子），余怒是这个时代诗坛上的"终身的反对派"。

1　参见朱文华：《终身的反对派——陈独秀评传》，青岛：青岛出版社，1997。

附:《主与客》论

20世纪90年代，余怒的诗歌写作被诗歌界誉为"九十年代诗歌现象"。评价甚高，更有人说"九十年代在诗歌中冒出来的基本上只是一堆平庸的鹦鹉学舌的水泡，并且，还仗着批评家的嘴，但余怒是例外，他不是水泡，他是九十年代幸存的神经之一"。[1] 从这里我们可以看到于坚对余怒的极高评价。到了21世纪，余怒依旧在创作上坚持着先锋的姿态。2014年出版的《主与客》是这一时期的新收获，其中收录了有名的《个人史》与《主与客》。这里将围绕这一本诗集来探讨该诗集在经验、语言和形式上的特色。

在《感觉多向性的语义负载》这篇讨论诗歌歧义、误义、强指和随机义的文章里，诗人举了自己的一首诗为例子进行分析：

> "别出声她在分泌"自我瓦解的本能匿名为/鼠孤单的一人一鼠一夜一陷阱女生的多元陶醉/（梦压鼠身被人撬开）(《猛兽》)
> 在诗中故意部分地使"分泌"产生了"分娩"的意思，同时也保留了"分泌"的原义（分泌泪液、汗液或其他体液）。另外，在这里"多元"一词也散失了它的本义，使之与"陶醉"的结合多少含有一丝性的成分。[2]

作者在分析自己的诗歌时采用了联想的方法，从"分泌"一词入手，认为其在保留原意的基础上又有所延伸，让人想到"分娩"。在读到这一部分时，笔者产生了一种怀疑：难道作者对自己创作的解读分析就一定是

1　于坚：《短评六篇》，载《当代作家评论》，2000年第2期。
2　余怒：《感觉多向性的语意负载》，载《诗与思》。

正确或者说是准确的吗？也许在作者的眼中，从经验出发，他会轻易地从女性的分泌联想到分娩，但换到读者，这种在作者身上理所当然的经验联想就一定成立吗？从我本人而言，当看到诗人做出如此联想分析时，因为与我本人的完全不同，所以才有上述的疑问。所以从某种角度上去看，经验是一部分人所共享的，并不代表整个阅读群体。

读者与作者对作品的不同理解是基于不同的生活体验，因而诗歌一旦完成，它除了带有诗人本身赋予的意义之外，更有不同的读者在不同的经验上不同的体悟中得到的各式各样的理解。正如诗人在一篇论文《话语循环的语言学模式》中举出的那个给《尖叫》重新命名的例子，他说道："无论你给出怎样一个意指不明、歧义丛生、胡言乱语的未完成文本，具有结构主义本能的读者都会自行去澄清、剔除、补充，继续完成它，并自得其乐地找到令他们自己称心如意的谜底。"[1] 从整个角度而言，所谓的经验除了那些共同分享的之外，更有每一位读者个性的存在。他们在自身的基础上去解读接触到的文本。在《表情的语言学》中，作者谈到"对应于哭，必须有若干张现实中的脸，便对哭的阅读服从于知识的经验。如此一来，作者的哭就演化为读者知识和经验中若干次哭的叠加，若干张熟识的脸的叠加"。[2] 在《碰碰车》这一首诗当中就有一句写到哭："女人的眼泪是蒸馏水，这一家人全是影子。"[3] 虽然这一句并没有直接写到哭的动作，但眼泪一词已经足以勾起读者的阅读经验，并对其进行形象化的处理。是轻声细语地哭、号啕大哭、干哭？与泪水相关的是"蒸馏水"，它作为一种纯净水，给人的印象是纯净毫无杂质的，他是不是由此道出了女人的忧伤在某种程度上的楚楚动人？

1　余怒：《话语循环的语言学模型》，转引自《主与客》，长江文艺出版社，2014，第207页。

2　余怒：《表情的语言学》，载《文学界》，2007年8月，第56页。

3　余怒：《主与客》，长江文艺出版社，2014，第3页。

至于形式，有人评价余怒的诗歌在形式上是混沌的，"实际上，余怒自身始终是隐蔽的。这种隐蔽构成余怒在漫长而又寂寞的90年代的自我存在方式：即在集体中的缺席"。虽然这个评价是用来描述余怒在90年代中踽踽独行的先锋姿态，但是依旧可以用其概括诗人在《主与客》中的诗歌创作。在诗行上，余怒的诗歌显得非常自由，他经常将一个句子拆分在上下两行诗歌之中，但并不是为了诗行的整齐。他的诗歌最有某种技术上的"现代派诗歌"的特征，但他的诗并不是技术，也看不出出处，他的情绪来自20世纪90年代时他这一代人的日常生活和内心世界。"他的才能在于将日常生活、手边世界的形而上意义，通过变形和蒙太奇的组合呈现出来。他的形而上学不是知识，而是智慧。与知识分子的深度隐喻世界不同，那个小世界不过是一种为了掩盖复制痕迹的消字灵式的高压的密码技术，语词的水泡。"[1]以《交换》为例：

> 十二岁时我与伙伴/交换彼此拥有的动物。他拿出/一只灰鸟，我拿出一只蜥蜴。他们分别带着/两个人的体温。//两个人性情不同，我爱打架而他爱/幻想。我父亲是一名水电工他父亲是一名/长号手，现在我还记得他，他曾说/"乐队里应该有动物"。//灰鸟和蜥蜴，都拴着线。我俩/冷静如助产妇，一个检查蜥蜴的性别/一个看鸟的牙齿。这可是/飞与爬的交换，我们很在乎。

这首诗在诗句的断行上很具有余怒的特色，标点并不代表着一句话的完结，相反地，那些标点经常出现在一行诗的中间，由此形成一种状态：即便诗行并不以正常的完整的句子来进行划分，但实际上却在和上一行与下一行保持一种非常紧密的关系。因而就像是一段话一般，整首诗在这样

---

1 于坚：《短评六篇》，载《当代作家评论》，2000年第2期。

的形式安排下显示出一种独特的紧凑感。

另有一首《自己也能旋转》：

　　心情不好，去小河边睡觉。/想不到河水也流得那么慢。/不去想工作，在岸上我抚摸自己三个小时直到柳条发烫大大/小小的浪漫鳜鱼翻出雪白肚皮漂浮起来不再游动我想喝水。[1]

这首诗歌只有一节，前面两句与后面两句保持着一种整齐之感。前两句的整齐显示出一种自在质感，并非刻意为之；后两句虽然看似十分整齐，但这只是形式上的，实际上却是两句话极其被动地被诗人平均到两行之中，因而一句话还没说完就到了下一行，逼着人急切地看下去。同时，第二句也并非实际意义上的一句话，只是诗人抹掉了几个短句之间的标点，连接成一句像是意识流在浮动的长句，只有凭借读者自己的分辨才能去理解。

但形式的存在并不只是一件漂亮的外衣，就像是上面分析的那首诗歌一样。细细思之，我们可以感受到诗人将自己不太好的心情融汇在诗行的排列以及诗句的无标点之中，就像是诗人因为心情不好，本来想去河边放松下自己的情绪，然而自己的情绪并没有缓解，而是被周围的环境弄得更加不自在，所以诗人一口气写下自己的所思所见，表现得急切。就在这种焦躁的急切之后，诗人恍惚意识到时间已经过去很久了，久到自己开始觉得口渴。

在语言上，余怒曾说过："将作者的痛苦传达给读者，需要一种能力。除了痛苦一词，还要有词语的氛围、句子的压力以及其他招致读者认同的真诚的表情。"[2]换言之，作者要将某种情感传达出来，除了在用字用词、形式上有讲究之外，更需要投入自己的真心。在用字用词上面，余怒的诗有

1　余怒：《主与客》，第95页。
2　余怒：《表情的语言学》，载《文学界》，2007年8月。

一种极大的跳跃感，这巨大的跨度将读者的联想与想象的能力充分地调动起来，进而触摸到诗歌的内核。很多情况下，他的诗歌在题目上并无确切的指向，他写出一个标题简单到好像只是为了让读者知道这是哪一首。所以有的时候，诗歌的标题往往就是在诗句中出现的某一个词。就像《章鱼》这一首。按照常规的思维，这大概就是一首咏物诗，写的就是章鱼，然而现代诗，尤其是充满先锋意味的诗却与其大相径庭。作者只是想表达自己对周围的世界感觉并不好的一种状态。比如《面目》：

> 我是诗人，我装作/爱大自然和古诗词。/其实狗屁。因为我/还得活很多年，不/知道会发生什么事。/被火车碾扁的小猫，/不爱惜身体的嬉皮士。/说起来有悖情理。/没有人真正对美女写真/反感，对泉水叮咚怀有/敌意。我真正。如何欺骗？[1]

这首诗的语言处于一种撕裂的状态。

作者在《他妈的悲伤》中就正好与《面目》相反，作者写的是自己的几种悲伤：买房子而产生的经济悲伤，理想幻灭的悲伤，对于糟糕艺术的悲伤，被现实生存环境搅出的悲伤。从这个角度看，作者的题目正好和标题吻合。在语言上，作者对这几种悲伤的描述显得现实而又意味深长。对于经济压力带来的悲伤，他说："我没有给/家人带来体面一点的生活，我羞愧，为一套他妈的房子/把自己搞得人不人鬼不鬼。我对世界的理解就像/对按揭的理解一样单纯。"[2]诗的语言从来就是含蓄的，但又能被读者理解和接受。对于世界的理解就像是买房子时的按揭一样，好像所有的问题都归结到金钱之上，给人一种极大的虚幻与无奈之感。这种情感并非仅仅是诗人所有，那些努力在城市扎根生活的人，谁不曾有这种情感呢？而

1　余怒：《主与客》，第104页。

2　同上书，第77页。

对于理想，作者曾经的追求在现实的打磨下变得越来越现实，梦想之所以美好就因为那只是自己年轻时画出的充满生机的图画，时光流逝，颜色暗淡之后，所有的光芒都抵不过现实中的油盐酱醋。另外，作者作为一名诗人、艺术家，一心想守住艺术的独特性，然而在现实之中，所谓的名导演只是在亵渎艺术，仅仅是为了取得好的票房成绩……作者所描写的这些"他妈的悲伤"并不是他自己的夫子自道，更是他体验社会、观察这个社会得到的结论。作者将不同的悲伤以具体化的形式展示出来，间接却又形象。在最后的情感上，就像每一个无力的个体一样，作者只能用一种无奈的态度去讨论，在这之外，除了继续着这种生活之外更无他选。也就难怪诗人不仅仅是在论悲伤，而是在论"他妈的悲伤"。

在《主与客》中有74首以《诗学》命名的诗。这再一次让人想到标题是否真的就是诗歌内容的中心。假如说不是诗歌的中心，那是否又可以与诗歌毫不相关呢？就像在上面提到的那样，对于诗歌的理解不是由诗人说了算，而是任由读者去理解。在这种情形下，诗人将这几十首诗都命名为《诗学》，好像就是为了消除掉他作为作者可能产生的在标题上对于读者的误导。《诗学》(51)：

> 儿子喜欢梦幻西游。女儿喜欢巧克力棒。妻子/喜欢往单眼皮上贴眼皮贴，她想变成双眼皮。母亲/喜欢摇头，她颈椎不好。父亲喜欢四处走走，与认识的/人聊天。弟弟弟媳喜欢坐在树下/谈佛，他们知道很多树的名称呢。/我被吸附在地球上。[1]

这一首被命名为诗学的诗与所谓的诗学并没有关系，但作者就那么做

1　余怒：《主与客》，第166页。

了。这是一首很短小的诗，诗的内容是关于亲人生活中的各种爱好与小习惯。在这些细致的观察中，我们可以感受到诗人细腻的心思。但作者是将自己排除在他们之外的，他们——孩子、妻子、父母亲、弟弟弟媳都有自己的爱好，好像这些爱好让他们的生活变得充满趣味；然而对于除了只会写诗的作者而言，他并没有享受在地球上的生活，他是被"吸附"在这之上的。诗中充满了无奈的自白，写诗并不是他愿意的，只是无奈的选择。

《诗学》（30）第一节：

> 鉴于诗歌/被这些家伙糟蹋得/不成样子，我也就/将头发弄得乱七八糟。/这牵涉到很多问题，/主题，思想性（嗟），五官的协调，/经验，良知（切），脑袋形状和头发长度。[1]

这一节诗依旧不是讨论诗该怎么写的问题，准确地说是关涉诗人作诗的态度问题。在诗人余怒眼中，写诗不仅仅是几行字的问题，更涉及创作者的思想与良知。虽然余怒是一个先锋，但是在这首诗里，他充当的并不是一个怒气冲天的角色，而是用一定程度上的玩世不恭去反对那些并不是诗人的诗人。纵然如此，他依旧坚持着自己的创作原则。

余怒的诗歌，在形式上的混沌、语言上的联想跳跃、经验上的丰富，很多时候，虽然难以读懂，但总是可以激发无限的想象与联想。毫无疑问，他属于当代汉语诗坛那种最能挑战我们的诗歌审美程式，也最能激发我们对当代汉语诗歌的阅读兴趣的人。

1　余怒：《主与客》，第152页。

十五

用诗建立万物的"-ology"[1]：臧棣的诗歌写作

后精神分析的手法

我对诗人臧棣（1964—　）的关注大约始于1997年。当时新兴的文学杂志中特别红火的要数《大家》，我很喜欢这本杂志。1997年第四期的《大家》就刊发了臧棣的一组诗，其中有《无情的美人》《牺牲品》等。《无情的美人》等诗给了我一种新的诗歌阅读快感。就像《无情的美人》一诗所透露的，臧棣似乎也在用某种"后精神分析的手法"来叙述人与时代的"暧昧关系"。他的诗歌想象常常叫人感到何谓"妙不可言"，他的奇妙叙述似乎很好地改善了人与世俗生活的紧张关系，似乎因着这样的诗歌，现实"才变得容易忍受"。

无情的美人

我们之中有人曾把她写进小说

试图在那里，用他称之为后精神分析的手法

1　"-ology"：英语名词后缀，表示"……学"。

揭示出她的性格的奥秘

她和时代的暧昧关系，以及她对甜食的

喜爱怎样影响了她对男人的鉴赏力

赞美为什么会是她的鸦片

而她已学会用她的风度控制每日的剂量

就像时代放飞的气象气球

她矫正着我们的远视能力

我们之中有人已聪明到去燕莎商城

买进口的胶布条，准备封堵上帝的嘴唇

当他把某些思考从隐秘的角落

搬到丰盛的餐桌上时，她是难以回避的参照物

因缺少起码的教养而显得妙不可言

她来自外省，出生在小镇

似乎只有这样才足以表明

她的美无可挑剔：像一段闪烁的时光

躺在一束正午的阳光中憩眠

危险而甜蜜的礼物，一首流行歌曲暴露出

她存在的意义：好像因为她

历史才变得容易忍受，成为手掌上的一本书

（1995年1月26日）

　　这种叙述日常生活的诗，读起来比当时许多仍在流行的抒发神圣情感的抒情诗或同样叙述日常生活（明明是大白话却把意图说得非常神秘）的诗歌有趣。当时我一下子就记住了这个诗人，从此凡看见臧棣的文字，都

愿意去读。我觉得臧棣那时的诗，很善于以一种似是而非的智性分析来处理日常情境中非常暧昧的各样感觉，读他的诗时我们觉得自己的许多暧昧的情感也被他还原了；甚至在他的分析性叙述和独特诗歌想象中，人与世俗生活的复杂纠结最终被诗歌赋予了一种崇高感，读起来很过瘾。

后来我比较集中地读了臧棣的许多诗，包括诗集《燕园纪事》（北京：文化艺术出版社，1998）、《北大诗选》（北京：中国文学出版社，1998）里的诗，开始探究臧棣的思路和方法。我发现臧棣诗歌处理的对象基本上是日常生活中非常微小或常见的事物，在那些我们根本对之没感觉的事物身上，臧棣却写出对事物的新的想象和沉思，揭示出事物与事物间复杂的关系。臧棣写诗的方法自然有很多，《燕园纪事》里几乎每一首诗都值得一读。我读完这本书之后，有一种感觉：这个人似乎有一根点石成金的指头——他对待世界的新颖的、不断变化的观察方式和独特的想象力，于是，不论什么事物，到了他的手下，都能变成诗。[1] 在日常生活情境戏剧化的处理、对感觉的智性分析、对日常生活卑微事物的精妙思忖等几个方面，我一直享受性地阅读着臧棣的诗，因为阅读他的诗能带来人对自己的想象力和智性的提高。在这个意义上，我觉得臧棣的诗并不怎么晦涩，相反，挺好读、"妙不可言"。

2004年春节的时候，我读了臧棣老师赠送的《诗合集》。该诗集为张曙光、萧开愚、孙文波、黄灿然和臧棣五人的诗自选，2003年自印，集中有臧棣诗51首。当时印象最深的是《诗歌史》这首，心里狠狠地跳了一下：臧棣的诗怎么变化这么大？显得特别"玄"，似乎在做辨析"什么是诗歌写作"的说理，一下子感觉诗的具体性和以前大不同。再翻，还有《新诗

1　这一点在后来我与他的交往中得到证实：我记得某年他说："我是1964年出生的，关于'未名湖'我至少可以写64首。"诗集《未名湖》（海口：海南出版社，2010）面世时，里边是从"第一首"到"第一百首"，每一首题目都是"未名湖"。我想：是地理名胜意义上的"未名湖"很伟大、很丰富吗？不是的，因为它是一面湖（很好的抒情和想象的载体），因为它的"未名"（诗正是对存在者的命名），它便成了臧棣的人生观察和诗歌想象的源泉和载体。

的百年孤独》《我们如何写一首诗》等，都是这样的在指涉诗歌写作本身。当时心里对臧棣这样的变化比较狐疑。这种狐疑在当年夏天得到了解答。

2004年9月27日，在首都师范大学中国诗歌研究中心，新诗研究专家王光明教授主持的"读诗会"，专门探讨了臧棣诗歌[1]。所探讨的13首诗由臧棣本人提供。也从这13首诗开始，对臧棣诗歌，我从一个阅读者过渡为一个研究者。

我先整体上对臧棣所提供的13首诗按照处理的对象，做了一个分类：1.《纪念维特根斯坦》、7.《纪念乔琪亚·奥吉芙》、12.《珊瑚人》、10.《营救》。其中《营救》既是写人也是叙事，非常类似此前臧棣写的《维拉》（见《燕园纪事》）系列，讲究戏剧性的生活情境。而剩下的，都可以说是"咏物诗"。

但"咏物诗"中又可以分为"静物诗"，如：2.《陈列柜》、13.《编织协会》；"元诗歌"（指涉诗歌写作本身的诗），如：3.《刺猬》、5.《咏物诗》、9.《反诗歌》、11.《白桦林》；"地理诗"，如：4.《孔雀园》、6.《巴尔的摩》、8.《姐妹潭》。

"咏物诗""静物诗""地理诗"、"抒情诗"等名称其实是臧棣这段时期自己"发明"的诗歌体式，看起来是沿用了诗歌既有的体式，其实是在借用旧体式探讨究竟哪些东西是"诗"的——抛却诗歌处理的题材；他是要以一种所谓"元诗歌"的"新的方式揭示什么是诗歌"。臧棣这一时期诗作明显的特征是：在写作的过程当中，诗人的意识竟然指涉到"诗歌写作"这一状态的本身，这种指涉使诗歌写作中的意识与经验、意识与语言、经验与当下、语言的象征功能与存在的本真状态的纠缠更加复杂，诗歌在表面上看确实"晦涩"了，但其实内里很有意味。"元诗歌"的写作反映了诗人对诗歌写作的自觉意识，诗人不再是作为存在万物的代言者和

1　这次会议的发言稿后经整理以《可能的拓展：诗与世界关系的重建——臧棣与90年代以来的中国诗歌》为题刊发于《山花》2004年第12期。

命名者在说话。诗人乃是一个对事物的神秘保持着足够敬畏、对事物的平凡保持着足够好奇的发现者。诗人是在小心翼翼地辨析、想象万物、生活的复杂关系。诗歌便是一种在语言中重新"发现"世界的艺术。

从"纪念维特根斯坦"开始

在十三首诗中,《纪念维特根斯坦》是第一首,在我看来,这是很有意思的事:

纪念维特根斯坦

人死后,鸟继续飞着。

我看着这幕情景。

情景消失后,鸟仍然飞着。

我将关心这样的事情。

维特根斯坦是一只鸟。

以前他不是,但现在是。

以前,人死后,有很多选择,

    但很少有人倾向于变成一只鸟。

当然,我也可以这样交代——

以前,我是一只鸟,但现在

我是一个看鸟飞过头顶的人。

飞翔多么纯粹,像冰的自由落体。

我继续这样看下去，

正如维特根斯坦继续巧妙于

　　一只鸟的名字。空间多么美妙，

就仿佛空间也死过一回。

　　某种意义上，我觉得臧棣的诗歌写作就是从"纪念维特根斯坦"开始的。为什么这样说呢？维特根斯坦（Ludwig Wittgenstein，1889—1951）是20世纪最著名的哲学家之一，他最著名的一段话恐怕就是："世界上的事物是怎样的这一点并不神秘，神秘的是它是那样存在的。"（《逻辑哲学论·6·44》）臧棣很感动于维特根斯坦这个对于世界的观点。令人敬畏的不是世界是"怎样"的，而是世界竟然是"这样"的！对于世界有这样的心理，保证了人不会以"创造者"自居去浪漫主义式地"创造"一个新的世界（"人"不能"创造"出世界，世界已经在那里；人只能明白世界"是这样的"，不知世界"为什么是这样的"），而是作为一个观察者来将世界的复杂性"说"出来（人能够在语言中言说世界）。对于许多平凡的事物，臧棣的态度可能如维特根斯坦的态度一样："确实有不能讲述的东西。它们显示自己，它们是神秘的东西。"（《逻辑哲学论·6·522》）我觉得正是这样的心理使臧棣对待日常生活中，即使是最卑微的东西都保持着足够的神秘和惊奇，这一点带来了臧棣独特的想象力：在越是让人感到缺乏诗意的地方，他的想象力似乎越是集中。这里的《陈列柜》（还有《编织协会》）似乎就是这样的诗：

陈列柜

微光像寂静的食物

来到它的近前。很多漆

都已经剥落，蚊子的琵琶舞

默认着这里的空气

还算新鲜。壁虎的小指挥棒

轻拍着清冷的门票收入。

这里离历史很近，希望你

不会误解这一点。

谁在提醒我们？谁的声音

这么有诱惑力？谁负责在附近

澄清我们的好奇心。

一些灰尘像浅浅的殖民地，

此外，一切都很正常。

衰落的王国中的

最后一场婚礼兑现了

多少爱？放在这里的

是否就是最突出的见证物？

它有几根木条就像水牛的胫骨。

另外几块稍短几寸，

如同羚羊的肋骨。

它有好几块大玻璃，

早上刚被擦过。它有几根血管

像漂亮的彩线，被通了电。

它有自己的心脏——

一只金碗静止在文明的精致中。

（1995年10月创作，1998年1月修订）

　　《陈列柜》和以前我读过他的《液体弹簧》[1]一样，写的就是厨房里微不足道的一个角落、厨房里的情景，但却是如此令人感动、印象深刻。你简直不能想象，诗人能将厨房里一个破旧的陈列柜写得这么有诗意。

　　"对于不能谈论的东西必须保持沉默"，臧棣在这一点上却没有认同维特根斯坦，他说："不存在诗歌无法言述的事物。"为什么会有这样的豪言？因为哲学家面对的是一个经验的世界，是一个世界的"真实"是怎样的问题。而诗人却不是，诗人面对的是一个语言和想象中的世界，是一个万物之间的想象性的关系问题。臧棣在这一点上有明确的认识："诗歌可能不是一个指涉真实的话语。"从臧棣的诗歌中我们看到，他的写作不是被动地为恢复"经验"、还原"现实"而作，而是在"写作"的"意识"中吸纳"经验"、想象"现实"的一种主动的心智活动。臧棣的写作，给人们带来了对现代汉诗的主体的意识与经验、语言与经验等关系的重新认识。

　　臧棣曾在一篇著名的文章中阐述诗歌其实也是一种知识："现代诗歌所取得的最大成就，即是通过持续的丰富多彩的艺术实验，将想象力塑造成了一种执着于自由关怀的特殊知识[2]。"他的诗歌是一种想象力非常特殊的诗歌。在其他的诗人那里，想象可能是诗的"内容"，而在他这里，想象却成了语言运作的"机制"，他的诗里有一种"想象的逻辑"：在"想象"的（"现实"）基础上再想象，再对之做评价，将想象进行得更深，将对事

1　《液体弹簧》（1997年1月）："她把冷水倒进铁锅里/她干这活时，专注得像个盲人/她不会出错，就好像/这活是在梦游中进行的//也许，她是在用那水声/帮助自己回忆起什么。或者/更单纯，她只是用水声来提神/她还用她自身的器皿贴近那口锅/整整一个夏天结束了/她还在倒冷水。仿佛/她用的那口锅没有底/也可能有更简单的解释，比如/倒进去的水还远远不够/而这涉及到她怎样度过她的/后半生。我承认我不知道/她是否想过她生来与我们不同/她婉言拒绝了潜在的帮手/她想独自一人代替我们/做一件事。仿佛除了她/没人能把它做好//她嫁给了唯一能容忍她的/那个人；连她自己也没想到/那是她表露固执的另一种方式/而他好像真的理解她：为她//留着一撮她喜欢的小胡子/他向邻居们解释说：她就要/制作出一件东西了。他们则/回答说，但愿它看起来像礼物"，见《燕园纪事》，第5页。

2　臧棣：《诗歌：作为一种特殊的知识》，见王家新、孙文波编：《中国九十年代诗歌备忘录》，北京：人民文学出版社，2000，第45页。

物的考究推得更远、更戏剧化……

《纪念维特根斯坦》，这里的"纪念"（意识）就是一种"想象"，其对应的不是"真实、实在"的"经验"，而是在"想象"的基础上的再叙述、再想象。诗歌的重点在于与"自我"进行对话的"想象"，这里，形成了一种意识、经验与想象的纠缠。最后两段特别妙："……以前，我是一只鸟，但现在/我是一个看鸟飞过头顶的人。/飞翔多么纯粹，像冰的自由落体。//我继续这样看下去，/正如维特根斯坦继续巧妙于/一只鸟的名字。空间多么美妙，/就仿佛空间也死过一回。""飞翔"能成为固体，成为一块自由滑落的冰，实在是诗人想象力的奇妙。而为什么"空间多么美妙，/就仿佛空间也死过一回"呢？这句话的美感、韵味从哪里来的？我觉得，这里有一个隐含的智性结构，前面的诗行已经显示："人"——"死"了——"变成""鸟"，而飞翔的空间与"鸟"多么相像；所以，"空间"也仿佛像"人"一样，是因为"死过一回"，才获得了如"鸟"一样的"多么美妙"。

诗人在此处理的是一个常见的主题"死"，但"死"这里却获得了如"鸟"一样的轻盈和美妙，没有一般文学中常见的沉重。这可能是臧棣的思想与写作的一种特色（如《巴尔的摩》一诗对"死"的想象："地理和诗在此联姻，/但知情者并不多，他们中年龄最大的/已经在海那样大的坟墓里/躺了一千六百四十年。/死是一次更特殊的旅行，/也许，我生来就适合接受/这愉快的想法。它的巴尔的摩版/就很凉爽，口感不错，/像刚融化的草莓冰淇淋。……"）。对生存有一种戏剧化、轻盈的观察眼光，不去以沉重的意识去限定对象的意义与价值，而是以一种开放性的心性来发现事物的多种可能性。

《刺猬》《咏物诗》《反诗歌》《白桦林》等所谓"元诗歌"，是一种关于写作的写作，这里的这些诗不同于过去的"咏物诗"——面对主体，面对经验。这里的诗是从写作的当下开始怀疑，更多的是面向将来时，不是经验，而是想象。我觉得它们至少有一些特点，如：1.不是从经验中挖掘，叙述经验，写作中的意识没有成为经验的还原；2.在意识中吸纳经验，想象事物的各种可能性；3.想象、怀疑当下的写作本身，质疑"经验"与"现实"能否对等。因为这些元诗歌，人们可能会觉得臧棣的诗变得晦涩了（正如我第一次接触时所担心的），但臧棣的诗歌写作本来就拒绝意义的自然、流畅，要的就是通过诗的语言的重新组接，实现对现实生活关系的新的想象。其实，这些充满智性和想象力的曲折的语言小径，对于有些读者，可能极有趣味。

不是现实定义诗歌，而是诗歌定义现实

长期以来，人们习惯于阅读那些直接从现实衍生而出的诗作，这些诗作当中，诗人的情感、经验容易为读者所辨识，意义较为明晰。有的好诗，也确如一些批评家所言的：充满"生命质感"（这是一个常见的评价诗歌的"标准"）。这种依赖现实中的情感、经验的写作方式，为诗人所擅长，也为读者所熟悉，但更换一种方式，连传统诗歌写作的基石——现实经验都以幻觉和想象的方式出场，诗歌会到达怎样"不真实"的境遇，又怎样为读者所接受？臧棣诗歌给人的挑战开始了：

反诗歌

几只羊从一块大岩石里走出，

领头的是只黑山羊，

它走起路来的样子就像是

已做过七八回母亲了。

而有关的真相或许并不完全如此。

它们沉默如

一个刚刚走出法院的家庭。

我不便猜测它们是否已输掉了

一场官司，如同我不会轻易地反问

石头里还能有什么证据呢。

从一块大岩石里走出了

几只羊，这情景

足以纠正他们关于幻觉的讨论。

不真实不一定不漂亮，

或者，不漂亮并非不安慰。

几只羊旁若无人地咀嚼着

矮树枝上的嫩叶子。

已消融的雪水在山谷里洗着

我也许可以管它们叫玻璃袜子的小东西。

几只羊不解答它们是否还会回到岩石里的疑问。

几只羊分配着濒危的环境：

三十年前是羊群在那里吃草，

十年后是羊玩具越做越可爱。

几只羊从什么地方走出并不那么重要。

几只羊有黑有白，如同这首诗的底牌。

  诗歌抒写的直接对象是"从一块大岩石里走出"的"几只羊"，这本身就是一件"不真实"的事情，是一种想象的图景，而不是切实的"现实"图景。从这样一个非现实性的基础出发，诗歌能否完成一次漂亮的想象的旅程？臧棣似乎并不关心诗歌的现实基础，"不真实不一定不漂亮，/或者，不漂亮并非不安慰"。诗歌是一个想象的世界，想象力的自由与释放也许也是一件重要的事情。"几只羊从什么地方走出并不那么重要"，重要的是诗人完成了一次想象的考验，像一次危险的说谎，他必须把这个谎言塑造得完美，他在诗歌中创造出一个虚虚实实的 "羊" 的图景（"几只羊" 只是道具而已）。这是一种与现实经验的想象性言说这种传统诗歌写作方式逆向的写作，是一种 "反诗歌"，是一种寻思诗歌写作的多种可能性的 "元诗歌"。

这种令人费解的 "反诗歌" 来自于诗人独特的现实观。按照臧棣本人的陈述，他认为 "不是现实定义诗歌，而是诗歌定义现实"。"诗的现实最显著的，也是最可感的特征就是它不拘泥于任何实体。"

诗和现实的关系一直困扰着当代诗歌。人们常常习惯于从现实的角度去定义诗歌或看待诗歌。在某种意义上可以说，人们在多大程度上接受诗歌是和它们在诗歌中能看到多少现实的影像成正比的。诗与现实的同一性被认为是理所当然的。在这样的欣赏习惯里，诗就如同是伸向现实的一把筛子。而诗的好坏，则关系到筛子眼选多大的才算合适，以及晃动筛子时手腕的控制力量。人们似乎很愿意相信，从筛子眼中滤下的东西是诗歌的垃圾，而那些经由反复颠动最终留在筛子里的东西是诗歌的精华。或者说，那些渐渐在筛眼上安静下来的东西，才是对现实经验的新的组合。

与此相反的诗歌实践，意味着什么呢？意味着现实实际上需要诗歌来界定。假如真正的现实确实是人们所渴望了解的，那么，就像墨西哥诗人帕斯所说的，真正的现实是由诗歌来定义的。诗，主要的，不是用来反映我们在报纸上和电视上所看到的现实的。也不是回应我们在大街上的遭遇的，诗是对现实的发明。从诗的特性来看，我们也可以说，诗人的最主要的工作就是创造诗的现实。何谓诗的现实？简单地说来，它就是对称于我们的存在的诗意空间。这一诗意空间最显著的，也是最可感的特征就是它不拘泥于任何实体。[1]

这种"现实"主义应该说严重违反人们对现实的认识，实在是一种彻底的唯心主义。但诗歌作为一个想象的世界，作为人类自我意识和想象能力的拓展，作为一种写作方式，我们似乎不能这样简单对待。

大多数人的诗歌写作是一种以"现实"为基点的想象性言说，而臧棣的许多诗作，却是在想象的基础上的语言辨析与再想象，他在曲折的想象与语言行进中创造出一个新的"诗的现实"。这个"现实"只存在于诗歌的语言中，可能想象得到，但不可能到达，甚至语言也不能明确表达。臧棣有一首"地理诗"，叫《巴尔的摩》——

> 地理和诗在此联姻，
> 但知情者并不多，他们中年龄最大的
> 已经在海那样大的坟墓里
> 躺了一千六百四十年。
> 死是一次更特殊的旅行，
> 也许，我生来就适合接受
> 这愉快的想法。它的巴尔的摩版
> 就很凉爽，口感不错，
> 像刚融化的草莓冰淇淋。
> 码头上的小广场

---

[1] 臧棣:《听任诗的内在引领》，载《特区文学》2005年第4期。

像洗牌一样布置着

因平静而丰富的生活。

不紧不慢，白云采摘晚霞，

此地的风景就是如此。

太阳像神秘的舞者

留在大地的床头柜上的红帽子。

它的港湾则温柔得

如同一只怀了孕的大花猫。

鞋店里的鞋像腌过的

深海鱼，诸如此类，古怪的说服力

令我冲动。我不是

一个值得信赖的旅行家。

我用诗记日记，

失控时，它会长得像

抛进海里的渔线；

短的时候，又太理智，

如同水仙花发芽。

我甚至用诗给街道两旁的事物

偷拍照片。我的诗中

有按动快门的声音。

我的意思是，诗，即使不是我写的，

也没有其他的底片。

比如，地理诗，我这样理解：

它很少让我犯形式错误。

又比如，巴尔的摩，现实

安排它濒临大西洋，

一座小小的城，但是规模深邃。

这里我们会发现两种不同的处理现实的方式。充满诗意的某种"地理"，一般作者对之充满敬畏，挖掘其中蕴含的诗意，承载个人的经验和想象；而臧棣，一提起笔，却是"地理和诗在此联姻"的直觉——此直觉似乎在言说"地理"与"诗"联姻的可能性、诗歌反映现实在多大程度上是可能或可靠的等问题。诗人写一个充满异域风情的海边城市，但关于巴尔的摩的客观描述大约就是最后几句"现实/安排它濒临大西洋，/一座小小的城，但是规模深邃"，仿佛因为是"地理诗"而不得不这样来几笔。诗歌反映现实恰如照相，"我的诗中/有按动快门的声音"，但诗歌与照相不同的是，"诗，即使不是我写的，/也没有其他的底片"。诗歌给现实"照相"的特殊方式正在于它的想象性，所以它没有"底片"。面对陌生或"神圣"的事物，臧棣的心境更多的是欣赏其新颖，以一种轻松愉悦的心态来对待这种陌生性，"现实"在他笔下不是言说的源头，而只是安放他许多"愉快的想法"的寄生地。在关于"现实"的言说中，诗人不是追踪"现实"图景，而是忠实于想象和语言的逻辑和轨迹，用一位批评家的话说，是"以意识和语言的互动打破了传统诗歌写作的情景关系，冲破了生活决定论的经验主义美学，为现代汉语诗歌的写作展示了一种新的可能性。这是一种追求意识和语言的开放性、生长性，胜过追求文本经典性的写作"。[1]

这种不以"文本经典性"为目标，而追求内在多种可能性的诗歌写作，其代价是冲击了传统诗歌的阅读模式，使处在既成审美习惯中的读者产生抱怨。确实，我们这个时代对诗歌"读不懂"的抱怨太多（但往往说"读不懂"者并不重新审视自身的诗歌鉴赏能力，而是怪罪于写作者没有

---

[1] 王光明：《前言》，《2002—2003中国诗歌年选》，广州：花城出版社，2004，第8页。

写出让他们"懂"的诗歌）。一些优秀的诗人由于写作方式的变化，其作品的内在理路变得复杂，必然首先成为读者埋怨和批判的对象。关于臧棣的评价，我们常常听到"学院派""北大教授""知识分子写作""机械复制"等嘲讽性的话语，似乎还有什么样的诗歌与"学院""教授"有必然性的联系，似乎知识越多越写不好诗，似乎一段时间内产量大的诗人的写作就是重复……各样的奇谈怪论。

"诗歌知识学"的建构

随着整本整本的"未名湖""……协会"[1]"……丛书"[2]系列诗集的面世，臧棣作品也被认为是这个时代最难解读的诗文本之一，他的诗歌写作也一直因此处在争议之中。2005年第3期的《花城》上刊发的《假如事情真的无法诉诸语言协会》[3]一诗，仅题目就令人费解。后来，我在网络上还读到他一系列的"协会"之诗，像《沸腾协会》《金不换协会》等，这一系列奇怪的诗作恐怕又让很多人多了批评他卖弄知识和高超的语意转换技巧的口实。其实与其批评诗人，还不如细读其文本：

> 粉红的铃兰教我学会
> 如何迎接孤独。每个人都害怕孤独，
> 但是铃兰们有不同的想法。
> 这些野生的小花不声不响地
> 淹没着它们周围的冻土。

1　臧棣：《沸腾协会》，哈尔滨：剃须刀丛书，2005。

2　臧棣：《慧根丛书》，重庆：重庆大学出版社，2011。

3　此诗见臧棣《沸腾协会》，第38—39页。

它们看上去就像退潮后

留下的海藻。一片挨着一片，

用我们看不见的旋涡

布置好彼此之间完美的空隙。

它们还曾把黑亮的种子

藏在北极熊厚厚的皮毛间。

它们做过的梦

令天空变得更蓝。它们的面纱

铺在兔子洞的洞口附近。

小蜜蜂的暗号不好使，

它们就微微晃动腰肢

为我们重新洗牌。

大鬼小鬼总爱粘在一起，

早就该好好洗洗了。

它们读起来就像是写给孤独的

一封长信。它们的纽扣

散落在地上，让周围的风物朴素到

结局可有可无。我的喜剧是

没有人比我更擅长孤独。

没有一种孤独比得上

一把盛开的铃兰做成的晚餐。

（2005年3月）

　　这首《假如事情真的无法诉诸语言协会》，表面上是在写"孤独"，但在意象转换的过程中，意识和想象却随着意象本身越走越远，而不再写主体的孤独，成了对意象之物的想象，最后再由这种想象回到诗人自身。

"结局可有可无。我的喜剧是/没有人比我更擅长孤独。/没有一种孤独比得上/一把盛开的铃兰做成的晚餐"，这样的结尾似乎完成了对传统的"孤独"之诗的一次反讽，孤独可以是自怜的悲情也可以是自我的"喜剧"。孤独是不是一种想象？孤独和一些具体的存在之物哪一个更具体？哪一个最终胜利？

自2003年或者更早，臧棣开始了一系列"元诗歌""反诗歌"的写作，重新思考写作中诗歌语言和现实的关系、经验和想象的关系。2005年以来他的一系列"协会"之诗也当在这个背景下来了解。在臧棣的诗歌写作中，语言和现实的关系是复杂的，甚至我们可以说是颠倒的，他的诗歌不是现实在言说，而是言说一个新的想象的"现实"。他的想象的路径也是非常复杂的，诗歌的意识、经验和想象之间不是对应的关系，而是相互影响、牵涉，呈现出一种意识和语言、经验和想象之间的多元生成的关系。我们确实可以说是语句意象的转换是越来越复杂（对于解读确实是"越绕越麻烦"），但诗歌中这种"复杂"是否无意义？存在本身岂不是复杂的？思想本身岂不是复杂的？（譬如，你在思想的时候是否有时也意识自己在思想？）

不尊重诗人的写作，不尊重文本的细致内在，我们恐怕难以进入诗歌。臧棣的"协会"系列和"丛书"系列使很多人怨声载道：怎么诗歌还有这样的写法？但这诗歌真的那么费解吗？是不是我们对诗人一直心怀成见，对他的作品也没有耐心？从这些具体的诗作来看，题目叫"……协会"，其中"协会"名"假如事情真的无法诉诸语言"，从诗歌文类的功能看，那诗人是不是在暗示：那我们就"诉诸诗歌"吧？那么这个题目是不是可以叫作"诉诸诗歌协会"或"诗歌协会"？从诗歌写作角度，为什么事情变得无法诉诸"语言"（既有的诗歌语言），是不是我们的语言运作方式需要重估和改变？"协会"的意思是什么？是不是诗人愿意站在这一种"金不换"般宝贵的诗歌立场，将一种孤单的写作进行到底？"我"是自己的"协会"可以吗？"我"坚持自己就是一种"协会"可以吗？

金不换协会[1]

感谢诗里总会有一点秘密。

感谢诗大多时候就像一口再有半尺

就要被挖到泉眼的井。

感谢诗里有湿：其中，旋涡

可用来测量人生，点点滴滴

可用来润滑记忆和愿望。

尤为重要的是，感谢诗的

无血也无肉。感谢诗一向不靠血肉

来模糊我们的双眼。

感谢诗有非人的一面。

感谢诗表面看上去是

由有血有肉的人写出的而最终

诗并不流于有血有肉。

感谢诗始终都不曾丧失

这样的独立的性感。

（2005年6月）

　　诗不是现实的衍生物，"诗的现实……就是对称于我们的存在的诗意空间。这一诗意空间最显著的，也是最可感的特征就是它不拘泥于任何实体"。"诗一向不靠血肉/来模糊我们的双眼……诗始终都不曾丧失/这样的独立的性感"，这是一种有价值的世界观和诗歌写作立场，它本当可以成

1　臧棣：《沸腾协会》，第27页。

为 "协会"，但现在却少有人喝彩。诗歌以 "……协会" 为题是不是与这个时代的一种对话？这是一个人的 "协会"。在这个意义上，《沸腾协会》中的 "成熟源于沸水" 是不是隐喻他人也隐喻诗人自身，隐喻成熟的诗人必须经过漫长误解的煎熬？

　　我在这里并不是推崇那些晦涩的诗篇，而是鉴于存在的复杂性、语言和现实的复杂关系和诗歌的独特功能，提醒人们应当看到，那场著名的诗歌论争虽已过去十多年，但当下的诗人们在意识深处对诗歌本体认识的分野和一种早已存在的写作方式在继续强化。在对待语言和对待现实的写作方式上，曾经的分歧在很多诗人那里并未得到冷静的 "相通与互补"[1]，裂痕在变成裂谷，变成严重的 "阅读程式"（乔纳森·卡勒语），在影响当下诗歌的阅读和写作。另一方面，也有新的令人 "费解" 的诗作在不断被尝试，这些写作方式虽然在遭受误解和攻击，但确实为当代诗歌写作提供了必要的转型及新的可能性。从这个角度，我这里梳理我个人对臧棣诗歌的阅读史，并对他的诗作和写作精神怀有深深的敬意。当我在印象中试图整体概括他的诗歌，我只能用他自己的诗句：他迄今的写作，所有的诗，"……就像是写给孤独/的一封长信"。

1　"从 '他们' '非非' 出发的 '第三代' 诗歌希望面对日常生活经验和口语的活力，体认正在变化的复杂的中国现实，是在以 '内容' 的物质性破解诗歌体制化方面做出了可贵的努力；而 '后朦胧诗' 则从经验的形式化和艺术独立的要求出发，对 '生活' 采取既投入又远离的姿态，表现了以 '形式' 的物质性纠正 '意义中心主义' 的愿望。" 从这个意义上，"民间立场" 和 "知识分子写作" 之间，是可以 "相通与互补" 的。（王光明：《相通与互补的诗歌写作》，载《南方文坛》，2000年第5期。）

十六

抒情诗的"正统"：路云的诗歌写作

　　路云是当代汉语诗坛一位非常重要的诗人，认识路云诗歌的意义非常有必要。路云诗歌有特定的意象系统（这是一个成熟诗人的标志，意味着对生命经验的成型的合理的认识），他为汉语"再""凉风"和"水"等普通的词汇，倾注了丰富的含义；不仅如此，他以个人化的意象和言辞，建构了一个属于路云的象征体系。路云的短诗和长诗写作，都相当地体系化，这个体系的聚焦点在"凉风"。"凉风"，指向的是存在的敞亮与澄明，是来自人类历史深处、灵魂深处的作为一种本质性的生命之在。在路云看来，唯有"凉风"才是世界、宇宙本体之存在，我们在写作与精神的跋涉中与之相遇，它才是我们真正的故乡。

　　按照已故诗人海子的观点："诗有两种：纯诗（小诗）和唯一的真诗（大诗），还有一些诗意状态。""必须从景色进入元素，……不仅要热爱河流两岸，还要热爱正在流逝的河流自身……"仅有"景色"是不够的，我们还应该关注河流本身，关注生命中那些像"元素"一样最基本的东西，只有这样，我们的诗歌才能更深入地穿透生存的表象、寻思生命的真谛。而路云所渴望的"凉风"，正是此"元素"范畴。路云的诗歌写作，其实接续了海子所建造的那个"大诗"传统。这个传统的价值一直到今天，也没有被当代诗坛正视。

　　因着灵魂层面与作者的无法对等、鉴赏能力的缺失，人们对于这样的诗人所建构的宫殿，无法做整体性的评价，人们只能在这个宏伟宫殿的角落捕捉一些"诗意状态"之风景。"大诗"是一种精神，而不是一种企图。海子建构的宏伟长诗《太阳·七部书》不是人的企图，而是如西川所说，他是被动的，"仿佛沉默的大地为了说话而一把抓住了他，把他变成了大地的嗓子"。伟大诗人的作品，其整体所显现的结构性，往往是被动的，这一结构性所对应的其实是创作主体灵魂的结构性。因着灵魂被神灵所牵引，一直有一个方向，这个方向是主体心灵确信真理之实存（一定以某种方式实存）而在不懈寻求。他的写作与这个寻求有关，虽然他写了无数的作品，但一直有一个中心、叙述的出发点，有一个言说的对象，甚至也有一个一直在倾听他的隐含读者、忠实的兄弟（如路云的"再"）。很多诗人作品难以有整体的风格或某种形而上品质，其实是其灵魂在真理寻求这一方向上的涣散。作品在主题和风格上的涣散，乃是作者的灵魂的涣散。

　　在一个诗歌写作日益口语化或知识分子化、极端地小感觉化的风气中，路云的诗让人读到了那种源于直觉，又牵涉着我们某些文化母题的奇特想象与质朴情感。他的写作常常被激情所驱使，但绝没有沦为浪漫主义的情绪宣泄，而是将感觉、经验与想象呈现在带有速度与激情的意象与叙述结构中。路云的诗给人印象深刻的不是那种冷静的诗意、某种貌似深刻的人生经验、在白话之中的某种诗意状态、日常生活的小趣味，而是美妙、激越的原始性的想象，以及当代诗少有的热情、温度与沸点。"温度"使他的作品与当代诗坛很多重理趣、智慧和经验的冷静之诗形成了鲜明对比。路云常常使用的那些熟悉又陌生的意象，让人联想到它们可能是一个民族的文化无意识造就的直觉。也有人由此将他的写作与湖湘文化、与巫觋文化联系起来。

　　无论是从阅历、文化修养和诗歌技艺哪方面来说，路云都可以在当代诗坛占有一席之地，但他选择了长久的沉默，是因为"凉风"给予了他一种自足性的存在。唯有"凉风"给人安慰。路云虽不广为人知,但他对自己和当代诗坛的现状皆有清晰的认识。在他对诗坛一些写作风格的简单描述中,有"小""反"等概念,这些概念不是价值判断,而是描述。有些人写作完全是以"小"获得读者认同;有些人,则是以"反"被人关注。"小"包含有小趣味、小感觉、短小的口语诗,等等;"反"则是观念上的革命、新的诗学实践、对既有文学传统的颠覆,等等。无论是"小"还是"反",在不同的领域,都出现了相当优秀的诗人,他们都在当代汉语诗歌的观念演变和美学探求方面,有各自的贡献。

路云对自己的评价是,他愿意在现代汉语诗歌的"正"方向上,这个方向不是说比"小"和"反"崇高,而是他矢志坚持的正途:诗应该是抒情诗,抒情诗的想象需要直觉,抒情诗的美学效果需要带有原始性的力量与温度,诗人应有追寻真理之踪迹和存在之澄明的责任心……作为诗人,路云的命运如同戏剧界的正剧:喜剧能赢得笑声,悲剧能以痛楚暂时净化人的灵魂,而正剧(悲喜剧、严肃剧),效果可能就没有这么明显,人们可能要在很久一段时间之后才能对之表示认同。

路云的诗歌中通常没有高深莫测的诡异之思,没有偏执的感觉、经验和奇特到我们不能领会的想象,也没有一个忧国忧民的抒情主人公形象。他的诗只是言说自我、捕捉"凉风",乃现代汉语诗歌中抒情诗的一种常态。相对于"小""反"等方向,路云一直做着"正"事。他的写作,一直上演着诗的"正剧"。由此我们认为,路云的诗是现代汉语诗歌中抒情诗的一种正统,应当引起重视。

路云其人

1. 认识

近年来，湖南诗人路云的名字在当代汉语诗坛渐渐为人所知。2006年6月首届"麓山·新世纪诗歌名家峰会"上，与会的不少"第三代"和"70后"诗人读到了路云的诗集《出发》（贵州人民出版社，2005年）；在谭克修主编的《明天·第5卷·中国地方主义诗群大展专号》（长江文艺出版社，2014年）中，湖南诗人的作品展里唯有谭克修自己和路云入选。路云是谁？很多国内诗人也许会问；而在2015年8月在剑桥大学举行的"首届徐志摩诗歌节"上，此次应邀出席的是中国诗人舒婷、杨炼和路云，这一次，也许国际诗坛也会问：路云是谁？

谭克修的"地方性"的意思是指：作为个体的人，"我"在自己所居住的土地上，在自己的日常生活的真实经验中，不追逐题材或主题上的时尚，不追逐文学之外的东西，"我"始终关注的是个体命运的痛楚、所有人都面对的生命的难题、灵魂与永恒的问题……"我"在这样一个"地方"，而不是在你那个被称为"现代"的、常常要与"世界"接轨的"地方"。对于一个写作者来说，这个"地方"显然大于"地域"的概念，它与后者有关，深深扎根于后者但超越了后者而到达了某种"灵魂深处的真实""……世界展开的地方"——"……那些独自坚守着脚下土地的独立写作者。无论他坚守的是大城市还是边远地方，他笔下的那个地方，将是时间长河中唯一幸存的地方。由于他的坚守，'边远地方并非世界终结的地方——它们正是世界展开的地方'（布罗茨基评价加勒比岛国圣·卢西亚诗人德里克·沃尔科特语）。那么，他的写作，也将成为不朽的写作。反过来，要让自己的写作不朽，专注于福克纳的约克纳帕塔法'那块邮票般小小的地方'，让地方性成为自己的身份证和通行证，似乎更容易达到目的。

这种邮票大小的地方，还包括加西亚·马尔克斯笔下的马孔多，沈从文笔下的边城，贾平凹笔下的商州，莫言笔下的高密……"[1]

谭克修选择路云参加此次"地方主义诗群大展"是有理由的。毫无疑问，路云属于他所说的"独自坚守着脚下土地的独立写作者"。多年来，路云的写作似乎只为写作本身，只是自我的表达，与当代诗坛刻意地保持着距离。但他的诗作中那神话般的卓越的想象力、奇诡的意象与修辞和磅礴的诗形结构一旦进入你的眼帘，你就没有办法将他从当代汉语诗歌的版图中除去，他一个人似乎就构成了一个广阔而神奇的地域……他的诗风既有楚地古老的巫觋文化的神秘、悲切与欢悦，又有现代独孤个体的焦虑的当下感，这是当代汉语诗歌的一个独特的"地方"。

2.《出发》

载于《出发》中的长诗《彼岸》三部曲（包括《偷看自己》《第一次死亡和十八岁颂歌》和《与一颗飞翔的子弹平行》），有着生命死亡—成长—死亡—飞翔的意义结构，其独特的想象力能够将心灵的那些剧烈的冲动塑造为人格化的意象。最令人触目惊心的莫过于诗中一再出现的"再"："谨以此献给我唯一的兄弟：再。""再"是谁？"再//我的生命，一种古老的生长方式，住在/时间的外面，把每一次死去都称为出发。他/拧着我的目光掠过鼻尖，打开生命的另一页：再生人。/哦，第七种幸福就是能打听到/他的传说。再//我的兄弟。"[2] "再//一个人在十八岁的夜晚突然死去，让我怀/疑这具沉默的尸体就是那个年轻的凶手。无论/他带上多少个梦想逃亡，我都会把今夜仅有的/三根肋骨扎成木排，追上他，直至他将死亡的/颂歌演

---

1 谭克修：《地方主义诗群的崛起：一场静悄悄的革命》，《明天》第五卷《中国地方主义诗群大展专号》，武汉：长江文艺出版社，2014，第8—9页。

2 路云：《出发》，贵阳：贵州人民出版社，2005，第114页。

唱完毕。"[1]"那些僵尸像镙钉一样被牢牢钉在命运的柱子上/。烧吧，冲天的火光是唯一的出路，/在经久不息的大火中我们相遇，朋友啊，那滚滚浓烟是无边的黑暗。再//我的兄弟，光明是/一片巨大的水域吗，那辽阔的夜晚梦朝何方。"[2]这个"再"是"我的兄弟"，是"我"的另一个生命，住在"我"的心肠肺腑之中，以至于"我"的每一个行动，都在与之商榷，期待他的回应。这种与自我灵魂的漫长的对话性结构令人震颤。

《彼岸》三部曲之二《第一次死亡和十八岁颂歌》共18首，第1首《第一根肋骨》：

　　　　九月是我的亲娘

　　　　九月生下我　我把菊花一瓣瓣交给秋天

　　　　我看见果子便呕吐　看见女人便四蹄腾空

　　　　这是我难言的苦痛和隐蔽的热情

　　　　我曾经查看过大风的家谱

　　　　我自信力大如牛　我自信江山如画

　　　　在日益辽阔的梦中　我挥汗如雨

　　　　我曾经手抚第一根肋骨　像是闪电

　　　　巡视我祖国的歌台

　　　　那一声声呼喊势如烈火

　　　　那一声声呼喊大如六朝

　　　　我微微颔首　波澜不惊

1　路云:《出发》，第123页。

2　同上书，第142页。

《第一根肋骨》关乎生命、青春、躁动的热情与最初的成长。在路云的诗歌中，你能看到一种久违的想象方式，这种诗歌想象很多时候来自于直觉与某种无意识，来自于诗人躁动的内在感觉与直接的语言描述；除此之外，你还能惊见当代诗歌久违的吟咏性，他的诗除了在感觉上是现代诗之外，还是可以在声音上能掀动情感的"歌"。对很多人而言，在海子之后，在想象力和语言的自由与诡异、诗形的庞杂等方面，很少看到如此才华横溢又不为人所知的诗人。

我是强盗[1]

我坚信天下最好的酒一定叫女儿红

我坚信我的女人一定会来到我的身旁

我放下拳头是一只比酒杯还小的行囊

我坚信杜康深爱着一个女人　美丽如水

这个女人一定是上帝的好女儿

她把爱情奉献给一个男人

从此　我坚信酒是一个男人扛着的河

这是唯一的忧伤和一个男人毕生的光荣

如果我爱你　我就会圈养牲畜　占山为王

如果我离开你　那一定是我们的粮仓

在一阵大风下嫁给了那顶草帽

1　路云：《出发》，第53页。

我想去看看你[1]

我想我的兴奋像一头野猪

兄弟　我的好兄弟　我来了！

但我难以启齿　难以抬头

我的脸上杂草丛生　我粗糙的眼光

在砂布上一遍遍醒来　成为另一张砂布

比诗歌更零碎是我的声音

比沙尘更加晦暗的是一阵阵昏眩

我看见你在一张白纸上画下三条河流

三个秋天的南瓜

我立刻在草棚里打起了呼噜

我立刻在秋天的额头上翻起了跟斗

兄弟　我的好兄弟　一阵阵风

把我连根拔起　一阵阵雨水把我

从浓烟中抱走　放在一只蚂蚁的背上

只有一剑劈开的光明　像一根蛛丝把我绊倒

兄弟　我因此加快步伐

　　路云的诗歌，其想象力不按文化和知识性的想象铺陈，让人嫉妒世上还真有那种完全来自于直觉的诗篇。他常常在"浓烟中"等待诗神将他抱走——"春天是一把多么好的扇子"、焦黄的指头等待灵感的降临，他甚至常常用翻过来的烟盒来记录突然降临的语句。"坚信……"之类的说话

1　路云：《出发》，第67页。

方式使他的诗歌语势如同强盗，蛮不讲理。他的诗歌意象和语言与当代中国的流行文化、热门词汇似乎是隔绝的，似乎不是我们这个时代的想象方式，也不是我们这个时代的说话方式、修辞方式。他像一个穿越者，走错了朝代，那些想象、意象和说话方式，让我们听起来新鲜、有趣；有时你又感到他的笨拙，但里面有一种新鲜的想象的力量或久违的心灵的震撼……他的语词和风格，似乎生活在另一个年代，另一种文化场域中，然而，无论怎样……这些阻挡不了他诗歌中那跳跃的热情、优美的愁绪、躁动至迸裂的心脏对你的感染。

3.形象

在生活当中，路云也是极有"个人风格"的诗人，他不仅全身心倾注于文学写作，甚至是一个拒绝发表作品的人，他很少在国内公开发行的诗刊上发表作品。他的写作回到了印刷术尚未发达、传播方式古老笨拙的年代——"我"的诗歌在朋友中得到应和酬唱足矣。事实上路云的写作史距今已有30年。他长年在望月湖的一栋高楼上守望，临湖读书，奋力写作，不为谁人，只为生命中永恒的困惑，只为缪斯的间歇降临。在一首诗中，路云自况：他的时光由两部分构成：吸烟与写作；年终总结就是"今年加了两次炭粉"，一年所有的时光可以被"换算成炭粉和烟灰"的数量：

今年加了两次炭粉

时光换算成炭粉和烟灰，

一黑一白，

它们是好兄弟。

其中那个灰头白脸的瘦子，

与我形似。

有几次，在半醒半睡中，

我四处寻找，穿过空荡的小巷，

它躲在一个二十四小时商店的柜台上，

更多的时候，它拉着我的两根指头，

仿佛一个爱撒娇的男孩，

老是咬住自己的指头。

最近，我有点烦它，

它容不下任何比它更白的，

比如牙齿，早已被涂成黄色，

红色的肺，涂成黑色，

趁我睡着时，在舌苔上撒下一层细砂，

或者，直接命令我，听它说话：

你这个骗子，凭啥说只有这件事，

你严重缺德！瞧，它是个受害者，

被我扯到道德法庭，

良心搁在茶几上，就是那个烟灰缸。

我侵犯了它的独立，自由，

为此，我听从黑色兄弟的劝告，

可以道歉但不发誓。

我相信它，这么多年从没有诱惑过我，

从没有偏袒任何一根指头，

它总是等到十个指头到齐，才开始记录，

并把它完整交给我，连同错字，

失误，和某个阶段的气息，

任何人都无法篡改，包括我。

这令我感动，并一再停下来陷入烟雾中，

白色的兄弟说，没有我，

你怎能穿过事物的表皮，

亲她一口

我原谅白色兄弟的愤怒，

至少一点，它没有说谎，

它活在世上，见证大部分事物的无奈，

包括我的贪婪和愚蠢。

从余烬中提炼出黑色的颗粒，

不会燃烧，但会冒出细小的火焰，

若干年后，带来一丝温暖。

帮我加炭粉的彭工，创造出一个说法，

关于时间，他说，就是一年加两次炭粉，

它们把白色的兄弟和黑色的兄弟，

变成白纸黑字，其它与我无关。

（2015年12月31日）

    路云是湖南岳阳人，早年在深圳打拼，后来为了照顾生病的妻子和读书的女儿，回到长沙。大约早年积累了基本的生活费用，在长沙的路云大部分时间过着居家、买书、读书、写作的生活。他总是坐拥上千册图书，并且，这些书是经常更换的。他常常上千元地购买图书，那些看完了的图书会被无情地处理掉。你很难理解他为什么对世界有如此大的热情。比如，为了读懂《圣经·创世记》，他竟然去购买四川大学出版社2006年出版的《古希伯来语教程》来自学。他对世界的求知欲让许多大学教授羞愧，而他对所谓的诗坛的淡漠与超然更让人惊讶。这种淡漠与超然不是那种管你们写得怎么样我只管写我的故步自封，而是在准确地把握到当代诗坛已有水平后的一种自信。但他这种自信没有带来清高，更没有带来救世情怀，他热衷于诗，写能使他满足。在生活中，他看起来是个生意人，据说擅长广告策划；又像个资深的农民，皮肤黝黑，香烟不离手……你只能说，他是当代汉语诗坛一个独特的存在，这种存在可能契合了人们对真诗人的某种期许。

象征体系

1. "一种不可避免的内在的需要"

路云的诗集《出发》共五辑，其中四、五辑为长诗、组诗，占全书一半的篇幅。这是让人敬佩的。当代汉语诗歌发展至今，在读者层面丧失了阅读长诗、组诗的传统，大多数人顶多愿意领略那些精致的短诗。即使是海子这样的诗人，他的巨幅长诗占了作品的大部分，但人们消费他的，也只是《面朝大海，春暖花开》《九月》和《日记》这样的练习曲（虽然这些短诗确实耐读）。路云的命运和海子有相似之处，虽然有人是从长诗、组诗认识他，但也有很多读者包括一些著名诗人读到他的诗作，发出嗟叹之声：这个时代还有人写这种"文化史诗"、说大而无当的神话鬼话，可惜了了……

但事实上，一位成熟的诗人，其作品在整体上一定是结构性的：他有特定的世界观和生命观；他的写作有基本的词汇和意象系统；他在诗歌写作中建构一个与现实世界对应的想象的世界，是一个体系化的象征世界；在言说方式上，他有着个人化的路径。从本质上讲，一位成熟的诗人，他的所有诗作都是一首诗作；也可以说，一位优秀的诗人，他的一生的写作，只为了"那一首诗"的成形与显现。那些不能建构长诗、组诗的选手，在诗歌最高的运动场上，似乎还未取得参赛资格。

当我们这样说，并不是说短诗就不重要，而是强调对于某些作家而言，写作是出于内心无法遏制的强大需要，不是他们要建构什么，而是他们灵魂的方向与寻求最终使我们言说了什么——如海子所说的"我写长诗总是迫不得已。出于某种巨大的元素对我的召唤，也是因为我有太多的话要说，这些元素和伟大材料的东西总会涨破我的诗歌外壳"[1]。也如林以亮在谈到散文诗时所说的："写散文诗时，几乎都有一种不可避免的内在的需要才这么做，并不是因为他们不会写诗或写不好散文，才采取这种取巧的办法。"[2]如果你没有将散文诗视为哲理性的小散文，而是将之视为超越文体的"大诗"的话，也许你能体会林以亮的话。

捷克小说家米兰·昆德拉曾经用一个词表达了写作中不由人自主的力量之牵引："小说的智慧。"他说小说家"在写书时，倾听的不是他个人的道德信念，而是另一个声音。他倾听的是我喜欢称作小说的智慧的那种东西。所有真正的小说家都倾听这种超个人的智慧，这说明伟大的小说总是比它们的作者稍微聪明一些。比自己的作品聪明的小说家应该改换职业"[3]。他还说："在艺术中，形式始终是超出形式的。"[4]成熟的作家，往往被一种来自灵魂、来自写作实践中的牵引所胁迫，他的写作也许在文本上形态各异，但事实上都向着一个中心，这些不同形态的文本，在意象的关联、想象方式、言说的中心等方面，又是统一的。不是说诗人一开始就要自觉建构一个属于自己的象征体系，而是说，一个成熟的诗人，他的象征体系慢慢会显现出来。这个象征体系是他自己的宫殿，又是他心灵的边界，在一次次的灵魂生死中，这个边界又是在移动的，诗人生命的更新正是借此完成。

1　海子：《诗学：一份提纲》，西川编：《海子诗全编》，上海：三联书店，1997，第889页。
2　[中国台湾]林以亮：《论散文诗》，载《文学杂志》，1956年第1期。
3　[捷克]米兰·昆德拉：《小说的艺术》，孟湄译，北京：三联书店，1995，第153页。
4　同上书，第156页。

2."凉风"

在诗集《出发》之后，路云一如既往，继续创作他的长诗系列，令人感喟的有《凉风系》和《我心中积雪未化》等。而他的那些短诗，你可以将之视为路云某一首"大诗"的一部分：短诗的写作，是长诗建构的练习，或者，是长诗的先期显现，是同一个太阳，只是因着时间的缘故，光亮的程度不一样而已。纵览路云目前的短诗写作，你能明显感觉到在意蕴建构上的某个整体，那个隐约的宫殿的轮廓已清晰可见。粗略图示如下：

"凉风"		
"北风""北风姑娘"……	↑	"我的生命，一种古老的生长方式"
"一滴水"		
……		
"麓山"		
"我""我的巫婆"[1]"焊工"……	"据点"（言说的基点）	"再"（既是人格化的隐含读者，又是统摄写作的叙述机制）

---

1 "角膜与眼帘之间，是我领空。/我有众多发光的儿子——光虫，/他们密切的飞行，令我的国度/昌明如炽，令我形同虚设。/我的巫婆睡得比春天还香，/她生育的儿子身段柔软，精气充沛。/他们无法无天，常常掀开我的梦！/咳，这么多年我没睡过一个好觉，/我的巫婆啊，你醒来，管管他们。/我用我的眼珠子编好一副光帘，拉上，/仍能辨认家的方向，家在不远处，/是拼着最后一口气可以抵达的地方。/我用记性和想象喂养他们，希望记下，/但更多是徒劳，我的国度百孔千疮。/唯有歌声，至爱的歌声把我灌溉。/我的巫婆，她隐而不见，她的脾性/如同我的缺陷，尘世有多少伤痛！/巫婆，你回来吧，当飞蚊侵入我的国度，/你为何畅悦得一如瀑流？/我的错误是/仍未还清的息债，你只会栖身在它的尽头。/我知道，我不会弃药草和她的芬芳，/当有一天，光虫不见，光帘永远拉上，/我相信是睫毛坏了，你会修好她。/是的，你不再撇下我，我会加入飞行中，/守护至福的日夜，如光永在。"（《光虫》，2011年12月）

"纸房子"[1]		
"死马蹄"		
……	↓	"住在/时间的外面，把每一次死去都称为出发"
"鸟世界"		
人世的"垃圾化"		

读路云的诗，几个核心的意象你常常会遇到，首先是"凉风"。"托付给一阵凉风"（《款待》）、"对称于凉风"（《对称》）、"唯有凉风不被删除"（《雨中登麓山》）、"回到原有的凉风系统"（《呼吸》）……"凉风"是什么？"凉风"为什么是可以托付的？

3. "一滴水"

与"凉风"相应的另一个意象是"一滴水"。如果说"凉风"是故乡的话，"一滴水"则是可以居住的房子：

款　待

掏空一滴水，做个小房子，

如此不再贫乏，孤单。

一小勺惬意，从内部上升，

渴念结出一层薄冰，庇佑我深入

一场初吻中的酷暑和秋凉。

沉默是冰封之下的河水，往事

1　"住在纸房子中的人，/开始搬家。/没有人知道他们要去哪儿，/他们把要带走的工具、种子，/和后半夜的月光，/写在一张纸上，/可是，如何把这张纸，/压缩成一粒纽扣？/被无限延迟的时间，/揉皱这张纸，/什么也没有搬走。/一眨眼又是冬季，/雪花把一切涂成白色。/那些笨重的事物，/突然变轻，/仿佛被压进一阵风。/唯一剩下来的是自己，/如何把它们交给风？/这需要闭上眼睛，/屏住声息，跳进火中。/比想象中不同的是，/没有一个人发出尖叫声，/当什么都看不见，/风就开始变凉，祝福他们。"（《纸房子》，2016年6月28日）

自由出入，摆动尾鳍，免除

霜冻的管束和深水中的寂然。

我乐于用指间的风，弹奏露珠中的

四季，你的眉睫成林，结满桨果。

唯有舌尖上的波光，把汗滴追逐，

密切的汗花开满银沙滩，至乐无边。

众人散尽，沙粒发出细小的呼声，

心底里的话，应和着沙沙的海浪，

析出晶粒，倾满盐罐。每一个日子

都是一把小勺，贴心贴肺。

浮光中漂白的倦意，晾在哪，

哪里就有朵朵闲云，摘下来

酿成土家红，黑糯米是她的母亲。

带着微醺中的快意，启程吧，你。

麓山用一片枫叶包裹好我们，

托付给一阵凉风，哦荷哦荷。

（2013年6月5日）

可能很多人都有对"诗意栖居"的想象，"掏空一滴水，做个小房子"这个意象的纯粹与宁静，与"诗意栖居"似乎极为契合。路云的诗歌想象来自直觉，这直觉部分是因为他的乡村经验，他将南方人的乡村经验与现代人在生存中的贫乏与对幸福感的珍视结合得完美无缺，产生出许多平凡而伟大的想象，比如这里的"小房子""一把小勺"。在另一首诗里，他写道："在街河口，我看见一把小勺子/舌尖一样伸进一张樱桃小口。/小勺子在烈日下的阵阵反光，/差点把我煨熟。我一直在寻找/那只煨罐，粗心的父亲找不到，/梦中的母亲纳着鞋底，含笑无言。/两个舌尖传递着柴火的爱，/我在大地深处热气腾腾，/恍若那只失落的小瓦罐。/她喂养着我，最初用文火，/融洽的汁液灌溉我如良田。/如今，我的口中长满猛火般的牙齿，/却咬不碎一个饱嗝中的倦意。/难以下咽的东西，提醒我回过头，/把未来还给未来，而回忆就是/那只小瓦罐，她煨着我，/在另一个舌尖上说出爱。"（《煨罐》，2013年8月22日）在路云的笔下，"小勺子"最后不是喂养我们的工具，而成了"喂养"本身。仿佛你一看到这个意象，幸福感就自然而生，你的灵魂就得到了一种饱足。这些乡村意象在他的诗里一个个丰满、可爱得如同诗里的"陶罐"。什么可以"款待"我们？也许是居住在这样的"小房子"里的纯粹与宁静的生存。

一滴水

一滴水，曾是我的故居。

各种各样的风擦亮我，

如同镜片中的涟漪

一圈圈走向深处。

我移居旋涡之中，

学会在晕厥中迈开第一步，

清醒如同惊涛，

撞向内心的礁石，

一个人在浩荡中

拥有完整的一生。

我远远望着自己，

如同迁往云端，

这新的居所，容得下

任何一个世代的襟怀。

（2015年3月10日）

在想象中，换一个角度，从"一滴水"移居到"旋涡"当中，再"迁往云端"，"在新的居所，容得下／任何一个世代的襟怀"。路云难以掩饰对"一滴水"意象的喜爱，他常常用这个意象来表达他对人生的想望。语言、想象、结构和其中生命的气象，使这首短诗，堪称当代汉诗的杰作。而"凉风"从何而来？为什么它是可以"托付"的？"凉风"是进入路云诗歌的必需的路径。这个词透露着路云写作的原动力、他对诗歌的认识及写作的目标。

诗学来源

1. "成为窃贼，化为凉风"

2009年，路云生涯中最悲剧的事件发生：居所遭遇窃贼，路云多年写作的结晶——两部诗集和一本随笔也被一起带走，更要命的是，承载他所有作品的电脑和两个硬盘也被小偷无意间格式化。一切仿佛命运中必定要来的一场灾难。在绝望的时光中，他撰写了一份给"被小偷无意间带走的两部诗集和一本随笔的悼词"。他在漫长的思绪清理中，努力恢复了丢失作品中很少的一部分（后来出版为《望月湖残篇》，河南文艺出版社，2011年），也留下了关于写作之意义的思考：

> 人类理应赞美什么？垃圾。这是什么话？垃圾教会我们思索，加
> 入垃圾化当中，成为清洁工，成为窃贼，化为凉风。你赞美什么？
> 再　我的兄弟。他是一个窃贼吗？
> 他能逃脱吗？他运用的是灭绝，记下的全是凉风。

凉风吹向人的魂体，人类的魂体，宇宙的魂体，这是全部写作者或思索者最为清晰的感受，精神以此为凭，相互指认。当我们以10的11次方来描述宇宙的星体或点状物时，那也是模糊的，是一个更大的暗物质，而往来穿梭于它们周迹的凉风，却如此精确、敞亮和自明。

凉风随着水、火、木、金、土的转盘徐徐生成并吹向每一颗心：那在辩证的绞轮下的绝望。一代人变成砂砾，一代人被时光灼伤，生命的肌体被纤维化，更多的生命体在垃圾化的运动中还没有睁开眼，就成了废弃物。是谁在推动这个阴谋，他的合伙人是谁，看看那坐在各个宝座上的是些什么面孔！……普罗米修斯的滴血运动，是彻底去掉垃圾化的一种可能，夸父的情志是对于光的全然肯定，是去除垃圾化的另一种可能。全部的可能性居于黑暗之中，阴谋家是垃圾的父亲，他的合伙人呢？瞧瞧他的合伙人，这个隐密者，生下一个又一个可怕的黑暗与喧嚷。

凉风是垃圾化的天敌，……而是作为遗产，凉风告诉我：接承者，南方的接承者啊，你黑色的眼珠子是一个星星还是一个鞋套？[1]

写作所要对抗的是遗忘，是生命之虚空，是从晦暗的人之生存中窥见属于真理之物。在路云看来，世界的存在是垃圾化的，是不断制造空虚，但此垃圾化也提醒我们寻求意义之必要，而写作正是要记下那不断吹拂的"凉风"。这里的"凉风"，明显指向的是存在的敞亮与澄明。在路云看来，唯有"凉风"才是世界、宇宙本体之存在，我们在写作与精神的跋涉中能够与之相遇，这才是我们真正的故乡。善于将抽象之物具象化的路云，将这一从远古传递至今的真理之遗产称之为"凉风"，是可以作为精神托付和人之栖居的存在。

---

1 http://blog.sina.com.cn/s/blog_7b540e240100u283.html.

2．"抽身而去的东西"

作为"凉风"的承受者，路云给写作者的定义让人想起海德格尔所说的"人是指号"："只要人存在于这被传召之中，那么，他作为被传召者就已指明了这种被召引到那抽身而去的东西中去。……人的根本存在就在于成为这样一个指明者。就人的这一本质来看，他是从自己本身来指明的，我们把这称为指号。被召向抽身而去的东西成为人之根本就已经表明人是指号。但是，既然这指号指向的东西已抽身而去，所以与其说指向抽身而去的东西，不如说指向抽身而去这回事。"[1]

> 当人们被召引入抽身而去的东西时，他就在指明这抽身而去的东西。我们被召引，我们也就成了一指号。但是，我们所指明的那东西过去没有，至今也没有转换成我们所讲的语言。我们的指明仍然是没有意指的。我们是无意指的指号。
>
> 荷尔德林在其颂诗《摩涅莫绪涅》（回忆）的草稿中说：
>> 我们正是这无意指的指号
>> 我们并不感到痛楚，在这异乡
>> 我们几乎已失去了语言
> 于是，在我们通向思之路上，我们聆听着诗化的语词。[2]

在聆听诗化语词的路上，路云似乎抓住了那"抽身而去的东西"的尾巴，不断以"凉风"系列意象来指代之，并在叙述中获得人在感觉、经验和想象上对存在的恢复与占有，在诗歌写作中获得对虚空的胜利。在另一处，路云对这个世界的表述是"鸟世界"，而写作是使我们"可以在这个

1　［德］海德格尔:《什么召唤思》（李小兵、刘小枫译），转引自孙周兴选编:《海德格尔选集》（下），上海：三联书店，1996，第1212页。

2　同上书，第1220页。

鸟世界歇一会儿"[1]。现实中的失窃，让路云思考一个形而上的问题："在人类的精神寓所，时间既充当法官又是小偷，他在辩论中为自己窃走更多的东西，只还过他的格式化行为是一层又一层的迷雾，遮蔽导致盲目、荒芜和灾难。清洁工不常有，那些杰出的清洁工清除陷阱、阴谋和黑影，但他们几尽献身于垃圾场，成为矿物被深埋，化为火或者风。他们的灵如此洁净，却只有他的至亲才会触觉，在他们相认的时刻，必有凉风徐徐吹送。"[2] 什么才是那永远不能被窃走的？如果真理存在，"我"的言说，是不是盗窃行为？因为"我"正是遮蔽真理之人。

雨中登麓山

一个泪流满面的人，

在雨中无人知晓。

我跟在他身后，

仿佛一只青蛙在泉水中，

鼓起双眼。

没有浊浪，潮汐，

只有微澜在平静中，

与倒影对话。

阳光穿过筛孔，

在阴影中，

---

1 "2002和2003各有个把月时间，泡在解放西，即兴，写了不少。当时自己没收录。老婆突然大病，径直回岳阳，告别这个鬼地方，迎接非典，迎接瘟神，随后去深圳，忘了这回事。玩友保留了部分。翻了翻，有点意思，重新录入。那些乱七八糟的纸巾、酒水单啊一把火烧了。那些哥们呢，王辉呢，都不见，王辉去了天上。2010年8月。整理残篇与写作，状态好像回来了，可这时，我差点废了，晕眩，飞蚊，还有该死的工作和面包，还要不要待在长沙？！笔有时候是拐棍，可以不写，干吗要写，但倚着它，还可以在这个鸟世界歇一会儿。"（《解放西·补述》，2010年8月22日）

2 路云：《唯有凉风不被删除》，http://blog.sina.com.cn/s/blog_7b540e240100u283.html。

像满天星光。

回忆打开另一片天空，

我的倒影在麓山，

长满青苔，

一个与希望无关的内心，

比墓穴更幽静。

这吓唬不了任何人，

人们习惯于在葬礼上，

对另一个世界鞠躬，

死亡在证明自己后，

享有片刻的安宁。

我置身另一种死亡，

它们只是一些文字，

住在一个叫惠普的

廉租房中，

出于担心有一天断电，

或者拆迁，

我特意买下两间公寓，

空间都有32G，

足够它们逍遥自在。

现在，我感谢小偷，

把一个人一生的思考，

安置在凉风之中，

唯有凉风不被删除，

这不是悼念一个人，

可能是一个时代。

一个合格的悼词作者，

只有经历同等程度的死亡，

才可能拥有握笔的资格，

他轻易分辨出，

那些不是修辞，

而是生活，

至今仍在颤抖着，

沉浸在同一种律动中，

不是写作，

而是一缕幽光正在涌现，

顺着它，

我们穿过全部的灾难，

来到山顶，

认出我说的那个凉风。

（2015年3月13日）

在这场痛彻骨髓的反省中，"只有经历同等程度的死亡，/才可能拥有握笔的资格"，那个在《出发》中为人所知的"再 我的兄弟"真的复活了，他醒悟："一个真正的写作者诚如一个窃贼，他深入垃圾化的内部，清理出人类的筋骨、热血和路径，呼应着宇宙的清新意志，发出不绝的嘀嘀之声：她是一个信息而且仅仅是一个信息，把我转述为另一个信息。"[1]这个复活的兄弟立志做那个小偷的反面——做真理的窃贼，所以，他可以用希腊的普罗米修斯和中国的夸父来表达；这个复活的兄弟叫路云，他在这场事件中，那个作为写作目标与意义的"凉风"逐渐澄明出来。"唯有凉风

---

1 路云：《唯有凉风不被删除》，http://blog.sina.com.cn/s/blog_7b540e240100u283.html。

不被删除"，这永远吹拂我们的，这永远不能被删除的，成为路云的拯救。"顺着它"，人才能穿过所有的灾难。如今，诗歌不再是修辞，而是生活。

路云的写作是为"凉风"而作的，这"凉风"是宇宙意志，是人类亡灵之声的传递，是共时的，也是历时的，它最明确的指向可能是存在之澄明、真理的显现。而在诗歌中，"凉风"是写作主体在感觉、经验和想象上对真理和永恒在尘世间的瞬间显现的捕捉及捕捉中的感动。这"凉风"，某种意义上，是"永恒"的现身，是真理的莅临。清教徒传统的神学在论到"永恒"时，有这样的认识：

> 论到永恒，上帝所造的两个世界具有各自不同的特征。两个世界都在时间里面，但天上世界是永远的世界，地上世界是有限的世界。当然两个世界的时间彼此不同。并且天上世界脱离时间的无常性。上帝是永恒本身，所以他无始无终。但这不是仅以时间的延续而构成的永恒，也不是像一般人认为的那种反复回归的永恒。对永恒的这种概念都只是出自将永恒带入我们层面上所经验的时间世界来说的臆见。上帝存在本身是永恒，超越时间世界。时间只是真正的永恒的影像。固有意义上的永恒是超越时间的实在，但时间是其在物质世界里的投影。就像永恒世界、精神世界和感观世界。永恒是不变的、无限的、总体性的，时间通过编织一个个刹那来模仿永恒，让人在其中预尝永恒。[1]

路云的"凉风"，是否正是这"永恒"的引线：那一个个在诗意直觉中窥见上帝的"刹那"以及居留在此"刹那"中的感动？

1　[韩]金南俊：讲义《创造天地之目的》中译本（未出版），第48页。着重号为笔者所加。

3. "死马蹄"

路云的诗歌是一个象征体系,这个体系以那个与"再"称兄道弟的"我"为"据点",这个"我"有时也被描述为"焊工""死马蹄"等其他角色;这个体系最高的指向是"凉风",与之相应的是"北风""北风姑娘"等次生意象,而"一滴水"则是"凉风"意象的精神意味、永恒意味的地上居所、暂时版。

在体系的另一极,则是垃圾化的世界——"鸟世界"。虽然此时的路云,已经很少叙述"再",但"再"作为写作者的一种命运一直存在,这就是他必须一次次地经历旧我之"死",然后才能得到新我之"生"。这如同海子所说的"尸体是泥土的再次开始/尸体不是愤怒也不是疾病/其中包含愤怒、忧伤和天才"[1]。对于诗人来说,"再"是"我的兄弟",因为这是"生命",这是"一种古老的生长方式"。写作,就是面对世界的"死",带来在"思之路"上"抽身而去的东西"的"生"。这也是路云和许多诗人的区别,他执意寻求一种不断降临的"死"与"失去",他愿意将许多个"我"描述为"死马蹄":

死马蹄

望山脚下住满了死马蹄。

他们闭上眼,

马年的洪峰就变成一小片

橘红色的火焰。

世界伸长的脖子化为一阵风,

吹不动死马蹄,

他们铁了心,

1　海子:《土地》第六章·王,西川编:《海子诗全编》,上海:三联书店,1997,第596页。

他们扭断山的脖颈。

他们眼里，没有脖子的山，

叫望山，而马蹄不死。

半夜里看见他奔跑的人，

我的同类，我的死敌。

为何我擅长在半夜

爬上一座荒凉的大山？

哦，那不死的马蹄

堆成了山，我的每一次攀爬

都是一次聆听。

当死马蹄发出低低的吼声，

凉风就已敞开衣襟。

我愿意跑死在阳光中，

变成叶绿素，

去喂养一只死马蹄，

拍拍身上的尘土和飞扬的汗渍，

死在山脚下是幸福的。

今夜，只是一个临时驿站，

当死马蹄堵塞唯一的通道，

不要紧，好运气骑在马上，

好运气要跑完最后一骑绝尘，

在无人知晓的黑夜，

他吐尽最后一口气，

而死马蹄，蝙蝠般轻盈。

他们羞于生锈，羞于说不，

羞于在某个山脚下击掌为盟。

但我终于知道死马蹄的来历，

他是一枚勋章。

当我一次又一次爬上望山，

哽咽中便有一股浓烟，

将我再度卷入北风之中。

火热的内心早已锻冶成马蹄形，

青春不死，他要在望山脚下，

祝福每一个前来赴死的马蹄。

死马蹄，死马蹄，春天就要来临，

好运气骑在马上，他们铁了心。

（2014年4月20日）

  在当代著名诗人西川的名作《恩雅》之中，因着动听的音乐，死马蹄在复活："恩雅，你在屋檐下歌唱，就有人在天空/响应你的歌声；你在电车上歌唱/就有人追着电车狂奔，忘记了/好人应该回家，度过安分守己的一生//在你的歌声里，石头上涌出了泉水/肉体中伸展开枝丫　一堆堆篝火/像你一样变成蓝色，而蓝色的你/汗水干透，途遇财宝而不知……张开嘴唇的花蕾把爱简化到沉默/可是恩雅，你动情歌唱的嘴唇谁敢亲吻？你动情歌唱出的话语有了魔力/让一只深埋于粪土的马蹄铁焕发生命……"[1]1995年获诺贝尔文学奖得主、爱尔兰诗人谢默斯·希尼（Seamus Justin Heaney,

---

1 西川:《另一个我的一生（组诗）》，载《大家》，1996年第1期。

1939—2013）的《铁匠铺》："所有我知道的是一道通往黑暗之门。外面，旧车轴和铁箍已经生锈；里面，大锤在铁砧上急促抢打，那不可预料的扇形火花/或一个新马蹄铁在水中变硬时的嘶嘶声。……"[1]无论是西川还是谢默斯·希尼，在他们杰出的诗作中，"马蹄铁"都是在等待着焕发生命的，而路云却一直将马蹄铁之死坚持到底。为何路云要赞美"死马蹄"？为何"死马蹄……他们铁了心"？这就是路云的表达方式，是他的以"再"为原动力和叙述机制的诗歌美学。

"大诗"传统

1. "大诗"

在《出发》的前言中，路云毫不掩饰他与已故海子（1964—1989）的诗歌血缘："……二十世纪的九十年代。有一个人在灯下编完了《海子诗全编》，我读到的时候已是1999年，差不多可以摸到下一个世纪涌动的脉搏了。由此我对西川充满了深深的敬意。由此我明了了1989年海子之后，有很多人挤上了那辆死亡的列车，这注定了大多数人的命运。我一直觉得海子是要匆匆奔赴另一场约会，他要成为掌管闪电的神。我流落民间，没有参与这些，十多年来一直走在另外一条道路上，在内心黑暗之下，庸常地活着。我想获得一种更大的力量，不至于遭受处决，献出生命是光荣的，但我牢记一种无言的嘱托，仿佛是你一定要活着，要完成使命！"[2]

和海子相似的是路云的诗歌抱负。海子说："诗有两种：纯诗（小诗）

1　王家新：《谢默斯·希尼：要打出真铁，让风箱发出吼声》，原载《花城》，2015年第2期。http://sanwen.net/a/xowyuoo.html。

2　路云：《春天是一把多么好的扇子——写在前面的话》，引自《出发》，第6页。

和唯一的真诗（大诗），还有一些诗意状态。诗人必须有力量把自己从大众中救出来，从散文中救出来，因为写诗并不是简单的喝水，望月亮，谈情说爱，寻死觅活。重要的是意识到地层的断裂和移动，人的一致和隔离。诗人必须有孤军奋战的力量和勇气。诗人必须有力量把自己从自我中救出来，因为人民的生存和天、地是歌唱的源泉，是唯一的真诗。'人民的心'是唯一的诗人。在写大诗时，这是同一个死里求生的过程。"[1]海子的"大诗"不仅是为了超越"诗"，也是为了将诗"从散文中救出来"。他说："必须克服诗歌的世纪病——对于表象和修辞的热爱。必须克服诗歌中对于修辞的追求、对于视觉和官能感觉的刺激，对于细节的琐碎的描绘——这样一些疾病的爱好。……诗歌是一场烈火，而不是修辞练习。""大诗不是一种文体，更不是篇幅的概念，而是对诗与生命、与人的命运之关系的重新思考。"[2]

如果考虑到当代汉语诗歌一定程度上的世俗化和口语化，海子的说法就不失为一个有效的建议。他的许多发言其实就是针对当时的诗坛。他曾直言："我的诗歌理想，应抛弃文人趣味，直接关注生命存在本身。这是中国诗歌的自新之路。"[3]一个写作者的理想就是能够直接地关注生命存在本身，"景色是不够的。好像一条河，你热爱河流两岸的丰收或荒芜，你热爱河流两岸的居民，……你热爱两岸的酒楼、马车店、河流上空的飞鸟、渡口、麦地、乡村等等，但这些都是景色。这些都是不够的。你应该体会到河流是元素，像火一样，他在流逝，他有生死，有他的诞生和死亡。必须从景色进入元素，……不仅要热爱河流两岸，还要热爱正在流逝的河流自身……"[4]仅有景色是不够的，我们还应该关注河流本身，关注生命中那

1　西川编：《海子诗全编》，上海：三联书店，1997，第888页。

2　海子：《我热爱的诗人——荷尔德林》，西川编：《海子诗全编》，第916—917页。

3　海子：《诗学：一份提纲》，西川编：《海子诗全编》，第897页。

4　海子：《我热爱的诗人——荷尔德林》，西川编：《海子诗全编》，第916页。

些像"元素"一样最基本的东西。也许只有这样，我们的诗歌才能更深入地穿透生存的表象、寻思生命的真谛。而路云所渴望的"凉风"，正是此"元素"范畴。

但有意思的是，当代诗坛自从于坚发出"从隐喻后退"[1]的呼声以来，海子的诗歌也就成了负载文化隐喻意味最多的标本，由此许多人对海子的诗歌方式开始冷眼相待，仅仅将海子的诗视为青春才子的浪漫呼喊与偏执的文化臆想。许多人倾向于认为海子的诗歌更满足于建构一种新型诗歌的宏伟构想而缺乏对存在的具体把握[2]，海子所说的"伟大的诗歌"[3]"大诗"概念也遭到了曲解和嘲笑。人们往往认为这种"大"意味着在具体经验上的"空"。

其实不管你是说海子"浪漫"也好，还是只看见文化的整体忽略细节也好，还是在诗歌写作中缺乏具体的操作也好，问题是海子自己并不是对这些一无所知，他根本就自觉如此。也许是个人气质和生命价值取向的不同，海子热爱荷尔德林这样将生命的痛苦歌唱得"令人灵魂颤抖"的诗人。在生存方式上，他也逐渐认同"诗歌是一场烈火，而不是修辞练习"[4]。在诗歌写作上，他也渐渐走向简略（正如"老老实实的、悠长的生活""磨难中句子变得简洁而短促"[5]），依赖天才与直觉。海子说"与其称之为伟大的诗歌，不如称之为伟大的人类精神"。他提出"大诗"概念，

1　于坚的《棕皮手记·从隐喻后退》写作时间为"1993年—1995年8月"，据于坚：《棕皮手记》，上海：东方出版中心，1997。

2　于坚就认为海子"把在青春期所能想到的一切谵语都写下来。而在一个成熟的诗人那里，这些都被沉默省略掉了。……海子对空间和时间把握的方式是依赖于集体无意识的、隐喻式的。海子缺乏对事物的具体把握能力。他看见整体而忽略个别的、局部的东西"。于坚的《棕皮手记·1990—1991》，引自于坚：《棕皮手记》，第267页。臧棣也认为海子"更沉醉于用宏伟的写作构想来代替具体的本文操作"。臧棣：《后朦胧诗：作为一种写作的诗歌》，王家新、孙文波编：《中国诗歌九十年代备忘录》，北京：人民文学出版社，2000，第205页。

3　海子：《诗学：一份提纲》，见西川编：《海子诗全编》，第898页。

4　海子：《我热爱的诗人——荷尔德林》，见西川编：《海子诗全编》，第917页。

5　海子：《民间主题》（长诗《传说》原序），见西川编：《海子诗全编》，第873页。

并不是凭借空泛的想象，而是在具体的对中外那些著名作家的评判中提出这种构想的。他以凝练而形象的语言，通过对一系列人们耳熟能详的著名作家和经典作品的分析，认为人类诗歌史上有两种重大的失败：一是一些诗人"没有将自己和民族的材料和诗歌上升到整个人类的形象"，这是诗人们在经验言说方面的问题，"他们虽然在民族语言范围内创造了优秀诗篇，但都没能完成全人类的伟大诗篇"；二是一些诗人虽然具有"深度"和"复杂"的经验，但在表达上具有"碎片"性和"盲目"性，仍然不是好的诗歌。也许，这正是先知性的诗人们要沉默的原因。路云是沉默的，但他不是封闭的，相反，勤奋阅读的他对当代汉语诗坛了然于胸。

2. "元素"

从路云的写作来看，他的"凉风"所指向的是存在最深处的澄明、人类灵魂深处的风景，这些无疑属于海子所说的诗歌"元素"。对此"元素"的追求，反映的其实是诗歌作者的文化素质和精神取向。与海子同时代写作，后在日本居住多年、学习古希腊哲学的诗人灵焚，在海子之后，提出了"大诗歌"的理念，他认为诗"是人类生命的一种本能性需求的艺术。……我们所追求的大诗歌，究竟是什么样的诗歌呢？……'它是探索人类起源性综合史诗要素回归的诗歌美学追求'，……'大诗歌'，它远远不是一种新诗和散文诗，再加上诗词等诗歌文学的统合概念，不仅仅只是为了打破当代文学的诗歌版图，完成一种文体健全发展的吁请这么简单的问题。它应该是一种反思当下诗歌写作所必须具备的意义、视野、情怀以及美学追求的集合问题。它的追求应该是最终打破所谓的新诗、散文诗的区别，超越于这两者的文体独立性意义的狭隘论争，完成一种回归生命原初诗歌的抒情性与叙事性在当下、在我们所处的时代如何做到有机融合的、崭新的诗歌艺术的抵达问题"[1]。这里"探索人类起源性综合史诗要素回归"，在早年灵焚关于散文诗的思考中，我们就可以看到。当时灵焚指出："散文诗作者素质的偏低是散文诗没有取得重大突破的主要原因之一。"[2]这种素质偏低，一是体现在写作者对深层民族文化缺乏深入体悟，二是与之相关的写作者思维空间的狭隘、艺术境界平庸有关。所以，他们的散文诗只能以贫乏的想象去夸张肤浅的感触，只能以小感触去观照复杂的宇宙人生，其结果只能使人轻看散文诗。"当代文学对深层民族文化思考成为主流……散文诗的表现应该加入这种巨大的文化体系中，并按照自身的特质和文学发展的总趋势做出艰难的选择。从作品来看，文化背景的关注和呈现成为必然的追求。一部作品，如果缺少超越作品本身、达到人类普遍意义的暗示力量，它的存在只是瞬时的，这种普遍意义的暗示力量，主要是通过文化背景的呈现来实现的。"[3]灵焚这篇作于1987年6月19日的文章，与其在上述谈论"大诗歌"时提出的"探索人类起源性综合史诗要素回归"显然是一脉相承的，并且这和诗人海子对当时的中国诗歌的相关言论的认识是完全同时的（只是月份的差别）。灵焚说的是散文诗，其实对于广义的诗歌而言，作者队伍的文化素质的问题，是一样的。

　　按照海子的划分，当代汉语诗歌的作者，一部分写作的是"纯诗"。在这一部分诗歌写作中，诗人们"对于修辞的追求、对于视觉和官能感觉的刺激，对于细节的琐碎的描绘"，让很多读者觉得过瘾。当代汉语诗歌在此方面满足了许多民众对诗意的消费，另一方面消费社会也按照自身的原则生产出许多著名的诗人。对于更多的诗歌爱好者来说，他们的写作处于海子所说的捕捉"诗意状态"的层面，他们也能在一个媒体发达的时

1　灵焚：《因为诗歌，我们多了一种热爱世界的理由——在〈大诗歌〉新书发布会暨中国诗人俱乐部海棠诗歌音乐朗诵酒会上的发言》，见散文诗集《女神》，北京：中国青年出版社，2011，第146页。

2　灵焚：《审视然后突围》，见《情人》，福州：海峡文艺出版社，1990，第129页。

3　同上书，第127—128页。

代，获得一份优秀诗人的名声。不过，由于缺乏对诗歌这一文体的自觉和对"人"这一神圣存在的自觉，曾经也写出过一些优秀作品的诗人，也许最终会江郎才尽。

当代汉语诗歌的另外一部分作者，比较少见，是海子所期待的"大诗"的作者。从海子的表述看，他提出"大诗"概念的目的，乃是克服诗歌的世纪病：对修辞的热爱和将诗意降低为日常生活之"表象"。"大诗"不一定是格局宏大，篇幅巨大，但"大诗"的眼光是生命之"元素"，是人类历史的某种隐的结构；"大诗"的言说方式虽然也一定有修辞和细节，但一定会超越修辞与细节。

　　在隐隐约约的远方，有我们的源头，大鹏鸟和腥日白光。西方和南方的风上一只只明亮的眼睛瞩望着我们。回忆和遗忘都是久远的。对着这块千百年来始终沉默的天空，我们不回答，只生活。这是老老实实的、悠长的生活。磨难中句子变得简洁而短促。那些平静淡泊的山林在绢纸上闪烁出灯火与古道。西望长安，我们一起活过了这么长的年头，有时真想问一声：亲人啊，你们是怎么过来的，甚至甘愿陪着你们一起陷入深深的沉默。但现在我不能。那些民间主题无数次在梦中凸现。为你们的生存作证，是他的义务，是诗的良心。时光与日子各各不同，而诗则提供一个瞬间。让一切人成为一切人的同时代人，无论是生者还是死者。

　　……走出心灵要比走进心灵更难。史诗是一种明澈的客观。在他身上，心灵娇柔夸张的翅膀已蜕去，只剩下肩胛骨上的结疤和一双大脚。走向他，走向地层和实体，还是一项艰难的任务，就像通常所说的那样——就从这里开始吧。[1]

1　海子：《传说》，见上海文艺出版社编：《探索诗集》，上海：上海文艺出版社，1987，第176页。

对于路云来说，这"大诗"的眼光是从"凉风"的角度看。当海子说"在写大诗时，这是同一个死里求生的过程""诗歌是一场烈火，而不是修辞练习"，路云所说的是"再　我的兄弟"。他以自己生命中的一次次灾难（车祸、被盗、疾病、亲人的离去……）为重生之机。无论是从阅历、文化修养和诗歌技艺哪方面来说，路云都可以在当代诗坛占有一席之地，但他选择了长久的沉默，是因为"凉风"给予了他一种自足性的存在，唯有"凉风"给人安慰。"凉风"，那来自人类历史深处、灵魂深处的作为一种本质性的生命之在。如海子所说，诗"提供一个瞬间。让一切人成为一切人的同时代人，无论是生者还是死者"。"凉风"与此"瞬间"有关。诗的杰作，是对永恒的窥探，或者说，是在语词中呼唤永恒实体的出场。

3.接续一种传统

我们相信"大诗"是一种精神，而不是一种企图。海子建构的宏伟长诗《太阳·七部书》不是人的企图，而是如西川所说，他是被动的，"仿佛沉默的大地为了说话而一把抓住了他，把他变成了大地的嗓子"[1]。伟大诗人的作品，其整体所显现的结构性往往是被动的，这一结构性所对应的其实是创作主体灵魂的结构性。因为这灵魂被神灵所牵引，一直有一个方向，这个方向是主体心灵确信真理之实存（一定以某种方式实存）而在不懈寻求。海子的写作与这个寻求有关，虽然他写作了无数的作品，但一直有一个中心、叙述的出发点，有一个言说的对象，甚至也有一个一直在倾听他的隐含读者、忠实的兄弟（如路云的"再"）。很多诗人作品难以有整体的风格或某种形而上品质，其实是其灵魂在真理寻求这一方向上的涣散。作品在主题和风格上的涣散，乃是作者的灵魂的涣散。

路云的诗歌写作，其实接续了海子所建造的那个"大诗"传统。这个

1　西川：《怀念》，收入西川编：《海子诗全编》，第10页。

传统的价值直到今天，也没有被当代诗坛正视。因着灵魂层面与作者的无法对等、鉴赏能力的缺失，人们对于这样的诗人所建构的宫殿，无法做整体性的评价，人们只能在这个宏伟宫殿的角落捕捉一些"诗意状态"之风景。正如人们常常说海子的短诗很精彩，长诗则不值得一读。但事实上，海子的长诗，如果被掰成一个个片段，可能也是很精彩的短诗[1]。因为灵魂层面的涣散，当代人已不能欣赏那些关于灵魂的恢宏巨制。路云的短诗（像《款待》《一滴水》和《我爱上诗歌与蚯蚓无关》等），当然非常精彩，但路云创作的那个诗意整体，更值得关注。这个诗意整体，提示了一个诗人应当有心灵取向、文化素养和写作姿态。

诗的"正剧"

路云对当代诗歌有清醒的认识："如果政治是最大的文化现实，革命依然是最容易起哄和混淆的思考激情。当代诗歌身受此两者裹挟而来的P波与S波，传递给我们一种身逢其时的历史机缘：使诗歌在劫难中复兴成为可能。……艺术批判、经典诠释之中有很多聪明脑袋是长在良知之上的，当下诗歌创作的聪明脑袋不少，但大多都长在革命的逻辑上。"[2]面对当代诗坛不断涌现的革命的潮汐，路云始终是一个旁观者，从1986年开始写作第一首诗，至今30年过去，他的生活状况依然如故，认真地生活，同时认真地读书、写作，没有二者之外的事，他的生活比一个古典时代人文学科的

---

1 笔者在《海子最美的抒情短诗100首》（湖南文艺出版社，2009年）的编选说明中曾提醒读者这一点："特别提到的是本书虽为'抒情短诗'，但海子的长诗其实许多片段可以视为非常好的短诗，这里选了几个片段，是为让大家也关注海子的长诗。"
2 路云：《地方性：当代诗歌复兴的恰切路径——首届湖广诗会发言提纲》，2013年4月13日。

大学教授更像大学教授。

诗歌有诗歌的逻辑，诗不是情绪、感觉的发射器，是思想、诗歌观念等各种革命企图的强行实施。诗是一种特殊的言说方式（说话方式），在一切文类中，它对语言、意象的要求是最严格的，它的形式感是最突出的。诗歌言说现实经验、思想、意义，但并不直接满足人的意义诉求，更不直接等同于现实，而是在具体的语言形态和特定的形式机制中间接呈现经验的现实。当我们谈论诗歌的发生，有三个因素是不可避免的，即现实经验、语言符号和艺术形式。从现代、汉语、诗歌的综合角度，对诗合理的理解是：具有诗意效果的诗，是一种经验、语言和形式互动生成的美学状态。无论对于作者还是读者而言，对此三方互动生成的诗学的认识，都是必需的。这样有可能帮助我们避免对诗歌写作或鉴赏的革命性的冲动。路云的诗歌，在经验的言说和语言的呈现方面，明显地来自于他的直觉和迥异常人的想象力。而在单独一首诗的形式建构上，他也非常注重声音的秩序：每一首诗的完成，他都愿意在诵读中体会其龃龉与完美之处。

1.直觉与"原始意象"

事实上，当我们在读《出发》之时，我们的触动在于路云在一个诗歌写作日益口语化或知识分子化、极端小感觉化的风气中，又一次读到了那种源于直觉且牵涉着我们某些文化母题的奇特想象与质朴情感。"我想我的兴奋像一头野猪/兄弟　我的好兄弟　我来了！但我难以启齿　难以抬头/我的脸上杂草丛生　我粗糙的眼光/在砂布上一遍遍醒来　成为另一张砂布/比诗歌更零碎是我的声音/比沙尘更加晦暗的是一阵阵昏眩……"（《我想去看看你》）他的写作常常被激情所驱使，但绝没有沦为浪漫主义的情绪宣泄，而是将感觉、经验与想象呈现在带有速度与激情的意象与叙述结构中。很多时候，你能体会到他的言语的粗野、粗粝与炽热。

往事真好[1]

这个夜晚我把胸膛打开

不停地加炭

炭是一个少女发黑的嘴唇

背上冒汗　像她趴在我的后山

挖出两条小溪

我冲向大街　大声呼喊

"北方是一位好姑娘"

往事真好　像马加达的一个

初级精神病院　一次次把我捉进去

在这首诗里，路云言说那种"往事"给我们的灼伤，"往事"对我们的围困，他没有将"往事"变成一种遥远的感伤、温柔的忧郁，而是传达出被"往事"灼伤的热烈与痛楚，被"往事"围困的那种心血涌动。路云的诗给人印象深刻的不是那种冷静的诗意、某种貌似深刻的人生经验、在白话之中的某种诗意状态、日常生活的小趣味，而是美妙、激越的原始性的想象，以及当代诗少有的热情、温度与沸点。

嗅嗅你的鼻息

秋天爱上老虎，一拐一拐

敞开伤口，没有血迹

哪怕一滴。老虎吃掉秋天，

1　路云：《出发》，第71页。

我受伤，什么也不说，

一句话，被撕下来，

没有疼痛，谁也听不见。

谁也没说什么，我们坐下，

坐在秋天的石板凳上。

命中有一道闪电照亮伤疤，

痛苦接通远方，去吧，

莫明的伤口想亲你，

你逃不掉，一堆乱石逃不掉。

坐下来，干脆坐到天蒙蒙亮，

把秋天放在膝盖上，她伤了

胃口，老虎掉头就走。

（2013年10月30日）

"春天是一把多么好的扇子""大地不是一只苹果""第三只干瘪的乳头""野花妹妹""把独木桥修好的男人""三支灯光亮堂堂""一只烧饼仰望天空""黑夜是留给你的矿床""强盗""蝴蝶""大海这个强盗""肋骨""杀手"等，包括"凉风"。"凉风"这一词语，最早出现在人类文明的典籍中应当是在希伯来圣经《旧约·创世记》第3章第8节："天起了凉风，耶和华神在园中行走。那人和他妻子听见神的声音，就藏在园里的树木中，躲避耶和华神的面。"这里的"凉风"在原文中有两种解释：一是指时间，不是指气候，而是指天起了凉风的时候，这是迦南地傍晚时分的特征；二是指上帝临在的情形。在《旧约》中，摩西、以利亚这些先知遇见上帝，有时会看到相关的自然现象（比如烈风、地震和火[1]），"凉风"可

---

[1]　参见《旧约·列王纪》第19章。

能与上帝的临在有关。这样这个词，不仅有原始性，而且还有神性。事实上，路云的"凉风"，在他的个人信仰中，是仅次于上帝的尊崇对象。

在读路云的作品时，我们可以感觉到，他的诗歌想象有着一种原始性，那些熟悉又陌生的意象让人联想到它们可能是一个民族的文化无意识造就的直觉。有人将之视为路云的潇湘文化背景、他对巫觋传统的熟悉使然。不过，这种诗歌写作风格与地域文化之间的联系，到底多大程度上影响了诗人的写作，是个复杂的问题[1]。但无论如何，路云的写作为当代诗提供了一种特殊的范本：他的想象更多来自于直觉、意象系统连接着我们意识深处的但已被我们久久遗忘的那些器具与物象。当路云启用这些熟悉又陌生的事物时，我们非常震惊甚至嫉妒。这让人想起意大利哲学家维柯（Giovanni Battista Vico，1668—1744）将诗人卓越的想象力归为"记忆"的一段话："拉丁人把储存各种感官知觉的能力叫作memoria（记忆力），而当它表露这些知觉时，他们把它叫作reminiscentia（回忆）。但它也意指我们形成意象的能力，希腊人称之为phantasia（想象力），我们把它称作immaginativa。因为，我们通常说immaginare（想象）的场合，拉丁语说memorare（记忆）。这是否因为我们既不能想象某种东西，除非我们记忆它，也不能记忆任何东西，除非我们通过感官知觉它呢？……诗人们也没有发明人类事务中不被发现的任何一种美德。毋宁说，他们把社会生活中挑选出来的某种东西吹捧到了令人不可相信的程度，塑造成他们的英雄。因此，希腊人用寓言把他们的信仰传了下来，缪斯作为由想象力所描绘的种种优点，是记忆女神的女儿。"[2]瑞士心理学家、精神病学家、西方现代精神分析学的主要代表荣格（Carl Gustav Jung，1875—1961）也将人的直觉理解为人先天固有的，是知觉与领悟的原型。"原型"即原始意象，

1　另一位优秀的湖南诗人草树对此有精深的研究。

2　［英］利昂·庞帕编译：《维柯著作选》，陆晓禾译，周昌忠校，北京：商务印书馆，1997，第108页。

这是构成集体无意识的最重要的内容，许多诗人的写作，来自于无意识之影响：

"存在着多种多样的方式，通过这些方式，无意识不仅影响着，而且事实上指导着意识。但是，有什么证据来证明诗人，不管他自觉与否，都可以成为他自己作品的俘虏这样一种推测呢？证据可以有两种：直接的和间接的。那种以为自己知道自己所说的是什么，实际上却说出了多于自己所知道的东西的诗人，提供了直接的证据。这种情形并不罕见。间接的证据可以在另一些情形中找到，这时，在诗人表面的意志自由后面，隐藏着一种更高的命令，一旦诗人自愿放弃其创造性活动，它就会再一次提出它那专横的要求。或者，每当诗人的作品不得不违背其意愿，它就会制造出心理的纠纷。……创作冲动从艺术家那里得到养育，就像一棵树从它赖以汲取养料的土壤中得到养育一样。因此，我们最好把创作过程看成是一种扎根在人心中的有生命的本质。在分析心理学的语言中，有种有申明的东西就叫作自主情结（antonomous complex）。……那种与创作过程保持一致的诗人，就是一个无意识命令（unconscious imperative）刚开始行使就给以默认的人。而另一种诗人，既然感到创造性力量是某种异己的东西，他也就是一个忧郁种种原因而不能对之加以默认的人，因而也就是一个出其不意地被俘获的人。"[1]好的诗人常常感觉："自己所说的"，比"自己所知道的"多。

如果说这一段话只是在表明心理学与文学之关系的话，那么接下来荣格的言说所指向的是否就是路云所说的"凉风"？"每一个原始意象中都有着人类精神和人类命运的一块碎片，都有着在我们祖先的历史中重复了无数次的欢乐和悲哀的一点残余，并且总的说来始终遵循同样的路线。它就像心理中的一道深深开凿过的河床，生命之流在这条河床中突然奔涌成一

---

[1]　［瑞士］荣格：《心理学与文学》，冯川、苏克译，北京：三联书店，1987，第113—114页。

条大江，而不是像过去那样在宽阔而清浅的溪流中向前流淌。无论什么时候，只要重新面临那种在漫长的时间中曾经帮助建立起原始意象的特殊环境，这种情形就会发生。这种神话情境的瞬间再现，是以一种独特的情感强度为标志的。仿佛有谁拨动了我们很久以来未曾被人拨动的心弦，仿佛那种我们从未怀疑其存在的力量得到了释放。……一旦原型的情境发生，我们会突然获得一种不寻常的轻松感，仿佛被一种强大的力量运载或超度。在这一瞬间，我们不再是个人，而是整个族类，全部人类的声音一齐在我们心中回响。"[1] "凉风"还是否指诗，即与亡灵的对话；或者指诗是死亡那冗长的回声？

中国古人在论到想象力之时，称之为"神思"，有"寂然凝虑，思接千载；悄焉动容，视通万里"[2] 之说。"'神思'的一般意义即今人所说的'想象'，特殊意义即今人所说的在创作构思中的'艺术想象'。"[3] 作为艺术想象的源头，在心理学上是否与"原型"相关？那激活想象之"神"，是否是路云所说的"凉风"？"原型的影响激励着我们（无论它采取直接经验的形式，还是通过所说的那个词得到表现），因为它唤起一种比我们自己的声音更强的声音。一个用原始意象说话的人，是在同时用一千个人的声音说话。它吸到、压倒，并且与此同时提出了他正在寻找着加以表现的观念，使这些观念超出了偶然的和暂时的意义，进入永恒的王国。他把我们个人的命运转变为人类的命运，他在我们身上唤醒所有那些仁慈的力量，正是这些力量，保证了人类能够随时摆脱危险，度过那漫漫长夜。这就是伟大艺术的奥秘，也正是它对于我们的影响的奥秘。创造的过程，在我们所能追踪的范围内，就在于从无意识中激活原型意象并对它加工造型精心制作，使之成为一部完整的作品。通过这种造型，艺术家把它翻译成了我

1　[瑞士]荣格：《心理学与文学》，第121页。

2　祖保泉：《文心雕龙解说》，合肥：安徽教育出版社，1993，第520页。

3　同上书，第527页。

们今天的语言，并因而使我们有可能找到一条道路以返回生命的最深的泉源。艺术的社会意义正在于此：它不停地致力于陶冶时代的精神，凭借魔力召唤出这个时代最为缺乏的形式。艺术家得不到满意的渴望，一直追溯到无意识深处的原始意象，这些原始意象最好地补偿了我们今天的片面和匮乏。艺术家捕捉到这一意象，他在从无意识深处提取它的同时，使它与我们意识中的种种价值发生关系。"[1]

当这个时代在喧嚣与"革命"的途中，路云却借着广泛而深刻的阅读以及对本土潇湘文化的回味，在返回人类那些"原始意象"，不断寻觅那时时吹拂的"凉风"。他的诗歌想象和直觉性的言说自然有着迥异于诗坛某种普遍性的风格，自然有着激活我们的审美无意识的质朴之力。

2.抒情的内化与温度

当代有许多优秀的诗人，在表达自我情感、经验之时，言语精练、意象准确，感觉被传达得十分到位，让人着实佩服，比如余怒、臧棣、陈先发、魔头贝贝等。如果《嗅嗅你的鼻息》是在写一种抑郁心情的话，我们能想起余怒的那首《抑郁》："在静物里慢慢弯曲/在静物里/慢慢弯曲//在静物里//慢慢，弯曲：汤汁里的火苗/隆冬的猫爪/一张弓在身体里/咔嚓一声折断"。余怒着力传达与抑郁相关的人里面的那种状态：在"静物"里，自我在弯曲甚至崩溃，只是无人可见。余怒的诗，对人里面那些难以名状的感觉的传达，常常是十分准确的，这是余怒诗歌的一大特征。他是那种以独特的诗歌语言为被遮蔽的存在者重新命名的诗人。不过，我们可以看到二人在传达这些感觉时的区别：路云是逐步的叙述，将那个感觉的过程铺陈出来，而余怒着重的是那个感觉在经验里的形象，言辞非常简练。余怒写这些感觉时要冷静得多，他呈现给人一个存在状态的"真"，写作中

---

1 ［瑞士］荣格：《心理学与文学》，冯川、苏克译，第122页。

主体的想象进程被作为枝叶删除了，只剩下言说对象的躯干。而路云，似乎要传达出更多携带疼痛、热血的一段心灵历程，展现出更多的内在生命的某种过程：他不仅热爱躯干，也展现了枝叶。

　　这也是我们常常看到的，路云的诗基本上是情绪充沛的抒情诗。它在想象上有直觉的特性，有某种来自民族无意识的原始性，同时，诗里面的那个抒情主人公是绽放的，是努力呈现自我的，有时甚至是张牙舞爪、得意忘形的；他的诗努力言说生命中一种飞舞的状况，哪怕这飞舞是疼痛或者欢跃。这一特性使他的诗让人感觉特别有温度。这个温度使他的作品与当代诗坛很多重理趣、智慧和经验的冷静之诗形成了鲜明对比。

我爱上诗歌与蚯蚓无关

眼光触到什么，什么就开花，

长出绿叶，

不用说，这就是春季。

你感觉到时，

溪水已变成一条巨大的蚯蚓，

蠕动在此刻的记忆中。

这新的环节动物，

拒绝眼睛，拒绝耳朵，

无限接近一张嘴。

你说，又一首？

不，是又一条蚯蚓蠕动在我的体内，

它让有限的睡眠变得无比疏松，

我想着想着，咔嚓一声断成两截。

（2015年6月6日）

以上是路云的一首关于"蚯蚓"的诗作，当代著名诗人臧棣也写过"蚯蚓"："你姓蚯，单名蚓。如果说错了，/请再给我一个诱饵。/请用诱饵纠正我的错误。/请用错误延迟一个思想。/或者，你复姓蚯蚓，身材娇小，/在必要的环节上处处柔软，/但绰号却很强硬，听上去/像个黑帮老大。你号称地龙。/顺着地龙这条线索，回过头去，/再看被我们踩在脚下的/这片土地，践踏本身已有些麻木，/而你仍像灵巧的钻头一样/疏松着泥土。你雌雄同体，/靠重视环节取胜。虽然那胜利/由于我们的堕落而越来越飘渺。/你有好几个心脏，也许正是由于这原因，/你的按摩技术堪称绝对一流。/你死后，带着地龙的面具来拜访/潜伏在我们身体中的各种疾病。/因含有一种酶，你可治半身不遂。/你是伟大的分解者，达尔文曾称你是/地球上最有价值的生物。/据推测，你能用灵活的环节/分解掉我们所产生的各种垃圾，/现在，求你啦，请帮帮这首诗吧。"（《蚯蚓丛书》）臧棣是当代汉语诗坛最有特点的一位诗人，他的诗给人一种特别的趣味：由知识的博杂带来的事物之间的丰富的联想，诗歌里冒出各样奇特的想象，可以说，臧棣诗歌的想象力冠绝诗坛。臧棣也写作了一系列以"协会""丛书"和"入门"命名的诗作，创立了当代中国文坛独此一家的"诗歌知识学"。不过，也有人由此诟病臧棣，认为他是学院派写作、"知识分子写作"的典型，诗歌里充斥着知识性的话语，缺乏那种直击心灵的言辞，甚至有批评家直觉批评他的诗歌"没有生命""蔑视生命"[1]。单从这首《蚯蚓丛书》来看，臧棣的想象是沿着我们在知识上对蚯蚓这种昆虫的了解而展开的，诗作里涉及许多人恐怕不知道的生物学知识。臧棣的这首诗的趣味在于结尾：蚯蚓，你是伟大的垃圾分解者，对于这首诗，你也来帮帮"我"吧，使这首

1　2005年7月在海南岛西南原始森林尖峰岭召开的雷平阳、潘维诗歌研讨会上，诗人臧棣和批评家徐敬亚针锋相对，徐敬亚："你的诗歌蔑视生命。"臧棣："我从不蔑视自己的生命。"徐敬亚："你的诗里看不出有生命。"臧棣："你怎么知道我的诗歌里没有生命，每个人的生命质量不一样，你看不出来是你的问题。"《尖峰岭诗歌研讨会纪要》，载《诗刊》下半月刊，2005年第10期。

诗更加让人满意。蚯蚓在这里本来是叙述的对象，但最终成为叙述者求助的对象，这里边有知识、理性和诗意寻求相混合的趣味，是一首很有意味的典型的臧棣式的"诗歌知识学"[1]。

不过，在路云这里，你明显能看到路云的想象更多是依循直觉的法则，它缺乏知识学的来由，几乎是突然发生，就如"眼光触到什么，什么就开花"这样，是一种毫无逻辑的逻辑。为什么"你感觉到时，溪水已变成一条巨大的蚯蚓"，这完全是一种直觉性的想象。在"蚯蚓"与"诗"之间，类似性是什么？也许在"蠕动"这一感觉上，相对于蚯蚓的松土，现在这首诗在"我的体内，它让有限的睡眠变得无比疏松"，但可能正因为诗进入了"想"的模式，直觉的想象让位于理性的分析，"它"（蚯蚓或诗）才"咔嚓一声断成两截"。路云的诗对称于我们体内的一种感觉。它不长于分析，而重在表现，他的诗让人对当下的抒情诗重新有了一种盼望：抒情诗的情感、经验言说，不再是高深的冷静、高冷的趣味、偏执的小感觉，而是这样热切的、丰富的带有温度的心灵变化的历程之呈现。

当我们说路云的诗歌想象依循直觉的法则，我们相信这并不是将路云的诗歌写作神秘化，虽然诗歌的来源，有一定的神秘性，但诗人的努力不

1　新世纪以来，臧棣给当代诗坛带来了《丛书》和《入门》等系列诗作，题目特别让人奇怪，其实这是臧棣的"诗歌知识学"构想的实践。如果诗歌写作是一种不同的认识方式，诗歌的目标是建构一种不同的知识体系，那么这些诗作就相当于新的各类知识学的一本本"丛书"或"入门"。比如《蚯蚓丛书》意在关于蚯蚓，这首诗只是无限关于蚯蚓的丛书之一种；同理，关于岳阳楼入门，这首诗只是无限关于岳阳楼的认识的入门。这些诗提醒我们的是：关于事物，我们的认知远远不够，诗歌在提供一种特殊的认知。之所以每个冠以"丛书"或"入门"之名，其背景是诗人着意要建设他自己的诗歌知识学体系，在这个体系之中，他的作品序列就好比这个知识学体系的图书馆书架上陈列的一册册丛书。没有这个背景，给诗作取这样的题目就是怪异的。从一本诗集里收入的诗作完全同名的"未名湖"系列，到"协会"，再到"丛书"，再到"入门"，臧棣表明了他是一个在诗歌观念上和写作实践上很早就坚定方向并持续努力的诗人。"丛书"或"入门"系列诗歌背后的认知模式和写作观念，使许多事物有了一位叫臧棣的诗人对它们的重新表述，这位诗人似乎要将"-ology"（英语后缀，用于某些名词词尾，指称某一科学或学科，表示"……学"）这个构词后缀无穷无尽地放在他所关注的事物、状态、语句、意义单位之后，要带来了无穷无尽的"……学"。当然，这是诗歌中的"……学"。

可忽视。如前所言，路云的生活与许多当代诗人有些不同，他是勤奋的阅读者，他也是一个沉默的专注于写诗的人。他的直觉的土壤，来源于他广泛而深切的阅读和他的沉默而深广的生活[1]。

3.相对于"小"和"反"

诗集《凉风系》除收录了诗《偷看自己》外，还收录了路云近年来的另几首长诗，如《凉风系》《倘使温柔的反光令你低头》《今天，我好新鲜》《远眺》《我心中积雪未化》《北风》和《此刻，蔚蓝》等。作为一位当代中国的抒情诗人，路云身上的特点清晰可见：

（1）时有长诗问世。如前所言，他是写"大诗"之人，他有成熟的意象系统和象征体系。他的诗歌宫殿，不是靠小感觉、小趣味或知识点的积累，而是生命在"凉风"的吹拂中，时时"新鲜"，然后才有长诗的建构。

（2）他被来自隐秘之处的激情和想象所驱使，时有新作问世，他的生命常常处在这个"新鲜"的状态之中。

（3）有意思的是，路云的诗常常只给他的抽屉和少数几位朋友阅读，他将文学写作所必需的隐含读者，真正落实为几个重要的"少数人"，这也是他长期不为诗坛所知的原因。

（4）路云对自己的写作状况有清晰的认识。在他对诗坛一些写作风

1　值得注意的是，一个人卓然于时代的生活和阅读能带来诗歌直觉的与众不同。西川在回忆海子时说道：除了海子的乡村生活，海子诗歌的特别还在于两点：一是他的读书不同于20世纪80年代文化热潮中的同道；二是他的目标是人类文明的那些原始典籍。"八十年代，大家读的主要是尼采、萨特、弗洛伊德，还有法兰克福学派的社会批判学说。然而海子却把自己引导到一种广阔的诗歌阅读中，警惕着那个时代的时髦阅读。他在文章里说过，他对某些现代主义诗人看不上——除了个别的，比如法国伟大的象征主义诗人兰波……像多卷本的《罗摩衍那》等印度史诗著作。他的这种阅读在中国诗人中可能是独一无二的。同时，海子还读印度的法律著作，比如《摩奴法典》，因为他是学法律的；他曾经也建议我读，说这本书是诗歌与法律的最高结合。……海子甚至从一些民间的文化，像浑曲、谣曲等形式当中，都吸收了很多营养。"西川：《海子诗歌的来源于成就》，载《南方文坛》2009年第4期。

格的简单描述中，有"小""反"等概念，这些概念不是价值判断，而是描述。大概是有些人写作完全是以"小"获得读者认同；有些人，则是以"反"被人关注。"小"包含有小趣味、小感觉、短小的口语诗等；"反"则是观念上的革命、新的诗学实践、对既有文学传统的颠覆等。无论是"小"和"反"，在不同的领域，都出现了相当优秀的诗人，他们都在当代汉语诗歌的观念演变和美学探求方面，有各自的贡献。事实上，当代诗人，由于"日常生活"作为一种意识形态的统治性，很多人是以"小"为荣的；由于当代中国一直以来有政治干预文学的传统，很多人习惯以"反"为"正"。

路云对自己的评价是，他愿意在现代汉语诗歌的"正"方向上，这个方向不是说比"小"和"反"崇高，而是他矢志坚持的正途：诗应该是抒情诗；抒情诗的想象需要直觉；抒情诗的美学效果需要带有原始性的力量与温度；诗人，应有追寻真理之踪迹和存在之澄明的责任心……当他认真地表明自己这样的立场，得到的回声也许是默然与嘲笑，这就如同戏剧界：喜剧能赢得笑声，悲剧能以痛楚暂时净化人的灵魂，而正剧（悲喜剧、严肃剧），效果可能就没有这么明显，人们可能要在很久一段时间之后才能对之表示认同。

《凉风系》和《今天，我好新鲜》这两首诗都是写给母亲的，《我心中积雪未化》似乎在言说心中涌动的伤痛与激情。路云的诗作，不少是在言说个人往事，是自我的袒露，但这一袒露不仅仅是在个人经验层面的，更是在公众接受层面的，在个人经验与公众接受之间，他的叙述追求着一种平衡，所以他的感动你也能懂。所以，当他说"我心中积雪未化"，你的心中也有了雪山与光芒。他的言辞往往能引起你心灵的呼应。

太阳晒到被壳上

新年第一天，我照例伸出一个懒腰，

看着太阳晒到被壳上，往事绵延起伏，

细碎的脚尖在光芒中跃动，

尘埃一样，盲目而又热情，

她们善于在阳光下奔走，

但一离开光，魂影都不见，

仿佛阴影是一个巨大的壳壳，

容下一切，甚至鸣叫着的早晨，

也只是从她的腋下俯冲，

悄悄降落在一小片壳上，

那是一床酡红羊毛毯。

我的目光盘踞这里，长满根须，

十八年前，外婆把这床毯子和她的孙女，

交给我，而她，在马年最后一个夜里走了，

我正准备起身，去向城陵矶码头，

在那里磕上三个头，

双手肃立，如一根香签，

在想象中追上袅袅上升的外婆，

告诉她，我想成为一个临时搬运工，

在牛一样鸣叫的船鸣声中卸下乌云

和煤块，

然后把头沉浸在三江口的余晖中，

用一捧湖水抹去脸上的帆影，

在南方，黄昏悠远深长成为我的港口。

我曾驱车经过这里，绕行一棵苦楝树下，

晚风把许多把蒲扇捎到一起，

其中一缕莫明的气息把我灌醉，

我把窗玻璃摇上去，

我怕我自己被某种不知名的东西吸走，

直到那年年尾，

一双明亮的眼睛像车灯一样照着我

忐忑不安的影子，

一条小巷跃然而上，拐向家门。

为何我总喜欢一个人来到码头，

顺着湖光，眺望茫茫远方，

为何在这个举目无亲的码头抛锚，

停在夏夜，一个纳凉的情景中？

生活或许就是走进某种氛围，

而氛围，不知是谁撒下的网，

我钻进去，捡到一个姑娘，

她有着港口的开阔和明媚，

有着比吊臂更灵动的身段，

估计是这些把我打包装上集装箱，

我甚至不知道去向何方，

青春蓬乱的长发没有方向，

我踏上一艘远行船，

随身带上半包芙蓉王。

她说，一个男人没有二三件风流韵事

不叫一个男人，

这令我对码头长大的姑娘有了好感，

生活不是表白和道歉，

而是踏着洞庭东岸的波光，

走向另一块甲板，那个凉台。

在这里搂着不顾一切爱上你的女人，

她细小的腰上有海风吹来，

她迷蒙的眼中有骄阳缓缓升起，

这样的感觉把我作为一个水手的愿望，

塞进一张年画，挂在墙上，

那些水天一色的夜晚和早晨，

有多少次阳光晒到我的被壳上，

剪好的喜字在毛毯上闪闪发光。

我真对不起这床毛毯，

我瞒下作为一个水手的想法，

以一个搬运工的借口，

获准进入生活，

加入到繁忙的港口节奏中。

谎言没把我拆穿，散落一地，

生活赐予手脚的麻利，

她们善于打包，

不会撂下一句怨言，

我眼睁睁看着平风细浪中

跃出另一个女儿，

她大大的眼睛盖过洞庭湖，

命运就是这唯一的码头，

任我有多少理由，都可以在这里起吊，

装箱，我就是甲板，

甲板就是我，

就这样，外婆的大拇指鼓涨成帆。

我用一辈子演练出真实，

就像两间小房拼好一个码头，

那场毛毯从这里卸下，

热浪也收进其中，化身一朵白云，

仿佛我只是阴影，搁在她的梦中，

她梦想着和同伴挤出

不透风的快乐，

梦想着爬上高处，

顺着长江两岸的河风，对一只绵羊说，

草地比河水宽敞多了，

帐篷比货舱漂亮多了，

但只有雷霆和激流之上的快乐，

才能染出火热的颜色，

每当冬天，我就会沉浸在毛毯的传说中，

一个临时搬运工当上了水手。

（2015年1月4日）

　　这首诗让人心情极为愉悦，借着记忆的飞毯，路云坦白了他的水手的梦想，他的流浪故事，他那仓促的爱情……路云有很多这样朴素的诗作，不故作高深，而是有温度地叙述个人往事。在个人经验的叙述中，他毫不掩饰自己的一些奇思异想，你甚至可以说他常常言说关于梦想的故事，你甚至可以说路云的诗有的时候是非常幼稚的、非常好玩的[1]。"顺着长江两岸

1　比如："沮丧就是闻不到一丁点鸭梨的气味。/无关乎牙齿，/胃，/甚至鼻子，只要它藏身在家里的/某个角落。/我没有鸭梨狂想症，/也不会因此跳楼，/或者咬你一口。/感觉到它在，这骗不了我，/我立刻安静下来，/变成一棵梨树。/有时候，摸一下脑袋就能快乐三天。"（《鸭梨》，2016年5月14日）

的河风，对一只绵羊说，/草地比河水宽敞多了，/帐篷比货舱漂亮多了，/但只有雷霆和激流之上的快乐，/才能染出火热的颜色……"他善于叙述自己的生活与想象。他的诗甚至有叙事诗的可读性，但他在使叙事成为抒情。他的叙述常常既有趣味，又有深切的个人情感和人生经验。而在有些诗作中，你还能看到一个强健的、被情欲充盈的路云，这样的诗作，你读起来觉得更加快慰：

我体内住着一个比我更偑的焊工

我渴望一个热吻，长过三伏天，

把夏日的爱恋和初秋的回忆，

焊接得天衣无缝。可我的焊工一言不发，

转身从一个季节跃向另一个季节，

了然无痕。我惊讶，在惶惑中打开窍门。

当我意识到这是深秋，如此清爽的一天，

焊工早已在凉风中卷走铺盖，远赴隆冬，

留下青春的肉身，一根明晃晃的冰凌。

想起焊工，一阵哆嗦。我的灵魂

从冰凌中探出一张脸，冷静、光洁、

而又明媚。她长着一只牛眼睛，

像信号灯令人激动，她的一双钳子手，

祖母般温暖！我经历世间小小的灾难，

知道绝望释放出奇寒、酷热，是为了

把肉身和灵魂焊接得晶莹剔透，波光粼粼。

那里有无数张窍门，属于我的那一张，

在等候一阵凉风适时而来，轻轻启开，

仿佛翕动的芳唇，令我不顾一切。

欲望之火，炼出钳子手，他掐住的快乐，

像秋水洗过的蓝天。辽阔的夜里，

我偷看过焊工的睡姿，最初像湖泊，

有着婴儿的芳香，当他微微睁开眼，

又如朝雾迷蒙。也许他梦见了死亡，

我不怕，我相信他的手艺，足以把生和死

焊接得像野草一样。世代的春风驱动

大地恒劲的情欲，带给肉体一种节奏，

这新的律令，比我抽空的思绪更偪。我抬头，

看见焊工抚弄一双钳子手，潮水般卷走此刻的

荒凉，一块剥落的老茧，升起如孤岛。

那块荒地，包容我如丛生的杂草。

（2013年8月31日）

这正是一个强悍的路云，一个时时新鲜的路云，一个丰富的路云，一个擅长叙述梦想、叙述自我的写"正剧"的路云。他的诗歌中通常没有高深莫测的诡异之思，没有偏执的感觉、经验和奇特到我们不能领会的想象，也没有一个忧国忧民的抒情主人公形象。他的诗只是现代汉语诗歌中抒情诗的一种常态。他只是一个常常给读者以感动、以阅读的欢悦的诗歌写作者。相对于"小""反"等方向，路云一直做着正事。他的写作，一直上演着诗的正剧。我们也认为，路云的诗是现代汉语诗歌的抒情诗的一种正统。

十七

少数能鉴赏诗的先行者：论陈仲义

> ……诗人在他那个时代应该适当地拥有少量读者，这是很重要的：永远应该有少数能鉴赏诗的先行者，他们独立，并在一定程度上超过他们自己的时代，或者随时准备比常人更快地吸收新异的事物。
>
> ——T.S.艾略特

在本体论意义上谈论诗歌，首先应关注形式和语言的问题。在这两个维度上，陈仲义分别建立了自己的诗学体系：形式论美学和以张力论为核心的语言观。30年来，11本诗歌理论著作，陈仲义充分表现了他在诗歌批评上的天赋、热情、勤奋与敬业。对现代诗的忠贞与热爱，在知识系统、专业技能、敬业精神、个人品性和精神取向各个方面的突出，使我们有理由说，陈仲义是这个时代最优秀的诗评家之一。

引言

当代汉语诗坛，陈仲义（1948—　）诠释了一个职业批评家（类似于职业运动员）的形象。他在文学批评的某一项运动上所表现出的天赋、热情、勤奋与敬业，恐怕无人能及。他不在高深的985或211学府，多年来偏居厦门一所职业学校，但他出道至今，著作已有11部，发表文章逾500万字，文章所在的刊物级别大部分档次都相当高。以他的科研成果，在任何一所985或211高校，评几回教授恐怕都没有问题。他的文字全是诗评，他称自己的11部著作为"现代诗学"系列，按主题分为：1.创作论，《现代诗创作探微》（28万字，海峡文艺出版社，1991年）；2.思潮论，《诗的哗变——第三代诗歌面面观》（20万字，鹭江出版社，1994年）；3.诗人论，《中国朦胧诗人论》（15万字，江苏文艺出版社，1996年）；4.艺术论，《从投射到拼贴——台湾诗歌艺术六十种》（34万字，漓江出版社，1997年）；5.形态论，《扇形的展开——中国现代诗学谲论》（30万字，浙江文艺出版社，2000年）；6.技术论，《现代诗技艺透析》（24万字，中国台湾文史哲出版社，2004年）；7.综合论，《中国前沿诗歌聚焦》（48万字，中国社会科学出版社，2009年）；8.鉴赏论，《百年新诗　百种解读》（42万字，安徽文艺出版社，2010年）；9.语言论，《现代诗：语言张力论》（30万字，长江文艺出版社，2012年）10.形式论，《蛙泳教练在前妻的面前似醉非醉——现代诗形式论美学》（36万字，作家出版社，2013年）和《关在黑匣里的八音鸟走不走调——现代诗形式论美学（续）》（30万字，福建人民出版社，2015年）。

从对诗歌奖赏的感悟力和诗歌批评在知识上的系统性来说，他读诗的天赋堪称卓越。陈仲义的文章有一个特征，那就是经常会出现许多公式、表格、箭头、定义之类的东西，明明是诗歌研究，却又不时出现理工科论文常有的实验数据、分析与报告。这种文字正是陈氏风格。这种风格来源于他对诗歌敏锐的感受力和他细致地分析自我感受的能力，当然，他在分析的时候，运用了心理学、结构主义、符号学等现代方法。他的文章有一个令我嫉妒的特点：看起来非常理论化，但在行文上有时非常自由，口语化的东西也充斥其中，再加上那些煞有介事的公式、表格、箭头、定义……诗歌批评，似乎这样才够"现代"。而在批评的写作上，他的阅读、发现、推荐与评说的那种无功利性的热情，也令人敬佩；他的高产与专一，反映的是他的勤奋与敬业。在实际生活中，陈仲义先生也是一个兴趣相当"专一"的人，他不喜欢热闹，不嗜烟酒，也不嗜在诗江湖纵横捭阖，只热衷于在书斋里读书与评诗、与朋友聊诗。他的福建老乡、诗坛泰斗谢冕先生说：当代诗坛有两个人我很不喜欢和他们一起玩，因为他们玩的时候还要跟我讨论诗歌问题……[1] 放眼当代诗坛，在批评家当中，无人能像陈仲义在著述上有如此大规模的系统性与连续性，在诗歌批评的知识积累、实践与持续性发展上，他是一个典范。

从"本体论"的意义谈论诗歌

虽然在当代文学中，陈仲义的诗歌关怀显示出时代性，但其中一个整体特色相当明显：他是真正懂得"诗是什么"的那一类诗歌批评家。他不是依附"时代的思想"[2]来给予诗之意义的那一类批评家，他的诗歌批评专注于那"使诗成为诗"的东西。简单地说，他从一开始，就是一个偏重于诗歌本体的批评家。据陈仲义自述，他1980年就读厦门职大，第一年完成

1　谢冕在2013年11月23日下午北京大学中文系举办的"陈仲义《现代诗：语言张力论》研讨会"上的发言。另一个人是王光明先生。谢老先生的话，其实是一种表扬。

2　在T.S.艾略特看来，题材、主题不能决定诗歌的好坏，即使这题材、主题是哲学或宗教或信仰。但丁、莎士比亚之所以伟大并不在于他们信仰什么、言说了什么"时代"的思想精神，对于他们而言那些"流行于他们各自时代的思想，也就是强加在他们身上的材料，他们不得不用以作为表达他们感情的媒介，这种思想的相对价值是无关紧要的"。T.S.Eliot, "Shakespeare and the Stoicism of Seneca", *Selected Essays*, London: Faber and Faber, 1951. p.136.中译本参阅《莎士比亚和塞内加斯多葛派哲学》，引自《艾略特文学论文集》，李赋宁译，南昌：百花洲文艺出版社，1997，第162—163页。

学年论文的《新诗潮变革了哪些传统审美因素》[1]。该文探讨"新诗潮究竟在艺术上扬弃什么，突破什么，带来什么，下面试就诗本身的五个审美因素——意境、形象、手法、结构、语言等进行论述……"，后他将此文投给《花城》，这是他参与朦胧诗论争的第一篇文章，也以此为发端走向诗学之路。30年之后重读，他虽感到稚嫩而心生羞愧，但仍有安慰的是：自己一开始不知为何没有完全"跟风"，而是游离"大部队"，比较专注文本内部的形式美学探讨。已故诗人、批评家陈超先生（1958—2014）曾称此文为新诗潮文章中最早进入艺术本体分析的。

从我个人来说，我喜欢这样的批评家。我自己也常常提醒自己，诗评家的工作主要不是解释诗歌在说什么，而是要告诉人们诗歌该如何去解释。我们需不断提醒自己：诗为什么是诗？使文学成为文学的本质特性是什么？诗不能仅从"经验"的范畴（如情绪、感觉、经验、思想、精神、灵魂、生命……）来看；文学之所以是文学，不仅有"经验"之维，重要的是"经验"是如何在"语言"和"形式"之中被转化、被表达的，"经验""语言"和"形式"三者之间的那个互动生成的效果又是怎样。也许，这些问题才是诗让人觉得有趣味有感动的真正来源。可以说，多年来陈仲义一直是从"本体论"的意义谈论诗歌，他是当代诗坛少数几位一直坚持这种品质的诗评家之一。

美国新批评代表人物之一约翰·克娄·兰色姆（John Crowe Ransom，1888—1974）有《纯属思考推理的文学批评》（1941）一文，该文"在文论史上的重要性在于兰色姆首次提出了他的构架—肌质论具体说明他的'本体论'"。兰色姆的"构架"（Structure）即"诗的逻辑核心，或者说诗可以释义而换成另一种说法的部分"。反过来，"肌质"（Texture）即无法用

---

1 1981年3—5月第一稿，7月第二稿；原载广东《花城》1982年第5期（诗歌专号增刊）；入选姚家华编《朦胧诗论争集》，学苑出版社，1989；节选收入吴思敬主编《磁场与魔方——新潮诗论卷》，北京师范大学出版社，1993。

散文转述的部分。兰色姆认为诗的逻辑构架不可能严谨到科学论文那种地步，其作用只是在作品中负责肌质材料。但肌质，即局部性的细节，与构架无关。为什么这种理论符合"本体论"要求呢？因为他认为诗的本质、精华、诗表现世界的本质存在的能力，在于肌质而不在于构架。科学文体即使有少量肌质（细节描写），也是附属于构架的，不能分立，诗的特异性即在于其肌质和构架分立，而且远比构架重要。"如果一个批评家对诗的肌质方面无话可说，那他就等于在以诗而论的诗方面无话可说，那他就只是把诗当作散文加以评论了。"[1]

纵观陈仲义所有的诗歌批评文字，他将这种批评深入诗歌"肌质"、对语言和形式一嚼再嚼的特性，发挥到极致。他的诗歌批评，虽然立意远大，但在局部上，却是细致入微的；而几本书连缀在一起，你就能见到他清晰的蓝图。这个蓝图也为我们提供了一个当代诗歌的整体面貌，但这个面貌不是单线条的发展史式的，而是系统神学式的；他以一个个与本体（在系统神学里即"神/上帝"）相关的焦点来展开诗歌内部的问题，使人们获得了一般诗歌史群落让人难以获得的诗潮、主体、创作、美学观念、艺术形态、技术、语言、形式等主要问题的内在联系与深度思忖。

这样一个热衷于建构自己的系统性的诗学的批评家，虽沉迷书斋但却不是在闭门造车。在当代中国，很少有人如此及时地大规模地反映当代诗歌现场。他像一个珠宝鉴定师一样，在泥沙俱下的文本中，发现好诗，推举优秀诗人。他的诗歌理论总是在当代诗歌理论的前沿，很多前沿也是他自己开创的。这就好比一个伟大的有自己庞大体系的哲学家或神学家，同时却是一个非常关注俗世之人。在体育运动中，职业球员的诸多热情和专注常常与高额的薪酬和奖赏有关，一个职业诗评家的奖赏在哪里？《蛙泳教练在前妻的面前似醉非醉——现代诗形式论美学》一书是作家出版社

---

1 ［美］约翰·克娄·兰色姆：《纯属思考推理的文学批评》（1941），张若兰译，中国社会科学出版社，1988，第83页。

2013年推出的"中国当代文学研究与批评"书系丛书之一，同期推出10本，唯有陈仲义此著是诗评。在《形式论美学·后记》里，陈仲义感喟：

"在'非诗时代'，写诗读诗已'不是滋味'，而从事这一行当的'下游'产业，更为寂寥——从入选书系的比例看（10:1），处于边缘之边缘的诗歌批评、研究，生态何其艰难。它遭遇多方面的'夹击'，最严重的莫过于来自诗歌写作内部，有代表性的论调是：'当代中国没有好的诗歌批评，很多人写的评论都是垃圾。'这样的断言甚嚣尘上，不绝于耳。笔者在此不想花篇幅进行辩解，只想说一句：诗歌写作者面对的多是自身的写作现实，与此无关的几乎'视而不见'。殊不知诗歌批评与研究，面对的不单纯是创作发生学和诗人学、诗人论（这是最牵动诗写者脑神经的），它面对的远比诗人还要宽阔多的涵盖面：文献、资料、教科书、选本、大系、年鉴、年谱、传记、诗歌史、刊物、社团、流派、评奖、研讨会，还有不可或缺的经典化、教育、鉴赏、普及、传播等诸多课题。虽然诗人中对此也有所涉及，但关注点往往是自己的创作及创作过程的细节，舍此'编外'工作就较少光顾了。然而，诗歌事业的许多空白工作必须由诗评人、诗研究者来填补。这么说的意思是，诗歌写作与诗歌批评研究是两种不同性质的工作方式，缺一不可。"[1]

一个常识是：诗歌写作与诗歌批评研究互动，才能构成良好的诗歌发展生态，二者缺一不可。但当代汉语诗坛却不是这样，狂妄自大、无知无畏的写作者甚多，但这一切都抵挡不了陈仲义的认真与专一，"诗歌"是他生命中最大的事业。奖赏他的是谁？或者给他不懈从事诗歌批评和诗歌理论建设的动力在哪里？英国诗人艾略特曾说："我所说的诗的最广义的社会功能就是，诗确实能影响整个民族的语言和感受性，尽管随着它本身卓越性和活力的不同，它影响的程度也不尽相同。……在某种程度上，诗能

---

1 陈仲义：《蛙泳教练在前妻的面前似醉非醉——现代诗形式论美学》，北京：作家出版社，2013，第380页。

够维护甚至恢复语言的美，它能够并且也应该协助语言的发展，使语言在现代生活更为复杂的条件下或者为了现代生活不断变化的目的保持精细和准确……"[1] 作为一名批评家，陈仲义也许是为了诗歌的这个功能：影响整个民族的语言和感受性。也许，正是为此，他成了当代诗坛新现象最及时的阐释者和推荐新诗人最积极的那一位。

当代诗坛，缺乏的不是诗人（陈仲义常用"诗写者"称之），而是辛勤、无私又专业的发现者。如艾略特所言："我认为假如一个诗人很快就赢了大量读者，那倒是一个相当可疑的情况：因为它使我们担心这位诗人实际上并没有什么新东西，他给予人们的不过是他们已经习以为常的东西，也就是他们已经从前一代诗人那里得到过的东西。但是诗人在他那个时代应该适当地拥有少量读者，这是很重要的：永远应该有少数能鉴赏诗的先行者，他们独立，并在一定程度上超过他们自己的时代，或者随时准备比常人更快地吸收新异的事物。"[2] 在这个意义上，陈仲义是"先行者"、属于那"独立"的少数人。

也正是这个原因，很多年前陈仲义就得到了德高望重的文艺理论家孙绍振先生的高度评价："一九九一年七月美国加州大学东方文学系的杜国清教授来，和我谈起国内诗歌评论界的熟人，我向他介绍了仲义。我说，这个人埋头苦干，甘于寂寞，很有深度，在许多方面，他比我和谢冕强。杜国清教授大吃一惊，以为我是开玩笑。我告诉他，像我和谢冕这一代的诗论，有一个根本的局限，那就是从现代诗以外的角度去评价现代诗，虽然我们也对现代诗的许多方面，由衷地做出肯定的评价，但是在许多方面，由于我们的经历和教养与现代诗作有相当的即离，我们是不可能完全理解

1　T.S.Eliot, The Social Function of Poetry, *On Poetry and Poets*, New York: The Noonday Press, 1961. p.12. 中译本参阅《诗的社会功能》，见《艾略特诗学文集》，王恩衷编译，北京：国际文化出版公司，1989，第245页。

2　艾略特：《诗的社会功能》，见《艾略特诗学文集》，第244页。

他们的。而陈仲义则不同了，他不是站在圈子以外去观察现代诗的，他的理论生命完全在他是从圈子以内去感受现代诗的肌理和脉搏的。"[1]

寻求现代诗的"形式论美学"

陈仲义最新的两部著作是他此前著述的精选:《蛙泳教练在前妻的面前似醉非醉——现代诗形式论美学》和《关在黑匣里的八音鸟走不走调——现代诗形式论美学（续）》二著从书名看就已经很另类，臧棣的诗句（"蛙泳教练在前妻的面前似醉非醉"……）在这里令人费解又觉得意蕴无穷:一本书在你面前，书名就已经让你费解，这让该书有了一种形式感，似乎是作者在强调诗评本身的特殊性。为什么要将"诗人""诗象""诗语""比较"与"阐释"这些综合性的内容称之为"形式论美学"? 这种关于现代诗的美学，到底指什么呢?

毫无疑问，陈仲义是新批评方法在国内诗坛最积极的实践者，他对诗歌文本那细枝末节的分析才华横溢。"新批评"诗歌眼光是形式论美学的根本。"新批评的'构架—肌质'说，超越了内容与形式的顽固界限，突出'肌质'为主导的形式要素，在诗歌研究中特别受用。许多新批评的核心术语，诸如张力、隐喻、换喻、象征、含糊、歧义、悖论、反讽、戏剧化等，都是诗歌形式论美学的当家里手。"[2]这是"新批评"方法的优势，但现在陈仲义有一个自我省思:这样的"形式论美学很容易滑入绝对的形式主义——只热衷于意义之外那些声韵、节奏、旋律、组织、排列等纯形式因素的开发。必须警惕新批评遗留的某些致命弱项。改造后的辩证路径应该是，经由各种'肌质'所指涉的文本——主题、内容、意涵等意识形

---

1 孙绍振:《陈仲义的嬗变与整合》，载《文学自由谈》，1992年第1期，第29—30页。

2 陈仲义:《蛙泳教练在前妻的面前似醉非醉——现代诗形式论美学》，第2页。

态质料，于形式规范中完成艺术'替身'，亦即完成社会、历史、现实等形式因素的'投影'"。[1]"固然新批评被诟病为内在循环的封闭容器，但在打通文本间各隐秘环节不乏机杼独出（也不断被后人所改造）。对于诗歌而言，新批评堪称形式论美学的首席'执导'，而作为不怎么合格的'场记'，笔者不时游离出原旨教义又夹带若干他者'话语'，形成对新批评线路的某种'变异'——在偏注形式细部中'调适'历史化（也就是希利斯·米勒所说的在修辞学与外部关系中'做做调停工作'）。不妨将语义、声音、技艺，甚而更细微的诗歌韧带、趾骨、皮屑、毛孔之类，尽收眼底而从中寻觅历史化的'进出口'。[2]"陈仲义由此"把对形式的关注作为历史本身的媒介来把握，在形式内部展开诗语与历史间的阐释张力"[3]，展开了一种"新"的形式论美学。这是他在这两本书中要实现以及未来他要努力的意图。

这种将文本层面的形式问题放到特定的历史语境中来谈论的形式论美学，显示了对诗歌本体和当下问题的双重把握，它让诗评不再只是关乎诗歌本身（新批评式的、只在诗内）或"时代精神"（现实主义式的、徘徊于诗外），而是在面对诗歌问题时，既能够阐述谈论对象在诗的维度上的丰富性与可能性，又能够超越问题之外，指出谈论对象的局限性与存亡命脉。陈仲义在这一类诗评的写作上，既指涉了诗或诗人内在的问题，也指涉了诗或诗人与历史语境的相互关系，以及这种关系对诗或诗人的诉求。这种诗评既谈论了诗中的丰富现实，又在复杂现实中对诗提出了一定的要求。这样看来，陈仲义的所谓"形式论美学"，其中的"形式"，其实是一种广义的形式，是那个"形式是已经完成了的内容"之形式，是涵括了文本构成中的经验、语言与形式及三者历史、现实之关系的那个形式。

1　陈仲义：《蛙泳教练在前妻的面前似醉非醉——现代诗形式论美学》，第2页。

2　同上书，第1页。

3　同上书，第2页。

比如在剖析我们这个时代风格最晦涩、争议与瞩目并存的诗人臧棣时，陈仲义关心的是"臧棣，是不是能够成为我们的一面镜子？他的诗歌写作为我们提供了什么向度和方式？有人指责他，充其量是'一个语言的神秘主义者'，提倡所谓'新纯诗'，极力鼓吹诗歌的知识性、抽象性和学院化；充塞神话原型和文化符码，形式至上，片面追求技艺，缺乏历史感和批判意识，实际上，是另一种奴性写作。有人赞叹他，是现代诗的技术主义代表人物与标本，臧棣写出了'最具有汉语性质的诗歌'，属于那种必然要成为一种诗歌源头的人（西渡）；在臧棣那里，汉语显示了它强大的吸收和增生能力，而'其综合吸收能力对汉语有着扩张血管的效果'（王熬）；姜涛则推举他'显示当代诗歌语言成就的绝佳范本'，对臧棣的争议如同对伊沙的争议——呈现出现代诗多元格局中有代表性的两极"[1]。陈仲义拟从诗的现代性与历史的现代性出发，透过急剧变换的时代境遇和诗的某些"转型"，来看臧棣诗歌带来的诸多本体性元素——现代诗新的可能方式，同时又追问这种可能在臧棣这里所面临的危机。

陈仲义对臧棣诗中的"隐秘的关联""心理分析""反叙述"与"词语拉伸术"等技艺相当佩服，对臧棣给当代诗歌在写作的可能性上带来的展开也相当肯定，但之后他也指出问题并诚恳劝诫："恕我直言，臧棣是当代诗人难以进入者之一。在想象和感觉上做绵密、细长的铺张后，他的智力美技，留下讨嫌的把柄：主题的闪烁隐晦生发为某种迷茫歧途（这与多年写无主题诗有关？），逻辑的频频跳开与飘忽有碍于分解式话语或虚拟型推论（与其反叙述有关？），着迷于事物之间的隐秘连接，使得诗写难度提升还需缴付隔膜的代价，这在后来'协会''丛书'的某些篇什书写中，有增无减。对此，臧棣是不是要有所驻留、后顾，使出新的'刨光技术'？"[2]

毫无疑问，臧棣是我们这个时代最优秀的诗人之一，但臧棣目前的写

1　陈仲义：《中国前沿诗歌聚焦》，北京：中国社会科学出版社，2009，第289页。

2　同上书，第303页。

作，也会让人产生一种阅读的焦虑：那种从现实的想象界衍生出去的想象链，从词语的想象界衍生的语词链……有没有尽头？那种"协会""丛书"的写作是否是传统的"经验—书写"的写作方式的一种终结？对于一般的读者，深感这样的诗作"晦涩"更情有可原。难怪臧棣自己也坦言："如果我们把诗歌看成是探寻人类的未知领域的感性力量，那么，有的时候，诗歌会因为意识的暧昧或经验的隐晦而显得晦涩。我对人类的意识怀有强烈的探知欲，而我无法像有些人那样天真地对待意识，则可能是导致我的诗歌显得晦涩的主要原因。但我从来没有刻意追求过晦涩。我认为写作应该和一种尼采所指陈的'快乐的知识'联系在一起。我想我以后也许会注重发明一种方法，用写作的快乐来刨光风格的晦涩。"[1]

这两本"形式论美学"，关注的是当代中国的诗潮、现代诗之"本体"与不同的诗学类型、代表性的诗人、当代诗的新形态与新症候、现代汉语诗歌的技艺、现代诗的"诗语"等几大块，虽叙述细致精神，但立意高远、视野开阔，超出了人们对"形式论"和"新批评"的印象。这两本著作给人的感觉是在历史化地观看现代诗的问题，又是在本体论上对具体文本做细致分析、给当代汉语诗歌做整体把脉与出示药方。在文本层面，陈仲义这一类诗评谈论诗歌本体（形式）的比重相当多，对词语、意象、想象方式等诗的"肌质"一嚼再嚼，又是箭头，又是图表、各类符号——这是陈氏风格；但在整体上，这种谈论又是相当深入历史、对现实发言。从读者的角度，你在这一类诗评中既能够认识诗、诗人，又能够看到诗、诗人与历史的复杂关系。到目前为止，这可能是一种比较令人满意的谈论诗歌的美学。

1　臧棣：《假如我们真的不知道我们在写些什么——答诗人西渡的书面采访》，引自萧开愚、臧棣、孙文波编：《中国诗歌评论》，北京：人民文学出版社，2000，第292页。

以"张力论"来统摄现代诗的语言问题

在陈仲义的著作中，最见功力的当数《现代诗：语言张力论》（长江文艺出版社，2012年）一著。在陈氏著作分类中，此著为"语言论"，但其实这是他的"形式论美学"的核心区域，此著见证了陈仲义在新批评方法上的非凡造诣，也见证了他对现代诗的语言修辞问题的有效把握。

对于诗歌理论来讲，张力是很重要的概念。新批评理论中有艾伦·退特的《论诗的张力》（1937）一文。"张力论是新批评派最重要，也是最难捉摸的论点之一。其实，张力论谈的是诗中感性与理性结合的问题，也就是艾略特在为玄学翻案时说的感觉与思想融合的问题。他说，'他们并不直接感觉到他们的思想，像他们感觉一朵玫瑰花的香味那样。一个思想对于多恩来说就是一种感受；这个思想改变着他的情感。'……张力论实际上是反对浪漫主义（包括唯美主义、象征主义）的过分倚重情感，而要求加强理性。……'张力'这个概念后来被其他新批评派发展引申，成为诗歌内部各种矛盾因素对立统一现象的总称。例如理论家梵·奥康纳（William Van O'Conner）1943年发表《张力与诗的结构》一文，认为张力存在于'诗歌节奏与散文节奏之间；节奏的形式性与非形式性之间；个别与一般之间；具体与抽象之间；比喻，哪怕是最简单的比喻的两造之间；反讽的两个组成部分之间；散文风格与诗歌风格之间'。因此，在后起的批评家手中，'张力'这个术语概念已从退特的原意引申开去，至今仍是文学批评中的关键术语。"[1]不过，陈仲义综合西方相关的"张力"理论，结合他对中国现代诗的阅读经验，给出了自己的"张力论"：

---

[1] 见赵毅衡编选的《"新批评"文集》中对此文的"编者按"，天津：百花文艺出版社，2001，第120—121页。

1.张力的定义：

（1）张力是对立因素、互否因素、异质因素、互补因素等构成的紧张关系结构。[1]

（2）张力是诗语活动中局部大于整体的增殖，诗语的自洽能力（即"自组织"状态）以最小的"表面积"（容量）获得最大化的诗意。[2]

（3）现代诗的魅力在很大程度上体现为诗语的魅力，而暗藏在诗语中的"机关"应该是张力。[3]……

2.张力赖以发生的诗歌语言运作方式：

（1）语词的存在"机密"：能指与所指；

（2）语词的运动方式：纵聚合与横组合；

（3）重要"纽带"：隐喻与转喻；

（4）基本构件：意象与非意象[4]

3.张力的特征——陌生化效果：

（1）含混——模糊中的歧义多义；

（2）悖论——互否与互斥的吊诡组合；

（3）反讽——基于表里内外的"佯装""歪曲"；

（4）变形——"远取譬"畸联；

（5）戏剧性——紧张中的包孕、包容……

……

此著的基本点是回答现代诗的语言到底是什么，他以张力为中心范畴来解释，并在书中很重要的部分对张力做出明确的定义。"张力是对立因

1　陈仲义：《现代诗：语言张力论》，武汉：长江文艺出版社2012，第73页。

2　同上书，第88页。

3　同上书，第389页。

4　在笔者看来，以上三条亦是基本构件。

素、互否因素、异质因素、互补因素等构成的紧张结构关系"，这些定义本身不一定是真理，却是做诗歌批评很重要的东西，是我们自己看问题的一个尺度，是批评家的一种自觉的意识。很多诗评家没有那个移动的边界，觉得哪个西方理论好就拿过来用。我们必须在内心对诗歌是什么有概念，这概念可以补充也可以改变，但不能没有。陈仲义认为现代诗的魅力很大程度上就是诗语的魅力，暗藏在诗语中的机关就是张力，这是此著的核心。它细致地告诉我们张力赖以发生的机制、语言的机密和运作方式等等，以张力为中心，聚合我们熟悉的很多诗歌理论，让我们重新审视现代诗歌魅力的生成机制，为读者提供了一条进入现代诗的最佳路径，为批评家提供了在本体论意义上评价现代诗的一条有效尺度。

陈仲义自况，此著乃有意重返形式[1]，这其实是非常必要的。对当前的文学研究来讲，做一个形式主义者非常困难。第一，陈仲义说他的这本书是有违于当前文化学热门的"逆行"，是有意重返形式的行为，我对此深表赞同。比较文化、历史、哲学等领域，专业人士肯定做得比我们好，在文学研究领域若没有形式主义的素质，其研究是可疑的。第二，陈仲义说他的这本书立足于从一个词开始勘探，这也是不容易的，"优质的现代诗语是来自语感和语义偏离的浑然合成"，专注于诗语的变化实践。他的这本书有文本细读、对于词语的专注和对现代诗当下现场的关注，这是非常可贵的。第三，他的这本书为现当代诗歌批评和鉴赏提供了一个尺度或视角，我们可以从这些角度来认识现代和当代的诗歌。如果说形式论美学是陈仲义正在建构的一座宏伟的诗歌殿堂的话，那"张力论"就是这座殿堂的入口与路径。

---

1 陈仲义：《现代诗：语言张力论》，第4页。

一点思考：关于现代诗语与文言诗语

当然，既然是路径，就必然有筚路蓝缕、有荆棘坎坷，开拓是不易的，诗学建构的进展会涉及百年新诗诸多问题。作者不可能在所有的问题上都有让人满意的态度和论述。在世界文学的范畴内，陈仲义是现代诗的拥趸；在汉语诗歌的范畴里，他对朦胧诗以来的新诗给予了极大的肯定，并从20世纪80年代初开始，一直自觉担负着为新诗辩护、阐释其意义和看顾其成长[1]的角色。中国古典诗歌、初期白话诗和新诗，如果是汉语诗歌的三个孩子的话，他显得对老三爱之深切。

在陈仲义的诗学中，中国古典诗歌常常是一种落寞的背景，相对于当代诗，在美学效果和语言技艺方面，他明显高举后者。与之相应的是，他对初期白话诗的处境、功用与价值的评估，也显得匆促。比如在《现代诗：语言张力论》中，他在论到晚清到"五四"的白话诗语时说，白话诗语是"夹生"的，引用了一些对白话诗并不公允的看法，如"严格地说白话诗是草创期，不能胡乱抓一些颜料、质地、色泽都胡乱搭配的衣裳穿在身上，在大街上撒野"（郜元宝）[2]。而另外的情形是：在许多新诗研究者那里，初期白话诗也许美学形态确实不够成熟，但在新诗发生学、现代诗语的演进上，极有价值。

在一处关于古今月亮的"诗写"比较中，陈仲义透露出他对现代诗

1　2008年，陈仲义在《海南师范大学学报（社会科学版）》组织"新诗标准讨论"，试图为写作"失范"和鉴赏上的无标准的诗歌市场，提供一种"行业标准"。我觉得这个讨论的意义不在于最终给出的"标准"，而是让人正视新诗在写作和阅读、生产与消费上的良好生态。我将陈仲义此举看作对新诗的"看顾"。好诗若无"标准"，对新诗的发展有百害而无一利。在第一期他自己的文章《感动　撼动　挑动　惊动——"好诗"的标准》里，他出示了自己的意见："从接受美学出发，结合诗写实践与阅读经验……在传统好诗主要标准'感动'基础上，加入其他尺度：精神层面上的'撼动'、诗性思维层面上的'挑动'、语言层面上的'惊动'、共组现代诗审美意义上的'四动'交响。"（第20页）

2　陈仲义：《现代诗：语言张力论》，第20页。

语的"偏心":"陈先发竟与月亮在身体上相互穿透、来回换位,你说奇不奇——你说咱们的古代诗仙要不要学点现代思维?"[1]而对于张健的《月下》"月球的许多铜锈/恣意地向我飘落——//一刹那间,我变成/头皮屑最多的人",陈仲义赞叹曰:"古今中外没有人会把月光的纷扬状同头皮屑联系起来,也没有见过诗人是这样戏谑月光的,张健的想象力不会逊于李白吧?"[2]这里的赞叹明显偏袒现代诗,估计古典诗歌的研究者不会同意;对文学的美学效果的评价看想象力是否新奇——对于绝大多数都厌恶头皮屑的现代人,恐怕也会觉得这里只有阅读上的不快,毫无美感可言。

"现代诗最大的优势是形式随内容变化而充满时代的活力"[3],"文言诗语与现代诗语在资源、价值取向、内容表现、审美意趣、传达方式等方方面面都发生了许多变化,有些甚至分道扬镳。故从差异性出发,现代诗语完全有理由赢得现代语境下重新命名事物的几率和能力。"[4]在论证现代诗语之时,作者由于过多站在现代诗语这一边,盲视了文言诗语的许多内在特点及相应的功能,仅从表面的差异性出发是不够的,甚至有时表面上的差异性,其实内里却是同一性。

余 论

偏袒现代诗语的心情,我们可以理解,因为它在汉语诗歌大家庭里最晚诞生,它是最年轻的,需要呵护、需要成长。陈仲义的著述能够给我们带来对现代诗和古典诗歌等领域多方面的思考,本身已是可贵。不过,在

---

1 陈仲义:《现代诗:语言张力论》,第47页。

2 同上书,第42页。

3 同上书,第39页。

4 同上书,第35页。

陈仲义身上，最可贵还不只是批评文本，而是他对当代诗坛的热心。如前所言，他是当代诗歌现场最热心的发掘者，像珠宝鉴定师，热衷于好诗的发现。同时，他的职业精神也让他的发现没有门户之见；不管是对高蹈的知识分子写作，还是叛逆的下半身诗人，甚至对于"低诗潮"（"垃圾派"）里的诗歌"贱民"[1]，他都一视同仁，努力通过自己的眼光看到其中的闪光点和问题。"享受诗歌有各种各样的方式"[2]这是他的立场。对新诗历史中和当代诗歌现场涌现出的许多诗歌形态，他力求持开放态度，努力阐述出建设性，以"百种"眼光看待问题。尤其是当代诗坛，常常一些无人问津的领域，他的笔触早已经涉及。

在当代中国诗歌的范畴内，陈仲义虽然阅读范围广泛，对研究对象没有偏心，但他绝对有自己的立场，他可以在文本的层面对作品细致分析，阐述其建设性，但也会坦然自己对作品风格和里边的精神取向的意见。他关怀"下半身写作"和"低诗潮"，并不表明在文学风格和生命观、价值观上也倾向他们。文学，作为一种生命的诗学，它理当给人在灵魂上的震撼，20世纪90年代以来的中国诗歌，在此方面成就突出，但问题也很明显：

"正是从类群经验概括向个人日常琐屑的体验转型，导致了九十年代先锋诗歌写作自我化大趋势。这种带有私人物品的性质，私人自传特色的写作，成功地保留了个体巨大的精神自由空间。它独立地抗衡主流文化，权力话语的导引强制，拒绝非艺术干扰，它推进生命诗学在前人极少问津的领地昂首阔步。从重大的人权到细微的叹息，不管是正值层面的高扬抑或负值层面包括自渎自虐自戕的展示，都显现了生命在不可抗拒的悖论中——自明的意义，其顽韧执着的自我穿透，自我体认，自我放血，自我烛

---

1 陈仲义：《"崇低"与"祛魅"——中国"低诗潮"分析》，载《南方文坛》，2008年第2期，第60—66页。

2 陈仲义：《一种钻牛角尖的满足》，引自《百年新诗 百种解读》，合肥：安徽文艺出版社，2010，第401页。

照，通过体验为中心支持的强大发射网络，占据和覆盖了诗歌最广阔的版图。然而，过量的私人化电波传递，大规模个人自传话语频率，又会导致生命诗学令人担忧的'胸积液'。众多细小的呻吟、伤感、病痛、被拔高放大，赋予至高无上的意义，所有目光都用来打量毛孔，神经末梢和皮肤上的斑疤，生命诗学成了生理心理学意义上的'临床记录'和'病情观察分析报告'。生命逃离出对当下的关怀，淡漠了对罪孽的审判，放弃了对'噬心主题'的投入，普遍软化，妥协，倦于责任，承担，不屑再与主流文化对峙，听从虚无的摆布，生命诗学踱进了幽闭的象牙塔……生命诗学变种为精神碎片的解剖和琐屑的贮藏室。人们不禁要问：一次伤风喷嚏和一种悲天悯人的情怀到底有没有不同？一片平涂的蔻丹指甲与灵魂的痉挛状态何以区别？一次生理掠影和一场人文精神思辨能否同日而语？普遍的不安与忧虑都指向个我生命与外部世界，自我意识与社会现实，即个体与群类究竟处于怎样一种关联？如何将双方调节到较佳的谐振点上？"[1]

"现代诗所拥有的敞亮诗意就是一种显明。一种显示上帝、万有、神、存在的招魂术；一种呼唤神性随时君临的图腾；一种寻找瞬间愉悦及意义生成的精神游戏。我们在灵魂、灵性、气质、禀赋、心境、语言的众多方面都远远没有达到神性境界，因为我们深陷于日常烦琐、功利纠缠中无从解脱，我们太缺乏清明之气，澄明之怀，童贞之心，仁厚之腑。如果说，现代物质主义把精神家园摧残成七零八落、狼藉满地，故乡温馨的草木化成一片冰雪、沼泽和荒漠。如果无望的冥暗中，人们尚存一些希望，这些希望就是对神性的企盼和呼唤。而现代诗人注定要承负着神性的司职，这样，就得首先接近神性。"[2]中国人对造物主或终极存在（"上帝"/"神"）的忽视、对"人"的浪漫主义认知（人即自身的上帝），导致了心志上的

1　陈仲义：《蛙泳教练在前妻的面前似醉非醉——现代诗形式论美学》，第179—180页。着重号为笔者所加。

2　同上书，第110—111页。着重号为笔者所加。

浅薄、无知与骄傲。如果犹太人的诗歌和智慧书（《圣经》的《约伯记》《诗篇》《箴言》《传道书》和《雅歌》）里常常说的"认识耶和华是智慧的开端"是对的话，我们在生命上、在对人的认识上连开端都没有达到。

很可贵的是，在陈仲义的诗学话语里，还给神性和人的罪性保留了一点空间。中国文学如果在这里没有悔改和突进，很难有震撼灵魂的大境界。夏志清先生在《中国现代小说史》中说："现代中国人'摒弃了传统的宗教信仰'，推崇理性，所以写出来的小说也显得浅显而不能抓住人类道德问题的微妙之处了。"他还指出："现代中国文学之肤浅，归根究底说来，实由于其对'原罪'之说——或阐释罪恶的其他宗教论说——不感兴趣，无意认识。当罪恶被视为可完全依赖人类的努力与决心来克服的时候，我们就无法体验到悲剧的境界了。"[1]对"罪"的省察与叙述，其实决定着一种文学的深刻与丰富。从文学鉴赏的角度，"新批评"方面的素质必不可少，但我们一定不要忘记：虽然衡量文学的标准首先当然是文学的标准，但伟大的文学通常不只这些。伟大的文学一定会涉及道德伦理、罪和上帝等根本问题。如T.S.艾略特说的："文学批评应该由具有明确的伦理和神学立场的批评来完善（should be completed）。无论哪个时代，如果人们可以在伦理和神学的问题上达成共识，文学批评就能够实现其本质。"[2]一个批评家，若既有文学批评上精深的文本意识、娴熟的技术分析，又永怀对"罪孽"的深思与"神性"的向往，他的文字才能趋向"完善"。

对现代诗的忠贞与热爱，在知识系统、专业技能、敬业精神、个人品性和精神取向各个方面的突出，使我们有理由说，陈仲义是这个时代最优秀的诗评家之一。

1　夏志清：《中国现代小说史》，台北：传记文学出版社，1979，第12、502页。

2　T.S.Eliot, *Selected Prose of T.S.Eliot*: *Religion and Literature*, London: Faber & Feber, 1975, p.97，此文最初收入发表于艾略特的论文集 *Essays Ancient and Modern*（1936, London: Faber & Faber）。

附　篇

"诗界革命"与新诗发生期研究的突破性思考

——读荣光启《现代汉诗的发生：晚清至五四》

孙玉石

摘　要：荣光启《现代汉诗的发生：晚清至五四》一书，分晚清诗界革命和白话新诗最初诞生两个时期，对中国近现代诗歌变革"发生"过程进行了深层次论述，辨析了晚清文人和胡适倡导的"言文一致"内涵上的学理联系和差异性质。全书抓住"现代"（现代经验）、"汉语"（现代语言）、"诗歌"（现代人的情感与形式）三个要素，讨论了先驱者们对于诗歌本体特征的自觉意识和理论言说的探寻。既借鉴中外语言学、诗学以及中国古典诗歌研究等理论成果，又有所选择辨析，在深层次上探索了晚清诗歌变革的意图、矛盾及其对于"五四"初期白话新诗实践经验与启示的可能性。通过对胡适"作诗如作文""具体性"等理论主张的辨析论述，努力厘清晚清诗界革命与新诗发生之间从改变语言形式入手变革发展理念的内在关联与拓进脉络，让诗歌直接把握现代性的现实，从而实现诗的从古典到现代的真正变革。

关键词：现代汉诗　诗界革命　经验　现代性

晚清诗界革命与"五四"前后诞生的白话新诗，是中国新诗发生发展的肇始与源头[1]。在近百年的中国新诗发生发展历史研究叙述中，它们始终是一个无法绕过而又必须言说的重要话题。许多部新文学发生发展历史研究成果、新诗历史衍变专题研究的学术专著，晚清至"五四"近代诗歌史的研究论说，以及更多与之相关联专题研究的学术论文，包括胡适等人在内这些新诗开山者的无数篇回忆自述和理论阐发文字，对此段从旧体诗的内部变革到中国新诗最初诞生的历史脉络与理论问题，多有异见纷繁、各具特色的探讨言说，也获得了后来一些文学史家的历史叙述和新诗专门研究者的某种程度上的共识或认同，理解或存疑。即使一些新近出版的近现代中国文学历史研究著述，也大多无法回避对它们的言说。

由于承担任务各异与理论准备不同，他们对于中国新诗发生期及其历史变革源头，即包括晚清"诗界革命"这一重要历史前奏到"五四"初期白话新诗发生这段历史蜕变期中的诗歌现象，从理论主张到创作成果所呈现的复杂内涵与得失利弊、先驱开拓性质与言说内在矛盾，都没有侧重从文学内部和语言学理论视角，以颇有分量的专著的形式做出更为专门、更为深入，也更为富于理论性的言说，以将人们引向学理新颖、视野开阔、富有深度的思考和探讨。因此，我以为可以这样说：荣光启的这部由博士论文修改而完成的专著《现代汉诗的发生：晚清至五四》[2]，有意识承担了在这一方面深入思考与拓展探寻的理论责任，并具有了在一定程度上获得突破性学术开掘与进展的可能。

读过这本书之后，我确实感觉到，这是一部从古典诗歌晚期自身变革，到新诗萌生崛起阶段摆脱传统从而自辟新路，这样一个时段里面对诗

1　这里仍用"中国新诗"或"新诗"的概念进行叙述。
2　《现代汉诗的发生：晚清至五四》为荣光启的博士论文，完成于2005年5月，在首都师范大学文学院答辩时，孙玉石先生是答辩委员会主席。此著于2015年5月由中国社会科学出版社出版，共计37.1万字。

体文学历史变革问题进行严肃思考和深入探讨的有特色的理论专著。荣光启在《导言》里这样阐释自己全书的写作意图：本书愿以"现代汉诗"的概念代替"新诗"，来面对20世纪中国诗歌变革的问题，力求进行关于中国现代诗歌的"发生"理路的辨析，并努力抓住"现代"（现代经验）、"汉语"（现代语言）、"诗歌"（现代人的情感与形式）这三个要素，着重于诗歌本体特征的自觉意识和理论探寻。并且他这样说明自己这种命名选择和现代性言说的意图：将从晚清至今的中国诗歌称为"现代汉诗"，是"针对传统诗歌史的一种新的书写格局"，力图改变将晚清诗歌研究与"五四"初期诗歌研究"一刀切"，避免由于各自进行的孤立性质的研究，而忽略了它们在诗歌变革之内在理路上的联系。由此这本书便努力从这样一个角度，更为关注晚清文人在更新汉语言说方式这一侧面所付出的努力和思考，与"五四一代人"之间的变革意识和白话新诗实践之间，存在的差异性和连续性，从而探索更深入思考晚清诗歌创作中变革的意图、困难、矛盾及其对于"五四一代人"进行白话新诗尝试实践的经验与启示的可能性。也就是，他想向读者更清晰地说明，中国新诗的发生，至少应当从晚清开始寻找到语言和形式探索及发展的内在关联与文学脉络。基于这样的学术意图，本书用上"上篇""下篇"两个部分，各篇里又分别用三章的篇幅，相对平衡的结构，进行步步为营、递进深化的分析论述。从1900年《清议报》上青木森《题星洲寓公风月琴尊图》一诗中"别造清凉新世界，遥伤破碎旧河山……"的慨叹，到1915年著名记者黄远庸在《甲寅》上致函章士钊发出"愚见以为居今论政，实不知从何处说起"这样的慨叹询问，书中所举的类似许多现象，实质上均如胡适先生所说的：早在中国新诗诞生之前，诗界"已经发出了文学革命的预言"。这种新诗的变革意识，不仅仅是简单地将文言变为白话，格律诗变为自由诗，更重要的应该是：通过诗中语言的变革，如何改变了诗歌作者的"汉语文化的思维方式"。从这样论述肇始的思考脉络，可以清楚地看到该书是想这样告诉读者：从"言文一致"追求下手，寻求汉语诗言说方式的变革，乃是晚清以来中国知识分子在现代性境遇中的内在要求。晚清诗歌出现的诗界革命的意义，除了它自身创作成果和理论言说之外，给予后来主张新文学革命的变革者们这样一种启示："诗歌的革命必须从语言'形式'和言说的艺术规范入手。"胡适于中国白话诗最初"尝试"的功绩也就在于：由他开始了以白话为诗以及诗意生成机制的一场更新的、更彻底的"诗界革命"。他的以"说话"的方式作诗，为中国文学构建了新诗的语言系统和言说方式。现代白话诗在表面上看是在实现"诗体大解放"，其内在实施的则是中国汉语诗歌的句法之大"转换"。该书《导论》中阐述的从晚清诗界革命到"五四"前夕白话新诗诞生的这些理念与思路，为他全书研究的整体理论关注和突破意图，做了清晰的描绘和说明。

荣光启在论述中清晰意识到：语言问题可能是探讨"新文学""新诗"之发生的重要路径。倡导"言文一致"，既是白话文运动，也是白话诗运动的出发点。文学革命的倡导者们，由此找到了革新中国文学、中国诗歌的突破口。为此，作者近一步提出这样的追问：晚清时候的先驱者们，早已经提出了这一革命性口号，并进行了文学革新的积极实践，但是，在诗的言说方式上，诗歌体式和诗的语言中，为什么却没有催生出新诗这样一种尝试成果乃至形成一种全新的诗歌革新运动呢？

为了弄清这个属于文学深层变革的问题，荣光启首先深入辨析和探讨了晚清文人"言文一致"和胡适一代人所倡导的"言文一致"在具体内涵上的差异性质。他从西方语言学理论对于"言文一致"认识存在全然不同的层面，其中所包含的谬误与局限，找到这样一种研究和认知的思路：胡适怎样从个中受到"刺激和启发"，自关注语言外部差异转向为对汉语内部的追求。胡适由此不再是在书面的"文言"与口语的"白话"之间做什么样的局部改革，而是大胆提出了一个更具有突破性的"全变"的设想：实行"以白话为中国文学之正宗"的汉语书面语实验，并进行彻底在文学书写中"生成"新的语言的整体性改革。论述者认为，只有这样，才能彻底打通语言表意的通道，真正让汉语接通现代性的思想言说诉求，从而使晚清以降中国知识分子的"言文一致"的寻求，得到一定程度的实现。为弄清这个问题的本质，本书引述黄遵宪《日本国志》之《学术志》里思考汉语"言文不相合"的原因，从中原迁入的嘉应客家人吟诗著述言文一致的实例，证明了这样一个结论："岂非语言与文字合，易于通文之明效大验乎?"晚清诗人由此出发提出的"我手写我口"这一主张，虽然未能贯彻始终，但这种主张的实践对于晚清诗歌的语言意象符号化和形式秩序僵化的冲击，却是巨大的。本书同时也指出，这一主张的弊病，是因为这一思想远没有达到在整体上冲击既有诗歌言说方式的效果，结果就只能是更多"回到传统当中寻求弥合的资源"，更不要说这是真正要提倡白话诗了。在论述中，荣光启对自己所论对象的肯定认知，及其在历史中可能存在的意义，能够坚持一种从历史实际出发的冷静与客观，并不为了说明一种理念而无限夸大、引申，用自取所需的眼光将其包蕴的思想内涵及现代性意义，做出不适当的评骘。如对黄遵宪在《日本国志》卷三十三《学术志二》中所提出的"言文相合""文学始盛"的主张，荣光启肯定其革新意义的同时，也指出了其理论内涵的历史局限。荣光启指出这样的客观事实：以通俗流畅、活泼生动的靠近口语的浅显文言来写诗作文，其实并不是黄遵宪终生要坚持的文学目标。今人甚至以为，以"我手写我口"的提法来理解黄遵宪一生的诗歌作风，甚至是肤浅的。如钱仲联在《人境庐诗草笺注发凡》中就这样说："黄先生自许其诗，谓自群经三史逮于周秦诸子之书，许郑诸家之注，凡事名、物名切于今者，无不采取而假借之。故其诗奥衍精赡，几可谓无一字无来历。今悉为拈出，知先生《杂感》诗所谓我手写我口者，实不过少年兴到之语。时流论先生诗，喜标此语，以为先生一生宗旨所在，浅矣!""黄遵宪晚年在编辑《人境庐诗草》之时，甚至将自己年轻时所作大量的近乎口语的作品删除，……可见其在晚年对以流俗语为诗的作风看法已有所改变。"荣光启还努力从更深层面思考和论述了黄遵宪所倡导"言文一致""我手写我口"之维持语言"旧风格"存在的本质性弱点，以及其与胡适等人提倡以白话写诗理论主张之间的根本性差异。荣光启认为：和黄遵宪努力在"古人之风格"中写出"新意境"的诗歌作风相一致，黄遵宪虽然倡导"我手写我口"，好以流俗语为诗，但这不是他对语言本体层面的关注，他关注的实际上是这一种语言在内容的层面上对晚清诗歌的语言意象符号化和形式秩序僵化的冲击。黄遵宪一方面渴求在诗歌中能够写出"今日"之"新意境"，另一方面却挣扎在对旧风格的努力调整和新的语言、形式的试验中，在"新语句"和"旧风格"之间，他努力以"风格"的调整来化解诗歌语言更新对旧形式的压力，这是他诗歌写作始终很矛盾的地方。他的流俗语入诗只是暂时性的、策略性的、内容层面的语言认识，尚不足以达到冲击既有诗歌言说方式的效果，更不是要提倡白话。他缓解"手"与"口"相矛盾、言文不合的焦虑的办法，"更多是回到传统当中寻求弥合的资源"。在语言文字方面，"他甚至有为求'语言与文字合'而建议人们多寻求'古意''古音'的意思；在诗歌革新方面，他关注的是如何在'旧风格'当中创出'新意境'"。为证实自己的见解，荣光启还援引周作人在1934年出版的《中国新文学的源流》中，指出了晚清文人在作白话文时的这种"二元态度"："那时候的白话，是出自政治方面的需求，只是戊戌政变的余波之一，和后来的白话文可说是没有多大关系的。"引述之后，荣光启又进一步辨析说明："说'五四'的白话文和晚清的白话文'没有多大关系'，这样的判断值得商榷，但晚清文人在作白话时的'二元'态度却是事实。"

由此可以看出，荣光启的论述中，既能注意晚清白话文运动与"五四"白话文学倡导之间存在的"不可缺少的背景关系"，同时也指出了两者对于语言的认知上和目的上存在的差异："晚清的白话文运动是讲求语言的实用性，是与政治意识形态的'启蒙''宣传'密切相关的。"而胡适的"白话"追求，"并不是语言的短期行为和速成效果，他是将语言改革看成是一个民族传统的言说方式在现代境遇内必需的革命"，即最终实现"以白话代替古文"的"文学的国语"的"宏大目标"。晚清文人们追求的"言文一致"只能说是在提倡和使用"白话"时候的"言文一致"，而不是追求整体上的汉语符号系统之于"新世界"的言说诉求"一致"。胡适的"白话"彻底改变了"白话"与"文言"的语言分治状态造成的"文言"与"白话"相安无事，长期共存的两难，并由此指向进入"汉语理想书面语的理想形态"。而此前提倡"言文一致"从未脱离语言文字分工的"二元态度"：以白话文达到现代性实践的实用目的，以文言文来保存国学精粹。该书回顾晚清以来的对于汉语"言文相离"的焦虑和对"言文一致"的寻求，直至废除汉字采用"万国新语"论争的复杂历史背景，指出了他们在"言文一致"倡导中的这种"二元态度"的弱点，即如胡适进一步指出的那样：晚清文人们的提倡白话文，"最大的缺点是把社会分作两个部分"，"一边是应该用白话的'他们'，一边是应该作古文古诗的'我们'"。可以说他们是"有意的主张白话"，但不可以说他们是"有意的主张白话文学"。这样审慎严谨而具体细致的辨析论述，显示了荣光启的这本书在探索思考中对自身论述的科学性与坚实性的一种努力追求。

理论视野的开阔和吸收新知的敏锐，为该书诗学之历史与理论性结合的研究，带来了言说的新颖和思考的深度。荣光启注意吸收索绪尔、德里达、罗兰·巴尔特、诺姆·乔姆斯基等一些现代西方语言学家关于诗歌语言研究的理论成果，努力吸收中外著名汉学家和诗歌理论研究者赵元任、王力、高友工、梅祖麟、叶维廉等关于中国古典诗词语言运用特色的精道论述，用以加深和拓进自己关于中国新诗语言变革，传统诗语言艺术特点，以及新旧体诗与词类语言"变性"特点之间的契合和变异关系的理论思考，并用来探讨白话诗句法转换、意象蜕变与古典诗歌特点之间的一些更为深层次的问题。该书以美国人费诺罗萨以及受他影响的意象派诗人庞德，对中国汉语诗的魅力与汉语单音字词特殊搭配处理造成特殊艺术效果之间的关系的看法，来加深强化自己对于新诗语言、句法等的论证。国内外一些学者关于中国古典诗歌语法、句法深化分析的意见，在近年现代诗研究中，颇为中国研究者所认同、接受和赞赏。荣光启借鉴这些可贵的理论见解，进行更为深入细致的理论探讨，对这种传统诗歌与汉语言文字关系的科学认知和某种"误读"，进行了富有科学性的理论辨析，并努力多向吸收中能注意有自己的选择和辨析。

例如，论及汉语诗歌词汇关系、诗的意象之灵活、独立、虚词省略等一些吻合于传统诗话的理论判断，既肯定了他们的诗歌美学的真知灼见，也分析了某些带有普遍性概括见解的不足之处。荣光启认为这些研究者，"忽略了使字词产生如此效果的真正原因，也就是说，这种关注是表面化的诗歌特征归纳，忽略了诗歌句法的内在结构与功能：不是词法的变化产生了具体的诗歌美学，而是汉语诗歌独特的句法特征使字词能具备上述功能，并且，特定句法产生的美学效果有时必须要求汉语诗歌在语言上追求'动词的卓越运用'等特性"。从而他提出这样的观念："在汉语诗歌研究里，还是应该将目光从'词法'转移到'句法'上来。"又如，"他们在谈及汉语古典诗歌往往忽略虚词，词与词之间关系十分自由，使得近体诗的句法常常呈现一种'独立句法'的形态。它区别于英语语言连接中那种细密精确的语法关系所形成的'罗列与连接句法'的形态"。荣光启在该书中通过对杜甫《江汉》《秋兴》等全诗或个别诗句的句法特征具体分析，深入论述了自己这一观点。

又如，该书运用罗兰·巴特《符号学原理——解构主义文学理论论文选》中关于现代诗，特别是关注如何往往从"隐喻轴"着手，进入诗的言说方式更新的思考论述，本书中特别注意捕捉被忽略的一些作品在现代白话诗发生中所蕴含的重要意义，并努力做出别具新意的具体而深入的分析。对胡适《尝试集》里一首其创作的《应该》和另一首《关不住了》

（译诗），该书以较多篇幅的文字，一一具体分析了它们如何蕴含着胡适"尝试"建构现代白话诗歌"新质的理想"，其中怎样包含了胡适自己有意努力拒绝古典诗的言说方式，试图通过"具体"呈现"曲折的心理情境"的抒情方式，将旧体诗无法表达出来的一些复杂"意思神情"曲折细腻地传达出来，因而使这两首诗怎样具有了"一点现代诗'抒情自我'的雏形"。可以看出，诸多类似这样一些论述，服从于全书新诗由古典向现代转变的总体理路，体现了荣光启具有在严肃学术探论中求新意识的艺术敏感，力求将理论思考达到某种"探底"程度的自觉追求。这样的认知、感受和追求，是我阅读该书过程中，获得的很深启益。

该书依据汉学家高友工、梅祖麟等人对于中国古典诗歌抒情美学特质研究成果的诸多论述，深化说明由于"面对整个听众的普遍言说"，使诗里面"个人化的声音失去了个体经验的细致与深刻性"，这是特定艺术方式面临的一种困难。到了白话诗的"尝试"，乃是"要改变这种艺术形式，'诗体大解放'正是从句法着手。无论《应该》多么没有诗味，但它'说'个人的'话'的意图应该说还是达到了"。《应该》《关不住了》（胡适谓此首译诗为"'新诗'成立的纪元"）这些诗，读起来"确实缺少'余香与回味'，但胡适之所以对这些诗的写成按捺不住兴奋之情，恐怕还是因为在这些诗的写作中蕴含了他的文学理想，他是在尝试他要看到的'白话的文学可能性'"。荣光启由此认为，胡适在译诗《关不住了》中尝试的实质是：怎样"以'白话'来传达一种现代情感经验"，怎样以"白话"写出"现代'自我'在现代性的境遇下，已经是旧体诗的形式所'关不住'了"的新的时代精神。这样在吸收运用中外前人研究成果基础上，他通过对具体作品进行分析的思考和阐释，就将初期白话诗从古典诗向新诗转换过程中带有的文学变革性的意义，论述得更加富有说服力和理论深度。

在该书中荣光启接着分析了郭沫若《女神》之《笔立山头展望》《凤凰涅槃》《立在地球边上放号》等作品，如何更进一步"以'自我'对世界的想象和宣告，改变着传统诗歌的说话方式"，诗歌抒情"主体意志强行投射外物，不再是物我合一、神与物游，而是主体占据着世界的中心"。由这样一些分析也可以见出，荣光启如何从宏观理论探究与具体个案分析的结合，展开自己的论述，显示出他以逻辑严密和分析细腻而见长的论说特色来。与此相同的，他借鉴诺姆·乔姆斯基《句法结构》《句法理论若干问题》中转换生成理论，以及高友工、梅祖麟等其他一些研究者关于中国古典、现代诗歌语法结构研究的成果，对"五四"初期新诗中句法结构极为"奇特"的《天狗》等诗与中国古典诗歌"语法结构"之间巨大差异现象进行分析，较为深入地涉猎了作为汉语诗歌的新体式的"白话诗"，无论有多少局限，也不能"忽略其作为一种新的诗体的诗意生成机制所蕴含的丰富的可能性"。类似这些观点与论析，体现了我前面所述的荣光启所具有的这样一种理论研究的追求与特色。

阅读荣光启的这部论诗专著，给我的另一个感觉和印象，是他的许多理论分析努力超越浮泛常规思考而力求做到细腻求深的探究。对于人们论述过的许多诗歌理论现象，往往能借用新锐的理论或采取新颖的视角，说出自己的见地，使得研究者熟悉的学术问题因超越一般性思考而获得更为透彻的论述。如第四章对梁启超的论述为例。荣光启对梁启超的诗歌变革主张由"政治革命"立场而转为"政治改良"立场，放弃了"诗界革命"表现新思想、新精神的批评，做了客观叙述之后，又从新的视野和眼光出发，进行了更切近历史实际的辨析性的论析。书中论述梁启超怎样坚持诗歌的历史作用赖以存在的自身文类秩序、语言特性和文体功能，不那么轻易为外力所左右的稳定性质。强调梁启超对诗歌认识程度与其在晚清诗歌革新运动的积极态度和行为价值的肯定。该书对于梁启超因放弃"新名词"要求而对黄遵宪的诗评价越来越高的观点，做了驳论性的辨析，同时也分析了这里有梁启超个人对诗歌本体特性的不够敏感，重视诗的社会功能而忽略语言符号的意义的原因。荣光启运用结构主义诗学观点，讨论了梁启超提倡诗歌的"新精神思想"与"旧风格"之间如何实现协调的"保守"性问题,认为梁启超是想重视诗歌"程式"的"归化"力量,看到了在"新名词"与"古风格"之间的龃龉,想办法让前者进入后者程式中,尽量减少新名词对诗本体的破坏力,但却让强大的诗歌优势掩盖了语言符号更新的潜能,失去了保持诗歌风格本体的韵味优势。他主张并实践的新名词被汉语书面语——文言所吸纳,甚至成为新的文言词。这样对旧形式不是破坏,而是被"归化",从而"融为一体"了,结果出现的根本不是诗歌美学上的"新意境",只是诗的社会性层面的"真思想"而已。在实践中"新语句与古风格,常相背驰",诗歌本体仍处于旧的状态,这种诗本体方面的固守,很难带来诗歌内容彻底地革新。荣光启又进一步从梁启超的认识发展与转变,阐明了梁看到了晚清诗歌在语言符号系统的革新和中国古典诗歌的"风格"间的矛盾,对"新语句"的标准有了更新的(也就是如何融合"协调"得"天衣无缝")认识和理解,进而追求新的诗歌如何体现"能熔铸新理想入旧风格",达到诗能够具有传达"欧洲之真精神真思想"之"新意境"。荣光启认为,梁启超这里提出的所谓"新意境",是关乎诗如何表现新的时代精神,而并非是通常理解的审美内涵之要素与"意象"密切相关的"境界"。梁启超取代"新意境"的恰恰是诗的"理想",而非王国维所讲的艺术境界意义上的"意境"。它侧重的是诗歌的社会意义,而非审美功能。这种只是时代精神之"新意境",仍只是在诗歌社会内容层面的追求,"根本就没有真正触动中国古典诗歌的形式秩序"。它与诗歌美学上的"意境",实际上是相差甚远的。荣光启也更深入地提出探讨梁如何忽略了对"旧风格"合理性"重新省思"问题的认识。该书对于因放弃"新名词"要求而对黄遵宪诗评价越来越高的观点,做了驳论性的辨析,同时也分析了这里有梁启超个人对诗歌本体特性的不够敏感,重视诗的社会功能而忽略语言符号的意义的原因,并且进一步揭示了其更深层的原因:极度成熟的古典诗歌在语言系统、形式秩序上的审美"程式"及其对新的语言符号、文本形式具有的"归化"力量。"虽然他的试验并不能说多么成功,但正是这种试验有力地冲击着中国诗歌符号化的语言模式和僵化的形式秩序,使晚清诗歌写作的'困难'不得不醒目地暴露出来。"这些论述大体切近历史实际和认识维度的论析,表现了荣光启理论思维的一个特点:对于学术研究中为人论述较多的熟悉课题,努力获有一种能够"再度重认识",进行更沉潜更富新意的理论思考。

阅读这部论诗专著,给我的另一个重要的感觉和印象,是荣光启对于人们论述过的许多诗歌理论现象,往往能借用新锐的理论或采取新颖的视角,做出自己的分析,使得熟悉的问题得到因超越一般性思考而获得更为透彻的论述。如第二章里,从现代汉语即"国语"生成的肯定,到汉语文学、诗歌初步形态的发生,深入讨论了"国语文学"生成之间的互动关系和形态体现。在第三章里,进一步讨论了"汉语"言说方式的更新与文学写作之间的关系,讨论"诗"的"汉语"形态应当靠什么体现,讨论"新文学"之发生的原因对于诗歌这一独特文体是否具有普遍的适用性等等。在第三章里,他又通过细读胡适留美时期的《胡适日记》,具体考察了胡适"文学革命""作诗如作文"思想萌生的具体过程。荣光启先是论及胡适主张的"言文一致"和晚清知识分子提出的"言文一致"之间的区别。黄遵宪、梁启超在文体的变化中寻求对于语言的困厄的反抗,将语言当作个人创作的产物。胡适的语言观不仅是语言的问题,而是看到在语言与历史、文化之间那晦暗不清的牵连,从汉语的特点和西方语言的启示入手,"以意义的明晰为目标,将长久以来人们对言说方式的更新的寻求从汉语本身或外部转移到汉语内部、从'文字问题'"转移到'文学问题'"。在引述了胡适1916年4月5日一则正式谈论"吾国历史上的文学革命"的日记之后,荣光启这样论述:胡适的"言文一致"是在"文学革命"的历史背景下提出来的。胡适的"言文一致"已经不是语言符号领域里的,而是文学领域的,是通过文学的方式在具体情境的写作中来"生成"新的语言。看起来胡适是以迂回的方式来革新汉语言说方式。一种语言符号能否有"言文一致"的言说效果，这不单是符号系统的问题，更是这种符号系统的言说机制问题。语言符号必须在具体的言说语境中才能真正检验出其表意的功能，才能接纳、生成新的发展质素，得到真正的更新。这应是胡适的"言文一致"和晚清知识分子的"言文一致"的最大区别。这样就从晚清以来中国知识分子言说方式上的努力寻求角度，肯定了胡适正是通过白话文运动、白话诗的尝试，初步达到了这一从语言上着手进行文学变革的目标。荣光启在该书中第六章《破坏中的期待——白话诗的诗意生成机制》里，从必要的"形式"策略角度，就胡适提出的"须讲求文法""不用典""隐喻""务去滥调套语"、新诗"具体的做法""新体诗的音节"等一些新诗创作问题，分别进行了具体的分析讨论。由于采用了新的理论和视角，可以让人们看到胡适尝试汉语诗歌新变革，除实验主义精神、"历史的选择"等幸运因素外，更多是由于胡适对传统文化和汉语特性的深刻理解以及对它们在历史中的境遇的同情和敏感。荣光启的这些对于新诗创作诸多理性思考的积极意义和现实感，能够突破这方面已有研究的论述，给人以许多新的说法和启示。

在研究中，他能够关注学术研究既有的或最新的成果，从中吸收那些对于自己论述富有启益的见解；同时，对于见解不甚相同的严肃的学术声音，即使是出于为自己景仰尊敬的前辈提出的理论见解，倘有不同意之处，他也能出于学者的公心和学术良知，做出自己经过理性思考的回答和辨析。如该书谈到，郑敏先生在其所著《结构—解构视角：语言·文化·评论》一书中提出了这样的见解：从民族文化的角度，陈独秀、胡适的白话文运动是割裂文化传统，不仅是可笑的，也是不可能成功的。基于这样的理由，郑敏先生得出这样的结论："这种从零度开始用汉字白话文写诗的论调，为白话文的发展带来了很大的障碍。它虽是一次成功的政治运动，在文化上却因拒绝古典文学传统，使白话与古典文学相对抗而自我饥饿，自我贫乏。"荣光启在探索"五四"前后白话文倡导和"言文一致"革新实践的科学性与合法性质后，对一个世纪以来对白话诗合法性的诸多质疑声音，特别是郑敏先生近期提出的对陈独秀、胡适倡导的母语变革带有从根本上否定性的评述，做出了坚持历史观念和学理性的辩护驳析。荣光启于前面论述中已经提出："胡适并不是从文字本身来判断其能否进入文学，而是从语言在现代情境中的适应性来判断其表现事物的真实程度。"针对郑敏先生的如上质疑，荣光启一方面肯定了郑敏先生对新诗的批评"是对新诗的发展非常独特和宝贵的意见。郑敏先生谈论问题的两个立足点'汉语'和中国古典诗词的'传统'，也是我们所必须面对的"。这些见解"给了我们许多启发"。但荣光启用更多篇幅，从历史和学理上、从语言学理论的认识上，提出这样的批评意见：郑敏先生忽视了无论是汉语还是传统中国诗歌"都同样处在现代性的境遇中，本身也是一个不断接纳新的经验意识、生成新质的过程。如果只以传统的汉语和诗歌为凝定的'标准'，看不到或不以为它们也是处在历史的变动之中，只看到至今尚在'建设'甚至某些方面仍在'尝试'之中的新诗在起步之初的稚嫩和百年之间的缺陷，很容易出现批评的错位现象"。荣光启在书中将论证焦点引向"白话能不能作诗"的核心问题，认为"我们从语言和它的使用关系来看，胡适并没有改变汉语的符号系统和它'本质'的东西，他的改革只是以文学的方式在汉语内部寻找一条通向现代性的通道。他的语言改革与同时代人或更换汉语符号系统或实行'文言'和'白话'二元分工的态度相比，差别甚大。汉语经过白话文运动、欧风美雨的洗礼之后，尽管面临着许多亟待解决的问题，但汉语已经是一种面向'新世界'、现代经验、意识敞开的状态，既在吸纳新的现实经验，也在与传统对话、接纳传统"。从这个意义上来看，郑敏先生的"'五四'运动的走向是对汉语的母语本质进行绝对的否定"这一说法，"既是对'母语'认识的'绝对'，也是对'五四'运动文化走向认识的'绝对'，'从零度开始'的批评对于'胡、陈'也不大合适"。"而胡适在中国近现代文学史上，所做的贡献最大的事情，恰恰就是将中国文学的语言形式当作语言形式本身而不是仅仅作为意义、内容的次属物来变革，其谨慎地在文学场域中'实地试验'出新的言说方式的态度、'国语的文学，文学的国语'的主张恰恰具备一种'书写'语言学的特征。从这个意义上说，怎么能仅仅将胡适的语言、文学革新理论理解为使汉语'口语中心'或'语音中心'化的'政治运动'呢?"该书还从符号学的视角，对任叔永、胡先骕以及其他南社诗人的创作存在的弊病，做了这样的批评：他们"都落入了语言的'神话'模式，其最大弊病是以符号化的语言、意象阻隔了现实经验的传达，这种诗歌写作方式，既拦阻了汉语成为接通西方思想的现代性通道，也阻隔了现代个体情感经验的真切言说"。荣光启这些驳论的看法，是否准确与科学而有获得认同的可能，尚可进一步讨论。但作为一种批评性的学术见解提出来，这样努力求真的学术态度，我以为还是应该肯定的。他在该书论述中坚持了一个年青学人的基本品格：从历史实际出发看待诗歌语言变革如何符合新文学生成的内在合理性。

我以为，荣光启的这部专著在前面这些论述中，如果能够在更充分理解郑敏先生批评陈、胡的诗歌语言改革与传统文化之间存在的理论和认识之外，在更多理解这些批评有其关注现代诗歌命运深层次问题的积极思考之外，对于郑敏先生严肃讨论陈、胡的初期白话新诗理论主张和创作实践本身，与传统诗歌及其文化背景存在怎样不可避免的差异和距离，又怎样保持了或深或浅显或隐在的内在联系，这样它存在的问题得到理解也得到发展转化、走向正常艺术形态的空间，使得中国新诗在最初诞生与后来发展的过程中，能够在"新"语言传输系统中更多保持与中国传统文化内蕴、传统诗歌艺术精魂，在逐渐走向独立和成熟过程中，形成一种深层而多样的精神和艺术承传发展的机制和可能性。此论著中针对郑敏先生虽然有些偏颇但却包含有很多合理性批评的意见，不是采取如"胡适是'口语中心论者'吗?"这样驳论口吻的质疑,而是对于新诗发展中这一带有"永恒性"质疑而至今仍被不断讨论的问题,做出更多充满理性的论述回答。这是我期望于一位严肃而充满希望的年轻学者应有的优良品格。如其他正在沉着坚韧向前拓进的青年学者一样,该论著中可能存在一些瑕疵,这尚在其次。

属于历史性质的理论研究,如何做到既注意理论历史论述的宏观概括性,又要注意典型例证分析言说的具体性,这是荣光启追求的一种阐释论述的艺术。书中论述梁启超、陈伯严(三立)等对黄遵宪的《今别离》一诗之极力推许、高度评价,就是一个突出的例子。梁启超推举《今别离》一诗为"生出一个诗歌理想王国"的"典范",陈伯严盛赞此诗为"千年杰作"。荣光启对相近题目作品和诸家的评述,进行个案具体分析之后,指出除了一般论者都认为"此诗确实不同凡响"之外,还从这里窥见这样一个令人回味的信息:"这里也有可能只是二人在诗中看到了与自身的诗歌理想契合的东西,他们的推许并不能表明这首诗的真正价值和意义在哪里,更不能表明诗歌就真的多么杰出,完美无缺。"对于此诗评价出现很大差别这一现象,作者进行了深入的分析探讨。他认为黄遵宪的诗不以"新语句"取胜,从这个"实际上是一次刻意试验的写作"的实践成果,可以窥见出"诗人是在考验诗歌接纳新事物,不徒见'新名词'而重在创造'新意境'的能力。诗歌的情感动力虽是思念亲人,但其写作目标并不就是一次通常的情感交流的文字释放,而是要有意试验出一种新的诗歌文本"。"作者就是蓄意要在传统的意义序列中来陈述出新的意义。"诗人实际上是"为了与古典诗歌的形式秩序进行对话,蓄意要在'古风格'中生出'新意境'"。接着在与孟郊《车遥遥》、沈佺期《拟古别离》等作品的比较中,作者又指出黄遵宪的《今别离》也是"蓄意要与'古别离'对话,试验古典诗歌的形式秩序接纳新事物、创造'新意境'的可能性"。"正是在当下性的'时间'而具有独立的经验、意识的个体'我'上,黄遵宪的《今别离》和'古别离'形成了明显的差异。"荣光启又举王闿运的《今别离》一词进行比较，如胡适说的，完全摆脱了王闿运那种从头到尾模拟古人，"寻不出一些真正可以纪念这个惨痛时代的诗"的痕迹，也更可以看出黄遵宪的诗如何自觉地"突出现实历史的当下性和个体经验的独特性"。荣光启用了很长的篇幅，分析论述了黄遵宪《今别离》与诸多"古别离"诗作的差异性，及其在"诗界革命"新派诗中的"有意试验的文本"与读者接收关系中的重要价值和意义。并这样认为：《今别离》代表了为梁启超所忽视了的黄遵宪在"'风格'的试验上'胜过'了'新名词'，使之能化为真正'新'的言说个体现代经验的审美'意境'"。诸如这种诗人及作品个案的集中比较分析论述，与宏观理论阐释言说的结合，几乎成为该书一个闪光的特色。

这部论著面对一个必须回答的长期存在的问题：如何面对古典诗歌语法结构向现代诗语法结构语言形态的巨大转变，以及由此转变所带来的汉语诗歌中存在的许多问题，实质上也就是新诗发展中对古典诗歌的"破坏"以及在这"破坏"中孕育着怎样的生成机制的重建的问题。在该书第六章《破坏中的期待：白话诗的诗意生成机制》，就是对这个问题的深层次的理论探讨。荣光启进一步思考的问题是："从晚清以来，诗歌中的这个'所指'就在面临着变换与难以变换的矛盾，而白话诗，更换了汉语诗歌的语言系统（用白话替代古文），能指层面的更新只是诗歌'内涵'生成的初步，而在诗歌写作的'修辞学'与汉语言说方式更新的'意识形态'之间，白话诗面临着汉语诗歌转型期的困难，也孕育着新的诗意生成的期待。"

荣光启参考乔姆斯基关于汉语"句法"在调解"语法""语义解释""语音解释"中的作用的理论，由此选择了汉语"句法"来探求古典诗歌到白话诗之间诗歌"说话方式"的诸多变化特征。其核心点乃是注意新诗讲求"文法"的写作策略。该书尝试以新诗语言转变深层问题视角，从倡导白话文先驱者们关注和倡导汉语的说话方式一定要注意"文法"，来透视如何服从于现代性思想意义诉求的急切语境下，参照西方语言注重理性、逻辑、细节说明的"说话方式"，将其植入现代汉语诗歌。这样便使得汉语诗歌的"句法"转换成为白话诗"须讲求文法"的写作策略的一部分。如此的讨论，就将胡适提出的诗歌从古典向现代蜕变中"须讲求文法"这一问题，在新诗"说话方式"变革与诞生中的重要意义，突显了出来，并着意从理论到实践方面，进行了深入专门的探讨。这样做的目的，是纠正汉语书面语的"言之无物""文胜质"的弊病，使新诗达到"寻求汉语言说意义的确定性和对现实经验的真正触及"，它破坏了传统诗的"以隐喻、典故、语音等基本的'对等'模式"形成的"诗意生成方式"，增进了我们对于白话诗"在特定历史时期所诞生的必要性的理解"。从这一观点的原则理解出发，该书对胡适提出的文学革命的"八事"、文学革命策略中几个核心性的重要主张，都一一做了深入的论说辨析。专门讨论了古典诗歌"对等原则"机制的运用方法和传达意义，以及胡适反对"用典"的"古典主义"诗学积习等。指出倡导白话新诗的前驱者们的偏激态度中，包含着怎样内在的诗歌美学机制变革的合理性追求。通过分析胡适与梅觐庄、任叔永的辩论分析，阐释了摧毁旧诗"程式化"的"诗歌伦理学"观念，达到体现"作诗如作文"精神的"更换诗歌语言系统"，以彻底改变全全然不顾个体经验的当下性与个体性的滥调，达到真正现实个体经验"被语言的模式化所放逐"的现代诗歌革命的理念。对于胡适主张白话诗"具体性"的深入讨论辨析，指出其相对于抽象表达，又隐含着模糊和矛盾。讨论"'精密'的幻觉"问题，提出"一味追求'文法'能否达到汉语表意'严密'的目标"的质疑，荣光启认为："'诗的具体性'只有在意象、意境的营造中才能发生。白话诗也只有在这个意义上才能真正在经验、语言和形式三者互动的向度上建设出自己的美学，真正走向诗歌感觉和想象世界的具体性。"该书也借鉴国内外已有的重要研究成果，审视诗界革命的的历史局限，详细论述了古典诗歌的语法生成和意象呈现方式所带来独特美学效果和无法避免的弊病，在现代境遇下难以接纳流动、变化的经验现实之间的困难与矛盾。这些情况，是晚清诗歌努力在既成不变"旧风格"（传统句法、格律）框架下，对纷繁复杂的新的"现实性"容纳的局限所出现的晚清诗歌革新的艺术困境。如何像胡适那样从句法的转换入手，如何从追求对仗和用典等隐喻效果的诗，变成不讲对仗、用典"自由"贴近口语的诗。企图通过新的"词"的组织方式来触及现代境遇中的纷繁复杂的"物"，从而让诗歌能够直接把握现代性的"现实"。很显然，这些研讨都为加深我们对"五四"初期胡适关于白话诗建设的理论认知，提供了新的理解视角和可能性。

2012年9月18日深夜于京郊蓝旗营

（作者单位：北京大学中文系。原刊于《现代中国》第十五辑，陈平原主编，北京大学出版社，2014年。）

享受诗歌

——荣光启访谈

刘　波

刘　波：光启兄，好！很高兴与兄交流关于诗歌批评的话题。我记得在一次会议中，你好像质疑过"百年新诗"这个说法，认为新诗的起点不是1917年，而是还要往前回溯，尤其是十九世纪传教士对《圣经》的翻译，在当时就是很好的现代汉语诗歌。这样的说法打破了新诗百年的界限，显出了一种纵深感和连续性，这对我是很有启发的。"百年新诗"这一说法，相对于复杂的新文学来说，确实有些简单，它只注重了时间线性发展的因素，而忽略了新诗内部所隐含的更为丰富的发生学真相。

荣光启：谢谢《三峡文学》、谢谢刘波兄，访谈拖到今天非常抱歉，不过我觉得时间也合适，我好像就在等罗振亚老师的《新诗的"百年情结"可以休矣》一文在微信上的广泛传播。罗老师说得太好了，我非常同意。当代诗人不知怎的，好多人一提起自己这一代，信心满满，特别牛叉，到底是无知呢？还是故意为自己这个群体打气？我在那个会议上要说的，和罗老师的观点一致，只是在论据上不一样，我想说的是：不仅是当代许多诗人，包括许多诗歌研究者，都热衷于从1916年胡适的白话诗发表开始纪年，说新诗一百年了，其实这个看法是一个史实性的错误。谁告诉你白话诗从这个时候才开始？民国时期的材料浩如烟海，在更早时期的白话文写作中，没有诗歌吗？如果有非常棒的现代诗，你凭什么确定一个1916年呢？

比如有人就认为第一首白话新诗应是发表于1909年5月13日的《民呼日报》上的《元宝歌》，署名"大风"。据查"大风"即是于右任先生。全诗如下："一个锭/几个命/民为轻/官为重/要好同寅/压死百姓/气的绅士/打电胡弄/问是何人作俑/樊方伯发了旧病/请看这场官司/到底官胜民胜？"这个是不是更像白话诗？如果你了解《圣经》的中文翻译，你就能读到许多现代诗，比如："我闭口不认罪的时候，因终日唉哼而骨头枯干。黑夜白日，你的手在我身上沉重；我的精液耗尽，如同夏天的干旱。"（《旧约·诗篇》第32章第3—4节）这样的诗歌在《圣经》中很多，不"现代"？中文《圣经》的翻译很早就开始了。英国传教士杨格非（John Griffith，1831—1912）完成《诗篇》译本，时间是1886。近代传教士带来的白话文，可以追溯更早。19世纪30年代的报刊上的白话文，就已经和今天差不多了。如果我们回到19世纪的历史场域中，好好考察那个时代的语言和文学，也许我们有更多的发现。

新诗是从什么时候开始的？新文学是从什么时候开始的？"新诗百年"是一个想象还是事实？对于很多诗人，这些问题并不重要。他们要做的只是关于"新诗的成就"的想象；而在这个想象中，他们在乎的只是其中的"我们"的成就。其实是借着谈论"新诗百年"这个题目来荣耀自己或者说荣耀"当代诗人"这个集体。你看好多诗人在"百年"之际的访谈，一个个牛叉得不得了，"五四"以来的现代诗人、朦胧诗人甚至"第三代"，没几个他们能看得上的，没几首作品他们认为是可以好好品读的。在这个意义上，我觉得罗振亚老师的批评非常重要，这种盲目自大的"情结"可以休矣。

刘　波：20世纪90年代的诗歌，我觉得一直没有得到足够的重视，有人说那是诗歌变得边缘化的时代，虽然它曾产生过不少新的诗学观念，但夹在20世纪80年代和新世纪之间很尴尬。可在我看来，20世纪90年代应该是现代汉语诗歌真正开始由形式的先锋向精神的先锋转型的时期，它确立了汉语诗学的某种隐秘格局。而世纪末发生的几场诗学论争，只是内部精神所体现出来的外在表象而已。你怎么看待20世纪90年代的诗歌？

荣光启：我非常赞同你的看法，说得好。臧棣的《后朦胧诗：作为一种写作的诗歌》（《文艺争鸣》1996年第1期）一文，说到朦胧诗之后那一代人的诗歌写作的特征："汉语现代诗歌写作的不及物性诞生了。写作发现它自身就是目的，诗歌的写作是它自身的抒情性的记号生成过程，针对诗歌的写作不再走向诗歌，不再以成为诗歌为目的。它开始作为一种独立的语言领域向诗歌敞开。诗歌的本文性已不再被写作毫无主见地追踪，写作本身包含着诗歌，诗歌的本文性可以在这样的写作所触及的任何地方生成。在古典的诗歌写作中，写作小于诗歌，至多是等于诗歌；而在后朦胧诗的写作中，写作远远大于诗歌。尽管存在着偏差，存在着自我修正的预设，后朦胧诗还是无可逆反地将写作对诗歌的钟情转变为对仅仅是朝向诗歌的写作自身的发现。……诗歌的写作已膨胀为写作借助诗歌发现它自己的语言力量的一种书写行为本身……后朦胧诗从对诗歌的理想本文的偏离到对写作的可能性的一种行为主义膜拜的转换。……我多少相信，将诗歌的写作从一种本文到本文的文学经验的转承模式中解救出来，是后朦胧诗对中国现代诗歌的最有价值的贡献。"20世纪90年代的诗歌，从内部的机制发生了变化，"写作"本身成为一种自觉意识，"写"不再依附于社会、文化或历史提供的内容，这极大地解放了"写"本身的可能性，带来了文本内容、风格与技艺方面的丰富的可能性。我非常喜欢这一代人的实验精神。我至今认为，20世纪80年代以来，当代文学最精彩的部分，有以马原、残雪、北村、余华、格非、苏童、孙甘露、吕新等人的作品为代表的"先锋派小说"，然后就是以海子、骆一禾、西川、王家新、欧阳江河、于坚、柏桦、肖开愚等人为代表的"第三代诗"。我的阅读受惠于这些作家。那个时代的写作是不考虑读者的，不像今天的写作者——很多时候我们隐秘地要取悦于一个看不见的读者市场、媒体、朋友圈之类。从当代汉语诗歌史的角度，我也认为20世纪90年代的诗歌，极有成就，因为里边非常丰富，诗人的探索是多向度的，所以有分歧，很正常。

刘 波：如果说第三代诗人是以那种"向下"的方式对朦胧诗进行反抗，那么新世纪以来的日常生活写作，就好像成了诗人们的一种美学自觉。尤其是有些过于沉入"一己之私"的作品，在很多人看来格局不大，且表达和修辞上也因无节制的口水化而趋于简单，缺少诗歌写作必要的难度。你是怎么看待新世纪以来的这种无难度写作的？

荣光启：我以前也是这样看的，认为新世纪的诗歌写作好多东西是无难度的，就像我们常常读到的口语诗，但是在接触了一些喜欢写口语诗的作者之后，我对他们有了更深的了解。我认识到，可能也有不同的情况：对有些人，真的是很容易地写作一首诗，而对于另一些人，"口语诗""废话诗"是他们严肃的追求。

比如韩东、大头鸭鸭还有一些"90后"诗人的口语诗，有时整首诗你看起来会觉得废话连篇，但读完却很让人感动——它以最没有诗意的语言在陈述生活中那些令人怅然若失的东西。我与大头鸭鸭交流过，他坦言，这样的诗作非常难写。很多时候，你必须像写古诗一样，反复打磨，因为它不能有一处词语、描写是无用的。他们经常在网络上交流，大家一起讨论：如何将那些多余的话一一剔除。与很多读者所说的想法恰恰相反：这样的诗，没有一处是废话。它追求的是一种蕴深意于无形的整体效果。

我觉得当代有许多优秀的口语诗的写作者，他们的写作是值得尊敬的。即使是赵丽华、乌青，你在当代汉语诗歌发展的脉络当中，你在他们个人的写作史当中，才可能对他们有正确的理解。当然，一般读者不可能达到这个程度。包含文化名人韩寒，也达不到。当代口语诗的写作者，继承了韩东的"诗到语言为止"和杨黎的"废话"观念，也吸收了"下半身"诗歌对当下现实的直接反映能力、诗歌叙述的"性感"之风，他们的作品其实越来越好看。这种用最直白的语言来表达生命的感动、感慨或感触的诗作，我们不能轻视。这种诗作，处处看起来平淡无奇，但整体上却明显地呈现出一种生活里的真实、一种生命中的感动。他们的写作，要产生诗意，其实更难；因为这一类诗作的诗意，来自于整体，所以对遣词造句的要求，其实更高，不能滥用抒情的词汇，陈言套语、思想观念上的"俗"更是禁忌，一切工作要做到恰到好处、浑然天成。所以最近我也写了一个文章，说他们是一群"认认真真用废话写出诗意"之人，向他们致敬。

不过，这是我对这一种风格的诗人在写作意图和目标上的理解。作为读者，我喜欢很多种风格的作品。肖开愚、欧阳江河、臧棣、杨小滨·法镭、姜涛、余怒、李建春、路云、李浩等人，他们的写作和"口语诗""废话诗"的旨趣风马牛不相及，他们的写作明显有对技艺与难度的刻意追求，在我心目中有特别的位置。2000年前后，我一直想读陈晓明老师的博士，当时迷恋先锋派小说，曾经有机会被社科院破格录取。我一直喜欢那些能给我们的审美能力和理解力带来挑战的文本。

刘　波： 近些年来，受文化研究的影响，诗歌批评多集中于外部描述，诗歌研究也在不断地和社会学、传播学等其他人文学科发生交叉，这虽然不是什么坏事，可总感觉这样的研究离诗歌本体愈来愈远。有些批评家和研究者因缺乏较深的哲学功底，达不到一种"诗与思"的交融之境，诗歌批评向内拓展似乎变得越来越艰难，无法形成有原创性的诗歌批评范式。这一方面和学院批评的氛围有关，另一方面也可能是媒体干预的结果。你在做诗歌批评和研究时，是否也有过这样的感受？

荣光启： 谢谢你这个问题。对此我深有感触。"诗歌本体"这个词我非常迷恋：更多的时候我都在想"诗到底是什么/诗意是如何发生"，而不是"诗有什么用/诗里有什么/这首诗为何这么有名……"我很感谢我博士时期的导师王光明老师，他教会了我们一种意识：首先要把诗歌当作诗歌。他甚至直接告诫我们不要像南方的某些批评家那样对待诗歌。诗歌的真相不是外部的真相，关乎灵魂、生命、社会、文化、历史什么的，诗歌的真相首先是它的语言和形式构成，是经验在语言和形式中的转化，是三者之间的互动关系。我从他那里，甚至悟出了一个旁门左道：诗歌与内容、题材无关。王光明老师教导的学生，大部分在做诗歌内在构成、一种诗体如何发生的研究，不太喜欢从诗歌中提炼社会、历史、文化、政治等命题。甚至说，我们的诗歌研究不够大气，不够结合时代，不太关心现实。我们首先是关心诗歌的内部问题，专注于文学为什么是文学、诗何以为诗的问题，这种文类的独特性在哪里？我们当时读书，除了新诗作品，大部分是在攻读语言学、文字学、新批评、形式主义和结构主义等方面的文学理论。总之，你一定要在文学、在诗歌的内部好好下功夫。这是文学批评的开始。

我觉得诗歌批评的功底首先不一定是"哲学功底"（这个是人文学科的学者都应该有的），而是关于"诗何以为诗"的本体意识，批评家应该有一个关于到底什么是诗、怎样的诗是好诗的认识边界，尽管这个边界是不断移动的，但在一定时期，他一定要有。批评家应该能够让人清晰地看出他的评价尺度。我个人的诗歌批评其实格局很小，很少写整体性的东西，比如"诗歌与……时代"之类，我顶多读一些朋友的作品，然后有一些感想，尽量做到：自己真的读懂作品，感受到这个作品的诗意与问题，然后与作者交流、与读者分享。

我的这个态度，反映了我对诗歌价值的认识：诗带来人与人之间的心灵沟通，诗评促进了这种沟通。能够做到这一点，干扰诗歌批评的那些外在的"氛围"，我们就不去想了吧。有一次我和一位同事聊，我说到我每年诗歌方面的文章，有几十篇。我的同事都不敢相信，他潜在的想法也许是

"写这么多干什么/有什么用……"从学校的科研成果角度，不是发表在C刊上的文章，确实"没什么用"，但我们不能这样想，我们应该对当代诗人有一点点小用，对当代诗坛负一点点小责。

刘 波：说实话，我在做诗歌批评的过程中遇到了不少困惑和疑难，而且越来越有一种无从下笔之感，这种艰难甚至让我一度想推翻自己。你在做诗歌批评和研究的过程中，是否也有感觉自身存在很大局限性的时候？这可能还不仅是知识的局限，而是认知的局限性。这里面有相对复杂的问题，并非一时能够得以解决，也可能永远都无法解决，于是悖论和冲突就可能成为批评和研究的动力。

荣光启：这个困难我也有。我有好几年没有写诗歌批评。有个人事务的原因，也有你说的这个原因。不过这几年，我的心态发生了改变，我不再想什么诗歌批评家之类的东西，我想我只是一个平凡的读者，开始享受诗歌阅读和诗歌批评。

其实博士毕业之后，我评价诗歌基本上形成了一个范式——好的诗歌关乎三个维度：经验、语言和形式，关乎这三者之间的互动，关乎作者对此三者及其关系的自觉意识。这也让我在评价诗歌的时候有一个立场、有一定尺度。这样的立场和尺度其实是为自己画一个界限：关乎诗歌，我能说的是什么，不能说的是什么。这种限定使我受益，使我写作一篇诗评很容易找到切入口，也很容易认识到自己的许多问题，发现自己很多方面需要重新学习。比如，在语言的维度，我特别需要去了解汉语——古代汉语和民国时期汉语的演变、今天的普通话的语法修辞等，越研究现代汉诗，我就后悔我的古代汉语没学好；在形式的维度，我也特别需要去了解旧诗，了解晚清至民国时期外语诗歌的翻译对新诗发生的影响，英语、法语诗歌本身应该如何去欣赏等，越研究现代汉诗，我就后悔自己不太懂得旧诗、不会写旧诗、不太懂英语诗和法语诗；而在经验的层面，了解历史、世界、现代中国知识分子的生命形态、中国人的文化心理等，也是非常非常必须的。

我特别感动于刘波兄的谦卑：你非常勤奋，阅读面广，也多产，但同时非常谦卑、诚恳。我很喜欢向你学习。我知道自己特别有限，我不能写出多么高深的诗歌论文，我只能写关于诗歌的读后感、对某位诗人的作品的印象、对某些现象的一点思考。现在我写诗歌批评，基本上是印象批评，只是谈谈我的阅读体会，按照我的范式来谈，这样的话我很享受诗歌批评的写作。还有，我会有意识地用最白的语言来表达，用最短的语句来表达（尽量不用长句、复句，远离翻译体）。我希望我的诗歌批评对一些朋友来说有可读性，因为它里面有观点也有趣味，有让人感动的东西。我想，我的局限和我的突围、我的困难和我的自由、我的浅薄和我的风格，都在这里。

刘 波：在从事诗歌批评与研究的同时，你也在进行基督教文学研究，这与宗教信仰有关吗？从你的诗歌中能够看出某些宗教因素。创作和你的批评之间能形成一种互动关系吗？这个问题虽然比较大，但我比较感兴趣。作为一个诗人批评家，你是怎么处理写诗和批评之间的关系的？

荣光启：文学的背后是文化，文化是一个民族的某种心理定式，这个定式的背后是人对生命、生死、永恒的一种认识。我在热衷于先锋派小说的时候，北村的小说和谢有顺的评论使我开始关注基督教对生命的言说。刘小枫先生的《拯救与逍遥》《沉重的肉身》和《走向十字架的真》对我影响也很大。我很少写诗歌批评的那几年，是因为在了解圣经。这几年我在新诗研究之外，主要关注基督教对近现代中国知识分子的影响、对近现代中国文学的影响。

确实，信仰对我影响很大。当我了解什么是真正的信仰之后，我也对文学（艺术）有了不一样的认识。文学就是文学，是一种特殊的言说方式；

而信仰，则是个体对一种生命与世界的认识体系的确信，并且甘心乐意按照这个体系的教导来生活。信仰，首先关系到信仰的对象，这个对象是确实的，绝不是人的想象；然后就是个体的生活方式，因着对信仰的认知，个体愿意委身于此信仰对象。所以文学不能成为信仰的对象，文学是文学，信仰是信仰，这是两回事。将文学当作信仰，是对信仰对象的无知；而在关于信仰的言说中，只寻求文学的部分，是可惜的。但文学（艺术）与信仰之间是有关系的。文学写作呈现人与世界的真实图景，深入剖露人的境遇。有的人在这里看到人的大限，所谓"人的尽头，神的开端"，他的生命从此发生了转向；而有的人，即使看到这个"尽头"也只是发出"人生不过如此"的感叹。

张爱玲在《中国人的宗教》一文中说："细节往往是和美畅快，引人入胜的，而主题永远悲观。一切对于人生的笼统观察都指向虚无。世界各国的人都有类似的感觉，中国人与众不同的地方是：这'虚空的虚空，一切都是虚空'的感觉总像是个新发现，并且就停留在这个阶段。一个一个中国人看见花落水流，于是临风流泪，对月长吁，感到生命之短暂，但是他们就到这里为止，不往前想了。"这大概是中国的文学家的大限。我们的文学无比美，但也总是在"虚无"之地打圈，而不知这"虚无"，是可以胜过的。"在人不能，在神凡事都能。"当我知道什么是真正的信仰之后，我对文学非常感激，好的文学使人深入地认识自我与世界，是人得救的一个中介，是通往真理之途的重要路径。这也让我立志要做一个专业的文学研究者，坚决将文学当作文学本身，而不是将文学当作其他的什么东西。文学首先是一种言说方式，它有自身的说话方式和言说目标，这使文学话语不同于哲学、历史、政治等话语。我的文学研究，应当专注于深入了解这种"方式"。

其实我写诗，很少直接用与基督教、圣经相关的词汇。如果这样写的话，没什么意义。因为圣经本身已经很美了，《诗篇》比我们的诗高超N倍。

文学写作其实不是看题材，而是看你如何表达，我其实只是在表达个人在日常生活中对生命的一些感动，我尽量寻找一种属于自己的方式：简洁、有一定想象力、有新鲜的感悟等。如果说与基督教有关的话，可能是你感觉到诗作中有关于"罪""爱"和"得救"等问题的叙述。我常常刻意避免直接显现"宗教因素"的东西。不过，有时，我使用这些直接的词汇，是为了某种特别的表达。毕竟，词语的意蕴是由语境决定的。

自己有诗歌写作的经验，当然有益于对别人的作品的理解。创作与批评的互动关系，对我而言，最明显体现在诗歌批评风格的转变，可能以前我会写那种整体上把握诗人、诗作、谈论什么潮流什么风格什么问题的大文章，现在我更喜欢读作品，在字词句当中徘徊，体会诗歌本身。这样的话，我感觉我比以前有进步，因为我觉得自己现在朝着"理解诗人"的方向，更近了一步。

相对于诗歌批评，我的诗产量非常小。一首诗的到来与完成，比诗歌批评难。写出一首好诗，是多么不易，真的感觉需要神赐。所以，我常常觉得"诗人"的称呼，是一种荣耀。

谢谢刘波兄的访谈，很惭愧，我知道的少，写得好的东西更少，多多指教！

（作者单位：三峡大学文学与传媒学院。原刊于《三峡文学》2017年第9期。）

参考文献[1]

著作

1. 北岛、舒婷、顾城、江河、杨炼：《五人诗选》，北京：作家出版社，1986。

2. 陈嘉映：《海德格尔哲学概论》，北京：三联书店，1995。

3. 陈建华：《"革命"的现代性——中国革命话语考论》，上海：上海古籍出版社，2000。

4. 陈晓明：《表意的焦虑——历史祛魅与当代文学变革》，北京：中央编译出版社，2002。

5. 陈仲义：《蛙泳教练在前妻的面前似醉非醉——现代诗形式论美学》，北京：作家出版社，2013。

6. 陈仲义：《现代诗：语言张力论》，武汉：长江文艺出版社，2012。

7. 陈仲义：《百年新诗　百种解读》，合肥：安徽文艺出版社，2010。

8. 陈仲义：《中国前沿诗歌聚焦》，北京：中国社会科学出版社，2009。

9. 陈子展：《中国近代文学之变迁　最近三十年中国文学史》，上海：上海古籍出版社，2000。

10. 程光炜编《岁月的遗照》（九十年代文学书系诗歌卷），北京：中国社会科学

---

1 仅限本书所引文献，依照拼音排序，同一作者的著述在一处。

文献出版社，1998。

11. 程光炜:《中国当代诗歌史》，北京：中国人民大学出版社，2003。

12. 岛子:《岛子诗选》，香港：中国国际文化出版社，2015。

13. 丁文江、赵丰田:《梁启超年谱长编》，上海：上海人民出版社，1983。

14. 冯文炳（废名）:《谈新诗》，北京：人民文学出版社，1984。

15. 冯文炳（废名）:《论新诗及其他》，沈阳：辽宁教育出版社，1998。

16. 冯友兰:《中国哲学史》上册，香港：香港三联书店，1992。

17. 顾城、雷米（谢烨）:《英儿》，北京：华艺出版社，1993。

18. 顾城:《顾城诗全编》，顾工编，上海：上海三联书店，1995。

19. 郭延礼:《中国近代文学发展史》第二卷，北京：高等教育出版社，2001。

20. 海子:《海子诗全编》，西川编，上海：上海三联书店，1997。

21. 海子著，荣光启选编:《海子最美的抒情短诗100首》，长沙：湖南文艺出版社，2009。

22. 海子:《土地》（单行本），沈阳：春风文艺出版社，1990。

23. 何其芳:《何其芳文集》第二卷，北京：人民文学出版社，1982。

24. 洪子诚、刘登翰:《中国当代新诗史（修订版）》，北京：北京大学出版社，2005。

25. 洪子诚、刘登翰:《中国当代新诗史》，北京：人民文学出版社，1993。

26. 胡怀琛:《小诗研究》，上海：商务印书馆，1924。

27. 胡经之、王岳川:《文艺学美学方法论》，北京：北京大学出版社，1994。

28. 胡适编选:《中国新文学大系·建设理论集》，上海：良友图书印刷公司，1935。

29. 胡适:《尝试集》（再版，附《去国集》），上海：亚东图书馆，1920。

30. 胡适:《胡适学术文集·新文学运动》，北京：中华书局，1993。

31. 胡适:《胡适留学日记》，上海：商务印书馆，1947。

32. 黄灿然:《游泳池畔的冥想》，北京：中国工人出版社，2000。

33. 黄遵宪著，钱仲联笺注:《入境庐诗草笺注》，上海：上海古籍出版社，1981。

34. 霍松林主编:《古代文论名篇详注》，上海：上海古籍出版社，1986。

35. 季羡林著，季羡林研究所编:《季羡林谈写作》，北京：当代中国出版社，2007。

36. 姜德明:《书叶集》，广州：花城出版社，1981。

37. 康白情：《草儿》，上海：亚东图书馆，1922。

38. 雷平阳：《雷平阳诗选》，武汉：长江文艺出版社，2006。

39. 李仕淦：《旅行者》，北京：北京燕山出版社，2014。

40. 梁启超：《饮冰室合集》，北京：中华书局，1989。

41. 梁启超：《清代学术概论 儒家哲学》，天津：天津古籍出版社，2003。

42. 灵焚：《女神：散文诗集》，北京，中国青年出版社，2011。

43. 灵焚：《剧场》，北京：北京燕山出版社，2014。

44. 灵焚：《灵焚的散文诗》，广州：花城出版社，2008。

45. 灵焚：《情人》，福州：海峡文艺出版社，1990。

46. 刘半农编：《初期白话诗稿》，北京：星云堂书店，1932。

47. 刘福春：《新诗纪事·说明》，北京：学苑出版社，2004。

48. 鲁西西：《鲁西西诗选》，北京：光明日报出版社，2004。

49. 鲁迅：《鲁迅全集》，北京：人民文学出版社，1981。

50. 路云：《出发》，贵阳：贵州人民出版社，2005。

51. 路云：《地方性：当代诗歌复兴的恰切路径——首届湖广诗会发言提纲》，2013年4月13日。

52. 路云：《光虫》，2011年12月打印稿。

53. 路云：《解放西·补述》，2010年8月22日打印稿。

54. 路云：《纸房子》，2016年6月28日打印稿。

55. 牛汉：《蚯蚓与羽毛》，北京：人民文学出版社，1986。

56. 牛汉：《牛汉诗选》，北京：人民文学出版社，1998。

57. 牛汉：《牛汉抒情诗选》，西宁：青海人民出版社，1989。

58. 钱锺书：《谈艺录》，北京：中华书局，1984。

59. 荣光启：《"现代汉诗"的发生：晚清至五四》，北京：中国社会科学出版社，2015。

60. 上海文艺出版社编：《探索诗集》，上海：上海文艺出版社，1987。

61. 沈奇：《沈奇诗学论集》，北京：中国社会科学出版社，2005。

62. 舒婷：《舒婷的诗》，北京：人民文学出版社，1994。

63. 谭克修主编:《明天》第五卷《中国地方主义诗群大展专号》,武汉:长江文艺出版社,2014。

64. 田禾:《喊故乡》,北京:人民文学出版社,2006。

65. 万夏、潇潇主编:《后朦胧诗全集》(下卷),成都:四川教育出版社,1993。

66. 汪晖:《反抗绝望——鲁迅及其文学世界》,石家庄:河北教育出版社,2000。

67. 王逢振:《今日西方文学批评理论——十四位著名批评家访谈录》,桂林:漓江出版社,1988。

68. 王富仁主编:《闻一多名作欣赏》,北京:中国和平出版社,1993。

69. 王光明:《艰难的指向——"新诗潮"与二十世纪中国现代诗》,长春:时代文艺出版社,1993。

70. 王光明编选:《2002-2003中国诗歌年选》,广州:花城出版社,2004。

71. 王光明:《灵魂的探险》,福州:海峡文艺出版社,1991。

72. 王光明:《现代汉诗的百年演变》,石家庄:河北人民出版社,2003。

73. 王光明:《面向新诗的问题》,北京:学苑出版社,2002。

74. 王光明编选:《2005中国诗歌年选》,广州:花城出版社,2006。

75. 王国维:《王国维论学集》,北京:中国社会科学出版社,1997。

76. 王家新:《游动悬崖》,长沙:湖南文艺出版社,1997。

77. 王家新:《取道斯德哥尔摩》,济南:山东文艺出版社,2007。

78. 王家新、孙文波编:《中国诗歌九十年代备忘录》,北京:人民文学出版社,2000。

79. 王力:《汉语诗律学》,上海:上海世纪出版集团,2002。

80. 王力:《汉语史稿》,北京:中华书局,2004。

81. 王一川:《中国现代性体验的发生》,北京:北京师范大学出版社,2001。

82. 温庭筠:《温庭筠诗集笺注》,上海:上海古籍出版社,1980。

83. 闻一多:《闻一多全集》第三卷,丁集,上海:开明书店,1948。

84. 伍蠡甫主编:《西方现代文论选》,上海:上海译文出版社,1983。

85. 西川:《大河拐大弯——一种探求可能性的诗歌思想》,北京:北京大学出版社,2012。

86. 西川编:《海子诗全编》,上海:上海三联书店,1997。

87. 西川:《深浅》,北京:中国和平出版社,2006。

88. 中国社会科学院文学所《近代文学史料》编辑组编:《近代文学史料》,北京:中国社会科学出版社,1985。

89. 夏晓虹:《觉世与传世——梁启超的文学道路》,上海:上海人民出版社,1991。

90. 夏志清:《中国现代小说史》,台北:传记文学出版社,1979。

91. 现代汉诗百年演变课题组编:《现代汉诗:反思与求索》,北京:作家出版社,1998。

92. 徐友渔、周国平、陈嘉映、尚杰:《语言与哲学——当代英美与德法传统比较研究》,北京:三联书店,1996。

93. 徐友渔等:《语言与哲学——当代英美与德法传统比较研究》,北京:三联书店,1996。

94. 许德邻编:《分类白话诗选(一名新诗五百首)》,上海:崇文书局,1920。

95. 阎月君等编:《朦胧诗选》,沈阳:春风文艺出版社,1985。

96. 叶维廉:《叶维廉文集》,合肥:安徽教育出版社,2002。

97. 叶维廉:《寻求跨中西文化的共同文学规律——叶维廉比较文学论文选》,北京:北京大学出版社,1986。

98. 叶维廉:《中国诗学》,北京:三联书店,1992。

99. 杨克等编:《1998中国新诗年鉴》,广州:花城出版社,1999。

100. 于坚:《棕皮手记》,上海:东方出版中心,1997。

101. 余华:《我能否相信自己》,北京:人民日报出版社,1998。

102. 余怒《主与客》,武汉:长江文艺出版社,2014。

103. 余怒:《守夜人》,台北:唐山出版社,1999。

104. 余怒:《余怒九十年代作品选》,北京:(自印),1998。

105. 袁可嘉:《欧美现代派文学概论》,上海:上海文艺出版社,1993。

106. 杨雁斌、薛晓源编:《重写现代性——当代西方学术话语》,北京:社会科学文献出版社,2001。

107. 臧棣:《沸腾协会》,哈尔滨:剃须刀丛书(民刊),2005。

108. 《中国新诗》理论卷，成都：成都科技大学出版社，1994。

109. 臧棣：《慧根丛书》，重庆：重庆大学出版社，2011。

110. 肖开愚、臧棣、孙文波编：《中国诗歌评论》，北京：人民文学出版社，2000。

111. 臧棣编：《里尔克诗选》，北京：中国文学出版社，1996。

112. 王家新、孙文波编：《中国九十年代诗歌备忘录》，北京：人民文学出版社，2000。

113. 臧棣：《未名湖》，海口：海南出版社，2010。

114. 张桃洲：《现代汉语的诗性空间——新诗话语研究》，北京：北京大学出版社，2005。

115. 北京大学中文系编：《中国新诗一百年国际研讨会》论文集（第一册），北京，2005年8月。

116. 张执浩主编：《平行》第一卷，武汉自印，2005年12月。

117. 张执浩：《宽阔》，武汉：长江文艺出版社，2013。

118. 张执浩：《试图与生活和解》，桂林：漓江出版社，2002。

119. 张执浩：《苦于赞美》，武汉：武汉出版社，2006。

120. 章闻哲：《在大陆上》，我们·散文诗丛（第2辑），北京：北京燕山出版社，2014。

121. 赵毅衡编：《"新批评"文集》，天津：百花文艺出版社，2001。

122. 郑敏：《结构—解构视角：语言·文化·评论》，北京：清华大学出版社，1998。

123. 郑敏：《诗歌与哲学是近邻——结构—解构诗论》，北京：北京大学出版社，1999。

124. 周庆荣：《预言》，北京：北京燕山出版社，2014。

125. 朱炳祥：《中国诗歌发生学》，武汉：武汉大学出版社，1999。

126. 朱光潜：《诗论》，合肥：安徽教育出版社，1997。

127. 朱文华：《终身的反对派——陈独秀评传》，青岛：青岛出版社，1997。

128. 朱自清：《朱自清全集》，南京：江苏教育出版社，1993。

129. 朱自清：《新诗杂话》，作家书屋，1947。

130. 朱自清编选:《中国新文学大系·诗集》,上海:良友图书印刷公司,1935。

131. 赵家璧主编:《中国新文学大系·文学论争集》,上海:良友图书印刷公司,1935。

132. 祖保泉:《文心雕龙解说》,合肥:安徽教育出版社,1993。

133. 《全唐诗》(增订本,全十五册,第八册),北京:中华书局,1999。

134. 《乐府诗集》,北京:中华书局,1979。

135. 《新旧约全书》中文和合本。

期刊文献

1. 陈仲义:《"崇低"与"祛魅"——中国"低诗潮"分析》,《南方文坛》,2008年第2期。

2. 胡适:《文学改良刍议》,《新青年》第2卷第5号,1917年1月1日。

3. 胡先骕:《齐天乐·听邻室弹曼它林》,载《南社丛刻》第15集,1916年1月。

4. 蒋浩编辑:《新诗》,《肖开愚专辑——虚无过后》,2005年9月第7辑。

5. 《尖峰岭诗歌研讨会纪要》,《诗刊》,2005年下半月刊第10期。

6. 季羡林:《季羡林谈〈季羡林文集〉》,《人民日报》(海外版),1999年4月22日。

7. 康白情:《新诗底我见》,《少年中国》,1920年第1卷第9期。

8. 梁实秋:《〈繁星〉与〈春水〉》,《创造》周报第12号,1923。

9. 林基成:《天演=进化? =进步?——重读〈天演论〉》,《读书》,1992年第12期。

10. 伦佑、蓝马:《非非主义诗歌方法》,《非非》创刊号,1986。

11. 木朵:《"对个别的心灵讲话"——著名诗人王家新访谈录》,《诗潮》,2005年第1期。

12. 默弓(陈敬容):《真诚的声音》,《诗创造》第12期,1948年6月。

13. 《莽汉宣言》,《诗歌报》,1986年10月21日。

14. 任洪渊:《"白色花":情韵·智慧·生命力——读曾卓、绿原、牛汉》,《诗刊》,1997年第7期。

15. 荣光启:《诗歌如何承担"民间"?——关于60年代出生的中国诗人的写作》,

《中国诗人》，2004年第1期。

16. 孙绍振：《陈仲义的嬗变与整合》，《文学自由谈》，1992年第1期。

17. 田禾：《我永远写我的乡村》，《诗刊》，"诗坛网"2005年6月3日。

18. 田茅：《尖峰岭诗歌研讨会纪要》，《诗刊》下半月刊，2005年第10期。

19. 《特区文学》2005年第11期《读诗·批评家联席阅读》栏目"十面埋伏"。

20. 王光明：《相通与互补的诗歌写作》，《南方文坛》，2000年第5期。

21. 王光明：《中国新诗的本体反思》，《中国社会科学》，1998年第4期。

22. 王光明等：《可能的拓展：诗与世界关系的重建——臧棣与90年代以来的中国诗歌》，《山花》，2004年第12期。

23. 王家新：《谢默斯·希尼：要打出真铁，让风箱发出吼声》，《花城》，2015年第2期。

24. 王家新：《知识分子写作，或曰"献给无数的少数人"》，《诗探索》，1995年第2期。

25. 闻一多：《〈女神〉之时代精神》，《创造》周报第4号，1923年6月3日。

26. 西川：《海子诗歌的来源于成就》，《南方文坛》2009年第4期。

27. 西川：《另一个我的一生（组诗）》，《大家》，1996年第10期。

28. 肖开愚：《抑制、减速、开阔的中年》，《大河》，1989。

29. 谢冕：《丰富而又贫乏的年代——关于当前诗歌的随想》，《文学评论》，1998年第1期。

30，谢有顺：《谁在伤害真正的诗歌》，《北京文学》，1999年第7期。

31，杨黎：《关于"口语诗"》，《诗潮》，2005年9—10月号。

32. 于坚：《短评六篇》，《当代作家评论》，2000年第2期。

33. 余怒：《表情的语言学》，《文学界》，2007年8月。

34. 臧棣：《如果诗歌赢得了大众，它就失去了自我》（访谈），《南方都市报》"华语文学传媒大奖特刊"，2009年4月12日，B23版。

35. 臧棣：《听任诗的内在引领》，《特区文学》，2005年第4期。

36. 臧棣：《王家新：承受中的汉语》，《诗探索》，1994年第4期。

37. 臧棣：《执着于诗是我们的一次传奇》（获奖演说），《南方都市报》"华语文学传媒大奖特刊",2009年4月12日,B22版。

38. 周伟驰:《当代中国基督教诗歌及其思想史脉络》,《新诗评论》,2009年第2辑。

39. [中国台湾]林以亮:《论散文诗》,《文学杂志》,1956年第1期。

40. [捷克]马利安·高利克,尹捷译:《顾城的〈英儿〉与〈圣经〉》,《南方文坛》,2014年第2期。

41. [美]弗里德里克·詹姆逊,张京媛译:《处于跨国资本主义时代的第三世界文学》,《当代电影》,1989年第6期。

译著

1. [奥地利]里尔克著,冯至译:《给一个青年诗人的十封信》,北京:三联书店,1996。

2. [奥地利]里尔克著,绿原译:《里尔克诗选》,北京:人民文学出版社,1996。

3. 伍蠡甫、胡经之主编,刘小枫译:《西方文艺理论名著选编》,北京:北京大学出版社,1987。

4. [德]海德格尔著,孙周兴选编,李小兵、刘小枫译:《海德格尔选集》,上海三联书店,1996。

5. [德]海德格尔著,孙周兴译:《荷尔德林诗的阐释》,北京:商务印书馆,2000。

6. [德]海德格著尔著,陈小文、孙周兴译:《面向思的事情》,北京:商务印书馆,1996。

7. [德]胡塞尔著:《现象学的方法》,上海:上海译文出版社,1994。

8. [德]霍尔特胡森著,魏育青译:《里尔克》,北京:三联书店,1986。

9. [法]让-弗朗索瓦·利奥塔著,岛子译:《后现代状况:关于知识的报告》,长沙:湖南美术出版社,1995。

10. [法]加缪著,杜小真译:《西西弗的神话》,北京:三联书店,1998。

11. [法]罗兰·巴尔特著,王东亮等译:《符号学原理》,北京:三联书店,1999。

12. [法]罗兰·巴尔特,李幼蒸译:《符号学原理——结构主义文学理论文选》,

北京：三联书店，1988。

13. ［法］米歇尔·福柯著，谢强、马月译：《知识考古学》，北京：三联书店，1998。

14. ［法］米歇尔·福柯著，顾嘉琛译，杜小真编选：《福柯集》，上海：上海远东出版社，1998。

15. ［法］雅克·德里达著，汪堂家译：《论文字学》，上海：上海译文出版社，1999。

16. ［法］郁白（Nicolas Chapuis）著，叶萧、金志刚译：《悲秋：古诗论情》，桂林：广西师范大学出版社，2004。

17. ［捷克］米兰·昆德拉著，孟湄译：《小说的艺术》，北京：三联书店，1995。

18. ［美］弗雷德里克·詹姆逊（Frederic Jameson）著，钱佼汝、李自修译：《语言的牢笼　马克思主义与形式》，南昌：百花洲文艺出版社，1995。

19. ［美］高友工、梅祖麟著，李世耀译，武菲校：《唐诗的魅力》，上海：上海古籍出版社，1989。

20. ［美］高友工著，乐黛云、陈珏编选：《北美中国古典文学研究名家十年文选》，南京：江苏人民出版社，1996。

21. ［美］雷纳·威莱克（René Wellek, 1903—1995），林骧华译：《西方四大批评家》，上海：复旦大学出版社，1983。

22. ［美］刘禾（Lydia H.Liu）：《跨语际实践——文学，民族文化与被译介的现代性（中国，1900—1937）》，北京：三联书店，2002。

23. ［美］洛威尔（Lowell, R.）、［美］普拉斯（Plath, S.）著，赵琼、岛子译：《美国自白派诗选》，桂林：漓江出版社，1987。

24. ［美］伊兹拉·庞德著，赵毅衡译：《庞德诗选：比萨诗章》，桂林：漓江出版社，1998。

25. ［美］乔纳森·卡勒著，李平译：《文学理论》，沈阳：辽宁教育出版社；英文版由牛津大学出版社1998年出版。

26. ［美］乔治·E.马尔库斯（George E.Marcus）、［美］米开尔·M.J.费彻尔（Michael M.J.Fischer）著，王铭铭、蓝达居译：《作为文化批评的人类学——一个人文学科的实验时代》，北京：三联书店，1998。

27. ［美］西尔维娅·普拉斯著，赵琼、岛子译：《燃烧的女巫：西尔维娅·普拉斯诗选》，香港：新世纪出版社，1992。

28. ［美］奚密（Michelle Yeh）：《从边缘出发——现代汉诗的另类传统》，广州：广东人民出版社，2000。

29. ［美］约翰·克娄·兰色姆著，张若兰译：《纯属思考推理的文学批评（1941）》，中国社会科学出版社，1988。

30. ［瑞士］奥特（Heinrich Ott，1929—　）著，林克、赵勇译：《不可言说的言说：我们时代的上帝问题》，北京：三联书店，1996。

31. ［瑞士］荣格著，冯川、苏克译：《心理学与文学》，北京：三联书店，1987。

32. ［英］T.S.艾略特，王恩衷编译：《艾略特诗学文集》，北京：国际文化出版公司，1989。

33. ［英］T.S.艾略特著，李赋宁译：《艾略特文学论文集》，南昌：百花洲文艺出版社，1994。

34. ［英］T.S.艾略特著，裘小龙译：《传统与个人才能》，《四个四重奏》，桂林：漓江出版社，1991年。

35. ［英］阿兰·谢里登著，尚志英、许林译：《求真意志——密歇尔·福柯的心路历程》，上海：上海人民出版社，1997。

36. ［英］雷蒙德·威廉斯著，吴淞江、张文定译：《文化与社会》，北京：北京大学出版社，1991。

37. ［英］利昂·庞帕编译，陆晓禾译，周昌忠校：《维柯著作选》，北京：商务印书馆，1997。

38. ［英］泰伦斯·霍克斯著，穆南译，杨毅校：《隐喻》，太原：北岳文艺出版社，1990。

39. ［英］特伦斯·霍克斯著，瞿铁鹏译，刘峰校：《结构主义和符号学》，上海：上海译文出版社，1987。

40. ［英］威廉·布莱克著，张炽恒译：《布莱克诗集》，上海：上海三联书店，1999。

英文文献

1. Edward W. Said, *The World, the Text and the Critic*, Cambridge: Harvard University Press, 1983.

2. Erence Hawkes, *Structuralism and Semiotics*, Berkeley and Los Angeles, California: University of California Press, 1977.

3. Rene Wellek and Austin Warren, *Theory of Literature*, 3rd Edition published in Peregrine Books, 1963.

4. Roman Jakobson, Ed. Krystyna Pomorska and Stephen Rudy, *What Is Poetry? Language in Literature, Cambridge*, MA: Belknap Press, 1987.

5. Shang Qin, Feelings Above Sea level: *Prose Poems from the Chinese of Shang Qin*, Brookline: Zephyr Press, 2006.

6. T.H.Huxley and Julian Huxley, *Evolution and Ethics*, London: the Pilot Press Ltd.1947.

7. T.S.Eliot, *Shakespeare and the Stoicism of Seneca*, Selected Essays, London: Faber and Faber, 1951.

8. T.S.Eliot, The Social Function of Poetry, *On Poetry and Poets*, New York: The Noonday Press, 1961.

9. T.S.Eliot, Hamlet, *Selected Prose of T.S. Eliot*, London: Faber and Faber, 1975.

10. T.S.Eliot, Religion and Literature, *Selected Prose of TS. Eliot*, London: Faber and Faber, 1975.

11. Terence Hawkes, *Structuralism and Semiotics*, Berkeley and Los Angeles, California: University of California Press, 1977.

网络参考文献

1. 《于坚、多多、王小妮、李亚伟、雷平阳、徐敬亚、谢有顺谈"中国新诗90周年"》，网址：http://my.ziqu.com/bbs/665701/messages/69913.html。

2. 艾蕾尔:《"神学诗学"的本源性归向：岛子的诗歌嬗变与境界》，网址：http://blog.artintern.net/article/379702。

3. 大头鸭鸭:《我的"后口语"诗歌写作》，http://blog.sina.com.cn/s/blog_490821ce0102vfx9.html。

4. 韩寒质疑徐志摩才华：期待有人好好骂我》，2006年11月2日，重庆时报，网址：http://news.163.com/06/1102/07/2UTJ4NS900011229.html。

5. 路云:《唯有凉风不被删除》，http://blog.sina.com.cn/s/blog_7b540e 240100u283.html。

6. 沈浩波、侯马、李红旗:《对当代中国新诗一些具体话题的讨论》，2007年8月14日，时代诗歌网，网址：http://Chinesepoetry.org/phpbb/viewtopic.php?t=3170。

7. 中华诗库·现代诗库·商禽诗选，网址：http://www.shigeku.org/shiku/xs/shangqin.htm。

后　记

这几年我在学术研究方面多了一点基督教文学，但更多时间还是在新诗研究和当代诗歌批评领域盘旋。莫名想起《新约》上一句话："尸首在哪里，鹰也必聚在哪里。"（《马太福音》第24章第28节）诗是什么，使语言成为"诗"的生产机制到底是什么，一直是我思考的问题。

我在诗歌上的一点认识，主要来自于两位业师。

第一位是硕士生导师林焕标先生，笔名凡尼（"尼"，因先生年轻时喜欢现代散文家丽尼，"凡"即平凡）。林先生是广东南海人，1960年毕业于武汉大学图书馆系。先生最厉害的事迹是25岁出版专著《论殷夫及其创作》（上海文艺出版社，1962年），更厉害的是因此被打成右派，从此就进了监狱。但先生一辈子最出众的事迹是专注于戴望舒、徐志摩这些中国近现代的文人，留下了《徐志摩：人和诗》和《中国现代新诗的流变与建构》等让我仰慕的新诗论著。1994年，我在安徽师范大学中文系本科阶段接近尾声时，意识到考研的重要性。当时我第一志愿报考的是一所广州的大学，想着毕业之后怎么去南方发家致富，结果总分差3分，最终被调剂到广西师大。因为学校在山水甲天下的桂林，也很欣喜。1995年5月某日，我联系了先生，先生回信，允我去复试。复试那天上午是面试，下午是笔试。面试的时候我表现糟糕，中国现代文学我回答得很不好，我想这下子完了。下午是笔试，先生是教研室主任，交给我两道题，告诉我什么时候交作业。他在外面抽了

431

很久的烟，也没见我交作业，就走了。教研室就剩我一人，我看了两个题目。哎呀呀，这字写得真是漂亮；这题上的两首诗，不知作者是谁。一首是自由诗，一首是散文诗，写得都挺美。于是我就按照自己的印象铺展开去，一下子写到天黑。据说先生当日没见我主动联系他交作业，以为我出了什么事，还交代人去找我，最后没想到我还在教研室傻傻地写。

那天的自由诗是闻一多的，散文诗是何其芳的，都是高人。我读出了他们所写文字的美，情感一下子不可收，写了很多印象式的评论文字——后来知道这类不着边际的批评叫作"灵魂的冒险"。不想诗人性情的林焕标先生，看了我的评论大为惊叹，于是，我便成了他的学生。后来他说本来招生名额已满，怜惜我千里迢迢来复试，出自于悲悯，给我一个机会，没想到你小子还行……这大概就叫逆袭吧。

那天我做完作业已经很晚，他款待我去他家吃饭，吃的是方便面。我记得他并没有因为让我吃方便面而有歉意。这让我心里啧啧称奇。后来我也认识了他对方便面的研究。这是他的家常食物。有林老师罩着的那几年，是我青春岁月最风光的时日。二年级上他的新诗研究课，我写了一篇闻一多诗歌的整体印象，万余字。他说，你把这个好好整整，可以毕业了。于是我就拉长了这个课程论文，真的顺利参加了硕士学位论文答辩，提前一年毕业了。当时我们专业找工作还是很有优势的，师兄弟们大都去了省直机关，次一点的也是去了富裕的企业。我听了林老师的一句话，"就在学校吧，不要去那些地方，他们有的，你也会有；他们没有的，你更会有……"很惭愧，多年之后，林老师说的前者，我至今没有；而后者，也被时间和环境消磨殆尽。

长话短说，我博士毕业来到武汉大学报到的那一天，是2005年7月某日。我刚刚到人事部落实手续，便接到广西师兄弟的电话，说林老师去世了。林老师身体不好，这我有些了解，但没想到这么快，更没想到是我来武汉大学报到的这一天。

一夜火车，次日清晨我到达桂林参加他的追悼会，之后上山安葬先生。我看到了他的墓碑上面写着"诗人凡尼之墓"，墓碑的背后是徐志摩的诗：

"轻轻地我走了／正如我轻轻地来。"只有这些字。

那一刻，我觉得我一生遇到了一位真诗人。

凡尼先生使我内心始终住着一个人，在我与谄媚之间，这个人始终凝望着我，矫正着我。凡尼先生以他的生命形象，告诉我怎样的人是"诗人""诗"，首先关涉人的生命形象。

第二位是王光明老师。王老师是一位在人格上没有瑕疵的老师，他在很多事情上让我后来乐意模仿。比如，去品味食物、酒水的细腻的味道，这犹如细致地对待叙述与语言；比如约会的规则：你约别人，你最好早到五分钟，而别人约你，你最好迟到五分钟，原因在于为别人着想，有时间做一些准备。这是对他人的尊重，等等。王老师的人生智慧很多。读博士三年，王老师改变了我对诗歌的认识。以前我对诗歌的谈论常常是从生命、经验之角度，实际上忽略了许多诗之为诗的东西。到了王老师这里，我更专注于诗的语言、形式与经验之关系，更偏重于在语言和形式上下功夫，在经验、语言与形式的三方互动上下功夫。

如果说林老师是溺爱我的话，王老师是严格教导我。有两件事情让我牢记在心。一是有次他在一个著名核心期刊上主持栏目，叫我们二位同门各写一篇，结果我千辛万苦写的文章，他说不行，不给我刊发。二是某年北京大学五四文学社的活动，托他邀请我，他果真转告了此邀请，但却加了一句，"我建议你不要去……"他就是如此认真之人，告诫我要保持与诗人的距离，即与批评对象的距离。他自己在学术上极为认真，反复告诫我，文章是为问题而作，不是为发表而作。文章写好了，自然有地方发表。他说自己曾经向某著名期刊投稿，杳无音信，最后他转投《中国社会科学》，文章很快就刊出了，从此他再也不向某著名期刊投稿。在当前的学术生态中，王老师让我想起学生们常说的一句话"凭实力……"他保持了一种伟大的孤单。

我感觉二位业师所教导我的，在北京的几年成功地衔接上了现实。林老师教导我要有诗人的生命，虽然我的专业并非热门，我也未有什么成绩，但后来的岁月，为人治学，确受二位业师的影响很深。

　　本书是我第三本关于新诗的著作。2005 年，我完成博士论文《"现代汉诗"的发生：晚清至五四》；之后沿着"现代汉诗"的思路，我撰写了一些新诗研究和当代诗歌批评，2015 年集结了部分文字出版为《"现代汉诗"的眼光——谈论新诗的一种方法》一书。同年，博士论文也得以出版。毫无疑问，这两本书的理论资源，来自于王老师的"现代汉诗"观念。2019 年 5 月 31 日至 6 月 1 日，谢冕先生领衔的北京大学中国新诗研究中心编撰的《中国新诗总论》发布暨研讨会在宁夏银川召开。会议期间我与王老师多有时间相处，最惬意的时刻是同游《大话西游》拍摄地沙湖，那是人间奇景：背景是奇峻阔大的贺兰山，脚下是茫茫的湖水与星星点点的芦苇丛，而我们置身于二者之间的沙漠，在沙漠的柔软中缓缓登高……我们也聊及"现代汉诗"。我问这一观念到底做何解时，我记得他说这一观念是对何为新诗的一种辨认，可能关乎一种"新诗形态学"。我当时想，"新诗形态学"，是否意在描述在经验、语言与形式的三方互动中，新诗到底是如何存在的？如何去辨识其过去的形态、现在的状况？只怪当时周遭环境太美，没有认真探讨下去。何况我们都是饕餮风景之人。

　　但这确实是我们一直关心的问题。当我听到"新诗形态学"一词，我对自己的这本小书《如何谈论新诗：本体认知与批评方法》，隐约有所看见。我所谓的"本体认知"，虽然支支吾吾、破绽百出、语焉不详、力有不逮，但好像也是在建立一种"新诗形态学"的路上。因此，再次感谢王老师。

　　感谢武汉大学文学院的师长、领导的关怀与资助。

　　感谢我的妻子。夫妻二人，如今已成为一体，我的有一点点可以骄傲的地方，自然也是她的。

　　感谢我的女儿，上帝所赐的产业，因此产业，我虽然贫穷、卑微，但却时时体会极美的富足与欣慰。

　　最后要说的是，小书只是一孔之见；还有，如吴光正教授所劝诫的，"你呀，写文章……笔端常带情感……"问题多多，还请各位方家多多指教。

　　是为后记。

2019年6月19日夜于武昌南湖·半岛居

图书在版编目（CIP）数据

如何谈论新诗：本体认知与批评方法 / 荣光启著. —
北京：商务印书馆，2020
ISBN 978－7－100－19251－4

Ⅰ.①如…　Ⅱ.①荣…　Ⅲ.①诗歌研究 — 中国 —
当代　Ⅳ.①I207.22

中国版本图书馆 CIP 数据核字（2020）第253602号

权利保留，侵权必究。

如 何 谈 论 新 诗
本体认知与批评方法

荣光启　著

商 务 印 书 馆 出 版
（北京王府井大街36号　邮政编码 100710）
商 务 印 书 馆 发 行
山西人民印刷有限责任公司印刷
ISBN　978－7－100－19251－4

2021年11月第1版　　　　开本 720×1020　1/16
2021年11月第1次印刷　　　印张 28¼

定价：138.00元